Georg Christoph Wilder

Biographien hingerichteter Personen

die sich durch ihre hohe Würde, Gelehrsamkeit, Verbrechen, Unschuld oder

Martern auszeichneten

Georg Christoph Wilder

Biographien hingerichteter Personen
*die sich durch ihre hohe Würde, Gelehrsamkeit, Verbrechen, Unschuld oder Martern
auszeichneten*

ISBN/EAN: 9783743441446

Hergestellt in Europa, USA, Kanada, Australien, Japan

Cover: Foto ©Raphael Reischuk / pixelio.de

Weitere Bücher finden Sie auf **www.hansebooks.com**

Biographien

hingerichteter Personen

die sich

durch ihre hohe Würde,

Gelehrsamkeit, Verbrechen, Unschuld
oder Martern auszeichneten,

aus den

besten Schriften

gesammlet.

Nürnberg

bey Ernst Christoph Grattenauer,
1790.

Vorrede.

Von jeher wurden Lebensbeschreibungen solcher Personen, die theils unter den Händen des Henkers ihr Leben endigen mußten, theils sonst im Tumulte oder im Gefängniße hingerichtet wurden, mit Begierde gelesen; vorausgesetzt, daß es keine ganz unwichtige Menschen, keine gewöhnliche Verbrecher waren. Je vornehmern Rang oft dieser oder jener Hingerichtete in der Welt bekleidete; je berühmter er sich zuvor durch seine Tapferkeit oder durch andere vorzügliche Thaten gemacht, je größere Gelehrsamkeit er sich erworben hatte; je würdiger er des an ihm vollzogenen Todesurtheils, durch nach und nach gehäufte Verbrechen, oder durch ganz unerhörte Mißethaten geworden war, oder je weniger er überwiesen werden konnte, Thaten begangen zu haben, für die in den Gesetzen die Todesstrafe bestimmt ist, und folglich unschuldig sterben mußte; je fürchterlicher endlich die Martern waren, die so manchem dabey angethan wurden, und je geduldiger oder je zaghafter sich ein solcher alsdenn be-

)(

zeig-

zeigte; desto größere Aufmerksamkeit verdienen ganz natürlich gründliche Nachrichten von solchen Schlachtopfern der Gerechtigkeit oder der blinden Rache; desto größern Abscheu, oder desto stärkere Regungen des Mitleids können sie in der Seele des Gefühlvollen Lesers hervorbringen.

Die Geschichte aller Zeiten und aller Völker stellt wirklich Unglückliche dieser Art in Menge auf, und Leser, die von dergleichen hingerichteten Personen, in Absicht ihres Lebens und Todes nähere Umstände zu erfahren wünschen, können freylich ihren Endzweck gar wohl erreichen, wenn sie hin und wieder in weitläufigen historischen Werken nachschlagen, und die darinnen zerstreuten Nachrichten dieser Art aufsuchen, oder auch einzelne, im Druck erschienene ausführliche Lebensbeschreibungen mancher hingerichteten berühmten Männer oder berüchtigten Verbrecher sich genauer bekannt machen wollen.

Doch, dieß ist nicht eines jeden Sache. Dieß würde für manchen ein viel zu mühsames oder langweiliges Geschäfte abgeben. Und hat wohl jeder sogleich die hiezu erforderliche Menge von Büchern bey der Hand? Weit bequemer müßen daher für

den

den größern Theil der Leser, Sammlungen solcher
Nachrichten seyn, die aus mehrern Schriften gezogen sind, und in gedrängter Kürze die merkwürdig-
sten Umstände in dem Leben und bey dem Tode hingerichteter wichtiger Personen deutlich vor die Augen stellen.

Es fehlt freylich nicht an dergleichen Sammlungen, allein sie sind nicht so beschaffen, wie man vielleicht in unsern Tagen es wünschen möchte. Eine
solche war " der hohe Trauersaal oder das Steigen und Fallen großer Herren durch Erasmum
Franzisci, " die zu Nürnberg schon im vorigen Jahrhundert in vier dicken Octavbänden herauskam.
So sehr diese, aus mehrern Schriften zusammen-
gezogenen, mit vielen Floskeln und schwülstigen
Ausdrücken gezierten, auch durch unnöthige Weit-
läufigkeiten, oft bis zum Eckel ausgedehnten Be-
schreibungen des Lebens und Todes, in allen Welt-
theilen hingerichteter wichtiger Personen, damahls
gefielen; so wenig Beyfall können sie sich in unserm
aufgeklärten Zeitalter versprechen; obgleich immer
noch manches wahre, gute und nützliche in diesem so
betitelten hohen Trauersaale angetroffen werden

kann,

kann, das freylich erst mühsam aus einem großen Wuste herausgesuchet werden muß. Gleiche Beschaffenheit, gleichen Werth, hat eine andere Sammlung, die "Trauerschaubühne der durchlauchtigen Männer unserer Zeit, auf welcher der Fall großer Herren lebendig vor Augen gestellet wird, aus dem Holländischen, von Joh. Merken," Ulm 8vo 1666.

Weit beßer als diese beede Sammlungen sind die, in den Jahren 1777. und 1778. zu Leipzig in drey Theilen erschienenen so betitelten "Letzte Gesinnungen zum Tode verurtheilter Standes = Personen, oder kurzgefaßter Bericht von ihrem Leben, von dem Verfahren wider sie und von den wichtigsten Umständen bey ihrem Tode, nebst den Briefen, die sie im Gefängniß geschrieben, und den Reden, die sie auf dem Schaffot gehalten haben." Allein, theils ist diese Sammlung eine bloße Uebersetzung aus dem Französischen; theils finden sich bey manchen Lebensbeschreibungen hin und wieder historische Unrichtigkeiten, die der wirklich gute Uebersetzer nur dann und wann in kurzen Anmerkungen berührte, und bloß mit ein paar Perioden berichtig-

te;

te; theils machen aber auch die eingeschalteten, oft langen Briefe und nicht selten trockenen Vertheidigungsreden, dem Leser wirklich lange Weile. Zudem haben sich erst in unsern Tagen, besonders in der letztern Hälfte dieses Seculums, noch ziemlich viele neuere Hinrichtungen merkwürdiger Personen zugetragen, die in diesen erwähnten und andern Sammlungen mehr, noch nicht erzählt werden konnten: denn selbst auch in den letzten Gesinnungen ꝛc. ist die späteste Execution erst von 1757. so daß also eine neue Sammlung dieser Art, die dazu noch reichhaltiger und für unsere Zeiten intereßanter werden kann, ganz und gar nicht überflüßig ist.

Der Herausgeber dieser gegenwärtigen Sammlung glaubt dahero dem Publicum allerdings einen Dienst zu leisten, wenn er demselben Biographien in den mittlern und neuern Zeiten hingerichteter merkwürdiger Personen vor die Augen legt, unter denen einige, theils schon im hohen Trauersaale, theils in der Trauerschaubühne, theils in der Leipziger Sammlung, aber freylich weit unvollständiger, sich finden — einige wenige, fast ohne alle Veränderung aus bereits mit Beyfall aufgenommenen

)(3

Schrif-

Schriften entlehnt — wieder andere aber ganz neu
ausgearbeitet, alle überhaupts jedoch so viel als
möglich aus den besten historischen Werken, und
also aus sichern, jedesmahl genau angeführten Quellen, geschöpfet worden sind.

Manche dieser Biographien sind weitläufiger,
manche kürzer abgefaßt, je nachdem die Personen,
von denen sie handeln, von größerer oder geringerer Wichtigkeit sind. Zu manchen boten die reich-
haltigern Quellen vielen Stof, drum geriethen sie
länger; in Ansehung anderer hingegen waren nur
wenigere Nachrichten ausfindig zu machen, und dahero sahe man sich genöthiget, mehr Skizze als gänzlich ausgearbeitete Lebensbeschreibung zu liefern.
Für einige wenige unter ihnen, in denen eigentlich
nur die Schicksale solcher Unglücklichen in ihren letzten Lebenstagen und ihr Tod selbst erzählet werden,
möchte freylich der Titel Biographien weniger
paßen; allein, wenn auch von dem ganzen vorher-
geführten Leben solcher Personen, die genauesten
Nachrichten in Schriften mancher Art aufgezeich-
net stünden, — das aber nicht immer der Fall
ist — so wären doch selbige meistens von geringer
Wichtigkeit, und eben deswegen müßte die Anfüh-

rung

rung derselben dem Leser nur lange Weile verursachen.

Immerhin mögen die meisten dieser Biographien, einem großen Theile der Leser, im Ganzen
genommen, bereits bekannt seyn, es wird doch
ganz sicher mancher einzelne Umstand, der in selbigen hie und da vorkommt, diesem oder jenem unter
ihnen, neu seyn. Und wenn auch gleich der Gelehrte, oder der eigentliche Geschichtsforscher, der
aus den Quellen selbst schöpfen kann, seine Einsich-
ten und Kenntniße durch diese Sammlung nicht zu
bereichern im Stande seyn sollte; so wird sie doch
für den Unstudirten, für den bloßen Geschichtslieb-
haber eine unterhaltende Lectüre abgeben und für
so manche Jünglinge und Mädchen weit nützlicher
seyn können, als so viele sittenverderbliche oder
empfindelnde Romane, an denen unser gegenwär-
tiges Zeitalter so fruchtbar ist, und die oft so begie-
rig in die Hände genommen werden.

Aus wie vielen Theilen diese Sammlung beste-
hen werde, kann man itzo im Voraus nicht bestimmen. So viel ist gewiß, daß es an Materie zu
länge-

längerer Fortsetzung sobald nicht fehlen kann, die blos von der gütigen Aufnahme dieses Buchs im Publicum abhangen wird. Der bereits völlig ausgearbeitete zwente Theil soll in der nächst künftigen Michaelismeße gewiß nachfolgen.

Nürnberg im April 1790.

G. C. W. D. L.

Verzeich-

Verzeichniß
der sämmtlichen Biographien.

)(XVI.

I.

Tribault Arthur de Lally *)

königlich französischer General und Gouverneur zu
Pondichery, zu Paris 1766. enthauptet.

***

Zu einer solchen Zeit, in welcher gerade der König
in Frankreich mit den Parlamenten seines Reiches, ungemein viel zu schaffen hatte, im Jahre 1766.
nemlich, wurde diesem Befehlshaber, wegen vieler, ihm
zur Last gelegten Verbrechen, der Criminalprozeß formi-
ret, der, aller seiner Vertheidigung ohngeachtet, doch
für ihn einen sehr traurigen Ausgang nahm.

Er war ein gebohrner Irländer, und stammte von
einem Geschlechte ab, das zu den angesehensten des Landes gerechnet wird. Durch seine Tapferkeit und übriges

recht-

*) S. historischen Abriß von Indien, Altenburg 1773. 8vo
pag. 178. bis 192. ingl. die Engländer in Indien, nach
Orme, von Archenholz, Wien 8vo 1786 — 1787. IIten
Band, pag. 560 2c. IIIten Band durch und durch; wie
auch Sprengels historisch-genealogischen Calender von 1786.
pag. 121. 122. und historischen Bildersaal XIV. Band.

A

rechtſchaffenes Bezeigen, das er von jungen Jahren an, im Dienſte der Crone Frankreichs bewieß, hatte er ſich nach und nach, bis zur hohen Würde eines General-Lieutenants, ja eines commandirenden Generals en chef in Indien und Gouverneurs der Stadt und Feſtung Pondichery auf der Küſte von Coromandel emporge-ſchwungen. Sein unbiegſamer Eigenſinn verleitete ihn jedoch in dem heftigen Kriege, der zwiſchen Frankreich und England ausgebrochen war, zu ungemein vielen Feh-lern und Vergehungen, die ihm in der Folge wirklich das Leben koſteten.

Die in Verſailles entworfene und ihm mitgegebene Inſtruction lautete dahin, daß er, mit Hülfe der auf ellf Schiffen nach Indien gebrachten Mannſchaft, gleich zuerſt das engliſche Fort St. David auf der Küſte von Coromandel angreifen ſollte. Nach ausgeſtandener hef-tiger Belagerung, übergab ſich das Fort, das bey der, am erſten Junii 1758. geſchehenen Annäherung der fran-zöſiſchen Flotte, in Furcht gerathen war, an die Franzoſen. Lally ließ es hierauf, alles Bittens der Engländer ohn-geachtet, zerſtören und alle Feſtungswerke der Erde gleich machen.

Nun brachte es ſeine Inſtruction mit ſich, daß er nach Einnahme dieſes Forts unverzüglich nach Madras ſelbſt gehen, und es zu erobern ſuchen ſollte. Dieſem Unternehmen, das vielleicht den Franzoſen beynahe ganz Indien hätte unterwerfen können, würde ſich, wenn es ſchleunig ausgeführet worden wäre, höchſtwahrſcheinlich nicht das geringſte widerſetzt haben. Doch General de Lally ließ ſich durch einen Jeſuiten, den Pater La-

vour,

vour, dahin verleiten, daß er seine Waffen nach Tan=
jaor richtete, unter dem Vorwande, als ob es zu Pon=
dichery am Gelde fehle, das er doch bey dieser Belage=
rung von nöthen habe, um die erforderliche Menge des
Geschützes und übrige Bagage nach Madras transpor=
tiren zu laßen. Er that also, mit einer Armee, von der
er glaubte, daß es ihr an allem fehle, einen Marsch nach
Tanjaor, um diesen Ort zu belagern, ohngeachtet er
zehen Meilen ersparet haben würde, wenn er nach Ma=
dras gegangen wäre.

Auf diesen ersten Fehler folgten noch gar viele an=
dere. General Lally ließ sich durch seine Hitze verlei=
ten, verschiedene Bündniße mit dem Könige zu brechen,
deßen Stadt er angrif. Er begieng schreckliche Grau=
samkeiten, verheerte die Pagoten, und raubte die Gö=
tzenbilder, die er für massiv golden hielt, aber sie nur
als metallene fand, ja ließ die daran stehenden Brami=
nen vor die Mündungen der Canonen binden und so ihre
Leiber in Stücke schließen. Dabey machte er an den Kö=
nig von Tanjaor eine Forderung von fünf Millionen
Ruppien und da dieser nur eine geben wollte, so bemäch=
tigte er sich der östlichen Vorstadt seiner Residenz Tan=
jaor und hatte zu Anfang des Augusts 1758. schon eine
6 Schuhe breite Bresche in den Festungswerken der
Stadt gemacht, als er durch die Nachricht eines vorge=
fallenen Seetreffens und der zu besorgenden Landung der
Engländer, sich bewegen ließ, die Belagerung aufzu=
heben.

Lally zog nun ins Lager zurück, und Manogi, der
Feldherr über des Königs von Tanjaor Truppen, eilte

ihm, mit den eben angelangten Hülfsvölkern aus Tri-
chinapoly nach, grif am 10. August das ganz sichere
Lager an, und setzte es nicht nur in die größte Verwirrung, sondern trieb auch die Franzosen selbst in die
Flucht. Damahls sahe man wirklich die unerhörte Begebenheit, daß sich eine Armee von beynahe 6000 Mann
Weißen, von einer Hand voll Indianer schlagen ließ.
Dieser Stoß war in einem Lande, wo die Meynung,
die man den Leuten von seiner Stärke beybringt, eben
so gut ist, als die Siege selbsten, schwerlich wieder gut
zu machen. Die Franzosen erlitten nun alle Uebel, die
eine Niederlage nur immer begleiten können. Sie mußten den entsetzlichsten Hunger und Durst ausstehen, und
durch die brennende Sonnenhitze sich fast lebendig braten
lassen. Zu allen diesen Uebeln kam alsdenn das häufige
Ausreißen der Soldaten, wodurch die Schande der Flucht
noch mehr vergrößert wurde.

Herr von Lally, der sich nach Eroberung des Forts
St. David öffentlich gerühmt hatte, daß er nicht eher
ruhen würde, als bis in ganz Ostindien kein einziger
Engländer mehr anzutreffen wäre, rückte nun mit dem
Ueberreste seiner Truppen und nach Zurücklassung aller
Artillerie und Bagage, die nicht über den Fluß Coleroon
gebracht werden konnte, wieder in Pondichery ein.
Nach einigen Tagen Ruhe, gieng man abermahls ins
Feld, um sich Arcate zu bemächtigen, und da das Fort
von allen Europäern entblößt war, so zog Lally nach er-
folgter Capitulation am 4. October 1758. unter dem
Donner der Canonen ein, das sogleich mit vieler Prah-

lerey

lerey in allen franzöfifchen Forts auf der indianifchen
Küfte ausposaunet wurde.

Eine andere Thorheit, die man ihm gleichfalls gerathen hatte, war diefe, daß er den Raja-Saheb zum
Nabob von Arcate erhob, da doch fein Vermögen, durch
erlittenen vielmahligen Verluft, fehr erschöpft war. Er
hätte diefe Stelle einem Manne ertheilen follen, der im
Stande gewefen wäre, allenfalls den Soldaten ihren
Sold vorzufchließen, oder, der fich wenigftens durch feine
eigene Macht hätte vertheidigen können. Aber er wollte
dem Herrn von Büßi nicht glauben, ohngeachtet diefer
Offizier in der indianifchen Kriegskunft und Politik fehr
erfahren war. Hierinnen handelte er nun fehr verwerf-
lich und der Ausgang beftättigte das, was Herr von
Büßi prophezeihet hatte. Allein Herr von Lally machte fich ein Vergnügen daraus, ihn niemahls anzuhören.

Diefer kleine verderbliche Krieg in der Ebene zwifchen
Pondichery und den Gebürgen, gab den Engländern
Zeit, von Bombay Verftärkung zu erhalten und vermöge einer außerordentlichen Fatalität, erwählte der Herr
von Lally gerade diefe Zeit zur Belagerung von Madras. Der Chevalier Dür, ein Ingenieuroffizier, follte
die Belagerung führen. Diefes wurde nun abermahls
durch den Herrn von Lally hintertrieben, und nachdem
Madras feit dem 2ten Januar 1759. eine Belagerung
von 6 Wochen ausgehalten hatte, fo langten zur großen
Freude der Belagerten, fechs englifche Schiffe von Bombay an, welche Soldaten und Kriegsbedürfniße brachten.
Kurz, es vereinigte fich alles, um die Anftalten der Be-
lagerer zu vereiteln. Kaum hatte Herr von Lally Nach-

 richt

richt von diesem Succurs erhalten, als er sogleich in der
nächst darauf folgenden Nacht, nach vorher noch geschehener Sprengung einer unterminirten·Redoute und
Pulvermühle in die Luft, die Belagerung aufhob, einen
Theil seines Geschützes vernagelte, und aufbrach, ehe
noch die Hülfstruppen aus den Schiffen gestiegen und in
Madras eingezogen waren.   Man ließ ohngefähr 44.
Kranke im Stiche, denen Lally einen Brief an den englischen Gouverneur in den Händen ließ, worinnen er selbigen ersuchte, menschlich mit diesen Unglücklichen zu verfahren, welches auch geschahe.   Uebrigens herrschte bey
diesem schimpflichen Rückzuge der Franzosen bis an die
Gränze von Arcate, die größte Unordnung und Verwirrung; ja die Armee marschirte in zerlumpten Kleidern;
ohne Bagage und Proviant.

Al dieß Unglück hätte vielleicht vermieden, und wohl
gar Madras selbst erobert werden können, wenn Lally
nicht so unüberlegt verfahren und besonders die heilsamen
Vorstellungen des Obristen von Büßi nicht verworfen
hätte, der ihm unter andern auch während der Belagerung
rieth, sich auf dem hohen Berg festzusetzen, der zwo
Meilen von Madras lag.   Hätte man diesem Rath ge-
folgt, so würde man wahrscheinlich die Stadt eingenommen haben: denn man erfuhr nachher gar bald, daß der
vorgebliche Succurs bloß aus einigen hundert Lascaren
bestand, und überdies noch keine Lebensmittel angekommen seyen; ja die Einwohner von Arcate bestättigten es,
daß sich die Engländer fast meistens auf gedachtem hohen
Berge befunden hätten, um sich von den Krankheiten zu
erhohlen, welche die Stadt Madras verwüsteten.

Mitten

Mitten unter diesen Unordnungen erinnerte sich der General, daß Masulipatam von den Engländern belagert, und durch einen Offizier vertheidiget werde, der eben nicht in dem besten Rufe stand; er schickte also zwey Schiffe mit fünfhundert Mann, unter dem Commando des Herrn von Moracin, dahin ab. Aber das Schicksal der Franzosen war einmahl, zu verlieren! Masulipatam ward von dreyhundert Engländern erobert, ohngeachtet es vierhundert und funfzig Franzosen und zweytausend Sepoys vertheidigten. Diese mußten nun alle das Gewehr strecken und die Engländer eigneten sich 120. Canonen, nebst vieler Munition und sonstiger beträchtlicher Beute zu, ja der Herr von Conflans, welcher Masulipatam commandirte, ward in bloßen Beinkleidern gefangen genommen. Dieß geschahe am 5ten April 1759. Von zwey Schiffen litte eines, das den Namen Bristol trug, Schiffbruch, und das andere, so Harlem hieß, wurde von den Engländern verbrannt. Von 500. Mann, die man zu Hülfe geschickt hatte, kamen 200. zurücke, und selbst diese hatte der Herr von Moracin nur mit vieler Mühe von der Gewalt der Feinde erretten können.

Alle diese Unglücksfälle, die das französische Heer in Indien trafen, rührten nicht sowohl aus der Unfähigkeit des Herrn von Lally zum General über selbiges, sondern vielmehr aus seiner Gemüthsfaßung her, vermöge welcher er, theils seine eigene Truppen sehr streng behandelte, so daß sich im August 1759. das ganze unter ihm stehende Regiment wider ihn empörte, theils alle Einwohner Indiens für verächtliche wilde Thiere ansahe,

 bey

bey welchen mit Vernunft nichts auszurichten seye. So
bald er den geringsten Widerstand in Absicht seiner oft
närrischen Befehle fand, drohete er sogleich mit dem Galgen. Einst ließ er auf einmahl sieben Galgen in Pondichery erbauen, um alle diejenigen daran hängen zu
laßen, die keine Contribution zahlen würden. Dieser
Befehl, welcher von seiner Thorheit und von seinem Character deutlich zeugte, machte ihm nun ganz natürlich alle
Einwohner zu Feinde.

Nachdem der Herr von Lally alle Vortheile verlohren hatte, die ihm die Eroberung und Schleifung des
Forts St. David verschaffte, so sahe er sich genöthiget,
bey den indianischen Prinzen Hülfe und Unterstützung zu
suchen. Der Herr von Büßi ward dahero zu dem Bruder des Nabob von Dekan geschickt, aber es schien, als
fürchte sich dieser General, er möchte das erhalten, was
er verlangte. Er ließ also an Salabazingue schreiben,
daß er nichts von alle dem glauben solle, was ihm der
Herr von Büßi sagen würde. Dieser letztere kam, aller
Hindernüße, die man ihm machte, ohngeachtet, mit einigen Truppen zurücke, allein Salabazingue wollte es
nicht wagen, die Gatten zu paßiren, und sich dem übeln
Humor des Herrn von Lally auszusetzen.

Während der Zeit, daß Herr von Büßi in Canada
Unterhandlung pflog, hatte der Herr von Noronha,
von dem Herrn von Lally den wichtigen Auftrag, mit
den Maratten zu tractiren, um, wo möglich, ein Corps
ihrer Truppen zu bekommen; allein er ließ sich von Mo-
raroo hintergehen, und kam endlich mit zwey tausend
schlechten Reutern in das französische Lager zurück, die

bey der im Januar 1760. vorgefallenen unglücklichen Schlacht zu Vandavachi, gleich bey dem ersten Feuer der englischen Artillerie davon flohen. Damals hatte der Herr von Lally, welcher von den indianischen Prinzen Beystand verlangte, seine Armee getheilt, und 1200. Mann davon nach Cheringam, einem befestigten und berühmten Tempel in der Insel Caveri, geschickt.

Diese Anstalten des Herrn von Lally und die Unterhandlungen des Herrn von Büßi und von Moronha, änderten in den Unglücksfällen, welche die Franzosen nach dem Verlust der Schlacht zu Vandavachi bedroheten, nicht das geringste. Lally hatte vielmehr das traurige Schicksal, daß außer vielen andern eroberten Forts der Franzosen, die Stadt Arcate von den Engländern wieder eingenommen wurde und sah sich nun von seinem ganzen Heere, durch die heftigsten Vorwürfe der Feigheit und Unbesonnenheit aufs äußerste gekränkt, ja selbst mit den beleidigendsten Schimpfnamen belegt. Alles Geschütz war in der letzten unglücklichen Schlacht verlohren gegangen, und der vortreffliche Oberst von Büßi war eben dabey in die Gefangenschaft gerathen, folglich wurde man nunmehro genöthiget, sich nach Pondichery zurück zu ziehen.

Die Stärke der Engländer nahm nun in eben dem Maaße zu, in welchem sich die Macht der Franzosen verminderte. Bald hatten die Engländer die feste Stadt Carical erobert, woran den Franzosen, wenn das nahe dabey liegende Pondichery gerettet werden sollte, ungemein viel gelegen war. Es währte nun nicht lange mehr, so wurde Pondichery von einer englischen, aus 17.

A 5

Kriegs

Kriegsschiffen bestehenden Flotte zu Waßer und zugleich auch von einer ziemlichen Armee zu Land angegriffen.

Zwar unternahmen die Belagerten, die alle Schwarzen fortgejaget hatten, zuweilen kleine Ausfälle, alleine sie mußten sich jederzeit wieder mit Verlust zurückziehen. Selbst der am 1sten Januar 1761. entstandene fürchterliche Orkan, der das ganze Lager der Engländer vor Pondichery in die größte Unordnung brachte, noch mehr Verheerung aber erst auf der Flotte anrichtete, da drey Schiffe scheiterten, und zwey Schiffe mit eilfhundert Mann in den Abgrund des Meeres sanken — selbst dieser fürchterliche Sturm, über den die Franzosen, als über eine vom Himmel selbst ihnen gesendete Errettung, jauchzten, konnte die Unternehmungen der Engländer nicht vereiteln.

Nachdem nun die Belagerten alle Uebel bereits erduldet hatten, die eine Belagerung nach sich ziehen muß, wenn die Stadt schlecht versehen ist, Mangel an Lebensmitteln leidet, und die Uneinigkeit täglich mehr in derselbigen überhand nimmt, so sahe sich Herr von Lally gezwungen, sich auf Gnade und Ungnade zu ergeben. Dieser für Frankreich so äußerst nachtheilige Zufall eräugte sich den 15. Januarii 1761. die gänzliche Besitznehmung von der Citadelle aber, erfolgte erst zwey Tage darauf, und dieß Fort sowohl, als die Stadt selbst, wurden mit allen Häusern, Kirchen und Mauern durch die Eroberer vom Grunde aus zerstört. Die Einwohner, welche meist Franzosen waren, mußten alle wegziehen, und noch jetzt liegt Pondichery, das 1762. bey dem Friedensschluße an Frankreich zurück kam, 1779. aber aufs neue, nach einer

ner

ner tapfern Gegenwehr an die Engländer übergieng, zum
Theil in Ruinen, die seine ehemalige Größe, Festigkeit,
Menge von Bewohnern und blühenden Zustand, zur Ge-
nüge bezeugen können.

Man hatte im Jahre 1748. gesehen, wie der Herr
Düpleix, der doch kein Soldat war, zweyen englischen Armeen widerstand, die ungleich stärker waren, als diejenigen, welche Pondichery unter dem Commando des
Herrn von Lally belagerten; wie er den Feind nöthigte, die Belagerung aufzuheben, und einige Zeit darauf
Madras eroberte. Nunmehro erblickte man aber einen
General, der sechstausend Europäer commandirte, und
eine französische Besitzung nach der andern auf der coro-
mandelischen Küste verlohr, da sie doch der Administra-
tion unendliche Geldsummen gekostet hatten, und ihre
ganz vortrefliche Lage, der französischen Compagnie einen sehr blühenden Handel zu versichern schien.

Dieß alles, da man es in Frankreich erfuhr, mußte
ganz natürlich für die Ehre und selbst für das Leben des
Herrn von Lally, sehr nachtheilige Folgen haben. Man
legte ihm sonst noch andere schwere Verbrechen zur Last;
ja beschuldigte ihn sogar — freylich ohne gründlichen
Erweiß — er wäre heimlich mit den Engländern im
Einverständniße gestanden. Wenigstens war das gewiß,
daß er sich gegen die Einwohner der Stadt Pondichery,
so wie gegen die Landeseinwohner von Indien überhaupts, allerley Ungerechtigkeiten erlaubte, und durch
stete Bedrückungen derselbigen, seinen unmäßigen Geiz
auf alle nur mögliche Weise zu befriedigen strebte. Es
gelang ihm auch in der That, während seines Aufenthalts

in

in Indien, sich ungemein große Schätze zu sammeln; ja
man versichert, daß die sämtlichen, ihm zugehörigen Sachen, die ihm bey seinem Abzug aus Pondichery von
den Engländern gelaßen wurden, an Werthe über hun-
derttausend Pfund-Sterling betragen hätten.

Daher wurde er denn im Jahre 1762. von Madras
aus nach Frankreich zurückberufen, und gleich nach seiner
Ankunft, die im letzten Monate dieses Jahres erfolgte,
zu Paris in die Bastille gebracht. Der größte Theil der
aus Indien zurückgekommenen Franzosen wurden nun
Ankläger des Herrn von Lally, und selbst des 1763. ge-
storbenen Jesuiten Lavours schriftlicher geheimer Aufsatz,
der Lallys Betragen in das helleste Licht setzen konnte,
verschaffte für ihn sehr nachtheilige Materialien zu seinem
Prozeße.

Nach einem achtzehnmonathlichen Gefängniße erhielt
er die Erlaubniß, mit seinen Anklägern confrontirt zu
werden, und sich wider die gemachten Beschuldigungen,
die sich auf hundert beliefen, vertheidigen zu dürfen.
In der That führte er auch solche seine Vertheidigung gegen eine Menge Zeugen, die wider ihn aufgestellt worden wären, mit ungemeiner Dreistigkeit. Nur vermehrte Lally das Nachtheilige seiner Lage dadurch, daß er
sich von seiner gewöhnlichen Heftigkeit hinreißen ließ,
den wider ihn ohnedieß einmahl sehr eingenommenen
Richtern, bey seinen Verhören noch mit Stolz zu begeg-
nen, und durch ihnen bewiesene Verachtung sie noch mehr
zu erbittern. Und da man es ihm vergönnet hatte, seine Vertheidigung durch Advocaten führen zu dürfen, so
fand man die dabey gebrauchten Gründe als solche, die

weit

weit mehr von der Geschicklichkeit und Verschlagenheit
dieser Rechtsgelehrten, als von seiner Unschuld und Un-
sträflichkeit zeugten. Er ließ sogar diese seine Vertheidigung in öffentlichem Drucke bekannt machen, alleine so
fein er in selbiger seine Vergehungen auch immer zu be-
mänteln wußte, so half ihm doch solches alles nichts,
er verlohr vielmehr, nachdem er zuvor abermahls ein
achtzehnmonathliches Gefängniß ausgestanden hatte,
einen für ihn so äußerst wichtigen Prozeß auf die Letzte
gänzlich.

Am 3. May im Jahre 1766. kam nemlich der Gene-
ral-Procurator mit seinem Gutachten hervor, und der
Herr von Lally wurde in der darauf folgenden Nacht
aus der Bastille in die Conciergerie, oder in das Par-
lamentgefängniß, gebracht. Am andern Tag wurde er
auf den großen Verhörsaal gefordert, der auf dreyen
Seiten mit der Parlamentswache umgeben war. Als
er nun am 5ten May um 7. Uhr Morgens vor seinen
hohen Richtern erschien, so forderte man ihm das St.
Ludwigs Ordenscreuß und den Stern ab, Ehrenzeichen,
die er sich mit einer sehr bestürzten Mine und ganz ent-
färbtem Angesichte abnehmen ließ. Alsdenn mußte er
sich auf eine niedrige Bank, wohin die Mißethäter bey
ihrem Verhöre geführet werden, setzen — eine Demüthigung für ihn, die ihm ganz unerwartet war. Das
Verhör währte sechs Stunden, und mattete ihn so ab,
daß man ihm ein Glas Waßer mit Wein vermischt, zur
Erfrischung reichen mußte. Nachdem ihm bey demselbigen sehr viele Zeugen unter die Augen gestellet worden
waren, die ihn überführen mußten, und endlich alles in
Rich-

Richtigkeit gebracht war, so führte man ihn Abends wieder in die Bastille.

Am 6ten May war die große Cammer des obersten Gerichtshofes, von 6. Uhr Morgens bis 4. Uhr Nachmittags bey verschlossenen Thüren versammelt, um das Endurtheil zu fällen. Diese ihm gesprochene höchstrichterliche Sentenz war nun folgenden Inhalts: "von Lally sollte wegen seiner treulosen Handlungen gegen das Interesse des Königes, des Staats und der ostindischen Compagnie, so wie wegen des Mißbrauchs seiner Autorität durch Mißhandlungen und Erpreßungen der Einwohner zu Pondichery, aller seiner Ehren entsetzt, und auf einem, auf dem Platz la Greve errichteten Schaffot, enthauptet, seine Güter aber alle dem königlichen Fisco zugewandt werden, doch so, daß ein Theil davon unter die armen Einwohner von Pondichery vertheilet würde."

Dieses Urtheil wurde nun auch den 9. May diesem unglücklichen Generale vorgelesen, der nach Anhörung desselbigen die Hände zusammenschlug und mit, zum Himmel emporgerichteten Augen, ausrief: "Ist dieß die Belohnung fünf und vierzigjähriger Dienste?" Darauf ergrif er einen Zirkel, den er sonst zur Verfertigung indischer Charten gebraucht hatte, und stieß sich selbigen in die Brust; er gieng aber nicht durchs Herz. Nun brach er in die schrecklichsten Verwünschungen gegen seine Ankläger und Richter aus, das ihm jedoch zu nichts weiter nützte, sondern vielmehr Ursache war, daß man ihm einen Knebel in den Mund steckte, und hinten am Kopfe befestigte, um dadurch zu verhindern, daß er nicht etwa auf dem Richtplatz zu dem Volk vielleicht auf eine, die

Regie-

Regierung entehrende Art reden möchte. Alsdenn wurde er im bloßen kahlen Kopfe, und in schlechter Kleidung, mit gebundenen Händen zwischen zwey Henkersknechte auf einen Karren gesetzt, worauf sich auch ein Geistlicher befand, und so, als der größte Mißethäter, zu dem bereits für ihn zubereiteten Blutgerüste hingebracht. Auf selbigem wurde er alsdenn im 65sten Jahre seines Alters enthauptet, und nachdem solches geschehen war, so wurde sein Cörper in ein Tuch gewickelt und in eine schlechte Kutsche geworfen, die selbigen auf den nächstgelegenen Gottesacker zur Beerdigung führte.

Wenn der Mißbrauch der Autorität kein Capitalverbrechen in Frankreich ist, so hat freylich Lally das Todesurtheil nicht verdienet, so hätte man nicht auf so schimpfliche Art es an ihm vollziehen sollen. Der Verrath des Interesse setzt voraus, daß der absichtliche Endzweck durch unläugbare Thatsachen erwiesen seyn muß. Lally gab aber den Engländern keine Nachricht, woraus sie Vortheile ziehen konnten; auch führte er seine Truppen zu keinen gefährlichen Expeditionen, ohne Wahrscheinlichkeit zu haben, durch ihre Bemühungen Fortschritte zu machen; noch weniger nahm er von den Engländern Geschenke, um seinen Operationsplan nach ihrem Wunsche einzurichten, wie ihn seine Feinde fälschlich beschuldigten. Die Schmähungen in seiner Erklärung gegen den englischen Obersten Coote, bey Gelegenheit der Uebergabe von Pondichery, bewiesen, wie wenig Gunstbezeugung er von der englischen Regierung erwartete; überdieß hatte er den Gouverneur Pigot durch Briefe persönlich beleidigt. Demohngeachtet war das allgemeine Geschrey in Frank-

Frankreich, daß Lally Pondichery an die Engländer
verkauft habe.

Lally verlangte beständig, man möchte sein militäri-
sches Betragen von einem Kriegsgerichte und nicht von
dem Parlamente untersuchen laßen, und hofte dadurch Un-
partheilichkeit bey selbigem zu finden, allein es ward ihm
solche Forderung immer verweigert. Selbst auch seine
Richter im Parlamente, verurtheilten ihn nicht einstimmig
zum Tode, und die wegen ihrer Talente berühmten französischen Rechtsgelehrten, Seguier und Pellot erklärten, daß sie von seiner Unschuld überzeugt wären. Daber hielt sich denn Voltaire für berechtigt, die Hinrichtung dieses Generals für einen Justizmord auszugeben.

II.

II.

Annas du Bourg, *)

Parlamentsrath zu Paris, der protestantischen Religion wegen 1559. gehängt und verbrannt.

Bereits unter der Regierung Franz des I. und Heinrichs; des II. hatten die Lehrsätze der Reformirten in Frankreich tiefe Wurzeln geschlagen, und einen großen Theil der Nation von dem römischcatholischen Glauben abgezogen, so heftig auch die Verfolgungen waren, die wider ihre Bekenner wüteten. Heinrich der II. äußerte auf das Anstiften des herzoglichen Haußes Guise und der Anhänger desselben, eine noch härtere Strenge gegen die Reformirten, als Franz der I. Er ließ die schärfsten Verordnungen wider sie ergehen, sie in Gefängniße werfen und ganze Haufen derselben ohne Gnade verbrennen. Ganz kurz vor seinem Tode hatte er ein Edict bekannt machen lassen, das alle Einwohner Frankreichs, die nicht catholisch wären, ohne Ausnahme zum Tod verdammte und allen Richtern, die zuvor gegen sie gelinde ver-

*) Siehe: Allgemeine Welthistorie XXXVIII. Theil, pag. 521 — 530. ingleichen: Geschichte berühmter Staatsverbrecher, die auf dem Rabensteine eines gewaltsamen Todes gestorben sind, Rotenburg an der Fulda, 1778. p. 104 — 113. und Märtyrerbuch, aus den französischen Geschichten der Märtyrer gezogen. Herborn 1603. p. 545 — 554.

B

verfuhren, ernſtlich verbot, dieſe Strafe zu ändern oder
zu mildern.

Nach dem Frieden mit Spanien und England beſtärk-
te die Herzogin von Valentinois, die ſich durch die Güter der Verürtheilten bereicherte und das Haus Guiſe,
das durch Beſtrafung der Ketzerey, theils an verſchiede-
nen Großen, die ihm entgegen arbeiteten, grauſame
Rache üben; theils wegen ſeines großen Eifers für die
catholiſche Religion bey dem bigotten Pöbel Ruhm erwerben; theils ſeine eigene Macht immer mehr ausbrei-
ten und befeſtigen wollte, den König Heinrich II. weit
nachdrücklicher, als jemahls, in ſeinem Haße gegen die
kirchlichen Veränderungen. Man ſtellte ihm ſogar vor,
daß er nie was in dieſer Sache ausrichten würde, ſo
lange er nur Leute von geringem Stande beſtrafte; er
müße es vielmehr darauf antragen, daß auch die Be-
ſchützer dieſer Ketzerey, die theils in, theils außer dem
Parlemente ſich befänden, ohne Anſehen der Perſon ergriffen, und vertilget würden. In der Abſicht müße denn
der König ſelbſt unvermuthet ins Parlament kommen
und alsdenn deshalben die ſchärfſten Unterſuchungen anſtellen, wozu ihm ja ohnedieß die nächſtbevorſtehende
Merkuriale *) die beſte Gelegenheit darbieten köpne.

Als

---

*) Die ſchon unter Carl VIII. eingeführten Merkuriale be-
ſtanden dorinnen, daß der königliche Generalprocurator nebſt
ſeinen Leuten, am letzten Mittwoche eines jeden Monats
(in der Folge eines Vierteljahrs) ins Parlament gehen und
Unterſuchungen anſtellen mußte, ob das Parlament und alle
Glieder deſſelben, ihrer Pflicht nachgekommen wären oder
nicht

Als nun diese am letzten Mittwoche des Aprils im
Jahr 1559. gehalten wurde, so mußte man sich im Parlamente, dem königlichen Befehle gemäß, über die Art
und Weise berathschlagen, wie man die königlichen Verordnungen wider die Ketzer am besten vollziehen könnte.
Einige Parlamentsglieder meynten, man müßte mit aller
nur möglichen Strenge dabey zu Werke gehen; andere
aber, und zwar die meisten, worunter sich auch selbst
der Präsident in Inquisitionssachen, Arnold Du Ferrier, ein sehr berühmter Rechtsgelehrter, befand, riethen, daß man eine allgemeine Kirchenversammlung deshalben veranstalten, und bis selbige gehalten würde,
die Ketzer nicht mehr am Leben bestrafen sollte.

Als nun der König dieß erfuhr, so gerieth er darüber
in den heftigsten Zorn, und begab sich daher am 15. Junii, selbst, von der guisischen Parthey begleitet, ins
Parlament, wo er alsdenn nicht nur gleich im Anfang
sein größestes Misfallen über die, dermahlen sein Reich
beunruhigenden Religionsstreitigkeiten, an den Tag legte,
sondern auch dem Parlamente befahl, die in dieser Absicht vor kurzem angefangenen Berathschlagungen fortzusetzen. Ob man es nun gleich ganz zuverläßig wußte,
daß König Heinrich nur deßhalben sich in dieser Versammlung persönlich eingefunden habe, um die Gesinnungen der Parlamentsglieder in Absicht dieser Sache

B 2

aus-

nicht. Wer alsdenn nachläßig blos, oder wirklicher Verbrechen schuldig befunden wurde, hatte das Schicksal, im
erstern Fall sogleich vom Generalprocurator im Namen des
Königs, suspendiret, im letztern Fall aber völlig abgesetzt,
ja wohl gar ins Gefängniß gelegt zu werden.

auszuforschen, so entdeckten doch einige Räthe ihre Mey‐
nung eben so frey, wie zuvor. Claudius Viole gab sei‐
ne Stimme auf eben die Art, wie sie Arnold Dü Fer‐
rier in der vorhingehaltenen Zusammenkunft gegeben hat‐
te, und Ludwig Dü Four setzte sogar noch hinzu: "Es
sey wahr, daß die Religionszwistigkeiten im Reiche Ver‐
wirrung machten: allein man müße wohl untersuchen,
wer Schuld daran seye, damit man nicht sagen dürfe,
was ehedem Elias in einem ähnlichen Falle zu Ahab
gesagt habe: Bist du es nicht, der Israel verwirret?"

Der Rath Annas Dü Bourg, ein sehr gelehrter
Mann, drückte sich nach ihm so aus: "Es würden in
Frankreich alle Tage unzählige Sünden und abscheuliche
Laster, die das göttliche sowohl als das menschliche Gesetz
verdammt, ohne Scheu begangen, ja es würde Gottes‐
lästerung, Meineyd und Ehebruch überall verübt, und
man strafe doch alle diese Verbrechen, weder mit dem
Feuer, noch mit dem Schwerde oder mit dem Strange.
Diese eben so schmerzlichen als schimpflichen Lebensstra‐
fen würden vielmehr nur für diejenigen aufbehalten, die
weder solcher Laster, noch anderer Unordnungen schuldig
wären. Denn Leute, die ihrem Oberherrn nichts als
Gutes von Gott erseheten, könnten wenigstens des Ver‐
brechens der beleidigten Majestät nicht schuldig seyn;
eben so auch könnte man es ihnen nicht erweißlich dar‐
thun, daß sie die Gesetze übertreten, oder die Städte
und Provinzen zum Aufstand verleitet hätten. Ihr Ver‐
brechen bestünde blos darinne, daß sie die Fehler der
päbstlichen Gewalt, durch die Fackel der heiligen Schrift
ans Licht gebracht, und gebetten hätten, den daher ent‐
stander

standenen Mißbräuchen, durch eine gerechte und noth-
wendige Verbesserung abzuhelfen."

Hierauf gaben auch die andern Parlamentsglieder
ihre Stimmen und endlich redete der Präsident, le
Maitre sehr heftig wider die Protestanten, und wieß
den König auf das Verfahren des Königs Philipps
Augusts gegen die Albigenser, als auf ein Muster zur
Nachahmung. Nach Endigung seiner Rede wurde dem
Könige das Protocoll der Stimmen überreicht, der dann,
nach deßen Durchsicht erklärte, daß er nunmehr das Gerücht von Protestantischgesinnten in seinem Parlamente
glauben müße, und daß er die noch Unverführten ernstlich
ermahne, bey ihrer Pflicht treulich zu verharren. Alsdenn wurden auf seinem Befehl die beeden Parlamentsräthe Dü Four und Dü Bourg sogleich in die Bastille
gebracht, die übrigen gleichgesinnten aber, einsweilen
zum Hausarrest verurtheilet, welchem jedoch Dü Ferrier
und ein Paar andere, durch die schleunigste Flucht entgiengen.

Zu eben der Zeit liefen aus Deutschland mehrere dringende Bittschriften von den Brandenburgischen, Sächsischen, Pfälzischen und Würtembergischen Höfen in Frankreich ein, in welchen der König auf das rührendste er-
sucht wurde, er möchte doch des Christenblutes schonen,
und mit den Protestanten nicht so äußerst strenge verfahren. Heinrich bezeugte sich gegen die deutschen Gesandten, welche ihm diese schriftlichen Fürbitten überreichten, zwar sehr gnädig und versicherte ihnen, daß er ihren
Fürsten nächstens die Beweggründe seines Verfahrens
näher aufklären wolle. Alleine kaum hatten sich diese

 Abge-

Abgeordnete wieder auf den Rückweg begeben, als der
König sogleich einige Commißarien ernennte, die gegen die
gefangenen Parlamentsräthe den Criminal-Proceß führen
sollten. Der vornehmste unter diesen war ein gewißer
Inquisitionsrath, Mouchi, der ganze Banden Spionen
warb, die alle Winkel, auch die Klüfte und Höhlen
der Berge durchsuchten, wider die Protestanten die
schändlichsten Dinge (z. E. daß sie bey ihren Zusammen-
künften ein Osterlamm nebst einem Schwein verzehrten,
alsdenn die Lichter auslöschten, und mit den verwechsel-
ten Weibern die verabscheuungswürdigste Unzucht trieben)
erdichteten und aussagten, und nach seinem Namen
Mouchards genennt wurden. Ferner gehörten zu dieser Commißion wider diese gefangenen Protestanten, der
Bischof von Paris, Eustachius von Bellay, und einige andere aus dem Parlament genommene gut Guis-
sisch gesinnte Räthe.

Annas du Bourg war der erste, der sich vor diesem Ausschuße von Richtern stellen, und sich von ihnen
verhören laßen sollte. Doch dieser verwarf dergleichen
vom Könige verordnete Commißarien und bezog sich darauf, daß er nur in vollem Parlamente gerichtet werden
könnte, weil er ja selbst ein Parlamentsglied wäre. Alleine seine Einwendung half ihm nichts, er mußte sich
vielmehr, nachdem er vorher gegen eine solche Beraubung ihm gebührender Vorrechte, noch einmahl förmlich
protestirt hatte, von einem solchen, allerdings höchstpar-
thenischen Gerichte, verhören laßen. Als er nun über seine Religion befragt wurde, so trug er kein Bedenken sich
freymüthig zu der Lehre der Protestanten zu bekennen.

Auf

Auf die Frage: "ob er nicht lieber die heil. Schrift also verstehen wolle, wie sie von den alten Kirchenlehrern und der Päbste Dekreten wäre erkläret worden?" erwiederte er: "Er hätte seinen Glauben auf keines Menschen Meynung, er heiße gleich Luther, oder Calvin, sondern auf das lautere und unfehlbare Wort Gottes gegründet, es wäre denn, daß ihre Lehre mit dem klaren rechtverstandenen Worte Gottes übereinstimmte."

Als man seine Meynung in Absicht der Bilderverehrung zu wißen verlangte, erklärte er sich hierüber also: "Ich glaube, daß diese ein Anfang aller Abgötterey gewesen. Denn sie gleichen einem Netze und Stricke, darinnen die Unwißenden verstrickt und zu Fall gebracht werden. Darum ist es rathsamer, dieselbigen gar beyseit zu schaffen, nach dem ernstlichen Befehl des ersten Gebots."

Da seine Richter in ihrem Verhöre auf den Bann kamen, zeigte er ihnen den offenbaren Mißbrauch desselben; indem öfters Juden, Türken, Heiden auch selbst die Mäuse aus der christlichen Gesellschaft ausgeschlossen würden, die doch niemals Glieder der Kirche zu seyn verlangt hätten.

Da er nun so ohne alle Zurückhaltung seinen Glauben bekannte, so bewog diese Freymüthigkeit den Bischoff von Paris, ihn für einen Ketzer zu erklären und ihn seines Diakonats zu entsetzen, damit er sodann an die weltlichen Gerichte zur Bestrafung ausgeliefert werden könnte. Allein du Bourg berief sich dagegen auf den Erzbischoff von Sens, zu deßen Sprengel Paris gehörte. Doch nun fügte sichs, daß König Heinrich bey einem

nem

nem, den 29. Junii 1559. angeſtellten Turniere, das
nebſt andern Luſtbarkeiten zu Paris, wegen der Vermählung ſeiner Schweſter mit dem Herzog von Savoyen,
gehalten wurde, durch die Lanze des jungen Grafen von
Montgommeri eine tiefe und gefährliche Verwundung
über dem Auge in den Kopf bekam, an welcher er auch
wirklich eilf Tage nachher, den 10. Julii den Geiſt auf-
geben mußte. Dieß war denn Urſache, daß du Bourgs
Schickſal, einige Zeit noch verſchoben wurde.

Heinrichs Nachfolger, der bisherige Dauphin,
Franz der II. war damals erſt 16. Jahr alt. Er erhob
ſogleich unter den ſechs Guiſiſchen Brüdern, die beeden
älteſten zu den höchſten Würden des Reichs, und machte
den einen zum oberſten Befehlshaber der Armeen, den
andern aber, der Cardinal war, zu ſeinem erſten Staats-
miniſter. Daraus läßt ſich leicht einſehen, daß dieſe
Widerſacher der Proteſtanten, die alles über den noch
ſehr jungen Regenten vermochten, nicht geruhet haben
werden, bis auch unter dieſer neuen Regierung, die heftigſte Verfolgung wider die armen Reformirten in
Frankreich äußerſt wütete. Wirklich geſchahe es auch auf
das Anſtiften des Hauſes Guiſe, daß der neue König,
bald nach ſeiner Thronbeſteigung den Proceß des Annas
du Bourg auf das eifrigſte zu treiben befahl.

Dieſer ſo rechtſchaffene Mann ſuchte ſich nun durch
verſchiedene Appellationen retten zu wollen, allein ſeine
Bemühungen waren vergebens. Als er dahero ſahe,
daß alle ſeine Ausflüchte nichts helfen wollten, die er
mit gutem Gewiſſen wagen zu dürfen, als großer Rechts-
kundiger ſich überzeuget hatte; ſo übergab er dem Parlamente

mente eine Schrift, in welcher er sich öffentlich zur Protestantischen Religion bekannte, wider den Pabst herzhaft zeugte, und sich für bereit erklärte, in diesem Glauben leben und sterben zu wollen.

Unterdeß kamen Intercessionsschreiben von dem Pfalzgrafen Friedrich, für den Beklagten an, die vielleicht gute Wirkung gehabt hätten, allein ein besonderer Zufall vereitelte solches. Bald darauf geschehe es nemlich, daß der, durch seinen Verfolgungsgeist wider die Reformirten sich besonders auszeichnende Parlamentspräsident Minard, bey Nachts auf der Straße, durch einen Schuß getödtet wurde, und man sagte, le Maitre und der Marschall von St. Andre würden gleiches Schicksal gehabt haben, wenn sie an eben dem Tage ins Parlament gegangen wären. Nun sprengte das Haus Guise, nebst seinem Anhange sogleich überall aus, ein solcher Mord könne von niemand anders begangen worden seyn, als von den Protestanten, ja man beschuldigte sogar den im Gefängniße sich befindenden dü Bourg, daß er von dieser Frevelthat, wo nicht der Anstifter gewesen seye, doch wenigstens Wißenschaft gehabt habe und wollte ihm solches zur Vergrößerung seiner Beschuldigung anrechnen. Ob man ihn nun gleich eines solchen Mordanschlags nicht überzeugen kunnte, so wurde er doch, bloß um seines Glaubens willen, zum Tode verdammt.

Bey der, den 23. Decemb. 1559. geschehenen Ankündigung des Urtheils, äußerte Annas dü Bourg die größeste Standhaftigkeit, die zu beweisen, ihn das Bewußtseyn seiner Unschuld kräftig stärkte. Er dankte Gott,

und

und prieß diesen Tag selig, an welchem ihm die hohe Ehre von Gott bewiesen wurde, daß er die göttliche Warheit mit seinem Blut versiegeln sollte. Er versicherte, daß er seinen Richtern herzlich gerne verzeihe, die bey seiner Verdammung wohl nach ihrem Gewißen, aber nicht nach Gottes Weisheit gehandelt hätten und ermunterte sie, ihr Gewißen nicht länger zu betäuben, der Warheit fleißiger nachzuforschen, als bisher, von ihren Lastern und Ungerechtigkeiten abzustehen, und sich zu Gott zu wenden.

Er nahm hierauf Abschied von ihnen und schloß seine Rede auf dem Parlamentshause mit den Worten: "Nun, mir wiederfahre, was der liebe Gott will, so bin ich dennoch ein Christ! Ein Christ bin ich, sage ich noch einmahl, und schreye es mit lauter Stimme, daß ihr es alle höret! Will auch meinem Herrn Christo zu Ehren gerne sterben. Denn warum werde ich wohl von euch verbrannt? Darum, daß ich mich zu keiner andern Gerechtigkeit, keinem andern Verdienst, keiner andern Fürbitte und Genugthuung habe bekennen wollen, ohne allein zu derjenigen, die auf Christum Jesum gegründet ist. Das ist die Ursache meines Todes, daß ich die reine Lehre des heiligen Evangelii bekenne. Löschet endlich einmahl eure Feuerflammen; bekehret euch mit wahrer Buße zum Herrn, daß euch eure Sünden mögen vergeben werden! Der Ungerechte laße ab von seinem bösen Wege, so wird sich der Herr sein erbarmen! Nehmet das zu Herzen, und bedenket es wohl! Ich aber will nun zum Tode gehen."

Nun

Nun wurde er gebunden, auf einen Wagen gesetzt, und auf den gemeinen Richtplatz gebracht, um daselbst öffentlich mit dem Strange hingerichtet und nachher verbrannt zu werden. Als er daselbst angekommen war, sagte er nur mit wenigen Worten zum Volke: "Ich sterbe nicht als Dieb oder als Mörder, sondern um des Evangelii willen." Mehr sagte er nicht; weil ihm zuvor unter der Bedingung, daß er zum Volk nichts reden wolle, zugesichert worden war, es solle ihm die Zunge nicht ausgeschnitten werden, wie vor ihm vielen andern Protestanten geschahe, ehe man sie zur Hinrichtung führte. Er wollte die seinige lieber behalten, damit er seinen Gott bis an sein Ende desto besser anrufen, loben und preisen könnte.

Hierauf kleidete er sich selbst aus, und da er auf den Galgen hinaufgezogen wurde, rufte er noch zu verschiedenenmahlen mit lauter Stimme aus: "Mein Gott, verlaß mich nicht, damit ich dich nicht verlaße!" Gleich nachher zog man ihm mit der Schlinge die Kehle fest zu und warf sodann seinen Cörper auf den Scheiterhaufen, dessen Flammen ihn bald in Asche verwandelten.

So starb Annas du Bourg, ein Mann, der sich durch die Redlichkeit in Verwaltung seines Amts, durch seine große Rechtsgelehrsamkeit, als ehemaliger Professor zu Orleans, und durch den Wohlstand seiner Sitten, den allgemeinen Ruhm des weisesten Mannes und des tugendhaftesten Christen, erworben hatte. Sein standhaft erlittener Tod machte vielleicht eben so viele neue Protestanten, als man durch seine Hinrichtung römisch catholisch machen wollte. Wirklich betrachtete ihn seine

Parthey

Parthey als einen Märtyrer für die Freyheit und Reli
gion, und sein Lebensende machte die Protestanten eher
muthig und trotzig so gar, als furchtsam und zur Nachgie
bigkeit geneigt!

III.

III.

Nicolaus von Gülchen *)
vorderster Advocat und Rathsconsulent zu Nürnberg, daselbst im Jahre 1605. enthauptet.

Dieser gelehrte Rabuliste war am 24. December im Jahre 1546. gebohren und zwar zu Gülchen, einem zum Churfürstenthum Trier gehörigen, Flecken. Er hieß eigentlich Nicolaus Weber, veränderte aber seinen Namen, wozu ihm folgender, eben nicht rühmliche Umstand, Veranlaßung gab. Nachdem er nemlich bereits in Holland und Frankreich sich auf die Studien gelegt hatte, und nun auch zu Padua sich den Wißenschaften widmete, so fand er es wegen eines gemachten falschen Testimonii, das er mit einem falschen Siegel bekräftigte und noch anderer Verbrechen halben, für rathsam, sich durch die Flucht in Sicherheit zu setzen. Er miethete deshalben ein Pferd und entkam zwar glücklich, wurde jedoch bald wieder eingeholet und nebst seinem entwendeten Roße, nach Padua zurückgebracht. Hierauf wurde er nicht bloß mit der Relegation von der Universität bestraft, sondern zugleich auch an seinem Cörper auf eine schimpfliche Art gezeichnet,

*) S. Wills Nürnbergisches Gelehrten Lexicon, I. Band, pag. 577. 578. ingl. Meusels historisch-litterarisches Magazin, III. Theil, 1786. p. 47—48. und Journal v. u. f. Deutschland 1789. IV. Stück, p. 336. 337.

zeichnet. Um nun in der Folge nicht erkannt zu werden, so gab er sich von seinem Geburtsorte den Namen
Gülchen, und bezog alsdenn die Universität Basel, wo
er sich nicht nur für den Vetter eines berühmten Juristen, D. Gülchers ausgab, sondern auch bald darauf
unter diesem Namen als Doctor Juris promovirte.

Einige Zeit nachher machten ihn die beeden Pfalzgrafen am Rhein, Otto Heinrich, und Philipp, zu ihrem Rath, in deren Geschäften er im Jahre 1587. zu
Worms auf dem Städt-Tage sich befand. Bey dieser
Gelegenheit lernten ihn, die ebenfalls daselbst anwesenden Abgeordneten der Reichsstadt Nürnberg, besonders
aber Herr Christoph Fürer, Senator, kennen, und
da sie seine ausnehmende Gelehrsamkeit, vorzügliche Gei-
stesgaben, und seltene Geschwindigkeit in Ausrichtung
wichtiger Staatsgeschäfte, entdeckten, so schlugen sie
ihm vor, mit ihnen sich nach Nürnberg zu begeben, wo
sie ihm zu einem ansehnlichen Amte bey der Republik
behülflich seyn wollten. Er nahm ihr Anerbieten gerne
an und reisete noch im Jahre 1587. mit ihnen in ihre
Vaterstadt zurück, wo er sogleich auf ihre Empfehlung
mit der Würde eines Consulenten der Republik bekleidet
wurde. Man gebrauchte ihn nun bey wichtigen Angelegenheiten im Staate, besonders zu oftmahligen Verschickungen auf mehrere Comitia, und sein Ansehen war
nicht nur groß, sondern auch sein Reichthum, den er sich
durch Arbeitsamkeit und Geiz sammlete, war ziemlich beträchtlich, ja soll so gar bis auf 40000. Gulden gestiegen
seyn. Er war ansehnlich von Person, in allen Schalk-
heiten und betrüglichen Practiquen erfahren; diente dem

damah-

damahligen Herzoge von Sulzbach, deßen Advokat er war, wider Nürnberg; ließ sich zwischen denen von Lechniz und von Rednitz, bey einer Rechtssache von beeden Partheyen zugleich gebrauchen; rieth einem gewißen Carl Albert Mello und andern Italiänern wider seine hohe Obrigkeit und begieng sonst noch die schlechtesten Streiche. Er hatte sich, als er sich noch in Worms aufhielt, mit Anna, einer gebohrnen Seelin verheyrathet; seine Ehe war jedoch ohne Kinder, ob er gleich als Ehebrecher mit seinen beeden Mägden, wovon er die eine, welche er von Trier mitgebracht, seinem Schreiber Philipp Dümler, mit einer ziemlichen Aussteuer zum Weibe gab, mehrere erzeugte.

Nachdem er nun achtzehn Jahre lang zu Nürnberg der Ehre so wohl, als dem Glück — jedoch ganz unwürdig — im Schooße gesessen war, so entdeckte man auf einmahl seine Vergehungen von so vielfacher Art, die er von Jugend an, vorzüglich aber im männlichen Alter wider seine Obrigkeit und übrige Nebenmenschen hatte zu Schulden kommen laßen. Er wurde dahero am 9. April 1605. bey hellem Tage, aus seinem Hause auf den Thurm Lug ins Land, in gefängliche Verwahrung gebracht. Auch wurden seine zwey Mägde, sein Gärtner nebst deßen Frau in Arrest genommen, die letztern aber nach fünf Tagen als unschuldig wieder losgelaßen und auch die erstern nach einiger Zeit wieder auf freyem Fuß gestellt. Seine Frau wurde etliche Wochen lang in ihrem Hause bewacht, nachher aber gegen Caution von dem Hausarreste wieder befreyet. Seine Bücher und Schriften wurden durch etliche dazu verordnete

Herren

Herren des Raths und Canzellisten durchsucht, und viele davon in die Canzley gebracht.

Nach siebenzehn Wochen wurde er am 7. August in das Lochgefängniß unter dem Rathhause gebracht, jedoch nicht geschlossen, sondern Tag und Nacht von zwey Wächtern bey brennenden Lichtern bewacht. Während den Verhören wurden seine Außagen jederzeit dem Rath vorgelegt, und so wohl den nürnbergischen Consulenten, als auswärtigen Rechtsgelehrten zum Bedenken zugeschickt. Sein in der peinlichen Frage erhärtetes Bekenntniß wurde auf die berühmtesten Universitäten und auch an das Cammergericht zu Speyer gesandt, welche sämtlich ihm das Leben absprachen.*) Herr Wolfgang Lueder, Diakonus an der Hauptpfarrkirche zu St. Sebald, **) der ihn zum Tode vorbereitete, hatte anfangs lateinisch und deutsch mit ihm gesprochen. Weil aber D. Gülchen für einen Calvinisten gehalten wurde, so bat ihn der Geistliche, er möchte künftig ihm bloß deutsch antworten, damit die Wächter es verstehen könnten.

In seinem Urtheile waren folgende Verbrechen enthalten: Meineyd wider seine Bestallung und die Ordnung gemeiner beschriebener Rechte; ungetreue Handlungen, welche er unredlicher Weise gepflogen; pflichtvergeßene Beginnungen gegen die Obrigkeit und deren Gerichte; Abtra-

---

*) Ein solches Gutachten steht in C. Klockii Consil. Tom. III. n. 188.

**) Dieser wird in der ältern Ausgabe des Nürnbergischen Zions Luderer geschrieben, welches aber eben so falsch ist, als wenn ihn einige Luther schreiben.

Abtragung des Umgelds gemeiner Stadt am Bier und Weine; Entwendung der Rathschläge aus der Canzley, um sie wider die Parthey zu gebrauchen; Stellung falscher Urtheile und manchfaltige Bervortheilungen vieler ehrlicher Personen; häufige und vielfältig wiederhohlte Ehebrüche; Blutschande, welche er mit den beeden Töchtern seines Bruders, theils mit beschwerlichen Umständen unterstanden, theils wirklich vollbracht.

Nachdem er 20. Wochen im Lochgefängniße geseßen, wurde der 23. December, welches wider die Gewonheit ein Mondtag war, zu seinem Gerichtstag aus dem Grunde angeseßt, um den allzugroßen Zulauf des Volks, besonders von Auswärtigen, zu verhindern. Der Lärm war aber demohngeachtet ungemein groß, so, daß man die Thüren des Rathhauses verschließen und eine verstärkte Wache vor selbige stellen, auch um den Rabenstein die Monatreuter verordnen mußte. Man wollte ihn schon Vormittags um 9. Uhr zum öffentlichen Richtplaße hinausführen, er verzögerte es aber selbst durch die Errichtung seines Testaments, dem er die Aufschrift beyfügte: Homo nescit finem suum. *) Das Binden verbat er sich vergebens; doch war er oberhalb der Arme mit einer schwarzen Zendelbinde gebunden, damit man es nicht sehen möchte. Diese hieng so lang hinunter, daß ihn der Nachrichter daran führen konnte. Man legte ihm einen langen schwarzen Mantel an, den ihm D. Wurfbein, der seines Bruders Tochter (welche sich seinen unkeuschen

Zumu-

*) Der Mensch weiß sein Ende nicht.

Zumuthungen und dabey angewendeten Gewaltthätigkeiten zu widersetzen, muthig genug war,) zur Ehe hatte, hatte machen laßen und setzte ihm einen Trauerhut auf, der mit einer seidenen Spinnenwebe (wahrscheinlich so viel als Seidenflor) überzogen war.

Er zeigte bey seinem Tode selbst vielen Muth und Unerschrockenheit. Nach der Enthauptung wurde der Kopf und Leib, sammt dem Hut in das Tuch eingewickelt, welches über dem Seßel verbreitet gewesen, in einen Sarg mit einem Deckel gelegt, von den Schützen und Bettelrichtern zu der, nicht weit von der Gerichtsstätte entfernten Kirche zu St. Peter getragen, und in selbige des Tags über gesetzt. In der nächsten Nacht darauf wurde er von den nemlichen Personen, auf einem Karren nach dem Kirchhof bey St. Johannis gebracht und daselbst nicht in sein Grab, wie er in seinem Testament verlangt hatte, sondern neben der Gemeingrube, an die Kirchhofmauer bey der Thüre, die auf den Schießplatz gehet, begraben. An dem Tag seiner Hinrichtung kam Nachmittags der Fürst von Anhalt, in eigner Person, nebst den Churfürstlich-Pfälzischen Gesandten von Heidelberg in Nürnberg an, welche für ihn eine Fürbitte einlegen wollten, weil sie glaubten, er würde wie gewöhnlich erst am Dienstag hingerichtet werden. Es war aber zu spät.

Auf seinen Tod und die Ursachen deßselbigen wurden folgende lateinische Verse gemacht:

Qui violare bonos studuit, jura atque Senatum,
Inceſtu alterius polluit inde thorum,

Olim

Olim et Doctoris mentitus nomina: viuus
Sexaginta annis caeditur enfe fero. *)

Ein Jahr darauf, 1606. nemlich, am 8. Merz, starb auch
seine Ehegattin, die sich über das unglückliche Schicksal
ihres Mannes zu todt gekümmert hatte. Die Tochter
seines Bruders, die er bey sich gehabt und erzogen, mit
welcher er wirklich während ihres ledigen Standes Blutschande getrieben, die er nachher an D. Kohler, einen
Pfälzischen Rath und Consulenten zu Heydeck, mit einer
stattlichen Aussteuer verheyrathet, und mit der er sogar
in ihrer Ehe noch dergleichen blutschänderischen Umgang
fortgesetzt hatte, wurde von dem Pfalzgrafen zu Neus-
burg auch eingezogen, und gerichtlich verhört, jedoch
nach D. Gülchens Hinrichtung, auf dringende Bitten
ihres Mannes, vom Tode befreyt.

C 2   IV.

*) Der mit Vorsatz Biedermänner, Gesetze und den Rath belei-
digte; das Ehebette eines andern blutschänderisch befleckte,
und sich den Titel eines Rechtslehrers ehehin fälschlich beylegte, wird als sechzigjähriger Greis, durch die Schärfe des
Schwerds vom Leben zum Tode gebracht.

IV.

Marſchall d'Ancre, und Eleonora Gali-
gai *) ſeine Gemahlin, er zu Paris 1617. erſchoſ-
ſen und im Tode noch mishandelt, ſie aber in
eben dem Jahre enthauptet und nachher
verbrannt.

Nachdem ſich König Heinrich der IV. von Frankreich im Jahre 1599. von ſeiner Gemahlin, Margaretha, Heinrichs des III. Schweſter, mit Bewilli-
gung des Papſtes Clemens des VIII. hatte ſcheiden laſ-
ſen; ſo vermählte er ſich im Jahre 1600. am 12. December mit Maria von Medices, der Tochter des Grosherzogs Franz von Toscana, der Schweſter des regie-
renden Grosherzogs Ferdinand von Toscana und nahen Verwandtin des, aus dem Hauſe Aldrobandini ab-
ſtammenden Papſtes.

Dieſe

*) S. allgemeine Welthiſtorie, 39ſten Band, p. 109—148. Gu-
thrie und Gray allgemeine Weltgeſchichte, X. Bandes,
II. Theil, p. 390—414. Köhlers hiſtoriſche Münzbeluſtigungen III. Bandes 49ſtes u. 50ſtes Stück, p. 385. ꝛc. Fran-
ziſci hohen Trauerſaal, IV. Band von p. 73—207. Joh.
Merkens Trauer-Schaubühne der durchlauchtigen Männer
unſerer Zeit, Ulm, 1666. p. 238—250. und l'hiſtoire des
plus illuſtres Favoris anciens et modernes par Monſ. P.
D. P. a Lyon, 1667. Tome II. p. 244—362.

Diese italiänische Fürstin wählte sich auch eine ita- liänische Dame zur Lieblingin unter ihren Kammer- frauen, welche sie nach und nach mit Ehre und Gunst überhäufte, ja ihr das wichtige und einträgliche Amt einer Aufseherin über ihren Schmuck und über ihre Gar- derobe auftrug. Es war nun solche eine gewiße Eleo- nora Galigai, von Geburt eine Schreinerstochter aus Florenz, die durch ihren Witz und Geist sich vorzüglich auszeichnete, die, wie man sagt, von Kindheit an mit der Königin, durch ihre Mutter, welche Säugamme derselben gewesen seyn soll, bekannt zu werden, das Glück hatte, und der sie in der Folge die größte Gewalt über sich selbst einräumte. Es hielt sich damahls am königlichen Hofe ein gewißer Concini auf, der aus der Grafschaft Penna im Florentinischen gebürtig, ein Sohn eines Gelehrten und Enkel eines Sekretairs bey dem Großherzog Cos- mus von Medices war. Da sich nun dieser Concini bey Maria von Medices sehr einzuschmeicheln wußte, so vermählte ihn die Königin mit ihrer Lieblingin, Ga- ligai, und war ihm in der Folge zur Erlangung der höch- sten Würde und Macht in Frankreich, behülflich.

Eben diese, aus Itallen abstammende beede Günst- linge, lagen dieser Gemahlin Heinrichs des IV. auf das dringendste an, sich zur Königin von Frankreich feyer- lich crönen zu laßen. So sehr auch ihr Gemahl selbst damider war, ja so sehr sich der sparsame Finanzminister, Herzog von Sülly, der dabey erforderlichen, viele Ko- sten verursachenden Pracht wegen, widersetzte; so drang sie doch durch, und hatte die Freude, sich 1610. den

 13. May

13. Man zu St. Denis vom Cardinal Joyeuse unter dem größten Pomp gecrönt zu sehen.

Gleich des folgenden Tages, als ihr Gemahl, Heinrich der IV. der den ganzen Tag über mürrisch war, und den gleichsam sein Tod ahndete, nachmittags um 4. Uhr ausfuhr, um die Anstalten zu dem feyerlichen Einzug der Königin in Paris zu sehen, welcher zwey Tage nachher erfolgen sollte, traf diesen vortreflichen Regenten, der allgemein den Zunamen des Großen, des Gütigen, bekam, das traurige Schicksal, daß der berüchtigte Franz Ravaillac, als der königliche Wagen eben in der engen Eisenhändlersgaße fuhr, durch eine Oefnung deßelben, ihm von hinten zu in einem Augenblicke zwey tödtliche Stiche gab, von denen er auch sogleich nach wenigen Augenblicken den Geist aufgab. Zwar versicherte Ravaillac es bis an sein Ende auf das feyerlichste, keine Mitschuldige bey diesem Morde gehabt zu haben, das auch möglich seyn kann, da er nach den Begriffen seines verrückten Gehirns glaubte, es wäre erlaubt, einen König zu tödten, der die Hugenotten, als Ketzer, in seinem Reiche dultete. Allein es wird doch aus der nachläßigen Art, mit der nachher die Untersuchungen, in Absicht der Ursachen solches Königsmordes, angestellet wurden, und aus andern Umständen mehr, ziemlich wahrscheinlich, daß vielleicht Ravaillac, auf Anstiften anderer, eine so abscheuliche That begangen habe. Unter andern, auf die damahls der gemeine Haufe Verdacht warf, befanden sich nicht nur die Jesuiten, sondern auch die Spanier und ihr Anhang in Frankreich,

Herzog

Herzog von Epernon, vorzüglich aber Concini selbst, deßen Haß gegen den König ja sehr bekannt war.

Weil der Dauphin, oder vielmehr junge König, Ludwig der XIII. bey dem gewaltsamen Tode seines Vaters erst ins neunte Jahr gieng, und also wegen dieser Minderjährigkeit zur Regierung noch unfähig war; so strebte deßen Mutter, die verwittibte Königin Maria von Medices, auf das Anstiften ihrer von Spanien bestochenen Landesleute, des Concini und seiner Gemahlin Eleonora Galigai, mit größester Heftigkeit nach der Befestigung ihres Ansehens. Sie hatte auch wirklich die Freude, durch Hülfe des Herzogs von Epernon, und des, durch selbigen überredeten Parlaments, sich zur Vormünderin ihres Sohnes, während seiner Minderjährigkeit, und folglich zur Regentin des Reichs ernennet zu sehen. Dieses geschahe schon am Tage nach der Ermordung Heinrichs des IV. am 15. May nemlich, in der feierlichen Versammlung des Parlaments, die der junge König nebst seiner Mutter hielte, obgleich die vornehmsten Prinzen vom Geblüte, der Prinz von Conde und der Graf von Soißons, Carl von Bourbon, sich bereits vor König Heinrichs Tode, vom Hofe entfernt hatten.

Nun vergrößerte sich das Ansehen und die Gewalt des Concini, oder vielmehr seiner Gemahlin, — denn er selbst besaß wenig große Eigenschaften, und hieng nur Ausschweifungen nach, — mit jedem Tage. Er wußte geheime Wege, Geld aus der Rentkammer zu erlangen, und erkaufte sich damit, theils das Marquisat Ancre in der Picardie, das vorhin dem Hause Hummieres gehör-

te,

te, und einige Gouvernements; theils die Statthalter-
stelle der Picardie, die vorher Herr von Crequi besaß;
theils die Bedienung eines Oberkammerjunkers an der
Stelle des Herzogs von Bouillon. Ja er brachte es
dahin, daß die Zollkammern, welche in der Gegend von
Sedan angelegt waren, zu seiner Bereicherung aufgehoben wurden.

Von itzo an hieß er also nicht mehr Concini, sondern
Marquis d'Ancre, und da er nun allgemein erkannter
Günstling der verwittweten Königin war, so bewarb sich
der ganze Hof, selbst auch die Prinzen vom Geblüt nicht
ausgenommen, um seine Gunst. Nur Bellegarde that
es nicht, und weigerte sich sogar, dem Marquis seine
Wohnung im Louvre einzuräumen, weil ja deßen Gemahlin, als geheime Kammerfrau der Königin, schon in
selbigem wohnte. Der Marquis d'Ancre war daher
demselben eben so gehäßig, als dem berühmten Herzog
von Sülly, diesem so redlichen Minister und Oberauf-
seher der Finanzen, der sich der übermäßigen Freyge-
bigkeit der Königin widersetzte, und ihr, zum Wohl des
Reiches, keine Anweisungen an die Schatzkammer geben
wollte. Er und einige andere riethen daher der Königin,
sie möchte sich von einem so unbiegsamen und eigensinni-
gen Manne, der gegen sie selbst so wenig Ehrerbietung
hege, befreyen, um so vielmehr, da aus seinem gesam-
mel ten großen Reichthum gar leicht die Untreue seiner
Staatswirthschaft geschloßen werden könne. Die Königin ließ sich leicht überreden, und daher zeigte man es
ihm an, es seye Zeit, seine Entlaßung zu verlangen.
Sülly bat also 1611. am 25. Januar, seine Aemter nie-
derle-

berlegen zu dürfen, bekam sogleich nebst einem Geschenk von 300,000. Livres seine Entlaßung, behielt blos die Stelle eines Oberfeldzeugmeisters bey und begab sich alsdenn auf sein Landgut Sülly.

Nun herrschte am Hofe Verschwendung und Ueppigkeit in vorzüglichem Grade, so daß dadurch nach und nach das gemeine Volk in Frankreich sich in das äußerste Elend versetzet sahe. Die verwittwete Königin gab sich auf dem Rath des Marquis d'Ancre und seiner Gemahlin alle Mühe, das Ansehen der Prinzen vom Geblüt zu schmälern und das ihrige dagegen zu erhöhen und zu bevestigen. Als der junge König im Jahre 1614. am Schluße des Septembers in sein vierzehendes Jahr trat, folglich nach der Verordnung Carls des V. für volljährig erklärt werden konnte, so übergab die verwittwete Königin selbigem in einer, am 2ten October gehaltenen Parlamentsversammlung, die Regierung. Im Grunde aber behielt sie selbige doch noch immer, weil Ludwig der XIII. noch zu jung und unerfahren, und so schlecht erzogen war, daß er zu nichts weniger als zu wichtigen Regimentsgeschäften taugte, folglich Lebenslang ein Sclave seiner eigennützigen Lieblinge bleiben mußte.

In dem nemlichen Jahre gelangte der Marquis d'Ancre sogar zu der höchsten Stelle eines Marschalls von Frankreich, so sehr man auch damahls schon anfieng, ihn zu haßen. Er wußte es nur gar zu wohl, daß er wenig Freunde habe, und daß der Prinz von Conde an der Spitze der mit ihm und der Königin Unzufriedenen stehe, welcher jedoch zu der nemlichen Zeit den Hof verließ, und nebst andern Großen des Reichs

zu

zu Mezerai eine Versammlung zu halten entschloßen war. Daher rieth denn der neue Marschall der Königin, den Misvergnügten einen Vergleich vorzuschlagen, der auch am 15. May unterzeichnet wurde. Ja er hielt es sogar für nöthig, sich die Freundschaft des Herrn von Luynes, der bey dem jungen Könige sehr viel galt, und mit ihm aufgewachsen war, dadurch zu wegen zu bringen, daß er ihm im Merz 1615. zur Erlangung der Statthalterschaft von Amboise behülflich war, welche der Prinz von Conde, dem sie zuvor verpfändet gewesen, auf Verlangen der Stände dem Könige wieder zurückgegeben hatte. Indem er auf solche Art das Glück einer Person von geringer Herkunft, als Herr von Luynes war, beförderte, so versprach er sich dagegen von deßen Dankbarkeit die Wirkung, daß seine immer wachsende Gunst bey dem Könige, ihm dereinst zur Unterstützung gereichen möchte, wenn ihm alsdenn die Gunst der Königin Mutter vielleicht fehlen sollte.

Allein die Macht des Marschalls von Ancre war nun selbst dem Parlamente furchtbar, und als er Befehlshaber zu Amiens geworden war, so stifteten seine italiänischen Soldaten daselbst nicht nur mancherley Unruhen, sondern er selbst begieng verschiedene Grausamkeiten und machte sich dadurch von Tag zu Tag verhaßter. Deswegen gaben denn die versammleten Kammern des Parlaments in dem nemlichen Jahre ein neues Manifest wider den Hof heraus, in welchem über die Unterdrückung der Freyheit bey Versammlung der Stände geklagt, die bey der Finanzverwaltung eingerissenen Misbräuche und Verschwendungen gerügt, besonders aber

dem

dem Marschall von Ancre Vorwürfe gemachet wurden, als ob er Giftmischer, Juden und Zauberer in das Reich aufnähme. Die Antwort des Königes auf Vorstellungen dieser Art, war bloß diese: "Ich habe sie gehört, bin aber damit nicht zufrieden, die Königinn meine Mutter wird euch das übrige sagen" — und diese Vieeregentin versicherte hierauf den Abgeordneten des Parlaments, daß ihr Sohn diese Vorstellungen mit Recht verwürfe, und übrigens niemand, als Gott, von seinen Handlungen Rechenschaft zu geben habe.

Nun ließ die Königin dem Prinzen von Conde verbieten, ins Parlament zu gehen, der sich hierauf sogleich von Paris entfernte. Als nachher der König mit seiner Mutter sich anschickte, an die spanischen Gränzen zu reisen, um seine bereits im Jahre 1612. mit ihm verlobte Braut, Anna von Oesterreich, Infantin von Spanien und Tochter Philipps des III. zu empfangen, und dagegen seine eigene, seit 1612. ebenfalls mit dem Prinzen Philipp von Spanien verlobte Schwester, Elisabeth, Prinzeßin von Frankreich, an Spanien zu überliefern, so lud man den Prinzen von Conde ein, diese feyerliche Reise mitzumachen. Doch dieser schlug es nicht nur ab, sondern bat auch sogar den König, die Vermählung selbst noch eine Zeitlang zu verschieben, bis die Ruhe im Reiche selbst beßer hergestellt, und so mancher eingerißene Mißbrauch aufgehoben wäre; ja warb wirklich Truppen an, und bekam wegen des allgemeinen Haßes wider den Marschall, großen Zulauf. Unterdeßen sammlete auch der Hof eine Armee von 12000. Mann wider diese Mißvergnügten, und dem Marschall von

Ancre

Ancre war schon von der Königin die Anführung der= selben aufgetragen worden, die aber nachher der Herzog von Epernon bekam.

Während dieser kriegerischen Anstalten, die jedoch auf Seiten des Prinzen Conde und seiner Mitverbundenen keine allzuglücklichen Folgen hatten, denn es gelang ih= nen nicht, weiter in Poitou vorzurücken, — hatte sich der junge König in Begleitung seiner Mutter nach Bor= deaux begeben, um da seine Braut aus Spanien sicher zu erwarten, die ihm bereits am 18. October 1615. durch einen Bevollmächtigten zu Burgos angetrauet worden war. Sie kam auch wirklich am 21. November über Bayonne, zu Bordeaux an, wo sodann am 25. No= vember das Beylager selbst, mit vieler Pracht vollzogen wurde.

Im Jahre 1616. ward auf Vermittlung König Ja= cobs von England, den der Prinz Conde um Beystand ersuchet hatte, zu Loudün eine Unterhandlung angefan= gen, wobey einige Forderungen des Prinzen zugestanden, andere verworfen, einige eingeschränkt, andere aber bis auf bequeme Zeit zu befriedigen verschoben wurden. Die= se Unterhandlungen, welche für den Prinzen eben so gar vortheilhaft nicht waren, zogen das Friedensedict nach sich, das am 16. May zu Blois gesiegelt wurde, aus welchem mehrere Verwirrungen entstunden, die jedoch dem Marschall von Ancre den besten Gewinn brachten. Den Herzog von Epernon hatte er schon entfernen las= sen, nun verlohr auch der Canzler Sillery auf sein An= stiften das Reichssiegel, welches dagegen Wilhelm du Vair, Präsident des Parlaments zu Aix bekam. Als=

benn

denn überredete er die leichtgläubige Königin, daß sie auch die beeden treuen Diener des jungen Königes, Villeroi und Jeannin entfernte, um die, durch Wegschaffung aller dieser würdigen Personen ledig gewordenen wichtigen Aemter, seinen Creaturen zu verschaffen.

Als hierauf die verwittwete Königin, nebst ihrem Sohn, dem König Ludwig, und deßen Gemahlin, Königin Anna in Paris angelangt waren, so wagte sich der Marschall d'Ancre nicht an den Hof, sondern blieb auf seinem Landhause zu Lezigny, um dadurch zugleich auch den Verfolgungen des wider ihn äußerst erbitterten Volkes auszuweichen. Wirklich waren die meisten Franzosen über ihn mit Recht sehr aufgebracht, wenn sie bedachten, daß er, als ein geringer, ganz armer florentinischer Edelmann, mit einer der höchsten Ehrenstellen des Königreiches bekleidet war; daß er, nebst seiner Gemahlin, mehrere Aemter besaß, die jährlich bey zwey Millionen Livres eintrugen; daß er Länderepen und Häuser sich eigen gemacht hatte, die über eine Million kosteten, wie auch für zwey Millionen Hausgeräthe, Edelgesteine und Silbergeschirr; daß er dieses alles unter der Regentschaft an sich gebracht, und daß er stolz einher trat, in Begleitung vieler französischer Edelleute, denen er einen geringen Gehalt von 1000. Franken gab, sie verächtlich genug behandelte, ja sie zum öftern mit dem schimpflichen Namen Conjons de mille francs belegte.

Dergleichen Betragen zog ihm nun den allgemeinen Haß des Hofs, der Stadt und der Provinzen zu, von dem er nicht selten die unangenehmsten Erfahrungen machen mußte. Besonders kränkend war für ihn unter

anbern

andern die große Demütigung, die ihm in Paris wie-
derfuhr, als die Bürger, während der Unterhandlungen
zu Loudün, des Waffenstillstandes ohngeachtet, fort-
fuhren, Wachten an den Thoren zu halten, die von allen
aus und eingehenden Personen Päße verlangten. Er
machte sich nemlich am Osterabend 1616. um das Fest
selbst in seinem, in der Vorstadt liegenden Hause zu
feyern, in Begleitung seiner Edelleute auf den Weg. Als
er nun an das Thor Büßi kam, hielt ein dort die Wache
habender Schuster, mit Namen Picard, den Wagen an,
und fragte nach dem Paß. Stolz befahl der Marschall
von Ancre dem Kutscher und seinen übrigen Leuten, fort-
zufahren; man hielt ihm aber das Gewehr vor. "Kerl,"
rief der Marschall, "weißt du wohl, wer ich bin"? —
"O ja, mein Herr," erwiederte Picard kühn und verächtlich, "aber ohne Paß werden Sie doch nicht hinaus
kommen." Von Ancre hätte vor Wuth und Verdruß ber-
sten mögen, dennoch unterstund er sich nicht, Gewalt
zu brauchen, weil sonst das sich zudrängende Volk ihn
ohne Barmherzigkeit erschlagen haben würde. Man hohlte daher bloß den Commißair des Stadtviertels, damit
er gebieten möchte, den Marschall nicht länger aufzuhalten. Dieser verbarg seinen Unwillen bis zur Rückkehr
des Königes: alsdann befahl er seinem Stallmeister, mit
zwey Bedienten den Schuster Picard aufzusuchen, und
ihn tüchtig auszuprügeln, welches sie auch so nachdrücklich thaten, daß der arme Mensch beynahe todt liegen
blieb. Bald darauf wurden diese drey Leute des Marschalls vom Pöbel aufgesucht, gefangen genommen, und
in wenig Tagen hiengen zwey davon vor Picards Thür,

ja

ja auch dem Stallmeister würde das nemliche Schicksal begegnet seyn, wenn sich nicht von Ancre mit dem Schuster Picard noch zur rechten Zeit, durch eine ansehnliche Summe Geldes verglichen hätte.

Eine so empfindliche Beleidigung hielt der Marschall für einen Vorboten seines Untergangs. Er stellte von nun an seiner Gemahlin, unaufhörlich vor, wie wohl sie thäten, wenn sie je eher je lieber nach Italien zurückkehrten, und dort ihr Vermögen in Ruhe genößen. Er fieng so gar an, mit dem Pabst in Unterhandlung zu treten, um von ihm für 600,000. Thaler den Nießbrauch des Herzogthums Ferrara auf Lebenslang zu erlangen; aber seine sichere, unvorsichtige und ehrgeizige Gemahlin hinderte alle diese Entschließungen und Unternehmungen.

Bald darauf ließ ihm der Herzog von Longueville, die so vortheilhafte Statthalterschaft der Picardie nehmen und in der Folge erklärten sich alle Herren des Hofs wider ihn, so daß er in die Normandie flüchten mußte. Während dieser seiner Abwesenheit von Paris plünderte der Pöbel sein Haus mit einem Verluste von 200,000. Thalern und alles war wider ihn. Er drang nun noch stärker in seine Frau, Frankreich zu verlaßen, und schickte deswegen einige beträchtliche Geldsummen nach Italien voraus: doch ihr Stolz war nicht zu beugen, und von Ancre mußte, von ihr überredet, zu seinem Untergange wirklich in Frankreich bleiben.

Als die Königin Mutter erfuhr, daß der Herzog von Guise und Mayenne, ja auch der Marschall von Bouillon sich des Beyfalls und der Hülfe des Prinzen

von

von Conde bey ihren Ränken gegen ihren Liebling,
den Marschall von Ancre, bedienen wollten, so ließ sie,
um diesen geheimen Nachstellungen zuvorzukommen, den
Prinzen von seiner Statthalterschaft Berry eiligst nach
Hofe einladen. Weil jedoch Conde wichtiger Geschäfte
wegen, zögerte, so schickte sie den Bischof Richelieu von
Lücon, den nachherigen Cardinal und großen Staatsmann, zweymahl an den Prinzen. Dieser Prälat, der
sich vorher schon an den Marschall von Ancre gewendet
hatte, weil er dafür hielt, durch ihn am ehesten und besten sein Glück machen zu können, und auch durch ihn
bereits wirklich Großallmosenier geworden war, ja der
sich nicht weniger auch in kurzem die Gunst und das Zutrauen der verwittweten Königin durch seine Feinheit zu
erwerben wußte, — war bald so glücklich, den Prinzen
von Conde zu bewegen, daß er an den Hof zurückkehrte.

Gleich bey seiner Ankunft versprach der Prinz, der
Königin Mutter ergeben zu seyn und den Marschall von
Ancre zu schützen, wofür man ihm zusicherte, daß er
alleine, mit Ausschließung aller anderer Herren von seiner Parthey, an der Staatsregierung Theil nehmen,
und zum Oberhaupt des Finanzrathes ernennt werden
sollte. Nun brannte der Marschall von Begierde, den
Hof des Prinzen von Conde zu vergrößern, und zog
unter einer Bedeckung von hundert Reutern, zu Paris
ein, wo er sogleich zu Conde, seinem neuen Beschützer
sich hinbegab, und sich wegen einiger Maaßregeln mit
ihm besprach.

So sehr sich nun der Marschall von Ancre, in der
Gunst des Prinzen befestiget glaubte, so betrog er sich

doch

doch ungemein; denn es war dem Herzog von Bouillon, und seinen beeden Gehülfen, Guise und Mayenne, nur allzubald gelungen, denselbigen zu seinem Untergang geneigt zu machen. Nur war er nicht immer einerley Meynung mit ihnen; denn bald wollten sie dem Marschall den Prozeß durch das Parlament machen, bald ihn aufheben, und an einen sichern Ort bringen, bald ihn lieber gleich durch gewaltsame Ermordung aus dem Wege schaffen laßen. Doch der Prinz blieb gleichgültig gegen diese Vorschläge, die wohl den Marschall, aber nicht die Königin Maria, von den Geschäften des Reichs zu entfernen, tauglich waren. Er bezeugte sogar einen Abscheu an der Ermordung des Marschalls, und sicherte ihm seinen Schutz aufs neue zu, so gehäßig er ihm übrigens war. Doch bediente er sich einer List, um den Marschall zu bewegen, daß er sich vom Hofe, wo er wirklich seines Lebens nicht mehr sicher war, abermahls wegbegeben, und in die Normandie zu seiner Statthalterschaft hinreisen möchte. Da ihm dieß gelungen war, so glaubte der Prinz von Conde gewonnen zu haben. Wirklich gelangte er nun schnell zu großem Ansehen, und da der Günstling der Königin vertrieben war, so wendete sich jedermann an ihn alleine.

Nun wußte sich die Königin und ihr Favorit, von Ancre, der sich eben so sehr, als sie, vor der anwachsenden Macht des Prinzen fürchtete, nicht anders zu helfen, als daß sie darauf bedacht waren, den Prinzen in Verhaft nehmen zu laßen. Die Königin bediente sich zu diesem Unternehmen des Marquis von Themines, der, weil sich Conde von seinem Freunde Mayenne

D

nicht

nicht warnen ließ, demselbigen, als er in das Cabinet der Königin Mutter gehen wollte, von seinen beeden Söhnen unterstützt, den Degen abnahm, und ihn in einem Zimmer als Gefangenen bewachen ließ, so sehr sich auch der Prinz sträubte. Alsdenn verließen auch Bouillon, Rohan, Vendome, Mayenne, Nevers, und andere Prinzen mehr, eilends den Hof.

Von dem Tage an machte Richelieu, der allbereits Staatssekretair geworden war, den geheimen Entwurf seiner Erhebung und des Untergangs des Prinzen von Conde, so wie des ganzen hohen Adels, ein Entwurf, den er in der Folge auch wirklich ausführte. Eben hiedurch glaubte nun aber auch der Marschall von Ancre mehr, denn jemahls, in seiner Macht und Ansehen befestiget worden zu seyn.

Da jedoch das Volk zu Paris den Marschall für den Urheber der Gefangennehmung des Prinzen so wohl, als der erstaunlichen Veränderung unter den Ministern betrachtete, so ward es äußerst wider ihn aufgebracht, und plünderte daher sein eigenes so wohl, als seines Secretairs, Corbinelli, Haus. Der junge König ließ dagegen, auf Einrathen seiner Mutter, ein Manifest zur Vertheidigung seines Verfahrens ergehen, worinnen er unter andern die großen Geldsummen anführte, welche die vom Hofe entfernten Prinzen bekommen hätten und schickte Gesandte nach England und Holland, die durch Erzählung der, von den Prinzen und ihrer Parthey angezettelten Ränke, sein Verfahren gegen sie rechtfertigen sollten. Ja er schickte sogar drey Armeen aus, die, theils nach Champagne, um dem Herzoge von Nevers

mehrere

mehrere Orte wegzunehmen, theils nach Nivernois, theils nach Soißons, wider den Herzog von Mayenne zogen, und in ihren Unternehmungen ziemlich glücklich waren.

Im November des Jahrs 1616. befiel den König eine bedenkliche Krankheit, die jedermann, und selbst die vom Hofe entfernten Prinzen, bestürzt machte. Da der König diese Theilnehmung derselbigen an seiner Person, durch den Herrn von Luynes, seinen Günstling erfuhr, so rührte es ihn eben so sehr, als lästig ihm nun mit einemmahle die Vormundschaft seiner Mutter, der verwittweten Königin, wurde. Herr von Luynes, und andere Feinde des Marschalls von Ancre, stärkten ihn in seinem Widerwillen besonders dadurch, daß sie ihm sagten, er schiene nicht viel besser zu seyn, als ein Gefangener seiner Mutter, weil sie ihm sogar eine Schaar von Reutern, die ihren eigenen Namen führte, zur Leibwache gegeben habe. Sie machten ihm daher die Vorstellung, er könne sich von ihrem beständigen Einreden am besten losmachen, wenn er darauf dächte, den übermüthigen Fremdling, der sie lenkte, wohin er wolle und dem die Königin Mutter gern die höchste Theilnehmung an der Regierung des ganzen Staats verschaffen wollte, so bald als möglich vom Hofe zu entfernen.

Der König selbst hatte den Marschall von Ancre nie geliebt, war ihm nach der Gefangennehmung des Prinzen von Conde noch gehäßiger und als derselbe nun bald darauf an den Hof zurückkehrte, so begegnete er ihm wirklich mit dem größten Kaltsinne. Dieß machte dem Herrn von Luynes neuen Muth, so daß er nun alle

 Kräfte

Kräfte aufbot, um den Untergang des Marschalls zu beschleunigen, in Hofnung, sich selbst dadurch den Weg
zu größerm Glück zu bahnen. Es gelang ihm auch wirklich sein Vorhaben so gut, daß der von ihm ganz einge-
nommene König ihm sagte, es wäre ihm lieb, wenn die
vom Hofe entfernten Prinzen noch ferner fest zusammen hielten, und des Marschalls von Ancre Feinde
blieben.

Unterdeßen hielt sich dieser, damals seinem Fall und
Tod so nahe Günstling der Königin Mutter, der noch
nicht lange vorher aus der Normandie an den Hof nach
Paris zurückgekommen war, für so fest in seinem Glück
und Ansehen bestättigt, daß er alle Warnungen seiner
Anhänger in den Wind schlug, und selbst aus der größer
gewordenen Kaltsinnigkeit des Königs gegen ihn, nichts
ihm nachtheiliges ahndete, ja wohl gar zuweilen die
schuldige Hochachtung gegen ihn ziemlich aus den Augen
setzte und zum Exempel beym Spiel mit dem Könige,
den Hut aufsetzte. Eben so sorglos und unbekümmert in
Absicht ihres Günstlings, war Maria von Medices
selbst. Sie trauete nicht einmahl der kleinen Seele des
Herrn von Luynes so eine wichtige Sache zu, als die geheime Veranstaltung des Untergangs des Marschalls
und ihres damit verbundenen eigenen Sturzes, war.

Unterdeßen wurden mancherley Berathschlagungen
zwischen dem Herrn von Luynes und dem Könige angestellt, wie Herr von Ancre aus dem Weg geräumt werden sollte. Lange bestand der König darauf, ihn nur
vom Hofe zu entfernen; doch endlich siegten des Herrn von
Luynes Vorstellungen, als müße man diesen schädlichen
Mann

Mann umbringen, über die Besorgniße des Königs, der
itzt wirklich in seine Ermordung einwilligte.

Man beschloß, den Herrn von Vitry, Hauptmann
bey der königlichen Garde, diesen geschwornen Feind des
Marschalls, zu einer solchen That, als Werkzeug zu gebrauchen, und verhieß ihm, wenn er den von Ancre
lebend oder todt liefern würde, die dadurch entledigte
Würde eines Marschalls von Frankreich, zur Belohnung.
Es wurden ihm einige der verwegensten Schläger, die
man nur in Paris finden kunnte, als Gehülfen bey
Ausführung einer solchen Hinrichtung beygesellet, so
wie er sich überdieß noch einiger Freunde und Verwandten, ja auch einiger Edelleute und Leibtrabanten versicherte. Alle diese versprachen ihm seinen Beystand,
und verabredeten sich, am 24. April 1617. mit Pistolen
unter ihren Mänteln ins Louvre zu kommen und den
Marschall bey dem ersten Zeichen zu erschießen.

Der Marschall hatte die Gewohnheit, alle Tage früh
um 6. Uhr ins Louvre zu kommen, um in dem Zimmer
seiner Gemahlin zu warten, bis die Königin Mutter
aufgewacht wäre. Als er nun am 24. April diesen Gang
ebenfalls verrichtete, so trat, wie gewöhnlich, seine
Leibwache von 40. in seinem Solde stehenden Edelleuten
vor ihm her, und nach ihm kamen noch viele andere, die
aber, weil man plötzlich das Thor schloß, zurück bleiben
mußten. Indem nun von Ancre eben auf der kleinen
Brücke sich befand, und im Gehen einen Brief las, so
kam Vitry in Begleitung seiner Schaar von Schlägern
und Verbündeten herbey. Die Edelleute des Marschalls
wichen ihm sogleich auf beyden Seiten aus, weil sie in

D 3

der

der Meynung stunden, es käme der König. Alsdenn nahm Vitry den Marschall mit folgenden Worten in Verhaft: "Stehet stille, und leget sogleich auf Befehl des Königs das Gewehr ab, sonst kostet es euch das Leben!" Der Marschall trat, hierüber äußerst entrüstet, einen Schritt zurück, sagte bloß: "Ich?" und legte alsdenn seine Hand an den Degen, um sich zu vertheidigen. Alleine in dem nemlichen Augenblicke bekam er von den Begleitern des Vitry, auf das von selbigem erhaltene Zeichen zu gleicher Zeit drey Pistolenschüße, die ihn sogleich todt zur Erde streckten, von denen einer durch das Herz, einer durch den Kopf, und noch ein dritter durch den Leib gieng, und wurde, auf dem Boden liegend, zum Ueberfluße noch mit mehrern Degenstichen durchbohrt.

Kaum war die That vollbracht, so schrie Vitry mit seinen Gehülfen: "Es lebe der König!" Nun zeigte sich Ludwig der XIII. am Fenster, und gab ihnen mit gefälliger Mine, durch Abziehung seines Hutes seinen Beyfall zu erkennen. Vitry gieng alsdenn in das Zimmer des Königes, und berichtete ihm, man habe den Marschall nicht lebendig gefangen nehmen können, und seye also genöthigt gewesen, ihn zu tödten. Er begab sich hierauf auch zu der Marschallin, die er noch im Bette liegend antraf, und nahm so wohl sie, als ihren zwölfjährigen Sohn, den man den Grafen von la Pene nennte, in Verhaft. Der Leichnam des Herrn von Ancre wurde unterdeßen in eine kleine Kammer der Thorhüter gebracht, nachdem ihm zuvor Sarrogue den Degen genommen, um selbigen dem Könige zu überliefern; le Buisson einen kostbaren Brillantenring vom

Finger

Finger gezogen, und noch ein Paar andere Gehülfen des
Vitry, sich seiner Scherpe und seines schwarz sammtnen
Mantels bemächtigt hatten.

Ueberall, wo man nur die Nachricht von des Marschalls Tod vernahm, hörten sogleich alle Feindseligkeiten
auf, und jedermann eilte an den Hof, um dem Könige, dem
bisher nichts, als der bloße Name des Königes gelaßen
worden war, Glück zu wünschen, daß er von nun an
selbst zu regieren, Freyheit haben würde. Jedermann
suchte aber auch ißt des Herrn von Luynes Gunst zu
gewinnen, dem der König nicht nur das große Vermögen des von Ancre schenkte, sondern auch alle seine ge-
tragenen hohen Würden beylegte, vorzüglich aber die
Stellen des ersten Kammerherrn und Feldherrn in der
Normandie.

So allgemein man es billigte, daß der Marschall
aus dem Weg geräumet worden, und so sehr jedermann
ihm, als öffentlichem Störer des Friedens und der Ruhe
im Staat, den Tod gönnte; so gab es doch sehr viele,
welche die Art und Weise tadelten, die der König, ihn
hinzurichten, beliebt hatte, und vorgaben, es wäre weit
beßer, und der Würde des Königs viel angemeßener gewesen, ihm wegen seiner Verbrechen vor den Gerichten
öffentlich den Proceß machen zu laßen.

Man nahm bald nach seiner Ermordung eine Besich-
tigung seines Leichnams vor, und fand, daß er kein Pan-
zerhemd angezogen hatte, wie man zuvor vermuthete,
sondern daß alle seine Wunden tief genug eingedrungen
wären. Er hatte über dem Hemde eine goldene Kette,
die unter dem Arm durchgieng, funfzehn Unzen schwer

D 4

war

war, und an welcher unten etwas, gleich einem Agnus Dei versiegelt hieng, das, als man es eröfnete, in nichts als einem viereckigt zusammengelegten Stückchen weißer Leinwand bestund. In den Taschen seiner Beinkleider fand man einige Verzeichniße von Ersparungsmitteln, Versprechungen der Rentmeister, und Obligationen, so bey zwey Millionen Livres betrugen, alles in kleinen wohlversiegelten Päckchen. Der Leichnam selbst wurde nachher in ein grobes Leinentuch gewickelt, sodann noch am 24. April Abends um 9. Uhr ganz heimlich in die Kirche St. Germain auf Auxerrois gebracht, und daselbst, unter der Orgel in aller Stille begraben.

Als am nächst darauf folgenden Tag, welcher das Fest des Evangelisten Marcus war, der König im Augustinerkloster des Morgens eine Meße gehöret hatte und kaum ins Louvre zurückgekehret war, so eilte der Pöbel, der seine Rache, durch die bloße Ermordung des Marschalls von Ancre, noch nicht sattsam befriedigt zu seyn, glaubte, und der es erfahren hatte, daß sein Leichnam schon in einer Kirche beerdigt seye, ohne Rücksicht auf die Heiligkeit dieses Gebäudes zu nehmen, mit dem größten Tumulte auf die Kirche los und stürzte haufenweiß hinein. Man hatte den Platz unter der Orgel ausgekundschaftet, wo er lag und daher wurden denn Grabscheite, Hacken und Schaufeln zur Hand genommen, und mit größtem Ungestümm der Boden aufgebrochen und die Erde aufgewühlet. Als sie auf die Bahre kamen und selbige umgekehrt fanden, glaubten sie schon vergebens zu suchen, doch als jemand versicherte, der Leichnam läge gewiß da, so gruben sie noch weiter nach und

fanden

fanden selbigen auch wirklich, und zwar auf dem Ange-
sichte liegend. Nun wurde er unter wildem Geschrey und
niederträchtigen Schimpfnamen herausgerißen, und ein
Strick um seinen Hals befestiget, wobey alles ausrief:
"An den Galgen mit dem Schelme, an den lichten
Galgen!" —

Wirklich eilte alles mit dieser dem Grabe entrißen
nen Beute auf die neue Brücke zu, in deren Gegend,
das Jahr vorher, auf seinem Befehl ein Schnellgalgen
deswegen errichtet worden war, damit an selbigem alle
diejenigen gehängt werden sollten, die sich durch Lästerungen oder Beschimpfungen schriftlich oder mündlich
an ihm und seiner Gemahlin vergangen haben würden.
Alsdenn wurde der Strick von seinem Halse gelöset, an
die Füße geknüpft, und er folglich umgekehrt an diesen
Galgen gehängt, so, daß der Kopf beynahe die Erde berührte. Man entriß ihm nun seine leinene Hülle gänzlich, daß er ganz nackend da hieng, schalt ihn mit allen
nur ersinnlichen Schimpfworten, schnitt ihm Nase, Augen, Ohren, Finger, Zehen, und selbst die Schaamtheile
ab, durchstach ihn am ganzen Cörper, riß ihm die Haare aus — kurz man verstümmelte ihn auf die abscheu-
lichste Weise. Ein von Rache fast wütend gewordener
Bedienter des Baron von Urtenaut, den der Marquis
ehedin hatte hinrichten laßen, schnitt hierauf den Strick
ab, daß der Cörper zu Boden fiel, stürzte auf selbigen
loß, um ihn, gleich als ein Hund, mit Zähnen zu zerreis-
sen, und sein Blut zu lecken; und nachdem der Pöbel
alle diese unerhörte Mißhandlungen theils ausgeübt,
theils mit lautem Zurufe gebilligt hatte, so wurde der

 schreck-

schrecklich verstümmelte Cörper von eben diesem tollen Haufen auf den öffentlichen Richtplatz, la Greve, geschleppt, da nochmahl aufgehängt, und neben selbigem eine, aus dem Leichentuche gemachte Docke, die seine Gemahlin vorstellen sollte, aufgeknüpft.

Dieß war noch nicht genug! — Man nahm den Leichnam vielmehr wieder vom Galgen herab, und brachte ihn in die Vorstadt St. Germain, machte vor seinem eigenen Hause daselbst, aus Stroh und Reisern einen Haufen, zündete selbigen an, und warf den Cörper darauf. Als er aber dadurch nicht sogleich verbrannte, wurde er, gesengt und halb gebraten, abermahl zur neuen Brücke hingezogen; dort auf einen Scheiterhaufen gelegt, zu dem die daherum wohnenden Kaufleute das Holz herzugeben, genöthigt wurden, und verbrannt, der Ueberrest davon aber in den Seinefluß geworfen. Die ihm abgeschnittenen Glieder wurden nachher verkauft, und einzeln verbrannt, oder sonst mißhandelt.

Noch an demselbigen Tage mußten alle Hausgenoßen des Herrn von Ancre aus Paris entweichen. Seiner Gemahlin Bruder, den er zum Erzbischof von Tours, und zum Abt von Marmonstier zu befördern, Wege gewußt hatte, mußte aus Furcht vor dem rasenden Pöbel sich durch die Flucht aus der Hinterthüre seines Closters retten, und sein, beym Eingange deßelben angebrachtes Wappen, wurde zerschmettert und herabgeworfen. Ja selbst sein junger Sohn, wurde genöthigt aus den Fenstern des Zimmers, in dem er als ein Gefangener bewacht wurde, welche auf die neue Brücke zu giengen, hinaus zu schauen, und einen Augenzeugen von den Mishand-

handlungen abzugeben, die man dem Cörper seines Vaters anthat.

Auch die Königin Mutter, die auf die Nachricht von
dem gewaltsamen Tode des Marschalls, in die äußerste
Bestürzung gerieth, sahe sich ihrer Freyheit beraubt:
denn ihre Leibwache wurde von des Königs Garde abge-
löset, und sie also in ihren eigenen Zimmern gewißermaßen gefangen gehalten. Sie verlangte zum öftern,
den König, ihren Sohn, zu sprechen, und machte sich
sogar an den Herzog von Luynes, daß er ihr bey selbigem Gehör verschaffen sollte, alleine es war vergebens.
Als sie sich hierauf entschloß, den Hof zu verlaßen, und
nach Monceaux zu gehen begehrte, mußte sie sich gefallen laßen, ihren Aufenthalt in Blois zu nehmen.

Nun machte man auch der verwittweten Marschallin
den Prozeß, die man zuerst auf ihrem Zimmer bewachte,
in der Folge aber nicht nur alles Schmucks beraubte, der
noch in ihren Händen sich befand, zum Theil in ihrem
Bette versteckt lag, und ziemlich beträchtlich war, sondern sie auch in die Bastille setzte. Sie wurde wegen
des Verbrechens der beleidigten göttlichen und menschlichen Majestät angeklagt, und man beschuldigte sie, daß
ihre unermeßlichen Reichthümer eine Frucht der außerordentlichsten Dieberenen und der gröbsten Bestehlung der
Staatseinkünfte seyen. Sie vertheidigte sich gegen alle
Anklagen mit vieler Standhaftigkeit und Geistesgegen-
wart, verachtete besonders die Beschuldigung der Zauberey als ein Hirngespinnst, und verglich sich bey ihrer
Verantwortung deshalben mit Christo, dem man es auch
fälschlich aufgebürdet hätte, Beelzebub, der Oberste der
Teufel

Teufel wäre sein Lehrer und Beystand in der Zauberey. Als man sie befragte, was für eines Zaubermittels sie sich bedient hätte, um die Königin Mutter zu allem was sie nur wollte, zu überreden? so antwortete sie: "keines andern, als der Gewalt, die ein starker Geist über einen schwachen hat." Und als man sie, wegen der grossen Reichthümer, die sie in so kurzer Zeit gesammlet hätte, zu Rede setzte, so erwiederte sie darauf: "Sie kämen von der Königin Mutter her, die überhaupts zu allem, was sie an sich gebracht, ihre Einwilligung gegeben hätte."

Man brachte sie hierauf im Junio von der Bastille in das öffentliche Gefängniß des Rathhauses, und zwar in ganz schlechtem Anzuge, worüber sie sehr erschrack, und in die Worte ausbrach: "Ach, wehe mir! nun bin ich verlohren!" Bisher hatte man ihr noch ein bejahrtes Frauenzimmer aus Italien, und einen Bedienten in der Bastille zur Aufwartung und Gesellschaft gelaßen, doch diese beede mußten sich itzt entfernen. Nachdem sie daselbst noch ein paarmahl gerichtlich verhört worden war, so wurde ihr, obgleich mehrere der Meynung waren, man könne sie nicht zum Tode verurtheilen — welcher gelindern Meynung selbst einer unter ihren Referenten beytrat, — demohngeachtet das Urtheil gefället, daß sie enthauptet, und ihr Kopf und Cörper zu Asche verbrannt werden sollte.

Sie hatte nichts weniger vermuthet, als daß sie zum Tode verdammt werden würde, und glaubte, höchstens des Landes verwiesen zu werden. Als sie daher am 8. Julii 1617. dieses so schreckliche Urtheil vernahm, bey

deßen

beßen öffentlicher Ankündigung sie hatte niederknieen müßen, so sprang sie schnell auf, und rief: "Weh mir, ich bin schwanger!" Nun stellte man durch Hebammen desswegen eine Untersuchung an, fand jedoch nicht das geringste Merkmahl, das ihr Vorgeben bestättigte, und ließ es alsdenn beym Ausspruche des Urtheils unverändert bewenden. Durch dieß ihr Urtheil wurde zugleich nicht nur das Andenken ihres Mannes auf immer und ewig ehrlos gemacht, sondern auch ihr Sohn des Adels entsetzt, und für unfähig erklärt, irgend eine Würde im Königreiche zu besitzen. Ihre in Frankreich liegende Güter wurden für verfallen erklärt, und eingezogen; ja selbst in Ansehung ihres nach Italien voraus geschickten Vermögens, Anstalten getroffen, daß es wieder erstattet werden möchte.

Gedachten 8. Julii wurde das Urtheil an der Marschallin von Ancre wirklich vollzogen. Sie bereitete sich unter Anleitung zweyer Geistlichen vorher andächtig zu ihrem Tode, und bewegte durch ihr demüthiges Betragen, und durch ihre, in einer wohlgesetzten Rede geäußerten Bitten um Verzeihung, selbst auf dem Richt-Platze noch, ihre ärgsten Feinde sogar, zum Mitleiden. Der Scharfrichter ließ sie hierauf niederknieen und verband ihr die Augen, sie aber verlangte unterdessen von den Geistlichen, daß sie laut reden, und das Volk zum Beten für sie ermuntern sollten. Nachdem ihr nun gleich darauf unter Aussprechung der Worte: In deine Hände befehl ich meinen Geist, das Haupt ganz nahe an den Schultern herabgeschlagen worden war, so wurde ihr Leichnam bis aufs Hemde entkleidet, sodann nebst dem

Kopf

Kopf auf den Scheiterhaufen geworfen, und beedes zu
Asche verbrannt.

Endlich mußte auch noch der Sohn des Marschalls,
so unschuldig er auch war, den Haß der Feinde seiner
Eltern empfinden. Er wurde nemlich in das Schloß zu
Nantes gebracht, wo er fünf Jahre lang eingekerkert
bleiben mußte, bis ihn endlich die Königin Mutter im
Jahre 1622. in Freyheit setzte. Nun begab er sich nach
Florenz, und da seine Eltern einige Jahre vorher beträchtliche Geldsummen in ihre Heimath gesendet hatten;
so konnte er daselbst von einem jährlichen Einkommen,
das ohngefähr 14000. Thaler betrug, bis zu seinem, im
Jahre 1631. erfolgten Tode, reichlich leben.

V.

V.

Giovanno Graf von Cajetani, *)

königlich preußischer Generalmajor, als ein vorgeb=
licher Goldmacher zu Cüstrin 1709. gehänget.

Dieser Betrüger, der sogenannte Graf Cajetani,
hatte die Frechheit, vorzugeben, er stamme von
dem berühmten italiänischen Geschlechte des im sechzehen=
den Jahrhundert bekannt gewesenen Cardinals Cajeta=
ni ab, ohngeachtet er nur der Sohn eines wohlhabenden
Bürgers und Goldschmids zu Neapel war. Nachdem
er sich in seiner Jugend mit gutem Fortgang den Wissen=
schaften, besonders der Chymie gewidmet hatte, so ver=
ließ er, mit Verstand, vorzüglicher cörperlicher Gestalt,
und Gabe zu überreden, ausgerüstet, sein Vaterland.
Er durchzog nun als wahrer Abentheurer einen großen
Theil Teutschlands. Zuerst gieng er an den Churbayri=
schen Hof, wo er nach durchgebrachten 30000 Thalern,
die man ihm zu seinen alchymistischen Arbeiten gegeben
hatte, bald die Flucht ergreifen mußte. Alsdenn eilte

er

*) S. den curieusen und gelehrten Historicum von Melissantes,
Frankf. u. Leipz. 1712. p. 522—549. Relat. Histor. vom
erhenkten Cajetano. confer. Europ. Fam. Part. 92. pag.
636. sqq. item des historischen Bildersaals VII. Theil pag.
375—378. Leben und Thaten Friedrich Wilhelms, Königs
in Preußen, I. B. p. 27. ꝛc. Nachrichten von merkwürdigen
Verbrechern in Deutschland, Bornholm 1786. p. 29—27.

er nach Wien, wo er mehrern reichen Leuten, die das Gold machen lernen wollten, ziemliche Summen abstahl. Nun gieng er an den Churfürstlich Pfälzischen Hof, wo er fünf viertel Jahre lang sein Bleiben hatte. Alsdenn führte ihn sein Unstern im Jahre 1705. nach Berlin, wo er ebenfalls durch Spielung der Rolle eines Adepten, sich bereichern wollte.

Gleich nach seiner, am 5ten Merz gedachten Jahres erfolgten Ankunft zu Berlin, schaffte er sich und der in seiner Gesellschaft befindlichen Frauensperson prächtige Kleider, und nahm, um Aufsehen zu machen, Leute in seinen Dienst. Damit er aber dieß thun könnte, mußte er, weil es ihm an Gelde fehlete, alle Sachen von Werthe, die er und seine Gesellschafterin besaßen, Ringe, Perlen und Silbergeräthe, selbst seinen Degen, bey einem Juden versetzen.

Hierauf wendete er sich durch ein schriftliches Memorial an den Hof, bat um königlichen Schutz, und machte dafür das Anerbieten, nicht nur die Verwandlung geringer Metalle in edlere, sondern auch andere chymische Kunststücke zu zeigen. Da man ihm seine Bitte gewährte, so machte er in Gegenwart des Königs und anderer Großen an dem Hofe, drey geringe Proben seiner Kunst und übergab nicht nur dem König einige Grane rother und weißer Tinctur, sondern machte zugleich auch eine Beschreibung von der Art und Weise, wie selbige zu multipliciren wäre. Er selbst traf alsdenn die gehörigen Anstalten zu solcher Multiplication, und versprach, daß der König nach 60. Tagen 8. Loth rothe und 7. Loth weiße Tinctur erlangen sollte.

Nun

Nun erwieß man Cajetani die größten Beweise von
Ehre und Achtung, denn mit Geschenken von Gold und
Silber wollte man ihn nicht überhäufen, weil er ja solches selbst machen könne, und wichtige, einträgliche Aemter ihm aufzutragen, glaubte man, würde alsdenn noch
Zeit genug seyn, wenn der Ausgang seines zugesicherten
Multiplications Prozeßes, den Erwartungen ganz ent-
sprochen hätte. Als unterdeßen der Hof, einer Jagdlust
wegen, sich von Berlin auf einige Zeit entfernte, so
nahm Cajetani, ohne sich weiter um das in der Multiplication stehende Werk etwas zu bekümmern, seinen
Weg nach Hildesheim. Von diesem Orte aus schrieb er
nach Berlin zurück, versicherte, daß er der wahre Be-
sitzer des Geheimnißes, Gold zu machen, seye, welches
er doch zuvor dem Könige geläugnet hatte, und erbot sich,
solches sein Geheimniß, für Leistung eines hinreichenden
Schutzes, demjenigen entdecken zu wollen, den der König
hiezu ernennen und an ihn schicken würde.

Es wurde daher der Cammerherr Marschall von Biberstein an ihn nach Hildesheim geschickt, der ihm nicht
nur ein königliches Patent, das ihn als Generalmajor erklärte, sondern auch des Königes mit Diamanten besetztes
Portrait, deßen Werth auf 1200. Reichsthaler geschätzt
wurde, einhändigte. Beedes nahm Cajetani an, und traf
alsdann die Abrede, die vorseyende Operation selbst, zu
Coswich im Anhaltischen vorzunehmen. Der Proceß
wurde hierauf schriftlich ausgefertiget und darnach gearbeitet. Mitten in der Arbeit wurde die Phiole geöf-
net, etwas Liquor herausgenommen, und damit 3 bis 4.
Pfund Quecksilber zu Silber tingiret. Unterdeßen

                          dauerte

dauerte die Multiplication auch noch immer zu Berlin in des Cammerherrn Hause fort.

Nach dieser Nebenprobe fieng Cajetani allgemach an, sich blos zu geben, und seine Gesinnung, daß er nemlich seine Künste um baares Geld gern verkaufen möchte, dadurch sich deutlich merken zu laßen, daß er von dem Marschall von Biberstein 1000. Dukaten verlangte. Doch dieser vertröstete ihn auf den Ausgang seines unternommenen chemischen Proteßes, und unter dem Vorwande, daß er als Adept ohnedieß kein Geld vonnöthen habe, versorgte er ihn bloß mit Wein und Lebensmitteln.

Die Operation zu Cöswich lief inzwischen zu Ende; ehe aber der Schluß davon vollends erfolgte, öfnete Cajetani die daselbst stehende Phiole wieder, und nahm etwas Liquor heraus. Nachdem er denselbigen in einem Scheide-Kolben hatte abrauchen laßen, so fand sich eine gelbe Materie, und mit dieser wurde alsdenn, wie man damahls glaubte, ein Reichsgulden zu Golde tingirt. Nun wollte Cajetani den Cammerherrn Marschall von Biberstein zwingen, daß er bekennen sollte, er habe das Geheimniß völlig erlernt, und drang heftig darauf, er möchte ihm, nach gemachter Anzeige hievon am Hofe, die ihm von der Gnade des Königs zugesicherten 1000. Dukaten, verschaffen. Doch als ihn dieser aufs neue zur Gedult verwieß, bis zum völligen Ausgang seiner gedoppelten, zu Cöswich und Berlin unternommenen chemischen Operationen, so gab er vor, eine Reise an den Hof zu machen, nahm aber seinen Weg gerade zu nach Stettin.

Von

Von da aus schrieb er an den König, und entschuldigte seine Entfernung dadurch, daß der Cammerherr ihn schlecht behandelt habe, als welcher, ohngeachtet ihm das Geheimniß ganz gelehret worden sey, doch solches itzo läugne, um selbiges für sich alleine zu behalten und zu nützen; daß folglich derselbige auch ein untreuer Diener des Königes selbst seye. Zugleich bat er, daß man ihm die versprochenen 1000 Ducaten zusenden möchte, um seine vorhabende Reise nach Italien damit zu bestreiten.

Nun wurde ein neuer königlicher Commißarius, der geheime Secretär Hesse, nach Stettin geschickt, um ihn nach Berlin zu bringen, daß er da die angefangene Operation vollenden möchte und dafür alsdenn versprochener maßen belohnt werden könnte. Allein er war nicht zu überreden, sondern setzte vielmehr, nachdem ihm der königliche Commißarius 400. Reichsthaler vorgestreckt hatte, um seinen Wirth bezahlen zu können, seinen Weg weiter fort bis nach Hamburg, wo er, weil er kein Geld hatte, die Kleider von ihm selbst, von seiner Maitresse und seinen Bedienten, in Versatz geben mußte.

Als er nun von Hamburg aus abermahls an den König schrieb, und den Cammerherrn Marschall von Biberstein wegen vorgeblicher Untreue aufs neue anklagte; als ferner die unterdeßen zu Coswich gestandene Phiol untersucht und leer gefunden wurde, so ließ man ihn zu Hamburg als königlichen Generalmajor aufheben, und nach Berlin zurückbringen, um hinter die reine Warheit zu kommen. Bey seiner Zurückkunft wollte er die Berlinische Phiole nicht annehmen, noch die darinnen

vorhandene Materie, welche doch nach seinem ehemahli=
gen Vorgeben bey sechs Millionen austragen sollte, für
die seinige erkennen. Jedoch erklärte er sich, die Ope=
ration in Gegenwart eines andern Commißairs von
neuem vorzunehmen. Da geschahe es nun wieder, daß
mitten in derselben, etliche Löffel Liquor aus der Phiole
genommen, und 2. Pfunde Queckſilber damit zu Silber
tingirt wurden, desgleichen auch nach einigen Wochen
ein Pfund Queckſilber zu Gold. Als er aber das übrige
von der Tinctur zur Siccität bringen, und damit, seinem
Versprechen gemäß, in Gegenwart des Königs tingiren
sollte, er jedoch nicht mehr Meister über die Phiole war,
sondern der königliche Commißarius noch einen Schlüßel,
sie zu versperren, hatte, so machte er, da die Phiole auf
das neue eingeſetzet wurde, ein so starkes Feuer, daß sie
bald zerspringen mußte, wodurch denn alles verlohren
gieng.

Dieß Unglück suchte Cajetani mit seinem Arreste zu
beschönigen, als worinne eine so wichtige Arbeit unmög=
lich nach Wunsch von statten gehen könne. Er bat daher,
daß man ihn in Freyheit setzen solle, welche ihm auch
der König unter eidlicher Angelobung, nicht nur den an=
gefangenen Proceß zu vollenden, sondern auch die Mul=
tiplication zu zeigen, wirklich ertheilte. Es wurde ihm
hierauf nicht nur das Fürstenhaus in Berlin zur Woh=
nung eingeräumet, sondern auch der Befehl gegeben,
aus der königlichen Küche ihn Mittags mit 10. und
Abends mit 8. Gerichten zu versorgen, ihm Weine ver=
schiedener Art zu reichen, und ihn außerdem mit Wachs=
lichtern, und andern Nothwendigkeit sattsam zu versehen.

Selbſt

Selbst auch seine in Hamburg, Berlin und andern Oerten versetzten Kostbarkeiten, wurden eingelöset, wozu eine Summe von mehrern tausend Reichsthalern erforderlich war.

Bey dem wieder aufs neue angestellten Prozeß, der von ihm vorsetzlich sehr in die Länge gezogen wurde, eröfnete er abermahls die Phiole, nahm etwas Liquor heraus, und tingirte damit 30. bis 32. Mark Queckfilber; zu Anfang des Augusts 1707. und in der Mitte des Novembers machte er sie wieder auf, und goß auf 40. Loth Queckfilber 20. Tropfen, welches zu Gold wurde und der König ihm abkaufte. Hierauf versprach er um den 23. November die letzte und größte Probe abzulegen, und nicht nur dem König die Tinctur in forma sicca zu übergeben, sondern auch einen ganzen Centner Goldes in seiner Gegenwart zu tingiren. Ehe jedoch dieser bestimmte Tag anbrach, gab er eines Morgens vor, eine Spazierreise außerhalb Berlin auf 6. Meilen weit vorzunehmen, und suchte sich durch eine schleunige Flucht aus den preußischen Staaten zu entfernen. Er reisete über Erfurt, und kam nach Frankfurth am Mayn, um von da aus sich nach Spanien an den König Carl den III. zu wenden.

Da ihm nun ungesäumt nachgesetzt wurde, so hohlte man bald von seinem einsweiligen Zufluchtsorte Nachricht ein, und ersuchte den Rath zu Frankfurth um seine Auslieferung, der selbigen auch zu Sachsenhausen dem Preußischen Commando übergab, von welchem er gefänglich nach Cüstrin gebracht wurde.

E 3

Ob

Ob gleich Cajetani unmittelbar hierauf eine öffentliche Speciem facti aufsetzte, und schriftlich übergab, in
der er sich so viel als möglich zu rechtfertigen suchte, aber
dem ohngeachtet die anzüglichsten Ausdrücke wider den
König und den Marschall von Biberstein mit einfließen
ließ, so half doch alles nichts. Er wurde vielmehr in
öftern, mit ihm vorgenommenen Verhören als Betrüger
erfunden, der nicht blos durch falsche Anklage und Beschimpfung des Cammerherrn Marschall von Biberstein sich sträflich vergangen, sondern auch den König
selbst, theils mit falschen Versprechungen getäuscht,
theils um vieles Geld schändlich gebracht habe.

Nach vielen und langen gerichtlichen Untersuchungen
ergieng dahero gegen ihn das Urtheil "daß er an einen
mit göldenem Lahn beschlagenen Balken des Galgens in
einem gleichmäßigen Romanischen Habit, ihm zur wohl-
verdienten Strafe, und allen betrügerischen Goldmachern
zum Abscheu und Exempel öffentlich gehangen werden
solle." Als ihm nun dieß Urtheil einige Tage vorher bekannt gemacht, und der Befehl gegeben wurde, sich auf
seinen Tod gefaßt zu machen, so wollte er solches nicht
glauben, und stand in der Meynung, man habe ihn
durch eine solche Nachricht nur in Schrecken setzen wollen.
Man schickte ihm zwey Patres vom Closter Zelle, die
ihn zum Sterben zubereiten mußten, die jedoch sehr viele Mühe hiebey hatten, denn er wollte nichts vom Tode
wißen, jammerte ganz entsetzlich, stieß zum öftern mit
seinem Kopfe wider die Wand und führete sich wie ein
Verzweifelnder auf. Endlich gab er doch dem Zureden
der Geistlichen nach, und betete in ihrer Gesellschaft, erklärte

klärte sich jedoch allezeit gegen sie "daß er unschuldig sterben müße, und daß Gott diejenigen richten würde, die an seinem Tode Ursach wären." Er that noch einmahl den Vorschlag, daß er die versprochene Quantität Goldes machen wolle, und zwar in Berlin oder in Spandau, denn in Cüstrin wäre ihm solches unmöglich, weil keine tüchtige Keller oder Gewölbe daselbst vorhanden seyen. Man verwarf jedoch billig sein Anbieten, das er so wenig ins Werk würde haben setzen können, als wenig er im Stande war, seine vorherige Versprechungen wahr zu machen, und beklagte ihn, daß er selbst bis an seinem Tod auf dem falschen Wahn beharrete, wirklich Gold machen zu können.

Endlich brach sein Todestag, der 23. August 1709. an. Er wurde in Begleitung der beeden Geistlichen vom Schloße, wo er gefangen saß, herunter gebracht, mußte dann in eine Chaise steigen, und sich hierauf unter Bedeckung der Granadiere aus der Vestung nach dem öffentlichen Gerichtsplatz fahren laßen. Unterweges nahm er von der großen Menge Volks, die ihn zu sehen, sich versammelt hatte, Abschied, und betete öfters laut. Da er unter den Zuschauern auch seine Maitreße erblickte, so schloß er sie zärtlich in seine Arme, benetzte sie mit seinen Thränen, und konnte kaum von ihr getrennet werden. Nachdem er unter dem Galgen beynahe eine Stunde mit Gebeten in lateinischer und italiänischer Sprache zugebracht hatte, und dabey bald kniete, bald stand, so legte er selbst seine Peruque und seine Halsbinde ab, nahm von den beeden Geistlichen Abschied, küßete selbigen aus Demuth die Füße, überreichte ihnen das Crujifix, wel-

ches

ches er vorher immer geküßet und an seine Brust gedrückt
hatte, und rief mit lauter Stimme: "Jesus, Maria,
bitte für einen Sünder," wie auch: "In deine Hände befehl ich meinen Geist!" Nun wurde er in einem weißen
Camisole und Pantoffeln mit der Winde auf den Galgen
hinauf gezogen, und als er mit dem Kopfe an die Stelle des Balkens, die man mit goldenem Zindelblech beschlagen hatte, gekommen war, so rief er dem Henker zu:
"Geschwinde," der sodann ihm den Strick um den Hals
legte, und in kurzem das Genick brach. Hierauf wurde
sein Gesicht ganz schwarzbraun, und nach heftigen
Zuckungen gab er seinen Geist auf. Alsdenn wurde er
mit Ketten überall wohl befestiget, und nachgehends mit
einem, auf romanische Art gemachten Kleide von golde-
denem Zindel umhangen, das man schon von weiten sehen kunnte.

Ein solch unglückliches Ende nahm Cajetani, der
es zwar, durch öftere Proben seiner Queckfilberverwand-
lungen hinreichend bestättigte, daß er wirklich eine Tinctur gehabt habe, die jedoch ohnmöglich aus seinem vorgeblichen chemischen Proceße hergefloßen seyn kann. Es
muß vielmehr sicher angenommen werden, daß er bey je-
desmahliger Probe von der bereits fertig gehabten Tinctur etwas in den Mercurium oder in den Tiegel heimlich hineingebracht habe. Kurz, seine Hauptabsicht war,
großen Herren ein Blendwerk vor die Augen zu machen,
und dadurch ansehnliche Geldsummen von ihnen zu erha-
schen. Es wurde nachher eine Medaille, die sich sehr
selten macht, auf seine Hinrichtung geprägt, ja auch ein
Kupferstich verfertigt und verbreitet, der ihn in seinem

romanischen Habit am Galgen hängend vorstellte, mit der Aufschrift: Fumum vendidi, Fune perii, *) und mit den an seinem Hals befindlichen bekannten Worten des Kaisers Nero: O quantus artifex pereo! **)

C 5   VI.

*) Ich habe Rauch verkauft und kam durch einen Strick um.

**) Ach, was für ein großer Künstler stirbt an mir!

VI.

Christian Wilhelm, Baron von Krohnemann *), als betrüglicher Goldmacher, zu Culmbach 1686. gehängt.

Er war, seiner eigenen Außage gemäß, die er bey der für ihn so unglücklich ablaufenden gerichtlichen Inquisition vor dem Stadtvogteyamte zu Culmbach im Jahre 1686. machte, zu Königsburg, einem in Liefland, vier Meilen von Drept liegenden Amthause, im Jahre 1636. gebohren. Sein Vater hieß Johann Christoph von Krohnemann, der zuerst das Haus Rothenstein beseßen und dann nachher die Güter Fichtenburg und Großenhahn bekommen haben soll, ja von welchem er versicherte, daß er von der berühmten Königin Christina in Schweden zum Baron gemachet worden, und in ihren Diensten als Grosvogt und Generalmajor im Jahre 1658. zu Königsburg gestorben seye. Seine Mutter, Magdalena, war eine gebohrne von Flemming und endigte gleichfalß zu Königsburg im Jahre 1664. ihr Leben.

Diese seine Eltern sendeten ihn, nach vorher schon ihm wiederfahrner Unterweisung in liefländischen Schulen

*) S Köhlers historische Münzbelustigungen, VII. Band pag. 265 — 272. Spiesens brandenburgische Münzbelustigungen, IV. Band pag. 17 — 56. und Melißantis curieusen und gelehrten Historicum, Frankf. u. Leipz. 1712. p. 456 — 460.

len, auf die in Finnland liegende schwedische Universität Abo, wo er die Rechte studieren sollte, aber sich mit größerm Fleiß auf die Arzneykunst legte, und überhaupts von mehrern Wissenschaften bloß superficielle Kenntniß sich erwarb, daher denn seine nachherigen Grosssprecherepen gerührt haben mögen. Da sein Vater selbst sich überredete, eine Universal-Goldtinctur zu besitzen, und geringere Metalle in edlere verwandeln zu können, weil ihm im Pohlnischen Kriege 1657. ein gewißer junger Baron von Sendivous, der sich für einen wahren Adepten ausgab, diese sogenannten grossen Geheimnisse der Alchymie völlig gelehret habe, so ist leicht zu erachten, daß er als sein Sohn, dadurch Gelegenheit bekam, schon in jungen Lebensjahren den Stein der Weisen suchen zu wollen, und in der Folge sich wirklich einbildete, er besäße die in seinen Augen so hochwichtige Kunst, Silber und Gold zu machen.

Was die Umstände seines Lebens bis in sein 41stes Jahr betrift, und unter welchem Character er vielleicht hie und da in der Welt herumgereiset seye, davon finden sich nirgends ganz zuverläßige Nachrichten. Doch so viel erhellet aus einer 1679. den 27. Julii, von ihm herausgekommenen kleinen Schrift, die theils Glückwunsch an Marggraf Christian Ernst zu Brandenburg zu seinem 36sten Geburtstage, theils Erläuterung einer ihm zu Ehren, aus selbst gemachtem Silber geprägten Medaille war, daß ihn dieser Fürst bereits im Jahre 1677. in Dienste genommen habe. In diesem gedruckten Bogen gebrauchte er hievon selbst diese Ausdrücke: "ich verehre an Ew. H. F. Durchleuchtigkeit einen so großmüthigen

Reichsheldenfürsten, der mich mit seiner großen Generosität aus andern Kriegs- und Dienstverwaltungen, dermaßen an sich gekörnet, und immer je mehr und mehr, durch Dero Hochlöbliche angebohrne Gnadengüte, fester und fester angezogen und verknüpfet, daß ich endlich auch nicht mehr gewußt, wie mir geschicht; endlich zu Deroselben meine unterthänigste Zuflucht genommen, und auf so vielmahliges Anhalten und selbst eigenes Hochbelieben mich in E. H. F. Durchl. Dienste begeben, unter welchen Schutz und Schirm, auch täglicher Verpflegung, ich denn nunmehro, über zwey Jahre lang allhier gelebet, und bis dato noch so lange Gott will."

Daß Baron von Krohnemann, dem es an Fähigkeit, von sich und seiner geheimnißvollen Kunst zu prahlen, ganz und gar nicht fehlte, wirklich den guten Fürsten zu seinem Vortheil auf ganz außerordentliche Weise einzunehmen und mißzubrauchen gewußt haben müße, und daß Marggraf Christian Ernst vielleicht wirklich von ihm geglaubt habe, er verstünde die Wißenschaft des Goldmachens in der größesten Vollkommenheit, davon zeuget theils die ihm geschehene Einräumung eines ganz wohl eingerichteten Laboratoriums, worinnen er seine trügliche Kunst in Ausübung brachte, theils die ihm nach und nach beygelegten hohen Würden und Bedienungen. Es ist wirklich zum Erstaunen, wenn man in dem vorhin bereits angezogenen Glückwünschungsschreiben, seine ganze Titulatur folgendermaßen angezeigt ließt: "Christian Wilhelm, Baron von Krohnemann, Herr zu Rothenstein, Erbherr zu Fichtenburg und Grosbahn, Ritter von dem Orden des goldenen Kleeblattes, und

Obrister,

Obrister, wie auch Hochfürstlich Brandenburgischer Ober=
präsident, geheimer Rath, Generalcommendant, Cam=
merherr wie auch Münz und Bergdirector."

Seine alchymistischen Prozeße selbst, die er in sehr
häufiger Menge anstellte, zogen ihnr eine geraume Zeit Be=
wunderung zu, denn er brachte wirklich aus Queckfilber
und Bley Silber und aus dem Silber Gold hervor.
Doch diese Unternehmungen giengen nur so lange glück=
lich von statten, als lange das von ihm treuloß ent=
wendete fürstliche Silbergeschirr und ein Capital von
10000. Thalern währte, das ihm, wie er sich selbst, in
dem öfters angezogenen Glückwunsche an seinen Fürsten,
in seiner wunderlichen Art ausdrückte, ein "durch die
große Allmacht Gottes zum interpolitions = Mittel zuge=
schicktes Hochadeliches vornehmes Werkzeug" geliehen,
unter welchem niemand anders zu verstehen ist, als Herr
Caspar von Lilien auf Walzendorf, damahliger Hoch=
fürstl. Brandenburgkulmbachischer geheimer Rath, Prä=
sident des Consistorii und Ehegerichts, auch Generalsu=
perintendent.

Um nun mit seiner vorgeblichen Kunst desto mehr zu
prahlen und nicht nur seinen Fürsten, sondern selbst das
ganze Publicum aufs unverantwortlichste zu hintergehen,
so ließ er aus dem Silber und Gold, welches er aus sei=
nen hermetischen Prozessen gewonnen zu haben versicher=
te, mehrere Münzen und Medaillen prägen, die er bey
feyerlichen Gelegenheiten am Hofe, dem fürstlichen Hau=
se überreichte, die größtentheils eben so sehr von seinem
Stolze zeugten, da er sich auf selbigen nannte, und durch
Sinnbilder die Vortreflichkeit seiner Kunst prieß, als sie

Proben seiner schwärmerischen Einbildnngskraft abgaben
in Absicht auf die abgeschmackte Erfindung derselbigen.
Die erste, seltenste und größeste unter diesen Medaillen war schon 1678. geprägt, und stellte auf der Haupt-
seite den Gott Merkur vor, deßen rechte, den gewöhnlichen Heroldsstab haltende Hand, vermittels einer Kette
an das runde Fußgestell gefeßelt ist. Dann erschien von
ihm im Jahre 1679. ein Thaler und Guldenstück auf den
Marggrafen Christian Ernst, von welchen beeden Münzen Krohnemann, in seiner öfters erwähnten kleinen
Schrift, selbst die Deutung machte. Außer diesen ließ
er noch ein Schaustück auf die Frau Marggräfin Sophie
Luise, einen Thaler auf den Erbprinzen Georg Wilhelm, beede im Jahre 1679. und ein Anderthalb Tha-
lerstück auf die Frau Marggräfin, deßen beede Seiten
nichts als elende Reime enthalten, im Jahre 1681. prägen.

In eben diesem Jahre nahm zu seiner größten Bestürzung alle seine vorher beseßene Herrlichkeit und Ehre,
mit der man ihn auf unverdiente Art am Brandenburg-
Culmbachischen Hofe überhäufet hatte, ein Ende. Was
also der alte, getreue Hof- Gold- und Silberarbeiter,
Weber, geraume Zeit vorher immer gegen Herrn Ge-
neralsuperintendent von Lilien mit Verpfändung seines
Kopfes behauptete, daß Krohnemann ein Betrüger
wäre, und daß seine vorgebliche Kunst einst sicher den
schlimmsten Ausgang haben würde, das traf nun pünctlich ein. Man kam nemlich hinter Krohnemanns Dieberenen, und erfuhr es, daß seine ganze Wissenschaft
darinne bestanden seye, aus entwendetem Silber und

Gold,

Gold, anderes Silber und Gold, betrüglich zu machen. Daher bemächtigte man sich denn ohne Zeitverlust seiner Person, und brachte ihn noch am 23. Dezember gedachten Jahrs auf die bey Culmbach liegende Bergfestung Blaßenburg, und zwar auf den rothen Thurn daselbst, wo man ihm eine Stube, Küche und Kammer zum Aufenthalt einräumte. Daß er nun selbst während seiner Gefangenschaft, seine alchymistischen Arbeiten fortgesetzt habe, davon zeugen mehrere Schriften, mit denen er alle Wände, besonders in der Küche, wo er laborirte, anfüllte; die bald aus Lobsprüchen seiner Kunst, bald aus biblischen Sprüchen bestunden, bald lateinisch bald deutsch abgefaßt waren; und unter denen besonders die Inscription der Stubenthüre so von außen gelesen werden könnte, beinahe in gotteslästerlichen Ausdrücken verfaßt, also lautete: "Das Zimmer zur heiligen Dreyfaltigkeit."

Es ist leicht zu erachten, daß ihn seine, mehrere Jahre daurende Gefangenschaft, äußerst schwer angekommen seyn müße. Besonders aber mag er auch durch sein böses Gewißen auf die heftigste Art beunruhigt worden seyn, und vielleicht gar vor einem noch traurigern Schicksale sich gefürchtet haben. Deswegen kam er denn auf den Gedanken, aus seinem Gefängniße durch die Flucht sich heimlich retten zu wollen. Er setzte auch dieß sein Vorhaben wirklich am 12. Februar 1686. Abends um 7. Uhr ins Werk, und ließ sich von der Festung Blaßenburg vermittels eines Stricks durch das heimliche Gemach hinunter. Er hatte vorher einige von denen, die ihn bedienen mußten, auf seine Seite gebracht,

und

und besonders einen Soldaten von der Garnison, Namens Hans Polz, überredet, daß er ihm seinen rothen Rock gab, um in demselbigen desto beßer entwischen zu können. Doch diesem kostete es nachher das Leben; denn er wurde ausfindig gemacht, überwiesen, daß er zur Flucht Krohnemanns behülflich gewesen seye, und alsdenn gehängt.

Der entwichene Adept kam folgenden Tages zu Marienweiher, einem, vier Stunden von Culmbach, ohnweit Stambach im Bambergischen befindlichen Franziskanerkloster, an. Hier wurde nun Krohnemann, der evangelischlutherisch gebohren und erzogen worden war, in Holland den römischcatholischen Glauben angenommen hatte, und als er in brandenburgische Dienste trat, zur evangelischen Religion zurückgekehret war, zum zweytenmahle römischcatholisch, und fand eben dadurch nicht nur die Aufnahme ins Closter, sondern auch Schutz und Sicherheit in selbigem. Doch sein Aufenthalt wurde bald ausgekundschaftet, und der damahlige bambergische Oberamtmann zu Kupferberg, Erdmann Ulrich von Waldenfels, brachte ihn endlich mit List heraus, und behielt ihn in Verwahrung.

Nach verschiedenen Unterhandlungen wurden von brandenburgischer Seite 240. Gulden erleget, und sodann Krohnemann, gegen ausgestellte gewöhnliche Reversalien, auf der Fraischgränze zwischen Guttenberg und Untersteinach, unfern dem sogenannten Presecklein ausgehändiget, und unter einer starken Bedeckung auf einem mit Ochsen bespannten Wagen, geschloßen, nach Culmbach in die Frohnveste gebracht. Dieß geschehe

schabe am erſten Merz des gedachten 1686ſten Jahres.
Man ſtellte hierauf mehrere Verhöre mit ihm an, wie
ſolches die noch zu Culmbach vorhandenen Acten bezeugen, und viele Perſonen, ſo in dieſe Sache verwickelt
waren, wurden gleichfalls vorgefordert und zu Rede ge-
ſetzt. Als man hierauf die Acten an auswärtige Schöp-
renſtühle ſchickte, ſo wurde ihm, wegen ſeiner groben
Verbrechen, und wegen der mit ſeiner Schlüßerin, Anna Maria Stumpfin, einer ledigen Dirne, gepfloge-
nen Unzucht und Ehebruchs *) die verdiente Strafe zuerkannt, an dem Galgen mit der Kette oder mit dem Strange vom Leben zum Tode gebracht zu werden.

Es waren zwar die hohen Landescollegia zu Bay-
reuth dahin geneigt, die zuerkannte Todesſtrafe in eine
ewige Gefangenſchaft zu verwandeln, allein diejenigen,
welche durch ihn ſo ſchändlich hintergangen worden waren, drangen auf die pünctliche Vollziehung dieſer Sentenz. Ehe dieſelbige aber an ihm vollſtreckt wurde, trat
er, von der im Cloſter angenommenen römiſchkatholiſchen
Religion abermahl zur evangeliſchlutheriſchen über, beich-
tete ein paar Tage vorher dem culmbachiſchen Geſtlichen,
Herrn M. Kirſchwerth, der den Befehl bekommen
hatte, ihn zum Tode vorzubereiten, und empfieng das
heil. Abendmahl unter beederley Geſtalt.

In dem Urgicht ſelbſt, das ihm an ſeinem Todestag,
den 27. April 1686. vorgeleſen wurde, ward er haupt-
ſächlich

*) Er war nemlich verheyrathet, und zwar mit der Tochter ei-
nes römiſchcatholiſchen Generalauditeurs und Kriegsraths,
Rollands.

sächlich folgender Verbrechen beschuldiget, daß er "nicht allein die Festung Blaßenburg violiret und bestiegen; vier silberne, mit des Landesfürsten Namen bezeichnete Schüßeln, die ihm zum täglichen Gebrauch aus der Vorrathskammer gegeben worden, verschmelzet; solches nebst 130. Pfund Queckfilber nach Nürnberg und Eger verkauft, das daraus gelößte Geld zu seinem Nutzen und Fortsetzung seines Betrugs angewendet; sondern auch sein Gesinde mehrmahls angereitzet, daß daßelbe vermittels eines Dietrichs auf der Vestung Blaßenburg aus der Silberkammer 3. silberne große Geschirre, so nebst dem obigen Silber 34. Pfunde gewogen, herausgenommen, hernach durch nächtliche Einsteigung in Magister Althofers, Collegens der Culmbachischen Stadtschule, Haus, deßen Geld und andere Sachen an Silber und Gold entwendet, und ihm, Krohnemanne nemlich, zugetragen; auch noch überdieß dem Herrn Marggrafen bey seiner letztmahligen Lieferung falsches Gold und Silber überschickt, auch sonst noch andere grobe Delicta mehr begangen habe."

Krohnemann bildete sich nichts weniger ein, als daß das Todes-Urtheil an ihm wirklich werde vollzogen werden; denn er glaubte, daß man ihn, als einen Mann, der bey dem Fürsten in so großer Gnade gestanden und so hohe Würden bekleidet habe, ja sogar eine fürstliche Prinzeßin zur Taufe tragen durfte, ohnmöglich auf so schimpfliche Art am Galgen umbringen könnte. Daher hofte er denn selbst noch in den letzten Augenblicken, und als er bereits auf der Leiter stand, begnadiget zu werden: welche Hofnung ihn jedoch täuschte, denn er wurde wirklich

wirklich zu Culmbach an obengedachtem 27. April 1686. in dem nemlichen rothen Soldatenrocke, in welchem er aus Blaßenburg entwichen war, aufgeknüpft, und über seinem Haupte mußte nachher der Henker ein weißes Blech befestigen, auf welchem die Ursache seines Todes geschrieben stand. Der Pardon kam um ein Paar Stunden zu spät, und traf ihn bereits am Galgen todt und starr an.

* * *

Nicht nur diese beede Adepten, Cajetani und Kroßnemann, hatten, wie aus ihren bisherigen Biographien erhellet, das Unglück, für ihre vermeynte große Kunst einen traurigen Lohn zu erhalten, und am Galgen schimpflich sterben zu müßen, nein, auch vielen andern Thoren, die sich für Goldmacher vor und nach ihnen ausgaben, begegnete das nemliche Schicksal, auf gewaltsame und schimpfliche Weise ihr Leben einbüßen zu müßen. Das können folgende 3. Beyspiele bestättigen.

                    VII.

VII.

Marcus Bragatinus *)
als betrüglicher Goldmacher zu München 1591. enthauptet.

Er war aus Candia gebürtig, trat in noch jungen Jahren in den Capuzinerorden, hielt sich lange Zeit zu Venedig auf und sann daselbst in seinem Closter allerhand adeptische Betrügereyen aus. Nachdem er selbiges heimlich verlaßen hatte, so hängte er sich an eine unzüchtige Frauens-Person, die sich Signora Caura betitelte. Mit dieser zog er nicht nur in Italien, unter dem Namen, bald eines Barons, bald eines Grafen überall herum, und schwatzte den Leuten das Geld ab, sondern kam auch nach Deutschland, wo er durch seine prächtige, fast fürstliche Aufführung, selbst manche Große blendete, die ihn für den andern Paracelsum hielten. Unter andern begab er sich auch an den bayrischen Hof, und wurde im Anfange zu München fürstlich empfangen, ja mit Ehre gleichsam überhäufet. Als jedoch Herzog Wilhelm der fünfte seine Betrügereyen entdeckte, ließ er den vergeblichen Grafen gefangen setzen, ihn gerichtlich verhören, und bey seinem Läugnen in der Folge

die

*) S. Martin. Zeillerum in Itinerario German. P. I. cap. 12. p. 287. Spießens brandenburg. Münzbelust. IV. B. p. 47. Melißantis curieusen und gelehrten Histor. p. 450 — 452. ingl. Sleidan. continuat. Part. III. p. 407.

die Tortur anwenden, da er denn alle seine Betrügereyen eingestand, daß ihm gesprochene Todesurtheil nur allzu wohl verdient zu haben, versicherte, und blos um die Gnade bat, daß man seine Gesellschafterin, Laura, und seinen Bedienten, ungehindert nach Italien zurückziehen laßen möchte, welches ihm auch bewilligt wurde. Da man in den damahligen, finstern Zeiten, seine Kunst für eine Wirkung getriebener Zauberey hielt, so wurden, dem Ausspruche des Urtheils gemäß, am 29. Julii 1591. zuerst seine beeden Hunde, die er zur Zauberey gebraucht haben soll, todt geschoßen und vor seine Füße geworfen. Alsdenn führte man Bragatinum selbst in einem schwarzen Anzuge, auf ein schwarz bekleidetes Blutgerüste, unter dem für ihn neu aufgerichteten Galgen, welchen man in Rücksicht auf seine betrügliche Kunst des Goldmachens, mit gelbem Lahn beschlagen hatte, und von welchem ein aus dergleichen falschen Golde verfertigter Strick herab hieng. Hierauf setzte ihn der Scharfrichter, nach vorher ihm gezeigtem Strick, den er verdienet habe, auf den dastehenden Stuhl, entblößete ihm den Hals, schlug ihm den Kopf herab, und begrub nachher seinen Cörper unter dem Galgen. Zuletzt bekamen seine beeden Gehülfen, Schlichtinger und Marwiser ihren Lohn, sie wurden nemlich an dem mit Lahn überzogenen Galgen aufgeknüpfet.

VIII.

Georg Honauer *)
als Adept 1597. zu Stuttgard gehängt.

Dieser Erzbetrüger war aus Mähren gebürtig, und schrieb sich fälschlich Herr von Brunhof und Grobschütz. Nachdem er bereits in Schlesien mehrere vornehme Herren hintergangen hatte, so kam er auch an den Hof des Herzogs von Würtemberg. Als er sich nun rühmte, das Geheimniß zu besitzen, wie man aus wenig Mercurio eine ziemliche Quantität Goldes verfertigen könne, und Herzog Friedrich eine Probe davon zu sehen verlangte, so setzte er das Queckſilber in einem Schmelztiegel über die Glut, und warf alsdenn unter die übrigen Kohlen einige andere Kohlen hinein, welche er vorher künstlich ausgehöhlet, und mit wahrem Gold angefüllet hatte. Da nun dieß Gold natürlich schmelzen mußte, so fand man denn allerdings, nachdem das Queckſilber verrauchet war, ächtes geschmolzenes Gold im Tiegel liegen. Hiedurch wurde der Herzog gereitzet, nachher mehrere Proben anstellen zu laßen, die jedoch ungemein kostbar waren. Als nun Honauer merkte, daß

seine

*) S. Spießens brandenburgische Münzbelustigungen, IV. B. p. 46. Sturm in promtuario exemplor. ad 2. Apr. J. G. S. den von Mose und den Propheten übel urtheilenden Alchymiſten p. 124. Nova litteraria Germaniae, Anno 1709. p. 407. Meliſantis gelehrten und curieuſen Hiſtor. p. 452 — 456.

feine Betrügerey offenbar wurde, so machte er sich aus dem Staube, wurde jedoch durch Steckbriefe aufgesucht, und nachher wirklich entdecket und gefangen. Hierauf machte man ihm in Stuttgard den Prozeß, und verurtheilte ihn, als einen großen Betrüger, der den Herzog beynahe um 2. Tonnen Goldes gebracht hatte, zum Strang. Es wurde nachher auf Befehl des Fürsten aus den 36. Centnern Eisen, welche Honauer in Gold verwandeln zu wollen, versprochen hatte, ein Galgen errichtet und alsdenn am 2. April 1597. dieser Betrüger in einem Kleide von Lahngold an selbigem vom Leben zum Tode gebracht.

IX.

IX.

Johann Hector, Baron von Klettenberg [*] gleichfalls als betrüglicher Goldmacher 1720. auf der Festung Königstein enthauptet.

Nach einem ausschweifenden Leben in seinen Jüng- lings-Jahren; nach bereits in Holland und England, auch in Frankfurth am Mayn, seinem Geburtsort, durch die Alchymie liederlich verschwende- tem Vermögen; nach Erstechung eines Herrn von Stals- burg im Duell, das ihn die Flucht zu ergreifen nöthigte, kam er zuerst an den Hof Herzog Wilhelm Ernsts zu Ilmenau, und weil man da seine Alchymie nicht schätz- te, nachher an den königl. Pohlnischen Hof zu Dres- den. Hier war er als Goldmacher willkommen; sahe sich bald zum Cammerherrn und Amtshauptmann von Senftenberg ernannt; bekam ansehnliche Summen zum Laboriren; lebte herrlich und ausschweifend, und häufte dadurch große Schulden. Endlich wurde man seine Betrügereyen inne, entsetzte ihn seiner Aemter und ver-

[*] S. Spießens brandenburgische Münzbelustigungen, IV. B. p. 47. Umständliche Nachricht von der Enthauptung des Ba- ron Joh. Hect. v. Klettenberg, ferner: curieuse Entrevue im Reiche der Todten zwischen demselben und dem Goldma- cher, Grafen Cajetano, 4to 1721. und Nachrichten von merkwürdigen Verbrechern in Deutschland, Bornholm, 1786. p. 130—133.

verdammte ihn zur ewigen Gefangenschaft. Aus dieser
entfloh er zu zweyenmahlen, wurde aber jederzeit wieder
ergriffen, und nach seiner letzten Einhohlung als vielfacher Verbrecher zum Tode verurtheilt. Dieß Urtheil
wurde auch wirklich auf der sächsischen Bergfestung Kö-
nigstein ohnweit Dresden vollzogen, und er daselbst am
1. Merz 1720. mit dem Schwerdte hingerichtet.

⸻

F 5   X.

X.

Johanna von Arc, *)

das sogenannte Mädchen von Orleans, zu Rouen
im Jahre 1431. als vorgebliche Zauberin, von
den Engländern unschuldig verbrannt.

Nachdem die Engländer, unter dem Könige von
Frankreich, Carl dem VI. bereits von den nördlichen Provinzen seines Reiches Herren geworden waren,
und sich sogar seiner Haupt- und Residenzstadt Paris bemächtigt hatten; nachdem ferner unter dem Nachfolger
desselben, Carl dem VII. die englischen Heere mit immer größerm Glück neue Eroberungen in Frankreich
machten, so daß sie nun auch die Stadt Orleans zu belagern wagten, an deren Entsatze Frankreich alles gelegen seyn mußte; so fügte sichs ganz unerwartet, daß für
dieß, in der traurigsten Lage sich befindende Land, eine
glückliche Retterin von ganz besonderer Art auftrat, durch
welche

*) S. Allgemeine Welthistorie, 37sten Band, pag. 561—572.
Allgemeine Weltgeschichte von Guthrie und Gray X. Bandes I. Abtheil. p. 662—675. und XIII. Bandes I. Abtheil.
p. 610—617. Hällische Anzeigen vom Jahre 1752. p. 154
bis 191. Olla Potrida, Berlin 1788. p. 80—137. wo der
ganze Prozeß nach den französischen, von Richer bekannt-
gemachten Acten und Urkunden eingerückt ist; ingl. Han-
növerische nützliche Sammlungen, 1755. num. 10. und allgemeines histor. Lexicon, Leipz. 1722. Artik. Johanna D'arc.

welche wirklich eine der außerordentlichsten Revolutionen, die man nur in der Geschichte antrift, verursachet wurde. Der Beystand einer Frauens-Person von ganz geringer Herkunft und Erziehung, half nemlich den Strom des Siegs auf Frankreichs Seite lenken, und jagte den Feinden desselbigen Furcht und Schrecken ein. Durch diese schwache Hülfe wurden die Engländer allenthalben geschlagen, so daß sie zuletzt, mit gänzlichem Einbuß aller ihrer vorherigen Eroberungen, völlig aus Frankreich weichen mußten.

Diese ganz außerordentliche Befreyerinn, hieß Johanna von Arc und war ein bloßes Bauernmädchen, das ohngefähr im Jahr 1412. gebohren wurde und zu Domremy, einem großen Dorfe an der Maas, im Touler Kirchsprengel, ohnweit Vaucouleurs, einer kleinen Stadt, an der champagner und lotbringer Gränze wohnte. Ihr Vater, Jacob von Arc, und ihre Mutter, Isabelle Romee, waren rechtschaffene und bemittelte Bauersleute, die nebst ihr noch vier andere Kinder hatten, und sich von einigen Morgen Landes eben so ehrlich als hinreichend nährten.

Johanna lernte in ihrer ersten Jugend weder lesen noch schreiben. Sie war ein frommes Kind und gab gern Almosen, so viel nur ihr Vermögen gestattete. Außerdem war sie von sauberer Gesichtsbildung und gutem Wuchse, und besaß an ihrem, durch harte Arbeiten *) dauerhaft gewordenen Cörper, stets die beste Gesundheit.

Sie

*) Sie mußte schon in ganz jungen Jahren die Schaafe ihrer Eltern hüten.

Sie diente an dem Orte ihrer Geburt in einer kleinen Schenke und hatte sich angewöhnt, die Pferde der Gäste zu warten, mit denselbigen ungesattelt zur Tränke zu reiten und sonst noch andere Arbeiten zu verrichten, womit sich ordentlicher Weise, bloß Personen männlichen Geschlechts, beschäftigen. Uebrigens führte sie ein unbescholtenes Leben und hatte bis daher keine von den unternehmenden Eigenschaften gezeigt, die sich in der Folge an ihr äußerten. Sie kam zufrieden den Pflichten ihres Standes nach, und machte sich blos durch ihre Sittsamkeit und religiöses Verhalten, einen guten Ruf. Das Elend ihres Vaterlandes scheint einer der vornehmsten Gegenstände ihrer Aufmerksamkeit gewesen zu seyn, und wahres Mitleiden bey ihr rege gemacht zu haben. Daß ihr König von seinem rechtmäßigen Throne vertrieben, ihr Vaterland mit Krieg überschwemmt war und Ausländer unzählige Räubereyen vor ihren Augen begiengen, das war hinreichend, ihr Herz eben so sehr mit Unwillen darüber, als mit brennender Begierde zu erfüllen, wie sie allen diesen Uebeln steuern und ihren Oberherrn in seinem gegenwärtigen Unglück, Befreyung verschaffen möchte.

Da ihr Gemüth immer von dergleichen Gedanken erfüllet war, und der Entsatz der damahls in der äußersten Noth sich befindenden Stadt Orleans, ihrer einmahl erhitzten Einbildungskraft stets vorschwebte; so konnte es gar leicht geschehen, daß sie das, was blos leidenschaftlicher Trieb bey ihr war, für göttliche Eingebungen hielte und im Wahne stund, sie sähe Erscheinungen und hörte Stimmen von Himmel, die sie ermahnten,

den

den französischen Thron wieder zu befestigen und den bisher immer siegenden Feind, nach England zurückzutreiben.

In der festen Ueberzeugung, vom Himmel selbst zur
Retterin des unglücklichen Vaterlandes auserkohren zu
seyn, setzte sie dahero alle, ihrem Geschlecht sonst eigne
Blödigkeit und Furchtsamkeit, bey Seite, und gesellte
sich wirklich zu einem Trupp durch ihr Dorf marschirender Soldaten, der eben nach Neuchateau in Lothringen zog, und daselbst 14. Tage liegen blieb. Dort begegnete ihr ein sonderbares Abentheuer. Es verliebte
sich nemlich ein junger Mensch in sie, wollte sie mit Gewalt heyrathen und verklagte sie bey ihrer Weigerung so
gar bey dem geistlichen Gerichte zu Toul, als ob sie ihm
die Ehe versprochen hätte. Doch, da sie es vor ihren
Richtern beschwor, daß sie nie ans Heyrathen gedacht
hätte, so wurde sie von der Klage ihres ungestümen
Liebhabers freygesprochen.

Sie schwatzte den Soldaten, mit denen sie fortgezogen war, vieles von einer wunderbaren göttlichen Hülfe
vor, die den Franzosen zu Theil werden würde, und versicherte, daß der Dauphin in ruhigem Besitz seines Reiches bleiben sollte; ja sie bezeugte sogar, daß sie wünschte, dem Dauphin zu Hülfe zu eilen.

Nachdem man über ihre Reden und Weißagungen
dieser Art lange gelacht, und sie für Träume ausgegeben
hatte, brachte sie ihr Oncle im Jahr 1429. zu Herrn
Baudricourt, damahligem Befehlshaber zu Vaucouleurs in Champagne. Diesem zeigte sie sogleich ihre
Eingebungen so wohl, als ihren Vorsatz an, und be

schwor

schwor ihn, die Stimme Gottes, welche durch sie sprä-
che, nicht zu verachten, sondern ihr vielmehr bey ihrem
großen Unternehmen hülfreiche Hand zu bieten. Im
Anfang behandelte Baudricourt diese schwärmerische
Heldin ganz verächtlich, und schickte sie wieder zu ihren
Eltern zurück. Da sie aber öfters Zutritt bey ihm suchte
und mit immer größerm Ungestüm in ihn drang; ja, da
sie ihm erzählte, der König habe am 12ten Februar, am
Sonnabend vor dem ersten Sonntag in der Fasten nemlich, vor Orleans einen großen Verlust erlitten, *)
wovon sie damahls auf natürlichen Wegen ohnmöglich
schon Nachricht erhalten haben konnte; so gläubte er an
ihr etwas außerordentliches zu entdecken und hielt für
rathsam, sie an den damahls zu Chinon in der Landschaft Tours sich aufhaltenden königlichen Hof selbst zu
schicken, wo man alsdenn ihr Vorgeben und ihre Vorschläge genäuer prüfen könnte.

Nun wurde Johanna von Arc von den Einwohnern zu Vaucouleurs mit Mannskleidern und einem
Pferde beschenkt; Baudricourt verehrte ihr einen Degen und so trat sie denn eine, auf Umwegen zu machende
Reise von 150. französischen Meilen an, die sie im
Februar innerhalb 12. Tagen zurücklegte. Ihre Beglei-
ter glaubten in den ersten Tagen ihrer Reise deutliche
Spuren von Wahnwitz an ihr zu entdecken, und es fehlte nicht viel, so hätten sie sie in einen Steinbruch gestürzt, um ihrer los zu werden: allein, da sie durch ihre
Frömmigkeit und Mildigkeit gegen Arme, die Herzen
dersel-

*) Dieses Scharmützel bekam nachher den Namen der Herings-
schlacht.

derselbigen zu gewinnen wußte, so beschloßen sie, in allem ihr zu folgen.

Als Johanna von dem Grafen von Vendome in einen, mit vielen brennenden Lichtern erleuchteten Saal, vor den König geführt wurde, soll sie ihn sogleich erkannt und sich vor ihm auf die Knie niedergeworfen haben, ob sie ihn gleich nie vorher gesehen und er sich mit Fleiß unter den Haufen seiner Hofleute, vor denen er sich durch keine vornehmere Kleidung auszeichnete, gemengt hatte; das jedoch für kein großes Wunder zu halten war, weil sie ja des Königs Bild auf dem geprägten Gelde, und vielleicht manche gut getroffene Gemählde von ihm, die und da vorhin schon gesehen haben konnte. Sie soll ferner, nachdem sie sich dem Könige im Namen des allmächtigen Königs des Himmels angebotten hatte, theils die Belagerung von Orleans aufzuheben, theils ihm zu seiner Crönung im Rheims behülflich zu seyn, und nachdem der König einigen Zweifel in ihre vorgegebene Bestimmung vom Himmel selbst gesetzet hatte, nicht nur dem Könige Geheimniße, die außer ihm niemand wißen konnte, *) entdecket, sondern auch ein Schwerdt in dem Begräbniße eines gewißen Ritters, hinter dem Hochalter in der Kirche der heil. Catharina zu Fierbois, das mit fünf Creuzen und einer Lilie bezeichnet war, und welches sie niemahls gesehen hatte, umständlich beschrieben und zum Werkzeug ihrer künftigen Siege sich ausgebetten haben.

*) Sie soll ihm i. Er. den Inhalt eines Gebetes angezeigt haben, welches er einst beym Anfang der Belagerung von Orleans, in einer schlaflosen Nacht, ganz ingeheim an die Jungfrau Maria gerichtet hatte.

ben. Der Hof that, als ob er auf dieß ihr Vorgeben noch kein Vertrauen setzen könne, so sehr man sich jedoch Mühe gab, alle ihre Aussagen unter dem Pöbel auszustreuen; sie mußte sich daher auch einer Prüfung ehrwürdiger Lehrer und Theologen auf der hohen Schule unterwerfen, die sogleich ihre Sendung für eine übernatürliche erklärten. Da ferner der Hof wißen wollte, ob sie wirklich, nicht nur Mädchen, sondern auch reine Jungfer wäre, so stellte deswegen die Königin von Sicilien, die Schwiegermutter König Carls des VII. in eigener hoher Person, nebst einigen vornehmen Hofdamen, die genaueste physicalische Untersuchung an, nach welcher sie ihr eben so günstige, als den Hof befriedigende Zeugniße geben konnten. Zuletzt mußte sie sich auch noch zu Poitiers, dem feyerlich versammelten Parlamente zur Untersuchung ihrer Aussagen und Vorschläge darstellen, das ebenfalls, es mag nun von der Leichtgläubigkeit, die damahls allgemein herrschte, eingenommen, oder sonst geneigt gewesen seyn, den Betrug zu begünstigen, dem fanatischen Mädchen das Zeugniß gab, sie wäre wirklich so beschaffen, daß sie, als eine vom Himmel selbst erwählte Befreyerin des jammervollen Vaterlandes, erkannt und bey ihrem großen Unternehmen gehörig unterstützt werden müßte.

Nun war das Volk durch alle diese Dinge sattsam auf ihre Erscheinung vorbereitet worden. Man bewafnete sie daher vom Kopf bis auf die Füße, setzte sie auf ein Pferd, das sie trotz einem gelernten Reuter aufs beste zu regieren wußte, und stellte sie in diesem Aufzuge einer versammelten Menge vor, die sie mit lautem Frohlocken

bewill-

bewillkommte und aufnahm. Nachdem man ihr auch einen Haushofmeister, den Seneschall von Beaucaire,
Dolon und außerdem verschiedene Officianten, Stallbe-
diente, einen Geistlichen und dergl. mehr gegeben hatte;
so glaubte sie, völlig fertig und gerüstet zu seyn, und die
Hand an die Ausführung ihres, dem König gemachten
zwiefachen Versprechens, legen zu können.

Sie wagte sich vor allem an den Entsatz der belagerten Stadt Orleans, der, wie sie prophezeihte, noch vor
Himmelfarth erfolgen würde. An der Spitze eines Heeres von 6000. oder wie einige versichern, von 10000.
Mann, das sie als Befehlshaberinn anführen durfte,
zog sie am 18. oder 19. Merz 1429. unter Begleitung des
Canzlers und Erzbischofs von Rheims, Renaut de
Chartres, und des Oberhofmeisters von Gaucourt,
stolz einher, umgürtet mit dem geheimnißvollen Schwerdte, und eine Fahne in ihrer Hand schwingend, die gehei-
ligt und geweihet war, auf der das höchste Wesen, einen Erdball haltend, mit Lilien und zween Engeln umgeben, abgebildet war und auf der die Namen Jesus und
Maria standen. Doch ebe der Marsch nach Blois hin,
angetreten wurde, befahl sie nicht nur, daß alle Soldaten beichten mußten, sondern entfernte sie auch alle lie-
derliche und berüchtigte Frauenspersonen vom Heere.
Der Herr von Saint Severe, der Graf von Dünois
und der Ritter la Hire befanden sich ebenfalls bey dieser,
unter einem weiblichen Commando stehenden Armee, und
suchten Johannens, aus vorgeblichen göttlichen Eingebungen fließende Befehle, mit den Regeln der Kriegskunst
so viel als möglich übereinstimmend zu machen.

G

Daß

Daß Johanna von Arc mit der größten Zuverſicht-
lichkeit dieſen Kriegs-Zug unternahm, dieß flößte der faſt
ganz muthlos gewordenen franzöſiſchen Armee neue Herzhaftigkeit ein, und obgleich die Engländer ſich ſtellten,
als verachteten ſie ihre Unternehmung; ſo machte doch
das vorgeblich Wunderbare bey dieſer ganz außerordentlichen Heerführerin auf ſie gar gewaltigen Eindruck und
raubte ihnen einen großen Theil ihres vorherigen Muths
mit einemmahle. Hierzu kam noch der Umſtand, daß
das Mädchen noch vor dem erſten kriegeriſchen Verſuch,
in einem, an die Feldherren des vor Orleans ſtehenden
engliſchen Heers, von Blois aus in der Charwoche ge-
ſchriebenen und bey der Ueberſchrift "Jeſus Maria"
mit zwey Creuzen bezeichneten Briefe, denenſelbigen im
Namen des allmächtigen Gottes, der ſie ausgeſendet habe, befahl, ſogleich von der Belagerung abzuſtehen und
aus Frankreich ſich zu entfernen, ja ihnen, wo ſie ſolches nicht thun wollten, Untergang und Verderben von
der göttlichen Rache ankündigte. Denn ob ſie gleich über
dieſes alles zu ſpotten ſchienen, den Brief mit aller Verachtung aufnahmen, die ihrer Meynung nach ein wahn-
ſinniges Bauernmädchen verdiente und ſogar den Herold
der ſelbigen überbrachte, eine Zeitlang gefangen behielten; ſo waren ſie doch im Grunde äußerſt beſtürzt, und
ſahen einer, für ſie vielleicht unglücklichen Zukunft,
ſchreckensvoll entgegen.

Zum Entſatz der Stadt war vor allem nöthig, daß
ihr hinlängliche Zufuhr verſchaft werden mußte. Man
ließ alſo dieſelbige von der andern Seite des Loire-
Fluſſes, wo ſich der ſchwächere Theil der engliſchen

Armee

Armee befand, anrücken, und indem sich die Zufuhr dem Strome näherte, so that die Besatzung einen Ausfall an der Seite von Beauce, um den englischen General abzuhalten, daß er keine Hülfe nach der andern Seite schicken könnte. Die Lebensmittel wurden nun ganz ruhig in kleinere Schiffe geladen, die aus Orleans, sie einzunehmen geschickt worden waren; Johanna zog an der Spitze der Zufuhr mit einem Theil ihrer Truppen, im kriegerischen Anzuge, die Wunderfahne schwingend, in Orleans ein, und wurde als eine himmlische Erretterin von allen Einwohnern aufgenommen, die itzt auf einmahl alle vorherige Angst und Furcht verbannten und sich unter ihrer heiligen Anführerin für unüberwindlich hielten. Eine zweyte, wenige Tage darauf nachfolgende Zufuhr, nahm ohne Umweg, sogleich von der Seite von Beauce her, mitten durch die Redouten der Engländer ihren Zug in die Stadt, während daß todte Stille und Staunen unter dem feindlichen Heere herrschte, das mit einer frommen Furcht erfüllt, wider diese Verwegenheit der Franzosen sich nicht setzte, und im Wahne stund, ein übernatürlicher Beystand des Himmels mache sie so außerordentlich keck.

Nun ermunterte Johanna von Arc die Besatzung, sich nicht länger blos zu vertheidigen, sondern vielmehr die Redouten der Feinde, vor denen sie sich so lange gefürchtet hätten, selbst beherzt anzugreifen und versprach ihren muthigen Kriegern hiezu den übernatürlichen Beystand des Himmels. Da hieben die ihr zugeordneten Generale ihren Eifer gehörig unterstützten, so wurde die Redoute gestürmt und erobert, so daß alle Engländer, die sel-

bige

bige vertheidigten, entweder niedergehauen oder gefangen genommen wurden.

Nach diesem Glück schien dem Mädchen und ihrem Heere nichts mehr unmöglich. Ohne Zeitverlust suchte man dahero den Feind aus seinen Verschanzungen auf der andern Seite des Loire=Flußes zu vertreiben. Da man eine derselbigen angriff, so wurden zuerst die Franzosen zurückgetrieben: Johanna war fast ganz und gar verlaßen und mußte sich zurückbegeben, um ihre zerstreueten Truppen wieder zu sammlen. Doch kaum hatte sie ihre Fahne geschwungen, als ihre muthlos gewordenen Streiter schon durch ihre Ermunterungen, noch mehr aber durch ihr eigenes Beyspiel der größten Standhaftigkeit, auf das neue zum Kampfe entflammt wurden, den Angriff herzhaft wiederhohlten, und dadurch die Engländer glücklich überwältigten. Bald darauf wagte man einen heftigen Ueberfall auf eine andere Verschanzung der Engländer, wobey Johanna selbst von einem feindlichen Pfeil an ihrem Halse verwundet wurde. Kaum fühlte sie sich getroffen, als sie einige Augenblicke hinter ihre Truppen ritt, sich mit ihren eigenen Händen den Pfeil herauszog und die Wunde geschwind verbinden ließ. So bald dieses geschehen war, so eilte sie wieder vor die Fronte ihrer Mannschaft und führte selbige heldenmüthig an, ja hatte in kurzem das Glück, auf den besiegten Wall des Feindes, ihre geheiligte Fahne zu pflanzen. Hierauf zog sie über die Brücke siegend wieder zurück und wurde von der ganzen Stadt als himmlischer Schutzengel derselben, frohlockend aufgenommen.

Da

Da dieß Glück immer fortdauerte und zunahm, weil Johannens Streiter sich von höherer Kraft beseelt fühlten und nichts mehr ihnen unmöglich zu seyn glaubten, so wuchs dagegen die Bestürzung der Engländer von Tag zu Tag. Obgleich die Feldherren ihren verzagten Streitern den Glauben an einen göttlichen Einfluß, der das französische Heer stärke, durch ihre Vorstellungen benehmen wollten, und höchstens ihnen zugestunden, Johanna wäre blos ein Werkzeug des Teufels, eine Zauberinn, *) so fruchtete doch alles nichts und der größte Haufe hielt immer dafür, es seye unmöglich, Truppen zu widerstehen, die so augenscheinlich durch höhere Kräfte ganz wunderbar gestärkt würden. Der Graf von Suffolk, welcher bey der Belagerung von Orleans, die höchste Befehlshaberstelle bekleidete, glaubte dahero, daß es äußerst gefährlich wäre, wenn er mit so furchtsamen Streitern länger in der Gegenwart solcher muthvollen und sieggewohnten Feinde bleiben würde. Er hob also die Belagerung auf und zog sich mit aller, nur ersinnlichen Behutsamkeit zurück.

G 3

Die

*) In einem Brief, den der Herzog von Bedfort nach England schrieb, um Nachricht von der mislungenen Belagerung der Stadt Orleans zu ertheilen, bediente er sich unter andern dieser Ausdrücke: "Das Unheil kommt, so viel ich davon verstehe, größtentheils von der thörichten abergläubigen Furcht her, die unsern Truppen ein Weib eingejagt hat; eine wahre Satansbrut, die in der Hölle ausgeheckt seyn muß und sich nur das Mädchen nennt, ja mit Zauberey und Segensprechen umgeht."

Die zuvor angegriffenen Franzosen wurden nunmehro selbst der angreifende Theil, damit den Engländern keine Zeit gelaßen würde, sich wieder zu erbohlen. König Carl der VII. brachte bald ein Heer von 6000. Mann zusammen und schickte dasselbige ab, Gergeau (Jargeau) zu belagern, wohin sich der Graf von Suffolk nebst einem Theil der unter seinem Commando stehenden Völker gezogen hatte. Die Belagerung, bey der Johanna zwar von einem Stein einen Schlag an den Kopf bekam, daß sie zu Boden fiel, und einige Zeit ganz betäubt war, aber doch ihre gewöhnliche Herzhaftigkeit immer blicken ließ, dauerte zehn Tage und endigte sich mit stürmender Eroberung des Orts und dem triumphirenden Einzuge Johannens an der Spitze ihres Heeres in selbigen. Suffolk wurde bey dieser Gelegenheit selbst gefangen, der sich jedoch nicht eher an Wilhelm Renaud, welcher ihn ergriff, ergab, als bis er ihn zuvor durch einen Schlag seines Degens, zum Ritter gemacht hatte. Dem sich weiter zurückziehenden Rest der englischen Armee eilten nun die muthigen Franzosen ohne Säumniß nach. Da kam es denn bey dem Dorfe Patay zu einem Treffen, in welchem die Engländer, wie gewöhnlich, geschlagen, zweytausend Mann getödtet, der General Fastolph mit einem Theil der Truppen in die Flucht getrieben, die beyden andern englischen Generale Talbot und Sales aber, zu Gefangenen gemacht wurden.

Nun hatte Johanna von Arc die eine Hälfte ihres, dem König von Frankreich gemachten Versprechens, die Befreyung der Stadt Orleans nemlich, auf das genaueste geleistet und sich dadurch des Namens des Mäd-

chens

chens von Orleans, den sie in der Geschichte gewöhnlich bekommt, ganz würdig gemacht. Allein itzt mußte
auch noch eine zweyte, eben so kühne That, die sie auszuführen zugesagt hatte, von ihr vollbracht werden, die
Crönung Carls des VII. zu Rheims nemlich. Sie
gieng deswegen persönlich nach Loches, wo der König
damahls war, und wurde von demselbigen, so wie von
seinem ganzen Hof so gut empfangen, als sie es verdiente.
Nachdem sie von allem dem, was sich seit ihrem unternommenen Kriegszug zugetragen, genauen Bericht abge-
stattet hatte, so drang sie heftig darauf, daß man sich
zu einer Feyerlichkeit dieser Art von Stund an rüsten solle. Einige Wochen früher würde ein solcher Vorschlag
der rasendste von der Welt geschienen haben, weil das,
in einem ziemlich entfernten Theil des Königreichs liegende Rheims, sich in den Händen des siegenden Feindes
befand; weil alle andere, auf dem, über 70. Meilen
weiten, und über drey große Flüße, die Loire, Seine
und Marne führendem Wege dahin, anzutreffende
Städte und Orte von selbigem besetzet waren; und weil
es damahls an Gelde zu einer solchen Unternehmung
gänzlich fehlte. Doch nunmehro setzte man sich über alle diese und andere noch so bedenkliche Umstände auf einmahl hinweg und Carl der VII. brach wirklich, dem
Rath des Mädchens zu Folge, das bey allen, wegen so
mancher Schwierigkeiten ihr gemachten Einwürfen, bloß
dieß sagte: "der Herr hat's befohlen!" und von ihr
selbst begleitet, an der Spitze von 12000. Mann, die
alle den festesten Glauben an den glücklichsten Ausgang
des Zugs in ihrer muthigen Brust besaßen, im Junio des

                                        Jahres

Jahres 1429. nach Rheims, zu seiner feyerlichen Crö=
nung auf.

Nachdem das sieggewohnte Heer die in Champagne
liegende kleine Stadt St. Florentin ohne Schwerdt=
streich eingenommen hatte, so rückte es vor Troyes, wo
man sich zu einer lebhaften Gegenwehr rüstete. In dem
Kriegsrathe, den man wegen einer so mißlichen Sache,
als die Belägerung dieser festen Stadt war, gehalten
hatte, bediente sich Johanna des Ausdrucks: "Gott
will, man soll seine Kräften brauchen," versicherte, in
dreyen Tagen würde der Ort in ihrer Gewalt seyn,
schwang sich alsdenn, ohne den Schluß abzuwarten, aufs
Pferd, sprengte eiligst in den Stadtgraben und forderte
Faschinen und Leitern. Nun setzten sich alle Truppen in
Bewegung, sie zu unterstützen, und liefen Sturm, wor=
auf die Einwohner sogleich zu capituliren verlangten,
und sich dem Könige unterwarfen. Noch am nemlichen
Tage wurde der Zug nach Chalons fortgesetzt, deren
Einwohner sogleich mit den Schlüßeln zu den Stadttho=
ren, dem Heere entgegen eilten und sich ergaben. Jetzt
stand nur noch die Eroberung von Rheims selbst bevor,
die dem guten König Carl am meisten bange machte,
denn er hatte keine Artillerie. Aber das unerschrockene
Mädchen sprach ihm den besten Muth ein, und versicher=
te, die Bürger würden ihm ebenfalls friedlich entgegen
kommen. Der Erfolg rechtfertigte auch wirklich ihre
Prophezeihung, denn schon am 7. Julii hielt der König
seinen Einzug in die Stadt. Alsdenn gieng sogleich am
17. Julii die gewöhnliche Salbung und Crönung mit
großer Feyerlichkeit vor sich, wobey das Mädchen von

Orleans

Orleans in ihrer völligen Rüstung dem Könige zur Seite stand und die Fahne in ihrer Hand hielt, welche die Feinde so oft zerstreuet und in die größte Verwirrung gesetzt hatte. Das Volk aber, das ohnedieß durch die vorhergegangene Reihe von Wundern in Staunen gesetzt worden war, gestattete sich die lebhaftesten Aeußerungen der gerechtesten Freude, an diesem so festlichen Tage. Nach Vollendung der Cáremonie warf sich Johanna zu den Füßen des Königs, umfaßte seine Knie, wünschte ihm unter Freudenzähren Glück zur Bestättigung seiner Königswürde und bezeugte nach abgestattetem Danke gegen Gott, daß nun ihre Sendung vollendet seye. Der König erhob sie alsdenn aus Dankbarkeit, nebst ihren Eltern und Brüdern und männlichen und weiblichen Nachkommen derselben, in den Adelstand, gab ihnen zum Wappen ein Schild, darinnen zwey Lilien mit einem Schwerdte sich befanden, auf deßen Spitze eine Crone ruhete und legte der Familie den Namen de Lys bey.

Eine ganze Reihe glücklicher Vorfälle folgte auf die Vollziehung dieser feyerlichen Salbung und Crönung des Königs, der nun seinem Volke eben dadurch theurer und verehrungswürdiger, ja in Ansehung seiner Person selbst, im Vertrauen auf übernatürliche Hülfe des Himmels, noch mehr befestiget worden war. Laons, Soißons, Chateau-Thierry, Provins und viele andere Städte und Festungen in dieser Gegend, unterwarfen sich Carln sogleich auf die erste Aufforderung. Die Engländer im Gegentheil wurden überall geschlagen, waren muthlos, nahmen die Flucht auf allen Seiten, und wußten nicht, ob sie ihr Unglück der Gewalt der Zaube-

rey

rey oder einem Einflusse des Himmels zuschreiben soll
ten, erschracken aber vor beyden gleich sehr. Sie fan
den sich nunmehr ihrer gemachten Eroberungen auf die
nemliche Art beraubt, wie sie vorher die Franzosen ihrer
Macht unterworfen hatten. Ihre eigenen, sowohl ein
heimischen als auswärtigen Zwistigkeiten, machten sie
gänzlich unvermögend zur längern Fortsetzung des Kriegs,
und der Herzog von Bedfort sah sich, aller angewen
deten Klugheit ohngeachtet, beynahe alle in Frankreich
eroberte feste Plätze wieder entrißen und die er noch in
nen hatte, waren doch wenigstens geneigt, von ihm ab
zufallen. Ja wenn nicht gerade zur bequemsten Zeit
5000. Mann, die in Calais angekommen waren, und
die der Cardinal Winchester zum Creuzzug wider die
Hußiten nach Böhmen führen sollte, mit den Truppen
des Herzogs von Bedfort, auf deßen Bitte vereiniget
worden wären, so würde er nicht im Stande gewesen
seyn, sich dem Könige von Frankreich zu widersetzen,
der mit seinem Heer bereits gegen die Thore der Haupt
stadt rückte und selbige den Engländern wieder abgewin
nen wollte, allein bey ausgekundschafteter Uebermacht
des Feindes nebst Johannen und seinen Truppen zu
erst nach la Chapelle und dann nach St. Denis zog,
wo das Mädchen in der Kirche dieser Abtey ihre Waffen
zum Opfer aufhieng, um dadurch Gott für die geschenk
te Hülfe und Errettung feyerlich zu danken.

In einer, für die Engländer so mißlichen Lage ihrer
Angelegenheiten in Frankreich, hielt nun Bedfort da
für, das beste, was er itzo vornehmen könnte, wäre
dieß, daß er Heinrich den VI. in Paris zum Könige

von

von Frankreich crönen und ausrufen ließe, weil er sich
einbildete, daß die Pariser durch den Schimmer einer
solchen Feyerlichkeit sich vielleicht eher zur Unterwürfig-
keit und Treue würden bewegen laßen. Heinrich wurde
also im Jahre 1430. gecrönt und alle, unter englischer
Macht noch stehende Lehensleute in Frankreich mußten
ihm durch einen Eyd ihre Huldigung leisten. Doch, es
war nunmehro zu spät, daß die Pracht einer Crönung
den Angelegenheiten der Engländer eine glückliche Wen-
dung hätte geben können. Der größere Theil des Königreichs hatte sich bereits wider England erklärt und
der übrige wartete bloß auf schickliche Gelegenheit, diesem Beyspiele zu folgen. Bald darauf eräugte sich ein
Zufall, der zwar Anfangs für die Engländer äußerst
vortheilhaft und ganz mit ihren Wünschen übereinstimmend war, der jedoch in der Folge bloß dazu gereichte,
sie in Frankreich äußerst verhaßt zu machen und ihre
gänzliche Räumung dieses Landes zu beschleunigen. Solcher war denn nun die Gefangennehmung und grausame
Hinrichtung der tapfern Johanna von Arc.

Dieß streitbare Mädchen hatte bereits bald nach voll-
zogener Crönung König Carls des VII. zu Rheims, sich
gegen den Grafen von Dunois erklärt, sie habe nunmehr ihr zwiefaches, dem Könige gemachtes Versprechen, glücklich erfüllt: daher wäre denn einzig und allein
dieses itzo ihr sehnlichster Wunsch, daß man ihr erlauben
möchte, wieder zu ihrem vorigen Stand und zu ihrer
ehemaligen Lebensart zurückzukehren, oder doch wenigstens bloß ihrem Geschlechte angemeßene Geschäfte treiben zu dürfen. Doch Carl der VII. ihr König und
Herr,

Herr, ermunterte sie liebreich, in ihren kriegerischen Unternehmungen noch nicht zu ermüden, sondern vielmehr an der gänzlichen Vertreibung der Engländer aus Frankreich tapfer zu arbeiten, mit dem Versprechen, der Himmel würde, um ihrer, ihm so theuren Person willen, gewiß noch fernere Siege dem unter ihr streitenden Heere verleihen.

Johanna ließ sich hieburch überreden, und warf sich zu dem Ende einige Zeit nachher, am 24. May 1430. mit einigen Truppen in die Stadt Compiegne, die der Herzog von Burgund mit einer starken Armee belagerte. So ungern dieß, der bereits in selbiger commandirende französische General sahe, daß ihm eine Befehlshaberin beygesellet wurde, deren Ansehen und Gewalt größer, als seine eigene seyn würde; so eine allgemeine Freude brachte hingegen ihre Ankunft der ganzen Stadt, die sich nun unter ihrem Schutze für unüberwindlich hielt. Nur Schade, daß diese Freude von so kurzer Dauer war!

Als nemlich Johanna von Arc gleich am ersten Tage nach ihrem Einzug in Compiegne, die Truppen zu einem Ausfalle auf die Quartiere Johanns von Luxemburg anführte und die Feinde zweymahl aus ihren Verschanzungen getrieben hatte; war sie zuletzt genöthiget, sich zurück zu ziehen und stellte sich in den Nachtrab, um den Rückzug ihrer Truppen zu decken. Zuletzt aber, indem sie ihrer Mannschaft in die Stadt nachfolgen wollte, fand sie sich auf einmahl von allen ihren Freunden verlaßen, erblickte sie die Thore verschloßen und die Brücke aufgezogen. Da war sie denn in kurzem von den Feinden umrungen, so daß sie sich, aller heldenmüthigen

Gegen-

Gegenwehr ohngeachtet, gefangen ergeben mußte. Man behauptet allgemein, die französischen Offiziere, die es kränkte, daß jeder erfochtene Sieg ihr zugeschrieben wurde, hätten sie aus Neid, wegen ihres großen Ruhms, mit Fleiß diesem unglücklichen Zufalle ausgesetzet.

Nichts glich nunmehro dem Triumph ihrer Feinde über das Glück, an ihr eine Person gefangen bekommen zu haben, die so lange Zeit ein Schrecken ihrer Waffen gewesen war. Selbst ein völliger Sieg würde den Engländern und ihren Anhängern keine größere Freude haben erregen können. Man stimmte daher bey dieser Gelegenheit das Te Deum Laudamus in der Kirche zu unserer lieben Frauen in Paris feyerlich an, erhob ein lautes Jubelgeschrey, zündete Freudenfeuer an, ließ durch die Prediger von allen Canzeln verkündigen, Johanna seye eine Hexe, und hofte, die Gefangennehmung dieser außerordentlichen Person würde den Engländern zu neuen Siegen und Eroberungen den Weg bahnen. Ja, sobald nur der Herzog von Bedfort Nachricht davon erhielt, kaufte er sie dem Grafen von Vendome ab, der sie zur Gefangenen gemacht hatte, ließ sie von einem Schloße aufs andere in Verwahrung bringen, und als sie zu Beaurevoir in Artois eingeschloßen war, machte man ihr weiß, Compiegne seye aufs äußerste gebracht, und wolle capituliren. Doch dieß war ganz falsch, sintemahl ja die Belagerung unverrichteter Sachen wieder aufgehoben werden mußte. Dem ohngeachtet spornte solche Nachricht auf einmahl ihren Muth, und reizte sie, den Einwohnern, von denen sie gehört hatte, daß die Engländer selbige alle niederhauen würden,

würden, zu Hülfe eilen zu wollen. Sie sprang in der Absicht vom Thurne herab, beschädigte sich aber an einem Fuße, wurde wieder eingeholt, und nachher desto fester verwahret.

Die Leichtgläubigkeit beyder Nationen war damahls so groß, daß nichts zu ungereimt war, das nicht hätte Glauben finden sollen, wenn es mit ihren Leidenschaften übereinstimmte. Kurz vorher ward Johanna wegen des glücklichen Erfolgs aller ihrer Unternehmungen, als eine Heilige betrachtet, die göttliche Eingebungen besäße, und von himmlischen Kräften unterstützt würde; und itzt, nach ihrer Gefangennehmung, sah man sie für eine Zauberin an, die vom Teufel, welcher ihr nur auf eine kurze Zeit Beystand geleistet hätte, schändlich betrogen und verlaßen worden wäre. Als eine bloße Kriegsgefangene, die dazu noch vorher keiner Grausamkeit, keiner Verrätherey, selbst nicht einmahl eines bürgerlichen Verbrechens sich schuldig gemachet hatte, sondern vielmehr den unbescholtensten Wandel führte, konnte sie sich selbst vom Feinde, wo nicht gerade Ruhm wegen ihres Heldenmuthes — den jedoch von je her manche gesittete Völker überwundenen tapfern feindlichen Feldherren nicht versagten — doch wenigstens eine menschenfreundliche Behandlung, versprechen. Allein dieß gestattete der Stolz und die Rache Bedforts nicht, der einmahl ihren Tod und Untergang fest beschloßen hatte, der aber freylich, seine so große Verletzung der Gerechtigkeit und Menschlichkeit zu bedecken, die Religion in ihren Prozeß zu verwickeln, für nöthig fand.

Der

theilet habe, wäre auch berechtigt gewesen, an der Ehre beßelbigen Theil zu nehmen. Als man sie beschuldigte, daß sie, dem Wohlstande ihres Geschlechts zuwider, in den Krieg gezogen seye, und sich eines Commandos über Manns-Personen angemaßt hätte, so trug sie kein Bedenken, unerschrocken zu sagen, ihr einziger Endzweck wäre, die Engländer zu schlagen, und sie aus Frankreich zu vertreiben. Nicht weniger wollte man auch von ihr wißen, warum sie in ihren Briefen oben das Zeichen des Creuzes zu setzen pflegte, und ihre Antwort darauf war: sie hätte diesen frommen Gebrauch von den Geistlichen gelernt. Man suchte sie öfters durch läppische Fragen zu verwirren, z. E. ob die heilige Margaretha, wenn sie ihr erschien, englisch oder französisch mit ihr geredet habe? ob diese und andere Heilige bey ihren Erscheinungen Haare gehabt hätten und von welcher Farbe? wer unter den dreyen itzo zugleich statt findenden Päpsten der rechte wäre? ob es auch Feen in ihrem Dorfe gebe? u. dgl. mehr, ja es mangelte auch nicht an ärgerlichen und ungebührlichen Fragen, die ihr besonders in der 15ten Seßion vorgeleget wurden. Da sie in ihren Antworten eben so bescheiden als vorsichtig jederzeit war, und nichts sträfliches auf sie gebracht werden konnte, so suchte man das gute Mädchen durch die allerniedrigsten Ränke in die Schlinge zu locken. Man schloß deshalben sogar einen gewißen Loiseleur, der sich für einen Gefangenen ausgab, mit ihr ein, um der Unglücklichen listiger Weise dadurch Geständniße zu entlocken, mit denen man nachher das Verdammungsurtheil beschönigen könnte.

H   Während

Während ihrer Gefangenschaft war ihre Keuschheit ein Paarmahl auf der Probe, denn nicht nur die Soldaten, von denen sie bewacht wurde, versuchten es, sie zur Stillung ihrer Wollust zu gebrauchen, sondern selbst auch ein gewißer englischer Herr wagte die heftigsten Angriffe auf ihre Tugend und Ehre, gegen die sie sich nur mit der größten Gewalt zu retten, im Stande war.

Auch selbst auf ihr Leben geschahen geheime Nachstellungen, und besonders kam der Bischof von Beauvais in den Verdacht, er habe sie im Merz mit einem vergifteten Karpfen umbringen laßen wollen. So viel ist gewiß, daß ihr auf dies Eßen so übel wurde, daß sie sich erbrechen mußte, und daß sie, als ihr ihre Jugendkraft auch ohne Arzney zur Genesung wieder verholfen hatte, über dieses Bubenstück die bittersten Klagen ausstieß, die man jedoch mit unerhörten Schmähungen erwiederte.

Bald nachher, im April 1431. überfiel Johannen eine heftige Krankheit. Nun schickten ihr der Cardinal von Winchester und der Graf von Warwick, Gouverneur zu Rouen, zwey Aerzte, mit dem Auftrag, ja alle Mühe anzuwenden, daß sie wieder hergestellt würde, denn der König von England habe sie zu theuer bezahlt, als daß er sie auf dem Bette sterben laßen könnte.

Am 9ten May drohete ihr der Bischof von Beauvais mit der Tortur, und am 19ten May wurde das Urtheil der theologischen Facultät zu Paris vorgelegt, das die Erwartung des Bischofs und seiner Gehülfen völlig befriedigte. Es erklärte nemlich das Mädchen — vorausgesetzt, daß die eingeschickten Beschuldigungen, die man selbigem machte, alle wahr seyen — für eine grobe Verbrecherin,

brecherin, die den Scheiterhaufen allerdings verdienet
habe. Man machte ihr am 24. May dieses Urtheil bekannt, stellte sie an diesem Tag auf ein Schaffot, das
auf dem Kirchhof der Abtey St. Ouen errichtet war,
wo ein Geistlicher, Erard, eine von Schmähungen wider sie und den König angefüllte Predigt hielt, und das
Mädchen selbst in selbiger anredete, welches jedoch
Muth genug hatte, ihm laut zu widersprechen.

Von der Zeit an, gab man sich alle nur mögliche
Mühe, Johannen zur Abschwörung ihrer bisherigen Irr-
thümer zu bewegen, und man brachte es auch wirklich
durch fürchterliche Drohungen und durch eingejagten
Schrecken dahin, daß ihr vorhin selbst im heißesten
Kampfe nicht zu erschütternder Heldenmuth auf einmahl zu
wanken anfieng. Großes Entsetzen vor der ihr zuerkann-
ten grausamen Todesstrafe, die sie nicht verdient zu haben glaubte, wirkte in ihrem Gemüthe eine eben so
schnelle als gänzliche Umänderung ihrer Gesinnungen.
Die vorigen Träume ihrer erhitzten Einbildungskraft
fiengen an zu verschwinden und an ihre Stelle trat ein
finsteres Mistrauen auf die ehemahligen göttlichen Eingebungen. Daher erklärte sie sich denn ganz bereitwillig
zu einem öffentlichen Widerruf, und versprach, niemahls
mehr den eitlen Blendwerken Raum zu geben, die sie
bisher irre geführt, und das Volk betrogen hätten.
Das wollten nun eben ihre Feinde haben, und da eben
dieselbigen einen Schein von Barmherzigkeit zeigen wollten, so milderten sie den Urtheilsspruch und verdammten
sie bloß zu einem ewigen Gefängniße, in welchem sie lebenslang bey Waßer und Brod sitzen sollte.

H 2

Allein

Allein hiedurch war die Wuth ihrer Widersacher noch nicht hinreichend gestillt. "Wir wollen sie schon wieder fangen," sagte einer unter ihren Richtern, denen der Graf von Warwick Vorwürfe machte, daß man die Unglückliche dem Scheiterhaufen habe entschlüpfen laßen, dem sie bereits so nahe gewesen seye. Man vermuthete, die Frauenzimmerkleidung, die sie von itzt an auf immer zu tragen, hätte versprechen müßen, würde ihr äußerst lästig seyn. Daher hieng man denn in dem ihr angewiesenen Zimmer des Gefängnißes, mit Fleiß Mannskleider auf, und laurete, was diese Versuchung für eine Wirkung auf sie haben würde.

Leider siegten auch die grausamen Kunstgriffe ihrer Feinde! Da Johanna von Arc eine Kleidung erblickte, in der sie sich so vielen Ruhm erworben und die sie, wie sie ehemals glaubte, nach einer besondern Bestimmung des Himmels getragen hatte; so lebten alle ihre vorigen Gedanken und Leidenschaften wieder auf und sie wagte es, in ihrer Einsamkeit sich wirklich wieder mit der verbottenen Tracht zu bekleiden. Ihre nachstellerischen Feinde überfielen sie in diesem männlichen Anzuge und man erklärte ihr, aus Unvorsichtigkeit geschehenes Vergehen, für nichts geringers, als für einen sträflichen Rückfall in ihre vorige Ketzerey und Zauberey.

Nunmehr war kein neuer Widerruf, sie zu retten im Stande, und man verwilligte ihr auch nicht die geringste Begnadigung. Sie wurde dahero am 29. May 1431. verdammt, lebendig verbrannt zu werden und dieses schreckliche sowohl, als schändliche Urtheil, wurde auch

wirklich

wirklich Tags darauf, am 30. May nemlich, an ihr ohne Erbarmung vollzogen.

Diese vortrefliche Heldin, welcher der großmüthigere Aberglaube der Alten aus Dankbarkeit Altäre erbauet haben würde, wurde, nachdem sie ihrer vermeyntlichen Ketzerey ohngeachtet, vorher noch gebeichtet und communiciret hatte, von einigen Geistlichen begleitet, des Morgens um 8. Uhr auf den alten Markt zu Rouen geführet. Sie hatte Frauenzimmerkleider an; ihren Kopf bedeckte eine hohe Mütze, worauf die Worte standen: "Ketzerin, Zurückgefallene, Abtrünnige, Götzendienerin," und 120. bewafnete Leute sicherten den Zug.

Nachdem sie ein Schaffot bestiegen hatte, verkündigte der Bischof von Beauvais, daß unter Beystimmung verschiedener anderer Bischöfe, Doctoren, Licentiaten, Baccalauren und Advocaten wider sie erkannte Urtheil und der Doctor Midy hielt eine lange Rede, welche sich mit den Worten schloß: "Johanna, die Kirche kann euch nicht weiter schützen und überläßt euch dem weltlichen Arm." Das Mädchen kniete hierauf nieder, betete und ersuchte den Geistlichen Maßieu, ihr ein Crucifix zu verschaffen. Als man ihr eines gebracht hatte, so umfaßte sie solches und drückte es unter Vergiessung vieler Thränen an ihre Brust.

Nun stieg sie vom Schaffot und als der Nachrichter sie in Empfang nahm, so sprach sie zum Bischof ganz laut: "er sey Schuld an ihrem Tode, er habe versprochen, sie in die Hände der Kirche zu liefern und übergebe sie doch itzt ihren grausamsten Feinden." Als hierauf der Amtmann von Rouen dem Henker und seinen Ge-

hülfen

hülfen den Befehl gegeben hatte: "thut eure Schuldigkeit" so brachte man sie auf den Scheiterhaufen, vor
welchem eine Tafel mit dem Verzeichniße ihrer Verbrechen, aufgerichtet war, zündete selbigen an, und dann
litte das unschuldige Mädchen die schreckliche Strafe, in
den auflodernden Flammen langsam des qualvollsten Todes sterben zu müßen.

Wenn es wahr ist, was die Acten jener Zeit erzählen;
so hat der Scharfrichter durchaus nicht ihr Herz verbrennen können und es mit der übrigen Asche unversehrt in
den Seinefluß geworfen. So viel ist wenigstens gewiß,
daß der größte Theil der Zuschauer mitleidsvolle Thränen vergoß über den unglücklichen Tod, den diese tapfe-
re Heldin in der Blüte ihrer Jahre ausstehen mußte.
Ja der Henker selbst und bald nachher zween ihrer grausamen Richter, konnten ihre Wehmuth und ihre Ge-
wißensbiße, ein unschuldiges Mädchen hingerichtet zu
haben, nicht verbergen.

Aus diesen und andern Gründen mehr, fiel es ihren
Verwandten 24. Jahre nachher gar nicht schwer, durch
Vermittelung des nach Rom gereiseten Königs Carls
VII. den Papst Calixtus III. dahin zu bringen, daß er
im Jahre 1455. durch Commißarien die Acten ihres
Prozeßes untersuchen ließ, die wirklich in einem am 7. Julii 1456. ergangenen Erkenntniße, alles, was durch den
Bischof von Beauvais über sie verfügt worden war,
vernichteten, sie für unschuldig erklärten, ihr Andenken
in die vorige Ehre setzten und den Befehl ertheilten, ihr
zum ewigen Gedächtniße ein Denkmahl zu errichten.

Hierauf

Hierauf verordnete man ihr zu Rouen eine Prozeßion und errichtete ihr eine Ehrensäule, die noch gegenwärtig auf dem Marktplatze aux Vaux zu sehen ist, und von dem Bildhauer Slodz erneuert wurde. Selbst auch in Orleans wird ihr zu Ehren und zum Andenken des durch sie geschehenen Entsatzes dieser Stadt, jährlich am 12ten May eine feyerliche Prozeßion und damit verknüpfte Gedächtnißrede, gehalten; so wie auch auf der dasigen prächtigen, erst im Jahre 1760. fertig gewordenen Brücke über die Loire, das metallene Denkmahl, welches König Carl den VII. und Johannen von Arc vor Christi Creuz knieend vorstellt, ihren Ruhm unsterblich macht.

So wahr nun diese, auf die actenmäßigen Außagen der glaubwürdigsten Zeugen gegründeten Nachrichten von dem Leben und Tode Johannens von Arc sind; so hat es doch nicht an Gelehrten *) gefehlt, die sichs einfallen ließen, dieses und jenes, und so gar auch ihre Hinrichtung auf dem Schelterhaufen selbst, in Zweifel zu ziehen.

Im Jahre 1436. trat zu Metz ein vorgebliches Mädchen von Orleans auf, die Peter und Johann von Arc für ihre Schwester erkannten. Sie kam wegen ihrer ärgerlichen Aufführung in Arreß, heyrathete nachher einen gewißen Robert des Harnoises und wurde in Orleans wegen ihrer Aehnlichkeit mit Johannen von Arc reichlich beschenkt. Doch war sie so vorsichtig, den Hof Carls des VII. zu meiden, wo man ihr bald die Larve abgezogen haben würde.

H 4

Im

*) Unter diesen waren besonders Vignier und du Haillan.

Im October 1440. führten die Soldaten wieder ein anderes Mädchen zu Orleans zur Schau herum, und mißbrauchten die Gutherzigkeit der Bürger dieser Stadt. Zu Paris aber setzte man sie durch Fragen, auf die sie nicht vorbereitet war, in Verlegenheit und sie gestand ihren Betrug.

Ein Jahr darnach machte noch eine Geschichte großes Aufsehen. Es verbreitete sich nemlich ein Gerücht, das Mädchen von Orleans seye von den Todten auferstanden. Carl der VII. ließ die Landstreicherinn, die ihr in der That sehr ähnlich war, vor sich führen. Man hatte ihr gesagt, der König trage, wegen einer Wunde am Fuße eine Art von Stiefeln, wodurch er sich von allen Hofleuten auszeichne. Sie gieng also gerade auf ihn zu, und erkannte ihn zur allgemeinen Verwunderung. Aber die Freude dauerte nicht lange. Der König erinnerte sie nemlich an das Geheimniß, das außer ihnen niemand wißen konnte. Daburch wurde sie nun ganz aus ihrer Faßung gebracht; so daß sie daher dem Könige bestürzt zu Füßen fiel, und wegen ihrer Verwegenheit um Gnade bat. Sie erhielt zwar für ihre Person Verzeihung, doch ließ der König die Urheber dieser Betrügerey nach Verdienst bestrafen.

So grundfalsch es nun wäre, wenn man glauben wollte, Johanna von Arc seye wirklich eine Zauberin gewesen, wofür sie die Bosheit und der lächerliche Aberglaube ihrer Feinde ausgab; so wenig sind auch diejenigen frommen Verehrer der göttlichen Allmacht, die sich überreden und vorgeben, sie wäre eine von der Vorsehung Gottes zur rechten Zeit erweckte Wunderthäterin

zum Besten Frankreichs gewesen, im Stande, eine solche Meynung und Behauptung mit überzeugenden Be-
weisgründen zu unterstützen. Am wahrscheinlichsten
kann man sie für ein Werkzeug der Staatskunst halten,
welches, nach der Meynung einiger berühmten ältern
und neuern Geschichtschreiber, die Hofleute brauchten,
um durch den Schein der Religion und durch den Vorwand einer höhern Sendung, den gesunkenen Muth ihres
Königs und seiner Anhänger wieder aufzurichten; durch
die Maske des Uebernatürlichen die Feinde zu schrecken,
und zur Demüthigung der übermüthigen Engländer,
einen, in jener kritischen Lage, blos durch ein außerordentliches Mittel möglichen Staatsstreich, zu vollführen.
So viel bleibt wenigstens allezeit gewiß, daß Carl der
VII. den Sieg über seine Feinde und die Rettung der
Crone Frankreichs, der entschiedenen Tapferkeit und
dem rastlosen Eifer dieser, in ihrer Art einzigen Heldin,
ganz alleine zuschreiben mußte. Auch ist es deßen Sohne und unmittelbarem Nachfolger, dem Könige Ludwig dem XI. nicht zu verargen, daß er nachher im Jahre 1469. zum Andenken dieser Begebenheit den Ritteror-
den St. Michael gestiftet, weil er dem ehemaligen
Vorgeben der Johanna von Arc Glauben gab, es
seye dieser Erzengel bey der durch sie gelungenen Befreyung Frankreichs, außerordentlicher Weise mit beschäftiget gewesen.

＊ ＊ ＊

XI.

IX.

Georg Moritz Lowiz, *)

Profeßor, zuerſt in Nürnberg, dann in Göttingen und zulezt Mitglied der Academie zu Petersburg, vom Rebellen Pugatſchew und ſeinem
Haufen 1774. geſpießt.

Dieſer ſo jämmerlich hingerichtete Gelehrte, ward
am 17. Februar 1722. in dem großen, nahe bey
Nürnberg liegenden Hofmarkte Fürth gebohren. Da
er ſich 5 Jahre lang in der Goldſchmiedtekunſt bey Herrn
Hofcommißair Wächtler in Fürth geübt hatte, ſo konnte er die Vortheile bey dieſer Kunſt, die ihm von dieſem würdigen Lehrmeiſter bekannt gemacht worden waren, in der Folge zur Verbeßerung und Verfertigung
mathematiſcher Inſtrumente mit erwünſchteſtem Effecte
anwenden. Ob er ſich gleich auf einige Zeit nach Alt-
dorf begab, ſo ſtudierte er doch eben ſo wenig ſchul-
mäßig, als der mit ihm, in mehr als einer Rückſicht
verbundene göttingiſche große Mathematiker, Tobias
Meyer. Daher kam es denn, daß Lowiz wenig von
der lateiniſchen Sprache verſtand. Mit Hülfe ſeines
vor-

*) S. Wills Nürnb. Gel. Lex. II. Th. p. 510—513. inglei-
chen Büſchings wöchentliche Nachrichten, dritten Jahrgang, 1775. p. 56—68. und deutſches Muſeum 1776.
I. Band p. 177—185. 1777. I. Band p. 257—261.

vortreflichen Kopfs, und durch die edelste Wißbegierde
gespornt, brachte er es aber demohngeachtet in der
Phyſik und den mathematiſchen Wißenſchaften, ungemein weit.

Im Jahre 1746. heyrathete er die aus Oehringen
gebürtige Schweſter des nachherigen Raths und Göt-
tingiſchen Profeßors Franz, der damahls die berühmte
Homanniſche Landcharten Offizin in Nürnberg, zur
Hälfte beſaß. Da Franz außer Lowizen auch noch den
vorhingedachten Mayer an ſich zu ziehen gewußt hatte;
ſo errichtete er eine ſogenannte coſmographiſche Geſell-
ſchaft und machte die Homanniſche Officin zum Sitz derſelbigen. Bald nach ihrer Entſtehung, ſchon im Julio
1746. nemlich, und nachher noch einmahl im Jahre
1749. wurde im Druck bekannt gemacht, daß die Ge-
ſellſchaft große Erd- und Himmelskugeln, die 3. pariſer
Schube im Durchſchnitte haben und von der möglichſt
vollkommenen Beſchaffenheit ſeyn ſollten; mittlere, von
einem Schub im Durchſchnitte; und kleine, von 5. Zoll
im Durchſchnitte, verfertigen würde; alleine, ob ſich
gleich mehrere Subſcribenten und Pränumeranten fanden,
ſo kamen doch, verſchiedener Hinderniße wegen, nach
einigen Jahren erſt, keine andere als die kleinen zu
Stande.

Im Jahre 1748. machte ſich Lowiz durch Verfertigung zweyer, im Homanniſchen Verlag heraus gekommenen Charten von der Sonnen- und Erdfinſterniß, welche ſich am 25. Julii des gedachten Jahres zutragen
ſollte, und auch wirklich zutrug, der gelehrten Welt als
einen geſchickten Mathematiker und Zeichner bekannt,

und

und beobachtete nachher die Sonnenfinsterniß selbst, mit großer Genauigkeit und nach einer neuen Art. Das Jahr darauf, lieferte er eine neue Charte, welche die am 8. Januar 1750. bevorstehende Sonnenfinsterniß vorstellte, wie sie sich zu St. Petersburg, Rom, Berlin, Nürnberg, Lißabon und Goa zeigen würde, und gleichfalls ihm Beyfall und Ruhm zuwegen brachte.

Nachdem **Lowiz** bereits seit einigen Jahren her, nicht nur überhaupts mit Unterweisung junger Leute sich beschäftigt, sondern auch einigen Liebhabern Privatvorlesungen über die Physik gehalten hatte, so ward er 1751. an die Stelle des berühmten **Doppelmayers** zum Profeßor der Naturlehre und mathematischen Wißenschaften am Auditorio des Egydischen Gymnasii zu Nürnberg ernennet, und bekam zugleich auch die Aufsicht über die dasige Sternwarte, die er in einen beßern Stand zu setzen bemühet war, und um diesen Endzweck sicherer zu erreichen, sie von ihrem bisherigen Platz abtragen und an einem bequemern Orte, auf der Reichsveste nemlich, aufrichten durfte. Er trat dieß öffentliche Lehramt mit einer am 27. Dec. 1751. gehaltenen deutschen Rede an, die von dem wahren Nutzen handelte, den das menschliche Geschlecht aus der höhern Mathematik ziehen kann, und die 1752 im Druck erschien. So kam auch 1754. zu Nürnberg von ihm eine Sammlung der Versuche, wodurch sich die Eigenschaften der Luft begreiflich machen laßen, Bogenweis heraus, deren er sich bey seinen Vorlesungen als eines Leitfadens bediente.

Im nemlichen Jahre 1754. wendete sich sein Schwager, **Franz**, an die königliche und Churfürstliche Regierung

gierung zu Hannover, und legte derselben einen Plan
vor, wie die cosmographische Gesellschaft, die Weltku=
gelnfabrik und seine Hälfte der homannischen Landchar=
tenofficin, nebst verschiedenen geschickten Künstlern
welche für die practische Physik und Mathematik sehr
richtige Werkzeuge verfertigten, nach Göttingen ver=
setzt werden könnten. Der Vorschlag gefiel zu Han=
nover, und sowohl Franz, als Lowiz, wurden nach
Göttingen als ordentliche Profeßores der philosophi=
schen Facultät, und zwar der erste als Profeßor der
Geographie, der letzte aber als Profeßor der practischen
Mathematik berufen, jener mit 600. dieser mit 400.
Thalern Gehalt. Lowiz, der fast zur nemlichen Zeit
nach Petersburg, als Mitglied der dasigen Academie
kommen sollte, aber den Ruf nach Göttingen bereits
angenommen hatte, zog gleich zu Anfang des Jahrs
1755. dahin; Franz aber folgte ihm erst im May nach,
mußte jedoch auf gemachte Vorstellungen des Besitzers
der andern Hälfte der homannischen Landchartenofficin
bey dem Magistrate, die selbiger genehmigte, seinen
Antheil daran, in Nürnberg zurücklaßen.

Da die Regierung zu Hannover der cosmographi=
schen Gesellschaft, zu desto bequemerer Lieferung der ver=
sprochenen Erd und Himmelskugeln, 2000. Thaler zins=
frey vorschoß; so fieng selbige nun wirklich an, eine
Anzahl Kugelcörper von Eisen und Gyps zu verfertigen,
welche vortreflich waren, und an denen Lowiz alle
mechanische Arbeit selbst machen wollte; wodurch denn
freylich die Sache selbst sehr schläfrig von statten gehen
mußte. Es ist leicht zu erachten, daß die Regierung

damit

damit sehr unzufrieden gewesen seyn werde, und Lowiz
merkte solches nur allzuwohl, ohne jedoch hiedurch zu
mehrerer Beschleunigung der versprochenen Lieferungen
angetrieben zu werden, weil sein Bestreben nach der
größten Vollkommenheit ihn oft nöthigte, bessere Dinge,
als ein andrer ausgefertigt hatte, wieder wegzuwerfen,
und alsdenn von neuem anzufangen. Er hatte als Profeßor wenig zu thun, doch war er als außerordentliches
Mitglied der königlichen Gesellschaft der Wißenschaften
mehr beschäftiget, welcher er unterschiedenes Merkwür-
dige vorlegte, wie aus den göttingischen gelehrten Anzeigen von 1755—1757. deutlich erhellet.

Im Jahre 1758. verließ Lowiz die cosmographische Gesellschaft, deren mit dirigirendes Mitglied er bisher gewesen war, und zwar mit Misvergnügen. Die
eigentliche Ursache zu diesem seinem Misvergnügen rührte daher, daß er glaubte, die Gesellschaft erkenne seine Verdienste, die er um sie wirklich hatte, nicht ge-
nugsam.

Nach dem Tode Mayers, der im Jahre 1762. erfolgte, trug die königliche Regierung die Aufsicht über
die Sternwarte Lowizen und dem noch lebenden berühmten Herrn Hofrath Kästner gemeinschäftlich auf.
Da sich nun Lowiz gegen Kästnern erklärte, er wollte
sie allein haben oder gar keinen Theil daran besitzen, so
trat Kästner ihm als ältern Profeßor, seinen Anspruch
freywillig ab, das auch der große Curator der göttingischen Universität, Herr von Münchhausen, obwohl
ungern genehmigte. Lowiz hatte also, seinem Wunsche
gemäß, diese Aufsicht allein, bis zum Jahr 1764. da er
sie

sie selbst freywillig an Kästnern abtrat, so wie er schon eine geraume Zeit vorher seine Stelle in der Gesellschaft der Wißenschaften niedergeleget, und sein Profeßoramt zu Ende des Jahrs 1763. aufgegeben hatte.

Von itzo an lebte Lowiz als Privatmann zu Göttingen. Allein da er in manchen Dingen viel zu freygebig war, und von der ihm natürlich eignen Gutthätigkeit mehrere wirkliche Proben ablegte, als es ihm die Klugheit, bey seinen ohnedieß nur mittelmäßigen Glücksumständen rieth, so verschlimmerten sich dadurch seine oeconomischen Verhältniße von Tag zu Tag, ja er sah sich genöthigt, das, was ihm nach Abzahlung des Vorschußes an die königliche Regierung, von dem mit seiner zweyten Frau, einer gebohrnen Göttingerin, erheyratheten Vermögen, noch übrig war, nach und nach zu verzehren. Außerdem widerfuhren ihm auch sonst noch einige andere Unannehmlichkeiten, die mit mathematischen Wißenschaften gar keinen Zusammenhang hatten. Er forderte deswegen Genugthuung, die er jedoch nicht verlangen konnte, und da er sie nicht bekam, so mußte ihm solches seinen Aufenthalt in Göttingen immer mehr und mehr verbittern.

Als er im Jahre 1767. der kaiserlichen Academie zu Petersburg seine Dienste überhaupts und insonderheit zu der Beobachtung des 1769. bevorstehenden Vorübergangs der Venus vor der Sonne, anbot, so ward er zum Mitglied der Academie für die Astronomie berufen, und bestimmt, eine so wichtige Himmelsbegebenheit zu Gurjew einem zehn Werste vom Caspischen Meer am Jaikfluße (der jetzt Ural heißt) gelegenen Städtchen, zu beobachten. Dieß Geschäft richtete er in Gesellschaft des Herrn Adjuncts Jnochodzow nach Wunsche aus, wie in einer 1770. zu Petersburg nachher gedruckten deutschen Schrift beschrieben worden. Von da aus reisete er zu Anfang des Septembers über das caspische Meer nach Astrachan, blieb einige Zeit da, und nachdem er mit der geographischen Bestimmung von Astrachan fertig war, so gieng er in gleicher Absicht nach Kislar und Mosdon, und hofte, in Dmitriewsk mit Ausgang des Jahrs 1770. anzukommen, das jedoch erst am 1. Junii 1771. geschahe. Herr Jnochodzow, der sich in Astrachan von ihm getrennt hatte, dem eben so wohl als ihm die Untersuchung des Dmitriewskischen Canals aufgetragen worden war, befand sich bereits da, und Lowiz machte gleich nach seiner Ankunft einige wenige astronomische Bemerkungen, nachher aber beschäftigte er sich mit Zubereitung der, zu der anzustellenden Untersuchung erforderlichen Instrumente. Da Lowiz, aus Mangel geschickter Künstler, alles bleiben selbst machen mußte, und doch alles recht sauber und pünctlich verfertigen wollte, so verstrich unter diesen Zubereitungen, Beßerungen und Aenderungen, der Sommer und Winter. Den ganzen Sommer des darauf folgenden 1772sten Jahres, war Lowiz immer kränklich und kaum im Stande, zuweilen auszureiten, und den Landstrich zwischen dem Wolgastrome und dem Jlawa Fluße, worauf er den Plan zu seiner Arbeit bauen wollte, zu besichtigen. Endlich war sein zehnfüßiger Profilmeßer, um die speciellen Erhöhungen und Erniedrigungen zu meßen, fertig, und Lowiz wollte im October

seine

seine Operationen wirklich anfangen. Allein nur wurde er aufs neue krank, daher entschloß er sich, nach Saratow, 180. Werste von Dmitriewsk die Wolga hinauf zu gehen, und sich da curiren zu laßen. Nachdem er daselbst einige astronomische Beobachtungen angestellt hatte, so kam er am 25. Julii 1773. nach Dmitriewsk zurück. Nun schlug er und sein Gehülfe Inochodzow, jeder sein Gezelt bey dem Kamyschenka-Fluße auf; beede brachten alles in Ordnung und wollten eben den Anfang mit ihren Hauptoperationen machen, als nach Mitternacht zwischen dem 28sten und 29sten Julii ein heftiger Orkan, mit entsezlichem Donnerkrachen, schrecklichen Blitzen und einem großen Platzregen, entstand, wodurch eines von den Gezelten nebst den beeden Quadranten umgestürzt, und besonders Lowizens Quadrant sehr beschädiget wurde. Es gieng daher wieder an die Reparatur, während welcher Lowiz das Fieber bekam. Unterdeßen fieng sich die Herbstwitterung mit Stürmen und Regen an; doch blieben die gebeßerten Instrumente bis den 16. Decemb. auf der Steppe stehen. Einige Tage wurden mit Meßung verschiedener Linien und Profile, mit Bestimmung der Geschwindigkeit und Quantität des Kamyschenka Waßers, mit Ausforschung des Grundes bey der Mündung dieses Baches durch den Bergbohrer, und mit andern ähnlichen Beschäftigungen zugebracht. Mehr auszurichten, hinderten Sturmwinde und strenger Frost. Lowiz hatte sich ohnedieß durch die Kälte verdorben, wurde immer kränker, und mußte bis im Merz 1774. abermahls das Zimmer hüten. Alsdenn reisete er nach Sarepta einer

J

herun

herrnhutiſchen Colonie ohnweit Zariʒin, um ſich dort
Linderung zu verſchaffen, kam aber bald wieder zurück.
Doch ließ er verſchiedene Inſtrumente und Sachen, die
er beym Canal nicht brauchen konnte, daſelbſt, welche aber leider alle, bey einer im May 1774. ent-
ſtandenen Feuersbrunſt verbrannt ſind, ſo wie Lowiz
über dieß noch 1550. Rubel in Aßignationen dabey
verlohr.

Nun gieng es am 15. April 1774. aufs neue an die
Arbeit.   Lowiz und ſein Gehülfe fiengen den 23. Apr.
die Operationen ſelbſt an, und fuhren damit biß in die
Mitte des Auguſts fort, wo leider das ganze Unternehmen durch den ſchrecklichſten Zufall mit einemmahl vereitelt wurde.

Zwar wurde Lowiz nebſt Hn. Inochodzow in der
Mitte des Julii nach St. Petersburg zurückberufen.
Da ſie aber mit ihrer mühevollen Arbeit, zu der Lowiz
allzuweitläufige Plane entworfen hatte, und bey der er,
ſelbſt in den geringſten Kleinigkeiten, ſich lange aufhielt,
um ja die größte Accurateße zu beobachten, noch lange
nicht fertig waren,   ſo baten ſie die Academie um einige
Monate Aufſchub.   Bald nach Abſendung ihrer Rap-
porte, zu Anfang des Auguſts, verbreitete ſich das Gerücht von den Gewaltthätigkeiten des Rebellen Pugatſchew und ſeiner Annäherung gegen Dmitriewsk; ſie
mußten daher eilends von ihrer Steppe fliehen, und die
ganze Arbeit unvollendet laßen.   Jeden führte das
Schickſal dahin, wo er am ſicherſten zu ſeyn glaubte.

Herr

Herr Jnochodzow rettete sich in die Dmitriewskische Festung und verbarg seine Instrumente, so wie alle seine brigen Sachen und Bücher zu mehrerer Sicherheit unter die Erde. Doch bald nachher mußte er mit den Seinigen zuerst nach Zarizin, und dann weiter nach Astrachan flüchten. Ob er gleich nebst seinem Gefolge unterwegs zweymahl in Gefahr war, von dem aufrühri‑ schen Gesindel ergriffen und mißhandelt zu werden, so brachten doch alle ihr Leben davon. Lowiz hingegen fuhr mit seiner Familie in der Nacht vom 8ten bis zum 9ten August nach einer deutschen Colonie W. Dobrinka, die 35. Werste von Dmitriewsk gegen Saratow gelegen war, und also eilte er unwißend dadurch den Rebellen entgegen. Er hielt zwar dafür, daß er genug gesichert seyn würde, wenn er sich unter diesen Deutschen, die ja seine Landesleute wären, versteckt hätte; allein diese treulosen Colonisten, die sich mit den Rebellen einge‑ laßen hatten, verriethen ihn an selbige. Bald nachher wurde er von da aus zu dem Oberhaupte der Rebellen nach dem Jlawa‑Flüßchen abgeholt und alsdenn eben so unschuldig als unmenschlich hingerichtet. Die Bar‑ baren spießten ihn nemlich am $\frac{13}{24}$ August ohne Barm‑ herzigkeit, und mit ihm wurden zugleich sein Uhrmacher, Elner, ein deutscher Bedienter und ein rußischer Sol‑ dat, auf die grausamste Art des Lebens beraubet. Seine Frau *) und sein Sohn mußten in der Colonie

J 2

blei‑

*) Es war diese seine dritte Ehegattin eine junge Wittwe und Tochter des Capitain Kindermanns, mit der er den

L.

bleiben. Die Aufrührer wollten sie nicht mitnehmen, nur wurden sie ihrer besten Sachen beraubt. Die Instrumente, Bücher und Papiere, sind durch ein gutes Glück zurückgeblieben. Sie waren in einem leeren Hause niedergelegt, und die Rebellen, die wohl wußten, daß bey den Colonisten nichts zu finden wäre, suchten weiter nicht nach.

Als nachher die Rebellen wieder weiter zogen, und Herr Inochodzow, auf erhaltene Nachricht, daß alles wieder ruhig sey, Lowizen wieder aufsuchen wollte, erfuhr er zuverläßig und mit dem empfindlichsten Schmerze das traurige Schicksal seines unglücklichen Collegen. Er konnte daher weiter nichts thun, weil Lowizens Wittwe krank in Dmitriewsk zurückbleiben mußte, als daß er seine Instrumente, Bücher und Papiere aus der Colonie mit nach St. Petersburg nahm, eben so wie seinen Sohn, der nachher ins academische Gymnasium kam, wo er von der Crone Kleidung, Wohnung, und Unterhalt erhielt.

Lowiz verdient eher bedauert, als deswegen getadelt zu werden, daß die Untersuchung selbst nicht zum völligen Ende gebracht werden konnte. Wäre die Arbeit ganz zu Stande gekommen — allein so waren vom 23. Apr. bis zum 8. Aug. nicht mehr als 6. Stationen vollendet,

$\frac{1}{15}$ October 1772. getrauet wurde, die ihm zwey Töchter gebahr, wovon jedoch die jüngste schon bey ihres Vaters Lebzeiten wieder verstarb.

lendet, und eilf Werste bis zu dem Jlawa-Fluße blieben noch unvollendet übrig — so hätte Lowiz ganz gewiß die gewünschte Absicht vollkommen erreicht. Ueber die Mühe, große Genauigkeit und den mathematischen Eifer, den er bewieß, wird sich jeder wundern müßen, der das Tagebuch seiner Beschäftigungen nachzusehen Gelegenheit hat.

XII.

XII.

Peter Brult *) oder Bruli,
proteſtantiſcher Geiſtlicher zu Dornik, daſelbſt
1545. lebendig verbrannt.

An die Stelle des berühmten Johannes Calvinus, der eine lange Zeit Prediger und Profeßor der Gottesgelehrſamkeit zu Strasburg war, und alsdenn nach Genf gieng, wo er auch zuletzt ſtarb, wurde im Jahre 1539. Peter Brult, oder Bruli, ein frommer Geiſtlicher aus Lothringen gebürtig, berufen. Nachdem er einige Jahre lang ſein Amt in Strasburg mit großer Treue verwaltet hatte, rief ihn die proteſtantiſche Gemeine zu Dornik in Flandern zu ſich. Obgleich dieſe Stelle mit der größten Lebensgefahr verbunden war, indem ein kaiſerliches Mandat, das alle Jahre zweymahl publicirt wurde, den Evangeliſchen den Aufenthalt in den Niederlanden bey Lebensſtrafe unterſagte; ſo glaubte doch Brult, daß er dieſem Ruf folgen müße, um in ſeiner Perſon einer verfolgten und nach reinem Reli-

*) S. Actiones & monimenta martirum qui a Wiclefo & Huſſo veritatem evangelicam ſanguine ſuo conſtanter obſignaverunt per Joannem Criſpinum, Genevae 1560. 4to fol 68 — 79. Fröbings Volkslehrer, II. Jahrgangs 3tes Stück, 1788. p. 316—318. und Rabus Hiſtorie der Märtyrer, V. Buch p. 676—686.

Religionsunterricht schmachtenden Heerde, einen Hirten zu geben.

Er reisete also im Herbstmonate des Jahrs 1544. dahin; ließ sich vom Martin Bucer, welcher damahls der vornehmste evangelische Prediger zu Strasburg war, ein kräftiges Empfehlungsschreiben mit geben; ward von seiner neuen Gemeine, mit vieler Freude aufgenommen und predigte nun mit unermüdetem Eifer, gleich den Aposteln Jesu, nicht nur zu Dornik hie und da in den Häusern, sondern begab sich auch an niehrere Orte in der Nachbarschaft, und hielt heimlich zu Valenciennes, Arras, Ryßel und Dovay erbauliche Religionsvorträge. Allein da er bey seiner Zurückkunft sich in Dornik seines geistlichen Amtes mit so vielem Eifer annahm, daß er keine Gefahren scheuete; da er besonders wegen großer Menge der im Zimmer nicht Platz habenden Zuhörer, bey offenen Thüren predigen mußte, so erfuhr solches die Obrigkeit bald und er wurde nun überall aufgesucht. Ja, damit er desto weniger entwischen möchte, so wurden die Stadtthore drey Tage lang geschloßen und Befehl gegeben, ihn zu ergreifen wo man ihn fände und ihn lebend oder todt einzuliefern. Anfänglich wechselte er seine Kleidung und verbarg sich bey einigen treuen Glaubensgenoßen eine Zeitlang, zuletzt aber sah er sich genöthigt, die Flucht zu ergreifen.

Man ließ ihn zu dem Ende in einem Korbe an Stricken von der Mauer herunter, und dieß geschahe in der Nacht des 2ten Novembers im Jahre 1544. Als er sich bey seiner Ankunft auf dem Erdboden etwas niedergesetzet hatte, um sich dadurch Kräfte zu seiner Reise zu

J 4   sam-

sammlen, erschien oben auf der Mauer noch einer seiner Freunde, um ihm nochmal ganz leise, das letzte Lebewohl zuzurufen. Aber, ach! indem sich dieser über die Mauer etwas hinauslehnte, um ihm seinen leisen Zuruf verständlicher zu machen, so drückte er dadurch einen großen Stein loß, der auf den unten gelagerten armen Verfolgten fiel, und ihm einen Schenkel entzwey schlug. Schmerz und Kälte preßten ihm nun lautes Wehklagen aus, das er sogern erstickt hätte und dadurch entdeckte ihn denn die Wache gar bald, ergriff ihn mit Anbruch des Tages und brachte ihn auf das Schloß, wo er in ein festes Gefängniß kam.

Kaum war er in dem Kerker angelangt, als er Gott dankte, durch deßen wunderbare Vorsehung auf so sonderbare Art von der Flucht abgehalten worden zu seyn, die er vorgehabt hätte, um sich aus einer augenscheinlichen Lebensgefahr zu retten. Als ihn seine Richter bey öftern Verhören um seine Religion befragten, und dabey einen Franziscaner, mit Namen Hazard, zu Hülfe nahmen; so bekannte er sich einzig und allein zur Lehre des Evangelii von Jesu, bezeugte, was er von der Meße, vom Fegfeuer, von Anrufung der Heiligen, von den guten Werken, von der Rechtfertigung und andern Dingen mehr, halte, und bewieß dabey eben so großen Muth als Treue.

So lang er im Gefängniße war, bekam er die häufigsten Besuche, theils von Neugierigen, die gern einen eingekerkerten deutschen Prediger sehen wollten; theils von Feinden, die ihm ihre Bosheit durch höhnende und lästernde Reden bewiesen; theils von Freunden und

Glau-

Glaubensgenoßen, denen er, ob er gleich Gefangener
war, mit wahrer Freymüthigkeit noch Religionsunter-
weisungen gab und sie zur Treue und Standhaftigkeit
ermunterte. Er setzte ein schriftliches Bekenntniß seines
Glaubens auf und richtete solches an seine Ehegattin, die
selbiges nach seinem Tode den übrigen Glaubensver-
wandten zuschicken sollte. Außer diesem schrieb er auch
ein paar Briefe an seine Glaubensbrüder, und früh
morgens an seinem Todestage noch einen rührenden Abschiedsbrief an seine Ehegattinn.

Während seiner Gefangenschaft, die vom November 1544. an und also ohngefähr 4 Monate dauerte, legten der Magistrat zu Strasburg, die damahls zu
Worms sich aufhaltenden protestantischen Fürsten, besonders aber der Churfürst von Sachsen und der Land-
graf zu Heßen die dringendsten schriftlichen Fürbitten
für ihn ein; allein sie kamen theils zu spät, weil sie mit
Fleiß untergeschlagen worden waren, theils richteten sie
ohnedieß nichts aus. Es wurde ihm vielmehr von den
Abgeordneten des Kaisers, der damahls in Brüßel sich
aufhielt, das Urtheil gesprochen, daß er auf dem großen
Markte, wo kurz zuvor Peter Mioce, des evangelischen Glaubens wegen verbrannt, und Maxtona, das
Weib eines Schneiders Adriani, gleichfalls wegen ihres standhaften Bekenntnißes der Protestantischen Religion lebendig eingegraben worden war, lebendig verbrannt werden sollte; und die Vollziehung dieses Urtheils
erfolgte auch Mondtags den 19. Februar 1545. wirklich.

J 5   Da

Da man den guten Brult zu seiner schrecklichen Hinrichtung führte, so hielt er noch einen ganz kurzen Vor-
trag an die versammelte Volksmenge und wünschte derselbigen alles Gute von Gott, besonders aber, daß die
reine und von menschlichen Erfindungen und Lehrsätzen
geläuterte Religion Jesu immer weiter unter ihnen ausgebreitet werden möge. Er wurde in die Höhe gezogen,
um durch die unter ihm angezündete Flamme ganz
langsam verbrannt zu werden, welche Pein er mit standhaftem und freudigem Muthe ausstand. Und da er unterdeßen sein Gebet zu Gott voll Inbrunst richtete, so
erregten die in großer Anzahl anwesenden Priester und
Mönche, nebst dem, durch selbige angereizten Volke,
durch ihr Schreyen den größten Lärm, um damit zu
verhindern, daß Brult nicht gehört und verstanden werden könne.

XIII.

XIII.

Freyherr Rudolph von der Wart *)
Mitschuldiger am Morde Kaiſer Albrechts I. 1308. gerädert.

Mitten aus den Kornfeldern der weiten Ebene zwiſchen Brugg und Windiſch, der Reuß und Aare, erhebt ſich die hohe Kirche, der gekrönte Thurm, und je näher man kommt, die hohe und weite Ringmauer des Kloſters Königsfelden, mit der umliegenden Gruppe von ländlichen Bewohnungen. Die reichen Einkünfte deſſelben, machen es zur politiſchen Merkwürdigkeit des Cantons Bern, und für den Geſchichtsliebhaber finden ſich im Chore der Kirche, im Boden des Schiffs derſelben, im alten Frauenkloſter rührende Denkmähler des Alterthums.

Vor allem frappiren in ſelbigem das Wohnzimmer der ungariſchen Königin Agnes, und die daran liegende Schlafkammer; die ſehr dicken Mauern rings um ihre Schlafſtätte, das ſteinerne Gewölbe, die ſtarke Thüre

---

*) S. Rudolph Murers Beſchreibung des Habſpurger oder Sinznacher Bades, in Rahns Archiv gemeinnütziger und mediziniſcher Kenntniße eingerückt, Zürch, 1787. I. Bands II. Abtheil. p. 756 ꝛc. Hiſtoriſch. Bilderſaal, III. B. p. 614—617. ingl. Zieglers täglichen Schauplatz der Zeit. Leipz. 1728, p. 464. 465.

re, die mächtigen Riegel, der leere eichene Trog, ihr Geldkoffer unter einem eigenen Gewölbe, das Wohnzimmer mit den Resten uralter Kleidungsstücke, selbst das Bild Heini, des Hofnarren, im alten Frauenkloster — dieß alles erinnert ganz lebhaft an die seltene Frau, die funfzig Jahre lang hier clösterlich wohnte. Besonders erinnern aber auch diese clösterlichen Mauren sehr lebhaft an die unzählichen Opfer, die sie ihrer Rache, und der unbezwinglichen Anhänglichkeit an das Haus ihres ermordeten Vaters, Albrechts, brachte, aus derer mit Blut befleckten Beute, sie Tempel, Closter und Capellen erbauete, oder bereicherte, und Pfründen stiftete.

Ihr Vater, Kaiser Albrecht der I. Rudolphs von Habspurg Sohn, war zu Baden im Begriff, seine Gemahlin in Rheinfelden zu besuchen, wohin die Straße hier durchführte. Damahls war es Sitte, wenn Kaiser reiseten, daß die Grafen und Edelleute, in denjenigen Provinzen, durch welche der Weg gieng, jederzeit selbigen das Geleite gaben, theils der Sicherheit wegen, theils dem Zuge selbst ein ehrenvolleres Ansehen zu verschaffen. Daher kam es denn, daß gerade auch dießmahl nicht nur sein Sohn, Leopold, und sein Neffe Johann, Herzog von Schwaben, sondern auch dessen Hofmeister und andere Edelleute aus dieser Gegend, ja auch Herzog Ludwig von Bayern, der in wenigen Monaten sein Nachfolger auf dem kaiserlichen Thron ward, so wie der Abt von St. Gallen, nebst einem großen Gefolge von Bedienten, bey ihm in Baden sich aufhielten.

Am

Am Mantag selbst im Jahre 1308. gieng nun die Reise von statten. Seines Bruders Sohn, Johann, deßen Herzogthum der Kaiser, als Oheim bevogtete, hatte schon oft, und auch hier in Baden den Kaiser umsonst gebeten, ihm die Regierung seines väterlichen Herzogthums Schwaben anzuvertrauen. Endlich faßte der ehrgeizige, aufbrausende Jüngling, der eben 20. Jahre zählte, und äußerst aufgebracht über so vielmahls wiederhohlte Abschläge war, den Entschluß einer blutigen Rache, und gewann seine alten Räthe, derer Herrschaften rings herum lagen, Walthern von Eschenbach, dem beyde Seiten des Albis bis an Zug und Baden angehörten; Rudolph von der Wart; Ulrich von Palm, Besitzern eines Theils des Aargaus; Conrad von Degerfeld, und einen Edlen von Finstingen, daß sie ihm, als beeidigte Vertheidiger seiner Rechte, in die Hand schwuren, an seiner Rache Theil zu nehmen, weil ihm vom geizigen und unerbittlichen Kaiser, das seinige nicht zu Theil würde.

Kaiser Albrecht kam mit seinem Gefolge an die Ueberfahrt Windisch geritten, ungefähr in der Gegend, wo heut zu Tage noch kleine Partheyen zu Schiff über die Reuß gesetzet werden. Er wurde zuerst mit den Verschwornen hinübergefahren, sein Sohn und das große Gefolge aber harreten am dießeitigen Ufer auf die Zurückkunft des Schiffes. Jenseits des breiten reißenden Stromes, anstatt daß jetzt sanft und bequem die Landstraße gegen Königsfelden hinan sich ziebt, herrschte damahls der mit Gebüsch bewachsene gähe Hügel des Dorfes Windisch über die Fahrt und entriß nach wenigen Minuten den Anblick des Kaisers seinen Freunden, und dem Gefolge. Verdachtlos ritt Albrecht hinan, und unterhielt sich in Gesprächen mit dem Ritter von Castelen, der alleine nichts vom Mordanschlag wußte. Sie ritten jetzt sämtlich auf der Anhöhe im ofnen Felde und grünen Saamen, als Rudolph von der Wart anfieng: Wie lange wollen wir dieses Aas denn noch reiten laßen? "Kaum hatte er diese Majestätslästerlichen Reden geendigt, als Herzog Johann dem Kaiser in den Zügel fiel, und ganz verwegen fragte:" Wie ists, Vetter? Wenn werde ich einmahl das Meinige bekommen?" und ihm sogleich den Dolch in den Hals stieß. Hierauf durchbohrten auch der von der Wart und von Eschenbach mit ihren Schwerdtern den Leib Albrechts und der von Palm spaltete ihm mit einem Streiche das Haupt. Der Ritter von Castelen floh nun schreckensvoll gen Brugg, und war nachher der einzige Zeuge der That, von deßen Außage das Leben und der Tod vieler Hunderten abhieng. Der Kaiser aber sank in die Arme einer gemeinen Hure, die eben da war, und starb mitten in seinem Eigenthume, im Angesichte von Habsspurg, von den Seinigen ermordet. Man errichtete nachher die hochgewölbte Kirche über dem blutbefleckten Platze, und setzte den Hochaltar gerade auf die Stelle hin, wo der unglückliche Kaiser sein Leben verlohr. Der Dirne zum rühmlichen Andenken aber, ward die Sitte mehr als zwey Jahrhunderte hindurch beybehalten, daß allen thörichten Frauen der Gegend, jetzt allen Schwangern, Allmosen, und bey den Tänzen auf den Jahrmärkten zu Zurzach, derjenigen Dirne, die den Vor-

tanz that, ein Gulden, vermöge der ersten Stiftung
ausgetheilt wurde.

Die Mörder nahmen die Flucht auf alle Seiten zu.
Klöster empfiengen und verbargen einen ziemlichen Theil
von ihnen. Der Freyherr Ulrich von Palm starb bey
den Beguinen in ihrem Schwestercloster zu Basel,
Herzog Johannes selbst, schweifte bald als verkleideter
Krämer, bald in Bettlersanzuge fünf Jahre herum, bis
er nach Rom kam, wo er sich dem Papst Clemens V.
entdeckte, der ihm die Absolution von seinem Verbrechen ertheilte, und ihm Begnadigung bey dem Kaiser
Heinrich VII. auswirkte. Er endigte hierauf reuevoll
als Augustinermönch in Pisa sein Leben. Einer von
diesen Kaisermördern verschwand mit einemmable gänzlich
aus dem Andenken der Menschen. Der Freyherr Wal-
ther von Eschenbach aber lebte etliche dreißig Jahre
lang als verkleideter Schweinhirt, im Schwarzwalde
unerkannt, und entdeckte sich erst auf dem Todtenbette
einem Priester.

Nur der Freyherr Rudolph von der Wart, ward
der Gerechtigkeit und Rache ausgeliefert. Seine Hinrichtung selbst, ist mit solchen Spuren von Seelengröße
dieser Familie bezeichnet, daß die traurige Stelle des
Kaisermordes, an der auch sie vollzogen wurde, dadurch
so viel merkwürdiger wird.

Der Anblick des kaiserlichen Leichnams verbreitete
eine solche Bestürzung unter dem bald nachher anrücken-
den Gefolge, daß die Hofmeister des jungen Prinzen
Leopolds mit ihm in die Festung Baden zurückeilten.
Die traurige Geschichte ward sogleich der kaiserlichen
Wittwe

Wittwe nach Rheinfelden berichtet, die alsdenn die ganze Landschaft in Pflicht nahm, ihr die Mörder entdecken zu helfen. Der Leichnam aber wurde bald darauf im Closter Wettingen, und nach fünf Viertel Jahren in die kaiserliche Gruft zu Speyer begraben.

Nun ruheten alle vorherigen politischen Fehden in Helvetien mit einemmahle. Die unglückliche Stelle wurde für jetzt einsweilen mit einer Capelle überbauet, und zween Grauköpfe, ehemalige Reisige Kaiser Rudolphs, beteten dabey für die abgeschiedene Seele des Kaisers. Nur die ungewiße Hofnung, daß ein Prinz des Hauses, einst den kaiserlichen Thron besteigen möchte, eine Hofnung, die in fürstlichen Herzen auch die dringendsten Leidenschaften mäßiget, und selbst den heftigsten Schmerz zu mildern vermag, zögerte die Strafen, welche die zehen hinterlaßenen Kinder des Kaisers, an den Thätern zu vollziehen beschloßen hatten.

Diesesmahl kam keiner von den Prinzen des Kaisers auf den entledigten Thron ihres Vaters. Aber der neue Kaiser, Heinrich der Siebende, und die versammelten deutschen Fürsten in Speyer, würdigten den Kaisermord so hoch, daß die Mörder, und alle ihre Freunde und Helfer zum Tode verdammet wurden. Die Furie der Rache wurde vom höchsten Reichsgerichte selbst mit Feuer und Schwerd bewafnet, und rasete nun in den Thälern und auf den Bergen des nördlichen Helvetiens, unaufhaltsam fort.

Der Freyherr Rudolph von der Wart mußte zuerst auf schimpfliche und schmerzvolle Art an der Stelle der Mordthat sein Leben endigen und tröstete sich bey dem

Gefühl

Gefühl seiner namenlosen Pein mit dem für ihn süßen Gedanken, bey dem Morde eines Tyrannen, einen Gehülfen abgegeben zu haben. Ein naher Anverwandter, zu welchem er sich geflüchtet hatte, Graf Diepolt von Blamont, in Burgund, bey dem er sich, wegen seiner ehemaligen vertraulichen Freundschaft ganz sicher zu seyn glaubte, war auf Veranlaßung seiner Gemahlin, einer von Våringen, so treulos, daß er ihn für eine empfangene ansehnliche Summe Geldes an Herzog Leopold von Oesterreich verrieth; ihn nachher zur Såttigung der Rachbegierde der ganzen Familie des ermordeten Kaisers wirklich auslieferte; und sich dadurch des ihm gegebenen Namens der Raufmann, ganz werth machte.

Seine Gemahlin, eine gebohrne Freyfrau von Palm, warf sich zwar vor dem Blutgerichte in Brugg, den Richtern öffentlich zu Füßen, und flehete für das Leben ihres unglücklichen Gatten. Allein ihr Bitten half nichts, denn ihr Gemahl wurde mit einem Pferde an den Ort seiner Hinrichtung geschleift, wo man ihm Arme, Beine und das Rückgrad zerstieß und sodann ihn lebendig auf das Rad legte. Auf diesem brachte er noch 3. Tage unter Empfindung der fürchterlichsten Pein zu, und wünschte den Tod, der sich ihm nur sehr langsam näherte, vergebens. Seine Gemahlin lag diese ganze Zeit über betend, weinend, fastend und ihn tröstend unter seinem Rade, und so sehr ihn ihre Treue rührte, so versicherte er ihr doch, daß ihm ihre Gegenwart mehr Schmerzen, als seine eigene Quaal verursache. Endlich starb er, seine Wittwe aber wanderte als Pilgrimin zu

Fuß

Fuß nach Basel, gieng daselbst in das Closter, und starb in kurzem vor Gram.

Das war nun das Looszeichen zu einer unbegränzten Rache: denn es wurden alle in die Strafe verwickelt, die das Unglück hatten, auch nur im dritten Grade mit den Mördern verwandt zu seyn — alle, die den Thätern, nachdem sie vom Morde gehört, Aufenthalt gegeben, oder Lebensmittel verschafft — alle Getreuen endlich, die sich, vermöge ihrer Pflicht, als Lehen-Männer oder als Besoldete, in den Schlößern und Festungen der Unglücklichen, ihrer Verwandten angenommen hatten. Ströme von Blut floßen; ganze Geschlechter von Edlen wurden vertilgt; eine Menge vester Schlößer verzehrte die Flamme, und machte sie zu öden Steinhaufen, und es wurde von dem Vermögen der Hingerichteten eine Beute zusammengebracht, die reich genug war, nicht nur die Diener der grausamsten Rache zu besolden, sondern auch große Stiftungen zu machen, und die österreichischen Besitzungen in der Schweiz abzurunden. Die Geschichte berechnet 1200. Menschen, die ihr Leben, ihre Wohnplätze, oder ihr Vermögen einbüßten.

Agnes, ein Frauenzimmer in der Blüthe der Jugend, war die Seele des großen Trauerspiels, das in der einen Hälfte des Jahres 1309. die Aufmerksamkeit von Helvetien feßelte. Im Blute von 63. Erschlagenen bey Faarwangen watend, soll sie ausgerufen haben: "ich bade im Mayenthau!" Satt von Rache, und nachdenkend geworden, entwarf sie dann mit ihrer Mutter, der verwittweten Kaiserin, und ihren fürstlichen Brüdern den Bau des oben beschriebenen Closters Königs-

Königsfelden an der Stelle der Capelle und der Bru-
derwohnung, die im ersten Sturm der frommen Be-
trübniß gebauet worden. Von 1310 bis 1320. wurde
die große Kirche gebauet und eingeweihet. An beiden
Seiten derselbigen wurden zwey Clöster, das eine für
die Minoriten, das andere für die Frauen des Clarißer-
Ordens erbauet. Der kaiserlichen Tochter Agnes wurden zunächst am Eingang der Kirche, ihre Zimmerchen
bereitet. Selbst die Wittwe des Kaisers Albrechts I.
Elisabeth, wollte ihre gramvollen alten Tage hier be-
schließen, starb aber doch 1313. zu Wien. Agnes hingegen, die frühzeitig schon ihren Gemahl, König Andreas in Ungarn, verlohren, und Geschmack an reli-
giöser Strenge gefunden hatte, war im bescheidenen
Ordenskleide der Schwestern, mehr als 50. Jahre lang
Bewohnerin des Closters und starb 1364. nachdem sie
63. Jahre lang Wittwe gewesen war.

XIV.

Anna Askew, *)

wegen ihres Bekenntnißes der proteſtantiſchen Religion 1546. zu London lebendig ver‐ brannt.

Dieſes durch die vortreflichſten Geiſtesgaben ſo wohl, als durch den Beſitz edler Sitten, ächter Reinig‐ keit des Herzens und wahrer Unſträflichkeit des Wan‐ dels, ſich ganz beſonders auszeichnende Frauenzimmer, ſtammte aus einem vornehmen engliſchen Hauſe her. Sie war in der Grafſchaft Lincoln gebohren, in wel‐ cher ihr Vater, Wilhelm Askew, Esquire, ſeinen Aufenthalt hatte, der dafür rühmliche Sorge trug, daß dieſe ſeine Tochter eine ſo gute Erziehung bekam, als je eine Perſon ihres Geſchlechts in jungen Jahren erhal‐ ten zu haben ſich rühmen kunnte. Die ſchriftlichen Auf‐ ſätze und die Bekenntniße ihres Glaubens, die ſie in der Folge während ihrer Gefangenſchaft machte, bezeugen

es

*) S. Actiones & monimenta martirum, qui a Wiclefo & Huſſo veritatem evangelicam ſanguine ſuo obſignaverunt, 1560. 4to pag. 140 —— 150 Hiſtoire de la reformation de l'egliſe d'Angleterre, par Burnet, Tom. I. p. 793 —— 796. Rabus Hiſtorien der Märtyrer, IV. Buch, p. 709. ingleit‐ chen Märtyrerbuch, aus den franzöſiſchen Geſchichten der Märtyrer gezogen, Herborn 1603. 8vo p. 215 —— 230.

es zur Genüge, daß sie sich die ihr ertheilten Belehrun=
gen in den Wißenschaften eben so redlich zu nütze ge=
macht habe, als treu und gewißenhaft sie den, vermittels
des reinen göttlichen Wortes erhaltenen Religionsunter=
richt, annahm.

Zum größesten Unglück für sie, verheyrathete man sie
mit einem gewißen Kyne, der ein blinder Anhänger
der päpstlichen Gewalt war, und so bald er nur an
ihr gegenseitige Gesinnungen wahrnahm, sie sogleich
von sich verstieß. In dieser traurigen Lage sahe sie sich
gezwungen, nach London zu gehen, wo man sie als=
bald anklagte, sie habe wider die cörperliche Gegenwart
Christi im Abendmahle ketzerische Reden ausgestoßen,
und hierauf ins Gefängniß legte. Dieß geschabe im
März des Jahres 1545. in dem 25sten Jahre ihres Al=
ters. Es wurde, wie sie selbst in einer, ihren Freun=
den ertheilten schriftlichen Nachricht bezeugt, ein Ge=
richt von zehn Personen ernennt, das sie verhören und
verurtheilen sollte. Einer unter diesen ihren Richtern,
Christoph Darius fragte sie gleich im ersten Verhöre,
ob sie glaubte, daß das auf dem Altare befindliche Sacra=
ment wirklich und natürlich der Leib des Herrn seye?
worauf sie von ihm verlangte, er möchte ihr anzeigen,
weswegen der heilige Stephanus vor Zeiten gesteinigt
worden wäre? Da er nun versicherte, er wiße solches
nicht, so sagte sie zu ihm, sie würde ihm auch nicht auf
seine spitzfündige Frage antworten. Sie führte, um
die cörperliche Gegenwart Jesu im Abendmahle zu be=
streiten, die Stelle der Bibel an, daß Gott nicht in
Tempeln wohne, die mit Händen gemacht sind, und

K 3

als

als sie befragt wurde, wie sie diese Ausdrücke verstünde? so sagte sie darauf, man müße die Perlen nicht für
die Schweine werfen, denen beßer mit Eicheln gedienet
wäre. Man setzte sie zu Rede, warum sie denn gesaget
habe: Sie wolle lieber fünf Verse in der heil. Schrift
lesen, als eben so viele Meßen in der Kirche hören?
und sie versicherte hierauf, daß sie zwar so geredet habe, aber nicht, um die bey der Meße vorkommenden
Evangelien und Episteln, die ja auch Gottes Wort wären, dadurch herabzuwürdigen, sondern deswegen, weil
sie bey Lesung jener viele Erbauung, bey der Meße hingegen keine fände. Ferner richtete man auch im Verhöre
die Frage an sie, ob sie denn gesagt habe, wenn ein
gottloser und unreiner Priester das Sacrament des Altars verwalte, so wäre im Sacramente nicht Gott sondern der Satan? — doch dieß laugnete sie, und bezeugte
dagegen, welcher Priester es auch seye, der das Sacrament administrire, gesetzt auch, er wäre der lasterhafteste
Mann, dieß hindere nicht ihren Glauben, geistlicher
Weise den Leib und das Blut Jesu zu empfangen. Auf
die Frage, was sie von der Beicht hielte? erwiederte
sie: eben so viel, als Jacobus, der da ermahnt, daß
man einander die Sünden bekennen und für einander
beten solle.

Bey einem andern Verhöre, sollte sie sagen, ob eine
Maus, wenn sie durch Zufall an einer consecrirten Ho-
stie nagen würde, Gott äße, oder nicht? worauf sie
versicherte, daß sie nie eine solche Meynung gehegt oder
geäußert habe; übrigens möge derjenige, der diese spitzfündige Frage ausgesonnen, sich selbige auch selbst beant-
worten;

worten; sie könne nichts darauf antworten, da sie sähe, man wolle sie nur versuchen. Als ein vom Bischof zu London an sie abgeschickter Archidiaconus sie in einem Buche lesend antraf, riß er solches aus ihrer Hand, und sagte dabey: "Da dich dieses Buch und andere ähnliche Bücher ins Verderben gestürzet haben, so mußt du dich in Absicht derselbigen hüten, denn der Verfaßer derselbigen, Johann Fryth, ist verbrannt worden." Hierauf versetzte ihm Anna Askew, er sollte sich schämen, ein so unüberlegtes Urtheil zu fällen in einer Sache, die er nicht recht wiße, denn sonst gäbe er dadurch seine Thorheit an den Tag, und öfnete sogleich das Buch um ihm zu zeigen von wem es wäre, und was es enthielte. Weil er nun nichts ketzerisches in selbigem entdecken konnte, so mußte er eingestehen, daß er sich geirret habe, worauf er sich alsdenn wieder von ihr entfernte.

Da sie persönlich vor den Bischof zu London gestellt wurde, bey dem sich einer ihrer Verwandten für sie verwendet hatte, so beklagte er sie zuerst wegen des Unglücks, worein sie gerathen, ermunterte sie hierauf, die wahren Gedanken ihres Herzens zu entdecken und legte ihr sodann mehrere Fragen vor, unter denen jedoch die meisten sich auf die körperliche Gegenwart des Herrn im Abendmahle bezogen; die sie bescheiden und aus heiliger Schrift beantwortete. Bald darauf legte ihr der Bischof folgendes Formular eines Glaubensbekenntnißes zur Unterschrift vor: "Obgleich bisher ein lügenhaftes Gerücht sich von mir verbreitete, ich hegte in der Lehre vom Sacramente irrige Meynungen, so bezeuge ich doch, daß ich unbezweifelt glaube: diejenigen, welche

das

das Sacrament von irgend einem Priester, auch von einem ruchlosen empfiengen, erhielten nichts bestoweniger Christi Leib und Blut in der That und wesentlich. Ich glaube ferner, daß das Sacrament selbst, nach geschehener Consecration, es werde nun genoßen oder aufbewahrt, als Christi Leib und Blut fortdaure. Endlich glaube ich noch, so wohl bey diesem als bey allen übrigen Sacramenten, alle einzelnen Puncte, so wie solche in der christcatholischen Kirche angenommen sind." Als sie hierauf der Bischof befragte, ob sie allem diesem beystimmen wolle? so versicherte sie, ja, sie wolle es thun in so weit es die heil. Schrift gestatte, und unterschrieb hierauf auf vieles Zureden solchen Aufsatz mit folgenden Worten: "Ich Anna Askew glaube alles, was der Glaube der catholischen Kirche in sich fäßt;" mit welchen viel zu allgemeinen Ausdrücken jedoch der Bischof keinesweges zufrieden seyn wollte. Nachdem sich nun ihr Verwandter alle nur mögliche Mühe für sie gegeben, und als Bürge sich anheischig gemacht hatte, sie allemahl, wenn es nöthig wäre, wieder herbeyschaffen zu wollen, so wurde sie endlich in den letzten Tagen des Märzmonats aus ihrem Gefängniß losgelaßen.

Doch ihre Freyheit war von keiner langen Dauer. Man nahm sie bald nachher abermahls gefangen und stellte zu Greenwich ein neues Verhör mit ihr an, bey welchem sie, wenig bekümmert, was ihr etwa für ein trauriges Schicksal bevorstehen möchte, auf die ihr vorgelegten Fragen mit kurzen und gedrängten, jedoch auch meist allgemeinen Ausdrücken antwortete. Besonders freymüthig war ihre Rede, mit der sie des Bischofs

Worte

Worte an sie: "wo sie sich nicht von ihrem Irrthum be-
kehrte, so würde sie verbrannt werden," erwiederte:
"Ich habe zu wiederhohltenmahlen die ganze heilige
Schrift durchgelesen, nirgends aber gefunden, daß
Christus oder seine Apostel jemand zu tödten befohlen
hätten." Da sie nun bald darauf von einer heftigen
Krankheit überfallen wurde, bey der sie glaubte, ihr Leben wäre in großer Gefahr, so bat sie, daß sie Lata-
mer besuchen dürfte, das jedoch nicht gestattet wurde.
Man brachte sie vielmehr gerade zu der Zeit, als die
Krankheit den höchsten Grad erreicht hatte, in das Gefängniß bey dem neuen Thore, und sie versicherte nachher, daß ihre damahligen Schwachheiten, und Schmerzen weit größer waren als alle, die sie vorher in ihrer
ganzen Lebenszeit empfunden hatte.

Als sie sich in dem Gefängniße von ihrer Krankheit
und Entkräftung wieder in etwas erhohlet hatte, so ver-
faßte sie mehrere erbauliche Aufsätze, Bekenntniße ihres
Glaubens, und einige Briefe, und gab durch diese
Schriften deutliche Beweise von ihren vorzüglichen
Kenntnißen und Geistesfähigkeiten. Unter andern bediente sie sich in dem Briefe, den sie an den König Heinrich den VIII. schrieb, folgender Ausdrücke: Man hat
mich nach den Gesetzen als eine Uebelthäterin zum Tode
verdammt, allein ich rufe Himmel und Erde zu Zeugen
an, daß ich unschuldig sterbe. Was ich ehebin immer
bezeugte, das wiederhohle ich auch jetzt, daß ich mit
ganzem Herze alle Ketzerey verabscheue, und auch jederzeit verabscheuet habe. Was das geheimnißvolle Abendmahl anbetrift, so glaube ich alles dabey, was der Herr

K 5   Jesus

Jesus selbst geordnet und mit seinem Blute versiegelt hat. Uebrigens stimme ich allem dem mit völliger Ueberzeugung bey, was Jesu eigener Mund, was das gesammte göttliche Wort lehret und zu glauben befiehlt, und was die catholische Kirche daraus gläubig angenommen hat."

Man machte während ihrer Gefangenschaft mancherley Versuche, sie dahin zu bringen, daß sie ihre behaupteten protestantischen Lehren widerrufen möchte. Unter andern sendete man einen gewißen Schaxton, Bischof zu Salisbury zu ihr, der ebenfalls bekennet hatte "daß der wahre Leib Jesu Christi im Abendmahl nicht anzutreffen und daß dieß Sacrament nur ein bloßes Zeichen und Denkmahl solches seines für uns gekreuzigten Leibes seye," deswegen lange Zeit im Gefängniße gelegen und schon zum Feuer verdämmet war, aber auf das Zureden der Bischöfe von London und Worchester, die der König zu ihm geschickt hatte, diese Meynung wieder abschwur. Dieser abtrünnig gewordene Schaxton gab sich nun alle Mühe, die gute Anna Askew zu überreden, daß sie in seine Fußtapfen treten, und durch Abschwörung ihrer irrigen Lehre, ihr Leben erretten möchte; allein statt ihm Gehör zu geben, oder zu folgen, machte sie ihm vielmehr die ernstlichsten Vorwürfe wegen seines sträflichen Leichtsinns in der Religion, und wegen seines unverantwortlichen Abfalls vom Glauben.

Da sie vor ihrer Gefangennehmung öfters bey Hofe sich aufgehalten hatte, so begünstigten sie mehrere Damen vom ersten Range, denen sie durch diese Gelegenheit bekannt geworden war, auch noch itzt in ihrer traurigen

Lage,

Lage, so viel es ihnen möglich war: ja man sagte, daß sogar die Königinn selbst mitleidigen Antheil an ihrem Unglück genommen habe. Deswegen wurde sie denn vom Canzler scharf angestrengt, sie solle anzeigen, welches gerade die Damen bey Hofe wären, die ihr Wohlthaten und Unterstützung hätten angedeihen laßen — denn der König vermuthe aus sichern Gründen, daß dieselbigen alsdenn auch von ihren irrigen Meynungen in Religions- sachen angesteckt seyn müßten — ja sie solle außsagen, ob nicht unter diesen, sie begünstigenden Personen, die Herzogin von Suffolk, die Gräfin von Hertfort, wie auch die Gemahlinnen eines D. Deneus und D. Fitz- williams sich befänden? Hierauf erwiederte sie nun, "so wie der König in mehrern Dingen irren könne, so wäre auch hier seine Vermuthung ohne Grund. Uebri- gens bekäme sie blos in so weit Unterstützung, daß ihre Magd zuweilen auf den Gaßen von wohlthätigen Perso- nen Gaben für sie bitte und erhalte, und daß ein Livree- bedienter ihr von zwey Hofdamen, ohne selbige jedoch zu nennen, einsmahl ein Geschenk an Geld ins Gefängniß gebracht habe."

Da man nun mit Gewalt hinter die Sache kommen, und von ihr erfahren wollte, wer mit ihr einerley pro- testantische Lehren glaube, so wurde ihr die Folter zuer- kannt, welche sie auch standhaft litte, ohne irgend je- mand anzuzeigen. Ja wenn einem gewißen Schriftstel- ler Johann Fox, zu glauben ist, so soll der Canzler befohlen haben, die Tortur an ihr zu wiederhohlen. Als sich nun der Folterer dies zu thun weigerte, und auf einen zweyten ähnlichen Befehl gerade heraus versicherte,

daß

daß er einmahl für allemahl die Unglückliche nicht weiter martern wolle, so soll der Canzler, äußerst aufgebracht über diese unerschrockene Weigerung deßelbigen, seinen Rock eiligst ausgezogen, und die Tortur selbst an der armen Anna Askew ausgeübt haben und zwar mit einer so heftigen Gewalt, daß man hätte glauben sollen, ihr Cörper würde dadurch in Stücke gerißen werden.

So viel ist wenigstens gewiß, daß die Martern, welche sie, bey der an ihr, es sey nun nur einmahl, oder zum öftern vollzogenen Tortur, ausstand, schrecklich groß gewesen seyn müßen: denn sonst würde ihr Cörper nicht so sehr gelitten haben, die Adern würden an selbigem nicht hin und wieder geborsten, und zu eröfneten Blutquellen geworden seyn, und man würde nicht nöthig gehabt haben, am Tage ihrer Hinrichtung sie auf einem Stuhle zum Scheiterhaufen hintragen zu laßen, das doch wirklich geschahe.

Ohngeachtet König Heinrich der VIII. von der grausamen Behandlung dieser Unglücklichen bey der Tortur, Nachricht erhielt, so bewogen ihn doch diese ihre ausgestandenen Schmerzen keinesweges zum Mitleiden; er befahl vielmehr, daß die einmahl vor Gericht ausgesprochene Sentenz nach aller Strenge an ihr in Vollziehung gebracht werden solle.

Sie wurde denn also am 16. Julii 1546. auf den Pferdemarkt, aus Unvermögen selbst gehen zu können, getragen, um sie daselbst nebst noch drey andern Protestanten in den Flammen ohne Erbarmen umzubringen. Diese waren Nicolaus Belenian, ein Priester aus Chropshire; Johannes Adams, ein Schneider, und Johann Lacel, ein Officier am Hofe des Königs, von welchem letzten ein weitläufiges Sendschreiben vorhanden ist, das von dem Sacramente des Leibes und Blutes Christi handelt; und der wahrscheinlich der nemliche war, welcher es von der Königinn Catharina Howard bekannt machte, sie habe ihre eheliche Treue gebrochen.

Mit diesen drey Personen mußte Anna Askew den Tod zugleich leiden, ja hatte unmittelbar vorher, ehe sie selbigen ausstand, die Kränkung, daß der wieder abgefallene Schaxton auf dem Richtplatz eine öffentliche Rede hielte, in der er, theils die Meynungen derselben vom Abendmahle als irrige verwarf, theils die fürchterliche, ihrer wartende Strafe, für eine wohl verschuldete, feyerlich erklärte. Am Schluße dieser Rede wurde Anna Askew, nebst ihren drey unglücklichen Glaubensbrüdern, mitten um den Leib, vermittels eiserner Ketten, an dem Pfal auf dem Scheiterhaufen befestiget, und gleich darauf öfnete der anwesende Canzler das versiegelte Begnadigungsschreiben des Königs, in welchem angezeigt war, daß ihnen, wenn sie ihre bisherigen Meynungen als irrige widerrufen wollten, das Leben geschenket werden solle. Allein da Anna Askew die übrigen alle zur Standhaftigkeit im Glauben ermuntert hatte, so versicherten sie einstimmig, daß sie lieber ihr gutes Gewißen behalten und das zeitliche Leben verlieren, als dieß erhalten, und jenes dagegen sich rauben wollten.

Da

Da man sie also für halsstarrige Ketzer hielt, so wurde der Scheiterhaufen angezündet, und bald darauf endigten sie, ohne daß irgend ein Geschrey oder Wehklagen von ihnen zu vernehmen gewesen wäre, ihr Leben in den sie auf allen Seiten umringenden Flammen. Noch am nemlichen Tage entstand ein sehr fürchterliches Ungewitter, und viele damahls lebende wollten das ganze entsetzliche Donnern und Blitzen dabey, für Merkmahle des göttlichen Zorns über die grausame Hinrichtung dieser unglücklichen Leute ansehen.

XV.

La Motte *)
als Spion zu London 1781. gehänget.

La Motte war ein im Elfaß gebohrner Franzose, der im siebenjährigen Kriege den Feldzug wider Preußen mit machte. In der Schlacht bey Rosbach diente er als Major, aber weil er die dabey ihm aufgetragene Vertheidigung einer Brücke nicht nach Schuldigkeit bewerkstelligte, so ward über ihn ein Kriegsgericht gehalten und er in selbigem nicht nur für feigherzig erklärt, sondern auch fortgejagt.

Er begab sich hierauf nach England, und ließ sich daselbst als Spion brauchen. Als hierauf Friede gemacht wurde, kam er nach Paris und wurde ein Polizeyspion. Zulezt trieb er dieß gefährliche Handwerk noch einmahl im neuesten Kriege zwischen England und Frankreich. Er wußte sich, mit Hülfe eines gewißen Erzbösewichts, Lutterloh aus Braunschweig gebürtig, und noch eines andern, der Ryder hieß, von der brittischen Seemacht eben so unmittelbare als genaue Nachrichten zu verschaffen und hatte einen Plan gemacht, die nach Ostindien bestimmte Flotte des Kommodore Johnstons den Franzosen zu verrathen und in die Hände zu liefern.

*) S. Politisches Journal, I. Jahrgangs 1781. II. Th. p. 161 2c. 240 2c.

liefern. Er wurde aber zum Glück für England noch vor Ausführung seines Anschlags eingezogen.

Da der vornehmste Zeuge wider ihn, sein Mitschuldiger, Lutterloh selbst, war, der durch treulose Angabe *) seines Freundes, sein eigenes Leben rettete, so war er bald überwiesen, so konnte ihm auch bald sein verdientes Urtheil gesprochen und selbiges an ihm vollzogen werden. Er bekam den schimpflichen Lohn für seine Thaten am 27. Julii 1781, als an welchem er zu London durch den Strang sein Leben endigen mußte.

Hr. von Sartine, so wie die übrigen Vornehmsten bey dem Departement der Marine in Frankreich bedauerten nachher seinen Verlust um so viel mehr, je wesentlich nützlicher die Dienste gewesen waren, die er ihnen geleistet hatte. Von ihm erfuhr man immer die sichersten Nachrichten aus England, Ostindien betreffend, die für die französischen Ausrüstungen von der größten Wichtigkeit waren. Er hatte den Franzosen auch immer sehr gute

*) Dieser niederträchtige Mensch gieng nemlich im November 1780. zu Lord Palliser und entdeckte ihm alles, was vorgegangen war, ja sagte nachher in dem Verhöre frey heraus, daß er den la Motte deswegen verrathen habe, weil er seiner gefährlichen Situation überdrüßig gewesen wäre, und sein erworbenes beträchtliches Vermögen gerne in Sicherheit hätte genießen wollen. Er gestand dabey, daß er dieses ganze Vermögen durch den la Motte aus Frankreich erhalten habe, und daß er demselben eidlich versprochen, ihn in keinem Falle zu verrathen. Alle bey dem Verhöre Anwesende konnten ihren schauderhaften Unwillen über diesen Menschen nicht bergen.

gute Nachrichten von der Lage der innern Angelegenheiten Englands, von der Beschaffenheit der Kriegsrü-
stungen, von den Schiffscanalen, und von den Proje-
cten in Absicht Nord-Americas, gegeben. Die wichtigsten von seinen geheimen Papieren wurden jedoch den Engländern nicht bekannt, denn man bekam nur diejenigen
Briefe und Schriften in die Hände, welche alte Nachrichten enthielten. Kurz, von allen Spionen, die
Frankreich je in London angestellt hatte, war la Motte der beste und sein Verlust war für diese Macht un-
ersetzlich.

XVI.

Johann von Oldenbarneveld *)

Herr zu Tempel, Berkel und Rodenrys, Gros-Penſionnair von Holland, im Haag 1619. enthauptet.

Dieſer in Warheit große Mann, der ſeinem Vater-lande faſt ein halbes Säculum hindurch mit allem nur möglichem Fleiße und mit der größten Treue diente; die beſten Kenntniße in Staatsſachen beſaß; die erprob-teſten Erfahrungen durch Führung wichtigſter Geſchäfte ſich verſchafft hatte; Feind aller Ungerechtigkeit und Par-theilichkeit war, und mit dem größten Scharfſinn ächte männliche Beredſamkeit verband; kurz an wahrem Pa-triotismus, Geiſteskraft und ſtandhaftem Muthe ienen edlen Römern Fabricius und Cato glich, — ſtammte von einer alten adelichen Familie in der Welau ab und war zu Amersfort in der Provinz Utrecht am 14. Sept. 1547. gebohren. Da Kaiſer Carl der V. die beeden

Pro-

---

*) Siehe Köhlers Münzbeluſtigungen V. Band, p. 17—32. Guthrie und Gray allgemeine Weltgeſchichte, XI. Band, p. 2-4 ꝛc. Letzte Geſinnungen zum Tod verurtheilter Staa-desperſonen 1ſten Band, p. 338—349 Hiſtor. Bilderſaal, IV. Band, p. 511. ꝛc. Joh. Mertens Trauerſchaubühne der Durchlauchtigen Männer unſerer Zeit, Ulm, 1666 ꝛc. p. 157—189 und allgem. hiſtoriſches Lexicon Leipz. 1722. III. B. p. 633.

Provinzen Holland und Utrecht durch ein Privilegium dergestalt mit einander vereiniget hatte, daß die Holländer in dem Utrechtischen, und die Utrechter in dem Holländischen zu öffentlichen Bedienungen und Ehrenämtern gelangen konnten, so konnte man ihn auch in Holland für keinen Frembdling halten, noch ihn in der Folge von wichtigen Stellen ausschließen. In den Jahren 1566. und 1567. studirte er die Rechtsgelehrsamkeit zu Löwen und zu Bourges mit glücklichstem Erfolge. Da ihn die kriegerischen Unruhen an diesem letzten Orte nöthigten, selbigen zu verlaßen, so reisete er durch Burgund über Besancon und Montpellier in die Schweiz, besonders nach Basel, wo er seine Studien fortsezte, und sodann nach Heidelberg, wo er seine Kenntniße in der Rechtsgelehrsamkeit, so wie in andern Wißenschaften mehr, ungemein bereicherte. Besonders hatte er auf dieser letzten deutschen Universität Gelegenheit, die weit gelindern Lehrsäße von der Gnadenwahl zuerst zu hören und ihnen beyzutreten, von denen er zuvor aus dem Munde der streng Calvinisch gesinnten Religionslehrer in seinem Vaterlande noch nicht das mindeste vernommen hatte. Nachdem er seine wichtigen Reisen durch Teutschland und Italien glücklich geendigt hatte, so kam er im Jahre 1570. in seinem Vaterlande wieder an, und advocirte alsdenn im Haag. Da er sich nun nebst noch zwey andern Advocaten so wohl in Religionssachen, als in bürgerlichen Angelegenheiten, wider die spanische Regierung sezte, und den Prinzen von Oranien als rechtmäßigen Statthalter erkannte, so hielt er sich nicht lange mehr im Haag sicher, sondern begab sich im Anfange des

                    Jahrs

Jahrs 1573. nach Delft, wo er als Advocat durch sein glückliches Practiciren sich Beyfall und Unterhalt reichlich erwarb. Noch in dem nemlichen Jahre zog er als Freywilliger in den Krieg, wohnte dem vergeblich gewagten Entsatz von Harlem bey, und kam durch ein besonderes Glück mit dem Leben davon. Nachdem er im Jahre 1574. zu Soetermeen eine harte Krankheit ausgestanden hatte, und bey verschiedenen Unternehmungen, besonders bey dem vergeblichen Versuch, das Lager vor Leyden zum Aufbruch zu bringen, gebraucht worden war, so machte ihn die Stadt Rotterdam im Jahre 1576 zu ihrem Pensionnair oder Syndikus. Dieß ehrenvolle Amt verwaltete er mit vielem Ruhm und größter Treue 9. Jahre lang, worauf ihn die Provinz Holland im Jahre 1584. ersuchte, das noch wichtigere Amt ihres Pensionnairs zu übernehmen, weil ihr bisheriger Syndicus es in gedachtem Jahre selbst niedergeleget hatte.

Bey der ansehnlichen Gesandschaft, welche die Staaten im Julius 1585. nach England schickten, um der Königin Elisabeth die Oberherrschaft über die Niederlande anzubieten, befand sich auch Oldenbarneveld. Die Königin nahm zwar dieß Anerbieten nicht öffentlich an, sondern verwilligte den Staaten bloß gegen einige, in ihre Hände übergebene Orte, z. E. Vließingen, Briel und Rammekens, ꝛc. eine Unterstützung von ohngefähr 6000. Mann, die im October 1585. landeten, und sendete den Grafen von Leycester, den sie zu ihrem Feldherrn in den Niederlanden ernennt hatte, herüber, der zu Ende des Jahr 1585. von 500. Edelleuten begleitet, ankam, und von den Bundesgenoßen als Schutzen-

gel

gel aufgenommen wurde. Allein Oldenbarneveld und
die übrigen Gesandten der vereinigten Stände, hatten
von den geheimen Verhaltungsbefehlen des Grafen von
Leycester, und besonders von dem ihm gemachten Auf-
trage Nachricht erhalten, er solle den innern Zustand
und das Vermögen der vereinigten Landschaften genau
erforschen, weil der Königin gerathen worden wäre, die
Oberherrschaft über dieselben anzunehmen, wofern man
sie mit ihren eigenen Mitteln vertheidigen könnte. Oldenbarneveld, der früher von England zurück kam, als
die Landung Leycesters erfolgte, rieth daher den Ständen, deswegen heilsame Maasregeln zu treffen und genau auf den Grafen Acht zu geben; ja er that besonders
den Vorschlag, den Prinzen Moritz zum Stadthalter von
Holland und Seeland zu ernennen, damit der englische Feldherr und Oberstatthalter, von Leycester, etwas eingeschränkt würde. Wirklich leistete auch Graf
Moritz 1585. den 14. Nov. den Eid als Statthalter der
beyden gedachten Provinzen, bekam von der Zeit an den
Titel eines gebornen Prinzen von Oranien, und erhielt zugleich die Würde eines Generalcapitains von Holland und Seeland. Da jedoch die Staaten von Holland besorgten, Prinz Moritz möchte vielleicht einen
Misbrauch von seiner Würde und Gewalt machen, die
man ihm aufgetragen hatte, so hielten sie für gut, das
Amt ihres Advocatens wieder zu besetzen. Sie trugen
daher diese Stelle dem Oldenbarneveld, die sie ihm
schon 2. Jahre vorher angebotten hatten, aufs neue an,
der endlich diese wichtige Würde im März 1586. nach vieler Weigerung unter folgender zwiefacher Bedingung an-

L 3

nahm,

nahm, daß er theils solche Würde sogleich niederlegen
dürfe, sobald man das Land durch einen Frieden aufs
neue unter die Gewalt des Königs in Spanien begeben
wollte, theils aber auch zu solchen Verschickungen außer
Landes nicht gezwungen werden möge, zu welchen er
nicht selbst freywillig sich entschließen würde.

Durch Oldenbarnevelds kluge Rathschläge wurde
nun des Grafen von Leycesters Vorhaben, die Niederlande der Königin Elisabeth unterwürfig zu machen,
glücklich hintertrieben, der alsdenn bey seiner Rückkehr
nach England, die im Dezember 1587. erfolgte, auf seiner Monarchin Befehl seine Oberstatthalterstelle wieder
niederlegte. Bey der Gesandschaft, welche die Staaten
im Jahre 1598. an den König Heinrich in Frankreich
sendeten, um ihm den nachdrücklichsten Beystand zur Fortsetzung des Kriegs mit Spanien anzubieten, oder doch
wenigstens es dahin zu bringen, daß der zu schließende
Friede vortheilhaft für ihn ausfallen möchte, führte von
Oldenbarneveld das Wort. Als im Jahr 1603. die
Königin Elisabeth verstarb, und Jacob ihr Nachfolger auf dem englischen Throne warb, schickten die Generalstaaten Abgeordnete an selbigen, unter welchem sich abermahls Oldenbarneveld befand.

Nachdem Oldenbarneveld in einem so lange wäh-
renden, bereits 1568. angefangenen Kriege der Generalstaaten mit Spanien, unsägliche Arbeiten gehabt, und
die größten Beschwerlichkeiten ausgestanden hatte, wie
er denn während dieser Zeit, außer den beeden Gesand-
schaften, noch bey 2. andern Gelegenheiten sich als Abgeordneten verschicken laßen mußte, und 36. mahl zur

Armee

Armee gereiset war; ja, nachdem dieser so kluge und er-
fahrne Staatsmann deutlich einsah, daß die noch län-
gere Fortdauer des Kriegs auf der einen Seite dem Vaterlande den größten Schaden verursachen müßte, auf
der andern aber dazu gereichen könnte, daß der Prinz
Moritz die schon lang heimlich begehrte Souverainität
in den Niederlanden wirklich erhielte; so suchte er im
Jahre 1607. bey Prinzen zur Friedensunterhandlung
mit Spanien zu bewegen, der auch einwilligte, um sich
nicht durch Widersezlichkeit verhaßt zu machen und ohne
dieß glaubte, daß die Unterhandlung wegen so vieler dabey statt findenden Schwierigkeiten, von selbst wieder ein
Ende nehmen würde.   Von der Zeit an wurde Prinz
Moritz dem gutem Oldenbarneveld gehäßig, und da
es ihn sehr kränkte, daß dieser kluge, die Freyheit des
Vaterlandes so glücklich vertheidigende Staatsmann,
seine herrschsüchtigen Absichten beständig zu hintertreiben
wußte, so ließ er zuweilen solche Reden aus seinen Munde geben, durch die er deutlich zu erkennen gab, er hielte Oldenbarnevelds Treue für verdächtig.   Dieser hingegen,
ob er gleich jederzeit mit der größten Ehrerbietigkeit von
dem Prinzen sprach, legte zum öftern doch auch darüber
seine große Besorgniß an den Tag, daß derselbige nach
einer zu großen Gewalt im Staate strebe, und aus dem
Grunde vielleicht für den Krieg eifere.

Nachdem durch allerhand dazwischen gekommene Umstände, die Friedensunterhandlungen am 25. Aug. 1608.
auf einmahl abgebrochen worden waren, so schlugen
die fremden Gesandten dem spanischen einen Stillstand
vor, und König Heinrich in Frankreich hielt besonders

L 4

dafür,

dafür, daß derselbe, zumahl, wenn dabey die Freyheit der vereinigten Niederlande außbedungen würde, für seine eigenen Angelegenheiten so nützlich als der Friede selbst wäre. Er hatte auch seinem Gesandten, Jeannin, befohlen, um sich dem Prinzen Moritz gefällig zu erweisen, demselbigen, wenn der Stillstand auf mehrere Jahre zu Stande käme, ein Jahrgeld von 10000. Gulden, und jedem der beeden Naßauischen Prinzen eines von 4000. Gulden zu bewilligen. Ja er trug ihm auf, auch andern Herren Geschenke zu versprechen, wie er selbst für dienlich halten würde, besonders aber Oldenbarnevelds Söhnen die Gelangung zu Ehrenstellen am französischen Hofe anzuzeigen, und dem Vater derselben, ein Geschenk an Gelde zu machen. Nach vielem Weigern nahm endlich Oldenbarneveld ein Geschenk von ohngefähr 20000. Gulden an, der, wenn er es abgeschlagen hätte, sich um die Gnade des Königs von Frankreich gebracht haben würde, die er doch zum Besten des Staats nothwendig behalten mußte. Ueberdieß war es damals in den Generalstaaten noch nicht verbotten, Geschenke anzunehmen, und Oldenbarneveld rechtfertigte sich auch noch überdieß durch die Erklärung, daß Geschenke zu Folge eines ihm schon 1598. geschehenen Versprechens, und für seine dem Könige ehemahls geleisteten Dienste empfangen zu haben, auch mit demselben niemals, wegen der Oberherrschaft der Niederlande in eine Unterhandlung getreten zu seyn. Nach langen Streitigkeiten, und vergebens geäußerten Widersezlichkeiten des Prinzen Moritz, wurde endlich am 9. April 1609. ein Stillstand auf ohngefähr 12. Jahre geschloßen.

Bis

Bis jedoch dieſer Stillſtand eingegangen wurde, mußte der gute Oldenbarneveld ſich den äußerſten Kränkungen ausgeſetzt ſehen. Man griff ihn in den beißendſten Schmähſchriften auf die heftigſte Art an, gab in ſelbigen den Stillſtand für eine liſtige Erfindung des ärgſten Feindes aus, ja ſchilderte ihn ſelbſt als einen Mann, deßen große Macht für den Staat gefährliche Folgen habe, der ſich unerlaubter Mittel bedient hätte, den Stillſtand durchzutreiben, und der dadurch des Todes würdig geworden wäre. Es iſt leicht zu erachten, daß er bey dieſem öffentlichen Haße, der ihn ohne Grund traf, nicht gleichgültig bleiben konnte. Doch war er fern von aller Rache, und äußerte ſeinen Unwillen über dergleichen Kränkungen bloß dadurch, daß er in der Verſammlung der holländiſchen Stände ſein Amt niederlegte, und dieſelbige verließ. Kaum hatte er dieß gethan, als man ihn ſogleich wieder erſuchte, bey ſo äußerſt bedenklichen Zeiten die Republick nicht zu verlaßen, und ſo ſtark als möglich in ihn drang, ſeine bisherige Stelle auch in der Folge zu bekleiden. Da ſein Gemüth von wahrem Patriotismus erfüllt war, ſo gab er dieſen Bitten nach und übernahm aufs neue ſein wichtiges und gefährliches Amt, ſo wie er ſchon im Jahre 1592. gethan hatte, da er auch ſich zur Ruhe begeben wollte, aber durchdringende Bitten gleichſam gezwungen ward, in ſeinem Poſten zu bleiben.

Wie gut wäre es für den ehrlichen Oldenbarneveld geweſen, wenn er ſich zum zweytenmahl nicht hätte überreden laßen, die Staatsgeſchäfte aufs neue verwalten zu wollen! Dann würde er ſein Alter im Frieden zuge-

bracht,

bracht, und zuletzt nicht auf dem Blutgerüfte sein Leben geendiget haben! Allein so hatte er das Unglück, in die Streitigkeiten verwickelt zu werden, die damahls in Religionssachen entstunden, und in den Niederlanden eine Spaltung der Kirche verursachten, eben dadurch aber seinem Feinde, den Prinzen Moritz, Anlaß zu geben, ihn zum Tod zu verdammen.

Die Lehrstühle auf den hohen Schulen der vereinigten Provinzen, waren seit ihrer Stiftung gemeiniglich mit Calvinisten besetzt gewesen. Doch nun erlangte Jacob Harmensen oder Arminius, zu Leiden, ein theologisches Lehramt, der ein scharfsinniger, frommer und friedliebender Mann war, die Lehre Calvins verließ, und die Lehre vom freyen Willen vortrug; ein Verfahren, das ihm als eine Trennung der holländischen Kirche angerechnet wurde. Arminius bekam bald unter seinen Zuhörern viele Anhänger, aber auch an Franz Gomarus, der sein Amtscolleg war, und mit Calvin die Prädestination behauptete, einen zwar gelehrten, jedoch auch hitzigen Gegner. Im Jahr 1608. verhörten die holländischen Stände den Arminius und Gomarus vor dem hohen Rathe. Da sie aber nicht einig werden konnten, und besonders Gomarus mit vieler Heftigkeit vor der anwesenden Staatenversammlung sich erklärte: "Es wäre ein so wichtiger Unterschied zwischen ihm und dem Arminius, daß er sich mit deßen Lehrsätzen nicht vor Gottes Richterstuhl zu erscheinen getrauete;" so wurde beeden befohlen, friedlich sich zu verhalten, nichts wider die heilige Schrift zu lehren, und eine Nationalkirchenversammlung abzuwarten. Doch diese Streitigkeit vergröß-

serte

ferte ſich täglich mehr. Die meiſten Prediger waren dem Gomarus zugethan, der größte Theil der obrigkeitlichen Perſonen hingegen, hielt es mit dem Arminius, deßen Lehre begreiflicher zu ſeyn ſchien: Eben deswegen warf ſich nun der Prinz Moritz zum Oberhaupt der Gomariſten auf, ob er gleich ein heimlicher Arminianer war. Oldenbarneveld hingegen ſchätzte und vertheidigte die Lehre des Arminius, wobey ihn Hugo Grocius, nachheriger Penſionnair zu Rotterdam, dieſer berühmte Mann und wirklich große Geiſt, der ebenfalls Freund der Arminianer war, durch ſeine noch jetzt vortrefliche, ja unſterbliche Schriften, kräftig unterſtützte.

Nun entſtanden aus dieſen Streitigkeiten gewaltſame Bewegungen unter der Obrigkeit und Geiſtlichkeit, beſonders aber gab es im Jahre 1610. zu Utrecht deshalben große Unruhen. Da ſich das gemeine Volk immer gehäßiger gegen die Arminianer bewieß, ſo übergaben dieſe den Ständen von Holland eine Vorſtellung (oder Remonſtrantie) von welcher ſie den Namen der Remonſtranten bekamen, erläuterten darinnen ihre Lehre, in ſo ferne ſie in 5. beſondern Artikeln, von Calvius Lehre abwich, und baten, daß man ſie in einer öffentlichen Synode weiter hören, übrigens aber ſie nicht verfolgen möchte. Ein Jahr darauf übergaben auch die Anhänger des Gomarus, oder die eigentlichen Caviniſten, eine Vorſtellung ihrer Lehre gegen der Remonſtranten ihre, und wurden daher von der Zeit an Contraremonſtranten geheiſſen. Doch blieb der Streit noch immer unausgemacht.

Da

Da Oldenbarneveld einſahe, daß den auf die Seite des Gomarus getretenen zankſüchtigen, und den Pöbel mit ſich fortreißenden Geiſtlichen nicht beßer Einhalt
gethan und die geſtörte Ruhe nicht leichter wieder herge-
ſtellt werden könnte, als wenn man eine neue Kirchenordnung verfaßen, und ſie unter Autorität des Staats
publiciren würde, ſo brachte er die ſchon 1591. entworfene Kirchenordnung im Jahr 1612. aufs neue in Vor-
ſchlag, kraft deren die Obrigkeit große Gewalt in Kir-
chenſachen erhalten ſollte, beſonders bey Veſtellung der
Lehrer.   Er zog ſich aber dadurch nur deſto größere
Feindſchaft zu und richtete damit ſo wenig aus, als die
1613. zu Delft angeſtellte Unterredung zwiſchen beeden
Theilen fruchtete.

Auch Jacob, damahliger König von Grosbrittannien, der ein groſſer Gottesgelehrter zu ſeyn glaubte,
nahm an dieſen Streitigkeiten Antheil. Oldenbarneveld hatte anfänglich bey ihm es bewirkt, daß er an die
Stände ſchrieb, die von beyden Seiten beſtrittene Lehre
ſey erträglich, und den Rath gab, dieſe Händel nicht
auf die Canzel zu bringen.   Aber bald änderte er ſeine
Geſinnungen und erklärte die Remonſtranten, von
ihren holländiſchen Gegnern eingenommen, für grobe
Irrlehrer, ja gegen den Nachfolger des bereits 1609.
geſtorbenen Arminius im theologiſchen Lehramte, Conrad Vorſtius, der falſche Lehrſäze von Gott zu behaupten ſchien, erklärte er ſich ſo heftig, daß die Stände ihn
deshalben abſetzten, ſo wie er deßen Schriften in England öffentlich verbrennen ließ.

Weil

Weil die Duldung der Arminianer die Gomaristen immer noch sehr erbitterte, so wurde von dem berühmten Hugo Grotius auf Befehl der Stände ein Schluß gefaßt, kraft deßen den Geistlichen befohlen wurde, sich aller Streitigkeiten auf ihren Canzeln zu enthalten, die Remonstranten und ihre Lehre nicht zu beunruhigen, und sich im übrigen an Gottes Wort und an den Glauben der reformirten Kirche zu halten; ein Schluß, dem auch die meisten Städte, bis auf Amsterdam und wenige andere, beytraten. Doch damit waren die Contraremonstranten äußerst unzufrieden. Die Erbitterung wuchs täglich mehr, und Oldenbarneveld nebst Uitenbogaarden wurden beschuldigt, daß sie von Spanien Geld bekämen, auch unter andere spanisches Geld austheilten, um dieser Crone die Herrschaft des Landes zu verschaffen. Alles kündigte eine nahe Trennung in der holländischen Kirche an; die im Jahr 1617. auch wirklich ausbrach.

Der Pöbel störte von itzo an die Arminianer zu Amsterdam, und mißhandelte sie, weil sie sich in einem Privathause daselbst zum Gottesdienste versammleten, ohne daß die Obrigkeit dem tobenden Haufen Einhalt gethan hätte. Im Haag hingegen wo die Arminianer den größten Haufen ausmachten, nahmen die Gomaristen die Closterkirche ein, und Prinz Moritz, der sich bisher für keine Parthey öffentlich erklärt hatte, that solches itzt dadurch, daß er ihre Versammlungen darinne besuchte. Da nunmehro die Contraremonstranten in den meisten Städten einige von ihrer Parthey in den Rath zu bringen suchten, daß die Stände von Holland

ju verhindern bemühet waren, so wurden dadurch mehr=
malige Empörungen wider die Obrigkeiten veranlaßt, ja
man vermuthete, daß vielleicht der Prinz Moritz selbst
daran Theil nähme, um bey dieser Gelegenheit es dahin
zu bringen, daß er zum Grafen von Holland, oder zum
Herrn der vereinigten Niederlande ernennt werden möch=
te, welches ohne Veränderung der damaligen Regierung
nicht geschehen zu können schien.   Dahero fieng man
denn bald an, der Sicherheit wegen, in einigen Städ=
ten Soldaten anzuwerben, und da die Stände von Hol=
land immer den beeden Gerichtshöfen, dem hohen Rath,
und dem Hof von Holland widersprachen, diese aber
jenen sich widersezten, so vergrößerte sich die Verwirrung
von Tag zu Tage.   Hiezu kam noch dieß, daß auch Prinz
Moritz 1617. die Besaßung von Briel verstärkte, und
ausstreuen ließ, es geschähe deswegen, weil Oldenbar=
neveld diesen Ort und andere Städte mehr, den Spa=
niern einzuräumen gesonnen wäre.   Oldenbarneveld
bat um diese Zeit von neuem, ihn seiner Dienste zu ent=
laßen, weil er alt und schwächlich wäre, allein die
holländischen Stände bewogen ihn zum drittenmahle, in
selbigen zu bleiben.

Unterdeßen, daß man es auf eine in Dordrecht der
Religion wegen zu haltende Nationalsynode antrug, die
nach langer Widersetzlichkeit endlich bewilligt, und festge=
setzt wurde, daß sie vom 1. November 1618. an ihren
Anfang nehmen sollte, dauerten die Unruhen noch immer
fort, und Oldenbarneveld hatte die Kränkung in den
schändlichsten Schmähschriften als Verräther des Vater=
landes angegriffen, und als Störer der allgemeinen Ruhe

auf

auf das gräulichste geschildert zu werden, unter welchen die vorzüglichsten diese Titel hatten: Discours necessaire &c. Practique de la Cour d'Espagne &c. Querela Patriae &c. Querela Ecclesiae &c. Ob nun gleich die Staaten von Holland, die ihres Oldenbarnevelds Treue und Rechtschaffenheit nur allzugut kannten, dergleichen Skarteken so viel als möglich zu unterdrücken und zu verbieten suchten, und er sich selbst aufs beste vertheidigte, so wurden sie doch durch seine Gegner überall verbreitet, und als Mittel gebraucht, den Pöbel immer mehr wider ihn zu erbittern.

Da Oldenbarneveld die zu Dordrecht angesezte Synode auf alle mögliche Art zu hintertreiben gesucht hatte, und sie für ein bloßes remedium corrosivum ausgab, das mehr Schaden als Nutzen bringen würde, so redete es Prinz Moriz mit einigen Mitgliedern der Stände ab, sich der Person Oldenbarnevelds zu bemächtigen, damit durch ihn, der beschloßenen Kirchenversammlung zu Dordrecht nicht neue Hinternisse in den Weg gelegt werden möchten.

Ein treuer Freund Oldenbarnevelds, der von der bevorstehenden Gefangennehmung deßelben Nachricht erhalten hatte, warnete ihn Tags zuvor. Allein der rechtschaffene Pensionnair erwiederte ihm hierauf: "Leute, die so was unternehmen wollten, wären schlechte Menschen," und gieng demohngeachtet, mit seiner Redlichkeit und gutem Gewißen allein bewafnet, am 29. Aug. 1618. Morgens um 9. Uhr gewöhnlicher Maßen in die Versammlung der Staaten von Holland zu Haag. Als er in das ordentliche Rathszimmer eintreten wollte, hinterbrachte

brachte ihm ein Bedienter des Prinzen, der seiner
wartete, daß sein Herr ihn gerne sprechen möchte. Er
begab sich hierauf sogleich in dasjenige Zimmer, in
welchem er vorhin zum öftern schon mit dem Prinzen sich
unterredet hatte. Kaum war er aber in selbiges getreten,
als ihm sogleich angekündiget wurde, daß er von itzo an
Gefangener wäre. Eine gleiche Gefangennehmung wie-
derfuhr auch am nemlichen Tage dem berühmten Hugo
Grotius, Pensionnair zu Rotterdam und dem Pensionnair von Leiden, Hogerbeets.

Aus mehrern bisher angeführten Umständen laßen
sich gar leicht die Quellen entdecken, aus denen Prinz
Moriz seine so unversöhnliche Feindschaft gegen Oldenbarneveld schöpfte. Er glaubte wirklich, daß ihn der
Rathspensionnair zu stürzen suchte, und schloß solches
nicht nur aus dem neuen Eyd, den man von den Stadtsoldaten, und selbst von manchen ordentlichen Besatzun-
gen gefordert hatte, sondern auch aus vielen andern Vor-
fällen mehr. Ja Prinz Moriz war außer diesem allem
schon deswegen heftig wider ihn aufgebracht, weil er den
12 Jährigen Stillstand mit Spanien wider seinen Willen bewirkt hatte, und die Stände von Holland immer
noch größtentheils regierte. Hogerbeets, und besonders Grotius, waren von diesen Ständen von Holland
bey allen bisherigen kirchlich politischen Angelegenheiten
am stärksten gebraucht worden, sie hatten daher, so wie
auch der Secretair Ledenberg zu Utrecht, einerley
Schicksal mit Oldenbarneveld.

Die gesammten Stände, welche die vom Prinzen veranstaltete Gefangennehmung der 3. holländischen Staats-
männer

männer genehmiget hatten, ließen solche den Staaten von Holland melden, von denen aber der Adel und die meisten Städte die Erklärung thaten, daß sie durch dieses Verfahren die Hoheit, die Freyheiten und Rechte ihrer Landschaft sehr verletzt zu seyn, glaubten. Nach der ursprünglichen Verfaßung der Republik, war jede einzelne Provinz für sich unabhängig, folglich für sich allein befugt, ihre Abgeordneten zur Rechenschaft zu ziehen; und dahero war denn eine von der Provinz Holland zu machende Protestation, wider diese, im Namen der gesammten Stände unrechtmäßig geschehene Gefangensetzung dreyer, unter ihrem Staate besonders stehender Männer, um so viel mehr erlaubt. Ja es blieb nicht bloß bey der Protestation, sondern die meisten holländischen Stände drangen auch darauf, daß diese Gefangenen bloß vor holländische Richter gestellt werden sollten, denen es zukäme, ihre Sache zu untersuchen, und ihr Urtheil zu sprechen.

Um nun diese Einwendungen auf einmahl zu heben, so nahm der Prinz ungesäumt eine große Veränderung bey den Magistraten der vornehmsten holländischen Stände, besonders aber bey dem Rathe von Leyden, Harlem, Rotterdam und zuletzt auch von Amsterdam vor. Da er auch außerdem den Adelstand in Holland mit neuen Mitgliedern vermehrete, so dankten ihm diese Stände, die itzo größtentheils aus Clienten von ihm bestanden, für diese Veränderungen und billigten alles, was er wider die Hauptfreyheiten und Grundgesetze der Republik so eigenmächtig und gewaltthätig bisher unternommen hatte. Dadurch geschahe es denn, daß Prinz

Moritz

Moritz alles aus dem Weg geschaft sahe, was ihn etwa noch hätte hindern können, seine Rache an dergleichen, ihm gehäßigen Vertheidigern der allgemeinen Freyheit, nach Herzenslust zu befriedigen.

Oldenbarneveld wurde hierauf am 7. Sept. in das
Zimmer gesetzt, in welchem sich vorher, der in der
Schlacht bey Nieuport gefangene General Mendoza
befunden hatte, und man besetzte solches mit einer starken Wache von der Garde des Prinzen. Alsdenn ernennte man 3. Fiscale, die in wiederhohlten Verhören
ihn gerichtlich ausfragen mußten. Ihre Namen waren
von Leuwe, Sylla und von Nys; Männer, die ganz
eigentlich zur Parthey des Prinzen gehörten, und denen
es ungemein viele Mühe machte, auch nur etwas gegen
den unschuldigen Gefangenen aufzubringen, welchem
man von 15. Nov. an Dinte, Federn und Papier und
am 23. Nov. auch die beeden großen Siegel von Holland genommen hatte. Nachdem mehrere Monate verfloßen waren, ohne daß Oldenbarneveld sich zu einem
Staatsverbrecher durch seine Außage qualificirt hätte,
und nachdem die beeden französischen Gesandten im Haag
unterdeßen sich alle nur mögliche Mühe, aber leider
fruchtlos gegeben hatten, diesen 3. Gefangenen Freyheit
zu verschaffen, so wurden, da der Untergang derselbigen
einmahl beschloßen worden war, für sie 24. Richter ernennet, unter denen zwar 12. aus Holland genommene
sich befanden, damit es den Schein habe, als wolle
man den Rechten dieser Provinz in dem Fall nichts ent-
ziehen, in deren Anzahl aber doch auch einige der ärgsten
Feinde Oldenbarnevelds waren, z. E. Franciscus

Ar-

Argens, Hugo Muys, Amtmann von Dortrecht und Regnerus Paw, Burgermeister zu Amsterdam, die man für die Verfaßere der wider ihn ausgestreuten Läſterſchriften hielt.

Oldenbarneveld und ſeine gleichfalls gefangenen Freunde, machten zwar eben ſo weitläufige als gegründete Einwendungen gegen die Rechtmäßigkeit dieſer Richter, allein es war alle ihre Widerſetzlichkeit vergebens. Man verhörte ihn über ſechzig mahl und ſeine Feinde, die zugleich Ankläger, Zeugen und Richter waren, marterten ihn mit einer Menge äußerſt verwickelter und ſpitzfündiger Fragen, um den ſonſt immer klugen Mann dadurch etwa zu verwirren, oder zu einem Widerſpruch bey ſeinen Außagen zu reizen; allein es gelang ihnen keinesweges. Der Ehrwürdige Greiß bekannte vielmehr ohne Rückhalt, daß ihn ſeit 1600. viele Urſachen bewogen hätten, zu fürchten, Prinz Moritz ſtrebe nach der unumſchränkten Herrſchaft über die vereinigten Niederlande, und ſuche vielleicht durch einen Aufſtand dieſe wichtige Veränderung zu bewirken; daß ihn aber die ihm obliegende Sorge für das Heil der ganzen Republik auf das ſtärkſte verpflichtet habe, eine ſolche Veränderung ſtets zu hintertreiben, weswegen denn freylich ſeine Rathſchläge den Anſtalten des Prinzen immer im Wege hätten ſtehen müßen. Er geſtand ferner, er habe das Recht der Provinzen von Holland und Utrecht vertheidiget, daß die zu ihrer Sicherheit von ihnen angeworbenen und in ihre Städte gelegten Soldaten, ohne ihren Willen nicht hätten können abgedanket werden. Er verſicherte, daß er, was die Nationalſynode zu Dortrecht

M 2

andeanbeträfe, allerdings die Provinzen Holland, Utrecht und Oberyßel aufmerkſam gemacht, und ihnen gerathen habe, wider eine ſolche Verſammlung, die ohne ihre Einwilligung beſchloßen wäre, zu proteſtiren. Er läugnete ſtandhaft, jemals, weder mit Spanien, noch mit Frankreich geheime Unterhandlungen zum Nachtheil der Republik gepflogen zu haben, ſo wie er auch feyerlich erklärte, daß er ſo wenig, als die Seinigen von dieſen beeden Mächten auch nur die mindeſte Kleinigkeit bekommen hätte, die für Beſtechung angeſehen werden könnte.

Es war für den Prinzen äußerſt kränkend, daß er ſich von Oldenbarneveld öffentlich vorwerfen laßen mußte, er habe nach der Souverainetät in der Republik vergeblich geſtrebt; drum eilte er nun um ſo viel mehr in dem Geſchäfte, das Todesurtheil dieſes Mannes zu Stande zu bringen, um dadurch ſeinen ſo frey und unerſchrocken redenden Mund auf immer zum Stillſchweigen zu nöthigen. Zwar verwendete ſich noch vor der Bekanntmachung des Urtheils, Dü Maurier für den unglücklichen Oldenbarneveld, und hielt ſogar in Verſammlung der Stände und in Gegenwart des Prinzen eine ſehr nachdrückliche Rede, in der er auf die Befreyung ſämmtlicher Gefangenen drang; allein, die Verwendung Frankreichs zu ihrem Beſten war um ſo viel unkräftiger, je gröſſer die innerliche Unruhe war, die damahls in dieſem Reiche herrſchte.

Hierauf wurde dem guten Oldenbarneveld am 12. May 1619. durch ſeine oben erwähnten 3. Fiſcale angezeiget, daß er ſich gefaßt machen ſollte, ſein Todesur-

theil

theil anzuhören. Nicht so wohl aus muthloser Bestür⸗
zung, als vielmehr mit äußerster Verwunderung, erwieder⸗
te er alsdenn auf diese traurige Nachricht: "Wie? das
Todesurtheil? das habe ich nicht vermuthet, ich habe
vielmehr geglaubt, man werde mich noch einmahl hören.
Meine Richter mögen es bey Gott verantworten! Gehet
man mit einem guten Patrioten so um?"

In dem Urtheile selbst wurden ihm folgende Dinge
als Verbrechen angerechnet: daß er behauptet habe,
einer jeden Provinz käme in ihrem Gebiete allein die
Gewalt zu, in Kirchensachen Einrichtungen zu machen;
daß er eine Verschwörung zwischen acht Städten bewirkt;
daß er den scharfen Schluß wegen der Stadtsoldaten
gemacht, und die ordentlichen Truppen wider die ge⸗
sammten Stände und den Prinzen zu gebrauchen gesucht;
daß er ferner Uneinigkeit unter den Ständen gestiftet,
und nach Willkühr mit fremden Fürsten gehandelt; daß
er endlich die wahre Religion verfolgt, und sonst noch
andere unerlaubte Schritte vorgenommen habe.

So ruhig er dieß sein Todesurtheil hörte, so konnte
er sich doch nicht entbrechen, auf den, am Schluße deßel⸗
bigen vorkommenden Punct, der die Confiscation seiner
Güter betraf, zu antworten: er hätte doch gemeynt, daß
sich die Staaten begnügt haben sollten, ihm das Leben
nehmen zu laßen, und daß sein Vermögen auf seine
Frau und Kinder kommen würde. "Ist das der Dank,"
sagte er, "für die Dienste, die ich dem Vaterlande 44.
Jahre lang geleistet habe?"

Oldenbarneveld begehrte hierauf, daß man ihm
Feder, Dinte und Papier wieder einhändigen möchte,

M 3

um

um noch einen Abschieds Brief an seine Ehegattin schreiben zu können; und man bewilligte auch seine Bitte, doch mit der ausdrücklichen Erinnerung, er möchte den Brief so einrichten, daß er auch übergeben werden könnte. Eine solche Vorschrift brachte ihn sehr auf, so daß er in die hitzigen Worte ausbrach: "Auf die Letzte will man mir also auch noch Gesetze geben, wie ich vor meinem Tode noch an die Meinigen schreiben soll?"

Nun schickte man Anton Walaeus, einen Geistlichen zu ihm, um ihn zum Tode vorzubereiten, der, als dieser Priester ins Zimmer trat, eben damit beschäftigt war, an seine Gemahlin den Abschiedsbrief aufzusetzen. So bald ihn Oldenbarneveld erblickte, redete er ihn voller Unwillen an: "Ich bin alt, und schon seit langer Zeit hinlänglich zum Tode vorbereitet, folglich können Sie ihre Bemühung überhoben seyn. Ueberdieß habe ich dermahlen einen nothwendigen Brief zu schreiben." Waläus entfernte sich hierauf zwar ohne Widerrede, kam aber, als der Brief geschloßen war, wieder zurück und wurde alsdenn von dem Gefangenen ganz freundlich empfangen, der sich mit ihm über einige Religionspunkte, in eine nähere Unterredung einließ, und übrigens nicht müde wurde, ihm seine Unschuld auf das feyerlichste zu betheuern. Da ihm Waläus unter andern auch einige Vorstellungen wegen seines Verhaltens machte, so gab er ihm die Antwort: "Da ich die Macht in Händen hatte, regierte ich nach den Grundsätzen der damaligen Zeiten, und nunmehro werde ich verurtheilt, nach den Grundsätzen itziger Zeiten zu sterben." So wie er gegen ein Paar andere Geistliche, Lamotius und Bayer

mit

mit Namen, die ihn ebenfalls mit Trostgründen der Religion unterstützten, gleichermaßen freundlich sich bewieß, so war er auch gegen den Prinzen Moritz, den Urheber seines Todes selbst, ganz von aller Rache frey. Zum Beweiß deßen bat er Waläum, zu dem Prinzen zu geben, und ihm zu sagen: "Er habe ihm Zeitlebens mit aufrichtigem Herze gedienet, so viel als es sein Amt und seine Pflicht zugelaßen; hätte er aber etwas thun müßen, das ihm zuwider gewesen wäre, so möchte er es ihm vergeben." Als ihn hierauf der Prinz fragte, ob er nicht gehöret hätte, daß Oldenbarneveld um sein Leben bitten würde, so konnte ihm dieser nichts anders sagen, als daß ihm deshalben von dem zum Tode verurtheilten ganz und gar kein Auftrag ertheilt worden seye, wohl aber der, daß er den Prinzen ersuchen solle, seinen Kindern forthin gewogen zu seyn. Wirklich war auch Oldenbarneveld um die Erhaltung seines eigenen Lebens unbesorgt, desto bekümmerter hingegen in Absicht seiner beeden Freunde, des Hugo Grotius und Hogerbeets. Sein ganzes Herz war wehmuthsvoll ihrentwegen, und er bedauerte sie, als mit ihm einerley Schicksal habende desswegen um so viel mehr, weil sie in einem solchen Alter sterben müsten, von welchem sich der Staat noch auf viele Jahre hinaus, ihre treuesten Dienste versprechen könnte.

Die verwittwete Prinzeßin von Oranien gab sich noch bis auf die letzte alle nur mögliche Mühe, um ihn zu retten, das jedoch vergeblich war; so wie auch der Hr. von Maurier mit seinen Fürbitten kein Gehör fand. Der Grund dieser unerbittlichen Gesinnung des Prinzen

 war

war vielleicht die Antwort, so Oldenbarnevelds Ge=
mahlin ihm sagen ließ. Er hatte nemlich derselben, durch
die bereits erwähnte verwittwete Prinzeßin von Ora=
nien, zu wißen thun laßen, er verwundere sich sehr, daß
niemand von der Verwandtschaft Oldenbarnevelds um
Gnade für ihn flehe. Darauf erwiederte nun seine
Gattinn voll Grosmuth: Man könne keine Gnade für
einen unschuldigen Mann begehren.

Nachdem der unglückliche Greiß die ganze Nacht
schlaflos zugebracht hatte, und während derselben, entwe=
der mit frommen Gebeten, oder mit christlichen Unterredun=
gen mit Walaeo und den beeden andern Predigern, be=
schäftiget gewesen war, so brach endlich der 13. May an,
an welchem sein Todesurtheil vollzogen werden sollte. Man
las ihm solches des Morgens um 6. Uhr auf dem Ge=
richtssaale öffentlich vor, und um 9. Uhr gieng er frey
und ungebunden, blos von einem seiner Domestiken un=
terstützt, nach dem Richtplatz, und bewieß die edelste
Standhaftigkeit und den unerschrockensten Muth dabey.
Das Schaffot war in dem innern Hof von Holland zu
Grafenhaag errichtet, und als er auf selbiges gestiegen
war, erblickte er weder einen Stuhl, auf den er sich hätte
setzen, noch ein Kißen, auf das er sich hätte niederknieen
können. Nachdem er sich hierauf mit Hülfe seines Be=
dienten ausgekleidet hatte, so wendete er sich an das
Volk, und rief überlaut aus: "Meine Herren, glauben
sie nicht, daß ich ein Verräther bin; ich habe mich als
ein rechtschaffener Mann und als ein guter Bürger je=
derzeit verhalten, und als ein solcher will ich itzo auch
sterben." Alsdenn setzte er sich auf den Sand nieder,

den man hingeworfen hatte, um sein Blut aufzufangen; zog sich selbst seine Mütze über die Augen, sagte zu dem Scharfrichter: "Macht es kurz, macht es kurz" und betete alsdenn: "Mein Gott! nimm meinen Geist auf" worauf ihm der Scharfrichter sogleich mit einen einzigen Schwerdtstreiche den Kopf abhieb.

Prinz Moritz soll dieser Hinrichtung aus einem Fenster seines Palastes mit Hülfe eines Fernglases zugesehen haben, und es muste gewiß äußerst kränkend für ihn seyn, als er dabey warnahm, daß viele Zuschauer nicht nur ihre Schnupftücher in das Blut tauchten, das aus Oldenbarnevelds Cörper lief, und etwas von dem blutigen Sand in selbige hineinbanden, den sie alsdenn mit sich forttrugen und als Reliquie verkauften; sondern daß sich auch manche sogar aus den blutigen Brettern des Gerüstes Späne schnitten, um sie als heiliges Andenken aufzubewahren. Der Leichnam wurde hierauf durch die Boten der Staaten von Holland in eine weiße Bahre von vier ungehobelten Brettern gelegt, und einsweilen in der Capelle auf dem Hofe beygesetzt, bis er nachher gereinigt, und samt dem Haupte mit wenigen Cäremonien in Beyseyn verschiedener Personen beerdiget wurde.

Hugo Grotius und Hogerbeets wurden bald nach Oldenbarnevelds Enthauptung veranlaßt, entweder selbst, oder durch ihre Freunde um Gnade zu bitten. Beyde aber schlugen solches ab, so wie auch die Ihrigen. Mittlerweile wurde über Leedenbergs todten Cörper (denn er hatte sich im Gefängniß aus Furcht vor der ihm gedroheten Folter selbst entleibt) das Urtheil gesprochen, daß er mit dem Sarge an einen halben Galgen sollte gehän-

get

get werden. Die beeden Gefangenen aber wurden hierauf zu ewiger Gefangenschaft auf dem Schloße Löwenstein verurtheilt. Grotius verhielt sich mit wahrer
Geistesgröße stillduldend bey seinem Unglück, und arbeitete
in seinem Kerker an verschiedenen Werken, die ihm un-
sterblichen Ruhm erwarben, vorzüglich aber an seinem
vortreflichen Buche von der Wahrheit der christlichen
Religion, bis ihm seine Gemahlin zu seiner Flucht behülflich war, welche ihm von Zeit zu Zeit Bücher in einem Kasten schickte, den man zwar anfänglich durchsuch-
te, aber auf die lezte unburchsucht hin und wieder paßiren ließ. In diesen Kasten, den seine Gemahlin persönlich begleitete, legte er sich nemlich einsmals statt der
zurück zu tragenden Bücher, und entkam dadurch glücklich
aus dem Kerker sowohl, als aus der Festung. Dieß geschahe 1621.

Zwey Jahre drauf fieng sich eine Verschwörung wider
den Prinzen Moritz an, und der Urheber davon war der
jüngere Sohn Oldenbarnevelds, Wilhelm von Oldenbarneveld, Herr von Stoutenberg, den der Tod
seines Vaters, nebst dem Verluste seiner Bedienung
und seiner Güter, beynahe zur Verzweiflung gebracht
hatte, und den der Gedanke noch mehr zur Rache an-
feuerte, der Prinz möchte die Zusage nicht erfüllen, die
er gegeben, den Kindern Oldenbarnevelds günstig
bleiben zu wollen, so lange sie sich wohl aufführten. Allein diese Verschwörung, in die er auch seinen ältern
Bruder Renatus von Barneveld, Hn. von Groene-
veld verwickeln wollte, der sie jedoch verabscheute, in
die erzherzogl. Niederlande floh, und zur römischcatholi-

schen

schen Religion übertrat, wurde im Febr. 1623. entdeckt, und Wilhelm von Oldenbarneveld wurde nebst 14. andern Mitschuldigen zum Tode verurtheilt. Nun gieng die edle Mutter deßelben zum Prinzen Moritz und bat dringend um seine Begnadigung. Als aber dieser auf ihre Fürbitte zu ihr sagte: "Es wundert mich sehr, daß Sie um ihres Sohnes willen das thun, was Sie um ihres Mannes willen zu thun ein Bedenken trugen"? so erwiederte die würdige Wittwe Oldenbarnevelds ihm voll Unwillen: "Für meinen Mann habe ich nicht um Gnade gebeten, weil er unschuldig war; aber für meinen Sohn bitte ich darum, weil er sich wirklich sehr vergangen hat." Der Prinz ließ ihn bald darauf nebst den übrigen Verschwornen enthaupten, und diese Verschwörung war Ursache zu neuen Verfolgungen, die in der Folge den Arminianern widerfuhren, als welche man nun für Aufrührer wider das Vaterland hielt, so feyerlich sie auch ihre Unschuld zu erweisen, sich Mühe gaben!

XVII.

XVII.

Cornelius von Witt, u. Johann von Witt, *)
die beede im Jahre 1672 zu Grafenhaag im Tumulte hingerichtet und schrecklich mishandelt wurden.

Unmöglich kann die Lebensbeschreibung dieser beeden großen Männer getrennet werden, die sich vereinigt beeiferten, in ihrem Vaterlande, den vereinigten Niederlanden, die uneingeschränkteste republikanische Freyheit, aller gegenseitigen Bemühungen der Prinzlich-Oranischen Partey ohngeachtet, emporzubringen; die bey diesem so gefahrvollen Geschäfte, alle ihre Klugheit und Macht gemeinschäftlich anstrengten; die mit gleichem Ruhme, der eine, als mehrmahliger Abgeordneter voll Unerschrockenheit in Feldzügen und Seeschlachten, der andere in den Staatsversammlungen, von seltenen politischen Kenntnißen und unerschütterlichem Muthe unterstützt, dem Vaterlande·dienten; an denen zwar mehrere Fehler mit Recht getadelt, aber zugleich auch überwiegende

*) Siehe allgemeine Welthistorie XXXV. B. p. 43 - 173. Guthrie und Gray allgemeine Weltgeschichte, XI. Band, p. 467 ꝛc. 497 ꝛc. 566 ꝛc. Köhlers historische Münzbelustigungen, IV. Band p. 161 - 186. Histoire de la vie et de la mort des deux illustres Freres Corneille et Iean de Witt, II. Tomes, Vtrecht. 1709.

genbe Vorzüge und große Eigenschaften angestaunt wur=
den; die endlich zu gleicher Zeit, das beklagenswürdigste
Schlachtopfer eines, mit rasender Rache nach ihrem
Tode lechzenden Volkes, abgeben mußten.

Sie waren Brüder und zwar Cornelius von Witt,
der die Würde eines Bürgermeisters zu Dortrecht, eines
Deputirten dieser Stadt zum Rath des Staats von
Holland, eines Curators der Universität Leyden und
eines Ruwarts, (Ruards) oder Aufsehers über die
Dämme im Lande Pütten besaß, der ältere, denn er
war 1623. am 25. Junius gebohren; Johann von
Witt hingegen, der den Caracter eines Raths=Pen=
sionnairs zuerst von Dortrecht und dann auch von Hol=
land und Westfriesland bekleidete, der jüngere 1625.
am 25. Septemb. gebohrne Bruder. Ihr Vater, Ja=
cob von Witt, der vom Jahre 1616. an, mit Annen
van de Corput, einer Dame aus einem alten und be=
rühmten Hause in Brabant vermählet war, und außer
ihnen noch zwey ältere Kinder weiblichen Geschlechtes
besaß, hatte das Amt eines Bürgermeisters zu Dort=
recht, und eines Abgeordneten dieser Stadt zum Rath
des Staats von Holland, und konnte als das Haupt
der sogenannten Löwensteinischen Parthey angesehen
werden, die sich, mit nur allzuheftigem Eifer für die
Freyheit des Vaterlandes, der Macht und Herrschaft
Prinz Wilhelms III. von Oranien, widersetzte. Die
Ursache zu einer solchen lebenslangen Feindschaft, welche
diese Parthey wider das Haus Oranien unausgesetzt
hegte, gab hauptsächlich die Gefangennehmung dieses
Jacobs von Witt ab, den Wilhelm II. im Jahr
1650.

1650. am 30. Julii nebst noch fünf Abgeordneten und bevollmächtigten Räthen zur Versammlung der holländischen Stände, blos deswegen, zuerst in seinen Pallast fordern, und dann von da aus auf das Schloß Löwenstein in Gefangenschaft bringen ließ, weil sie vorzüglich an der übeln Aufnahme seiner Gesandschaft an verschiedene einzelne Städte, Schuld waren, durch welche der Prinz, die seiner Meynung nach, damahls zur Unzeit geschehende zahlreichere Abdankung der Truppen hintertreiben wollte. Sie erhielten zwar ihre Loßlaßung bald wieder, aber unter der Bedingung, daß sie ihre Bedienungen niederlegen müßten.

War nun der Vater ein so heftiger Feind des Hauses Oranien, und der Freunde des Prinzen, so ist es kein Wunder, daß seine beeden Söhne bis an ihren Tod ähnlich gesinnet waren und handelten, um so viel mehr, da dieser rachgierige Mann, nicht nur, so oft er seinen Söhnen einen guten Morgen wünschte, denselben zugerufen haben soll: "Gedenket an das Löwensteinische Gefängniß," sondern sie auch schwören ließ, "daß sie als Feinde des Hauses Oranien leben und sterben wollten," und hierinnen in jenes berühmten Carthaginensischen Feldherrn, Hamilcars, Fußstapfen trat, der auch seinen Sohn, Hannibal, durch einen Eidschwur zur lebenslangen Feindschaft gegen die Römer verbindlich machte.

Der ältere unter diesen seinen beeden Söhnen, Cornelius von Witt, gab schon in seinen jungen Jahren die größten Hofnungen von sich. Er bekam die besten Unterweisungen in den Künsten und Wissenschaften, be-

sonders

sonders in mancherley academischen Exercitien. Seine Neigung gieng jederzeit auf die Rechtsgelehrsamkeit und auf die Kriegskunst, wozu ihm auch die Natur selbst die beste Anlage, vermöge des feurigsten Muths, wovon er schon in der frühesten Jugend die deutlichsten Proben ablegte, gegeben hatte. Als er von seinen Reisen zurückgekehrt war, so vermählte er sich am 21. Septbr. 1650. mit Fräulen Marie von Berkel, einem Frauenzimmer, das cörperliche Reize mit Vorzügen des Geistes vereint besaß und mit der er in allem 5. Kinder erzeugte.

Der jüngere hingegen, Johann von Witt, besaß den durchdringendsten Verstand, liebte die Wissenschaften sehr, und war dabey äußerst fleißig und arbeitsam, so daß er alles, was ihm seine Lehrer sagten, augenblicklich begriff. Vorzüglich aber gab er sich mit der Rechtsgelehrsamkeit, Politik und Mathematik ab, und übertraf in diesen Dingen seine Mitschüler alle ganz ungemein. Schon in frühen Jahren kamen daher Schriften von ihm heraus, unter denen besonders seine Elementa curvarum linearum, die Franz von Schooten, Professor der Mathematik zu Leyden, sein Lehrer, zu Amsterdam 1650. bey Elzevir, edirte, angeführt zu werden verdienen. Nachdem er seine academischen Studien geendigt hatte, wurde er Doctor der Rechte, und reisete alsdenn in fremde Länder. Bey seiner Zurückkunft ins Vaterland, die 1650. erfolgte, wurde er sogleich Raths-Pensionnair zu Dortrecht, ja zwey Jahre darauf, und also in noch frühem Alter, denn er zählte damahls erst 28. Jahre, gelangte er durch einstimmige Wahl der Staaten von Holland zu der so ehrenvollen und wichtigen Stelle eines

Raths-

Raths-Pensionnairs von Holland und Westfriesland, die kurz zuvor durch den Tod seines Vorgängers, Pauws, entledigt worden war. Am 16. Febr. 1655. vermählte er sich mit Fräulen Wendele Bikker, die ihm in allem 5. Kinder gebahr.

Nachdem Wilhelm II. Prinz von Oranien und Statthalter bereits am 6. des Wintermonats 1650. im 25sten Jahre seines Lebens an den Blattern gestorben, und deßen Wittwe am 8ten Tage nach seinem Tode mit einem Prinzen, dem nachmahligen Wilhelm III. König von Grosbrittannien, niedergekommen war; so nahmen die Stände von Holland, unter dem Vorwand, die Verfaßung der Republik auf ihre ursprünglichen Grundsätze zurückzubringen, dem Hause Oranien fast alle seine Macht und Ansehen, ja hemmten den Einfluß deßelben auf die Regierung der Provinzen beynahe gänzlich.

Damahls waren gerade die Provinzen in einen schweren Seekrieg verwickelt, den England 1652. im Frühjahre mit ihnen angefangen hatte, um sich zu bereichern, die Staaten zu bemüthigen und sich, wegen des auf der ostindischen Gewürzinsel Amboina von den Holländern an einigen Engländern begangenen grausamen Mordes, Genugthuung zu schaffen. Es geschahen dabey die größten Seeschlachten, die Blacke als Admiral auf englischer Seite, und der Admiral Tromp auf Seiten der vereinigten Staaten lieferten. Eine davon währte 3. ganze Tage. Allein ob sich gleich die Staaten ein paarmahl den Sieg zuschreiben konnten, so hatten sie doch nicht den mindesten Vortheil von diesem Kriege, und büßten dabey ihren großen Seehelden, Tromp, ein, der im

Treffen

Treffen am 10. August 1653. durch eine Musketen-Kugel in die Brust getroffen wurde, und sogleich todt niederstürzte.

Daher schrieb denn die Provinz Holland allein, auf Johann von Witts Rath an das englische Parlament, weil er von gewißen Personen erfahren hatte, daß man auch in England nicht ungeneigt zum Frieden wäre: allein, nicht sowohl die Rettung des Volks und das Wohl des Vaterlandes, als vielmehr die Besorgniß, es möchte vielleicht, bey länger fortdaurendem Kriege, die Parthey des Hauses Oranien die Oberhand gewinnen, bewog den von Witt, Holland zu einem solchen, den Frieden vorschlagenden Schreiben, zu überreden. Doch dieß Schreiben ward in London ganz anders aufgenommen, als man hoffte, und zum Schimpf der Holländer im Druck öffentlich bekannt gemacht.

Man nahm auf Seiten der Löwensteinischen Parthey schon im Jahre 1653. mit Mißvergnügen wahr, wie sehr das Volk in vielen holländischen Städten für den damahls erst dreyjährigen Prinzen von Oranien eingenommen wäre. Selbst Weiber und junge Knaben äußerten auf vielfache Art, durch Versammlung vor seinem Hause, durch Freudengeschrey und dergleichen, ihre große Liebe zu ihm, und als, auf Befehl der Staaten von Holland diesen oranischgesinnten Leuten, in ihrem Frohlocken Einhalt gethan wurde; so beunruhigten sie hausenweise die Häuser mancher von der Gegenparthey, ja schalten sogar den Rathspensionnair von Witt und den Abgesandten von Amsterdam, Schelme und Prinzenverräther. Von Witt glaubte daher, bey den Staaten

von

von Holland eine Erklärung auswirken zu müßen, daß die Wahl und Ernennung des Prinzen zu einem Generalcapitain, der ja ohnedieß wieder einen Verweser brauchte, unnöthig wäre, und deswegen unterbleiben müßte. Es gelang ihm wirklich, in dieser Sache durchzudringen, so sehr auch die Provinz Seeland das Gegentheil gewunschen hatte: denn sein entworfner Aufsatz ward genehmiget.

Endlich wurde im Jahre 1654. den 15. April der so lang erseufzte Friede geschloßen, und unter andern Bedingungen, die damahls dem Protector Cronwell eingestanden werden mußten, befand sich, vermuthlich auf geheimes Anstiften des von Witt, auch diese, daß die Provinz Holland die Versicherung ertheilen solle, dem Prinzen von Oranien nie wieder die Würde seiner Vorfahren zu ertheilen. Diese Bedingung ward zugestanden, und der Rathspensionnair Johann von Witt entwarf desbalben eine Ausschließungsurkunde, worinne es unter andern hieß: "daß die Staaten von Holland den Prinzen von Oranien, oder jemand seiner Nachkommen, nie zum Statthalter wählen, ja nicht einmahl gutwillig zugeben wollten, daß er je zum Generalcapitain der Armee angestellt würde." Dieser geschloßene Friede, der ganz ein Werk des von Witt war, verursachte eben kein allzustarkes Frohlocken; denn er war im Ganzen betrachtet, wirklich zum Schaden der vereinigten Provinzen, die große Summen an England auszahlen mußten: am allerwenigsten aber konnten sich die Freunde des Prinzen über selbigen freuen, denen nun alle Mittel und Wege abgeschnitten waren, den jungen Prinzen jemahls wieder

wieder zur alten Hoheit seiner Vorfahren befördern zu können.

Als demohngeachtet einige Zeit nachher neue Unruhen wegen des Hauses Oranien entstunden, und ein Theil der Provinzen den Prinzen von Oranien, zum Statthalter und den Fürsten Wilhelm Friedrich von Naßau zu seinem Verweser erwählten, der andere Theil der Provinzen aber, der solches hintertreiben wollte, sich desbalben an die Staaten von Holland wendete und der Streit sich in die Länge zog, so geschah es, daß beede Theile endlich der Sache müde wurden und die Entscheidung der Händel im Jahre 1657. den Staaten von Holland überließen. Da nun diese solches Geschäfte wieder dem Rathspensionnair von Witt, und einem ihm gleichgesinnten Cornelius von Graaf auftrugen; so ist leicht zu erachten, daß der Ausspruch kein anderer gewesen seyn könne, als: "Die Erwählung des Prinzen und Ernennung seines Verwesers seye für ungültig zu erkennen, bis jener die gehörige Volljährigkeit erlangt haben werde."

Die große Veränderung in der englischen Regierung, die sich 1660. durch die Wiedergelangung Carls II. zur königlichen Würde zutrug, machte auch die Staaten von Holland sehr aufmerksam, die an Cromweln schon keinen großen Freund hatten, und noch weniger sich von diesem neuen Regenten Englands versprechen durften, daß er ihnen günstig seyn würde. Um sich ihm jedoch so gefällig, als möglich, zu machen, so erwieß man ihm auf seiner Reise durch die Niederlande nach England, alle nur mögliche Ehrenbezeugungen, und sendete Abge-

 ordnete

ordnete nach Breda, die ihn da im Namen der Staaten mit der größten Achtung empfiengen. Er hielt am 25. May 1660. im Gefolge von wenigstens 500. größtentheils vornehmen Engländern, einen feyerlichen Einzug im Haag, ward königlich bewirthet, und legte in der Versammlung der Staaten eine Rede ab, in der er, für die erwiesene Ehre dankte, seine Gunst und Freundschaft versprach, zugleich aber auch seinen Schwestersohn, den Prinzen von Oranien und deßen Mutter, den Staaten bestens empfahl. Als der Rathspensionnair von Witt diese Rede im Namen der Staaten von Holland beantwortete, so drückte er sich in Absicht des letzten Punctes nur allgemein so aus: daß die Staaten nicht ermangeln würden, seiner Erwartung ein Genüge zu thun. Endlich verließ der neue englische König Holland, zwar ganz überhäuft mit den freundschaftlichsten Glückwünschen und höchsten Ehrenbezeugungen, im Grunde aber doch äußerst unzufrieden darüber, daß er einen so nahen Blutsfreund von der Statthalterswürde ausgeschloßen sehen mußte, die doch deßen Vorfahren trugen, und die auch ihm, seiner Meynung nach, mit allem Rechte gebührte.

Da es von Witt in der Folge nur allzudeutlich merkte, daß König Carl II. gerade ihm sehr feind wäre, und desbalben in kurzem einen völligen Bruch Englands mit den Staaten von Holland befürchtete; so glaubte er sich nicht beßer helfen zu können, als wenn er sich dem Könige von Frankreich in die Arme würfe, um an ihm gegen den König von England und gegen die oranische Parthey einen mächtigen Beystand zu haben. Er freuete sich daher sehr, als er durch das Vorhaben

Flanderns, ſich in einen Freyſtaat zu verwandeln, das ihm durch Abgeordnete dieſer Grafſchaft, angezeigt worden war, Gelegenheit bekam, dieſe, in der Folge vielleicht für Frankreich vortheilhafte Sache, dem Grafen von Eſtrades heimlich zu entdecken, das ihm alsdenn einen Weg zu künftigen ferneren Unterhandlungen bähnen könnte. Ja er ſuchte ſogar bey dieſer geheimen Corresponden, dem Grafen vorzuſtellen, daß es gut ſeyn möchte, wenn man bald einen Plan entwürfe, wie vielleicht die ſpaniſchen Niederlande zwiſchen Frankreich und der Provinz Holland am füglichſten zu theilen wären, im Fall, daß der König von Spanien und ſein Sohn ſterben ſollte. Auf Einwilligung des Grafen von Eſtrades machte alsdenn von Witt den Plan hiezu, der jedoch, weil ihn der Graf für den König nicht vortheilhaft fand, ſelbigem nicht eingehändigt wurde.

Nun bediente ſich von Witt einer Liſt, um die Staaten von Holland in ſein Intereſſe hieben zu ziehen. Er ſtellte nemlich vor, weil itzt die Türken ſo weit um ſich griffen, und beſorgt werden müßte, ſie würden, wegen der Schwäche des Hauſes Oeſterreich, etwa gar den größten Theil Deutſchlands erobern, ſo daß alſo die Niederlande einen neuen fürchterlichen Nachbarn an den Türken zu erwarten hätten; ſo könnten ſich die Staaten deßhalben nicht genug vorſehen, und es wäre daher nichts dienlichers, als daß man je eher, je lieber, Frankreich für ſich zu gewinnen ſuche. Dieſer wunderliche Einfall, ſo äußerſt ſchwach er auch war, machte doch auf die Staaten von Holland Eindruck, und man

erhielt

Als endlich die Engländer aufs neue den Holländern ohngefähr 130. von Bourdeaux heimsegelnde Kauffartheyschiffe, und kurz darauf 3. von Smyrna zurückkommende reichbeladene Schiffe bey Cadix wegnahmen; so beschloßen die Staaten am 21. Jenner des Jahrs 1665. durch so viele Gewaltthätigkeiten gereizt, den Krieg wider England, rüsteten sich zu selbigem aufs beste, und schickten die größte Flotte, die sie je gehabt hatten, die aus 103. Schiffen, außer einigen Brandern und andern Fahrzeugen, bestand, in die See.

In diesem Kriege geschahen fürchterliche Seeschlachten. Die eine wurde am 14. Junii 1665. geliefert, und dabey erhielten die Engländer den Sieg, ja, selbst der holländische Admiral Wassenaer flog mit seinem Schiffe auf. Dieser so unglückliche Zufall schwächte jedoch den Muth des Raths-Pensionnairs von Witt nicht, der vielmehr die Flotte eiligst wieder herstellen ließ, es veranstaltete, daß von Ruyter Admiral über sie wurde und alsdenn in eigener Person nebst 2. andern Abgeordneten der Staaten, sich als Beystand des Admirals auf die Flotte begab. Von Witt schlug glücklich einen neuen Weg aus dem Texel für die Flotte vor, die sich durch den Sturm einige Zeit hatte aufhalten lassen, und da man am 14. August auslief, so wollte man in einem neuen Treffen den vorherigen Verlust wieder einbringen, das aber gewaltige Stürme unmöglich machten. Als jedoch der Winter herankam, legte von Witt seine Dienste zur See nieder, das in der That den übrigen Schifsbefehlshabern und Bootsleuten angenehm war. Es hatte sie zuvor gar oft gekränkt, wenn von Witt

und

und seine beeden Gehülfen, Hulges und Boreel, die
doch niemahls zum Seewesen angeführet worden waren,
so manche Befehle gaben, die eben nicht die besten
waren.

Zu gleicher Zeit bekamen die Staaten auch noch einen
Krieg zu Lande, den ihnen der kriegerische Bernhard
von Galen, Bischof von Münster, vermuthlich auf
Anstiften Carls II. und durch Subsidiengelder deßelben
unterstützt, unter dem Vorwande, als ob er seine Ansprüche auf Borkelo ausführen wollte, ankündigen ließ.
Dieß geschahe im September 1665. durch einen Trom-
peter, deßen Gefolge aus 18000. Mann bestand, welche
sogleich Angriffe wagten, in kurzem Borkelo und Lo-
chem wegnahmen, in Oberyßel eindrangen, und sonst
noch mehrere Eroberungen machten. Bey den wenigen
Truppen, die man diesem neuen Feinde entgegen schicken
konnte, überkam Fürst Johann Moritz von Naßau
die oberste Befehlshaberstelle, dem jedoch von den allgemeinen Staaten ein Abgeordneter an die Seite gesetzt
wurde. Dieß war denn nun unser Cornelius von
Witt, Bürgermeister zu Dortrecht, der sich als Beystand in Anordnung der nöthigen Kriegsgeschäfte, ungemein thätig bewies.

Man legte diesen Münsterischen Krieg eben so, wie
den mit England, dem Rathspensionnair von Witt zur
Last, der sich deswegen in ziemlicher Verlegenheit befand.
Allein er brachte es doch dahin, daß noch im Dezember
dieses Jahres von Frankreich Geld und 6000. Mann
Hülfstruppen ankamen, wodurch der diesjährige Feld-

zug

zug zu Ende gebracht, die Schließung des Friedens im April des folgenden Jahres beschleunigt, und sein eigenes wankendes Ansehen wieder befestiget wurde.

Im Jahre 1666. rüsteten die Staaten zur Fortsetzung des Seekrieges mit England, eine neue mächtige Flotte aus. Waren vorhin, im Kriege von 1652. nemlich, die holländischen Schiffe viel kleiner, als die englischen, so daß sie daher nicht viel wider sie ausrichten konnten; so geschahe es nun auf des Rathspensionnair von Witts Anstalt, daß in diesem Kriege die Staaten weit größere, mit stärkerer Mannschaft und mehr Canonen versehene Schiffe ausrüsteten, die auch wirklich so beschaffen waren, daß sie sich mit den großen Schiffen der Engländer messen konnten. Nun geschahe das berühmte Seetreffen, das 4. Tage lang, vom 11. bis 14. Junii nemlich dauerte, und in welchem die Staaten wirklich die Oberhand behielten, obgleich auch auf englischer Seite der Sieg sich zugeeignet, und ein Dankfest deswegen gehalten wurde. Bald waren die Flotten der beeden streitenden Mächte wieder hergestellt, so daß am 4. August eine zweyte große Seeschlacht geschehen konnte, in welcher die Engländer siegten, obgleich selbst auch der Rückzug, den der holländische Admiral Ruyter machen mußte, ihm zum Ruhme gereichte. Als bald darauf die Holländer neuen Verlust, theils an vielen Kauffartheyschiffen, die ihnen von den Engländern verbrannt wurden, theils durch Stürme litten, die bey Dünkirchen ihre Flotte übel zurichteten, so kehrte diese ihre sehr beschädigte Flotte im October nach Hause.

Da

Damahls wünschten die Staaten nichts sehnlicher, als einen baldigen Frieden. Auch England selbst, war wegen des bekannten fürchterlichen Brandes, der am 2. Septemb. 1666. über 13000. Häuser der Stadt London in die Asche legte, und wegen der unmittelbar darauf folgenden Pest, wodurch ganz natürlich der öffentliche Credit des Reiches sinken mußte, zum Frieden im mindesten nicht abgeneigt. Und da die Holländer die von England begehrte Leiche ihres, im letzten Treffen umgekommenen Unter-Admirals Berkley, nach England schickten; so gab der dabey geführte Briefwechsel Gelegenheit, sich auf beeden Seiten etwas von Friedensneigungen merken zu laßen. Es kam nur noch auf den Ort an, wo er geschloßen werden sollte. Bald wurde London, bald der Haag dazu vorgeschlagen, endlich aber Breda einstimmig beliebt. Da sich der Schluß des Friedens verzögerte, und König Carl II. aus ihm so gewöhnlicher Langsamkeit es versäumte, sich von den Holländern einen Waffenstillstand auszubedingen, so begann der Rathspensionnair Johann von Witt ein kühnes Unternehmen, zu deßen Ausführung er seinen Bruder Cornelius von Witt gebrauchte. Nachdem er so vorsichtig gewesen, dem Admiral Ruyter von allen tiefen Gegenden in den Mündungen der Themse und des Medwayflußes, sichere Nachrichten zu verschaffen, so schickte er ihn mit einer Flotte von 60. Schiffen eiligst in die See, und sein Bruder Cornelius von Witt war sein Gehülfe bey diesem Geschäfte. Herr von Gend lief mit 17. Schiffen, wider alle Erwartung der Engländer in die Themse ein, und am 20. Junii 1667. war

schon

schon die Festung Scherneeß auf einer Insel in der
Themse, erobert. Da bald darauf der übrige größere
Theil der Flotte nachkam; so wurde bis Chatam vorge-
drungen, wo die meisten königlichen Schiffe lagen; daselbst eine eiserne Kette entzwey gesegelt; zwey große englische Schiffe erobert und sechs verbrannt. Man wagte
nun von Seiten der Staaten mehrere Angriffe, besonders auch auf Harwich, die jedoch mislangen.

So große Kosten auch diese Unternehmung den Holländern verursachte, so sehr gereichte sie jedoch dem
Rathspensionnair von Witt zum Ruhme, und sein Bruder Cornelius von Witt, der bey der Ausführung
war, sowohl, als Ruyter und Gend, wurden von den
gesammten Staaten mit goldenen Bechern, auf denen die
Einnahme der englischen Festung Scherneeß, so wie die
Verbrennung der englischen Schiffe abgebildet war, und
mit beträchtlichen Geldsummen, reichlich belohnt. Nur
sollte sich Cornelius von Witt, die bey dieser Gelegenheit geäußerte Eitelkeit nicht gestattet haben, daß er nemlich wegen dieser glücklichen Unternehmung in der Themse, einen prächtigen triumphirenden Einzug in Dortrecht hielt, wobey man die Canonen donnern, und die
Bürgerschaft paradiren ließ, und sein geschildertes kostbares Bildniß öffentlich aufstellte. Dieß alles, und so
viele andere Dinge mehr, daß man z. E. in Amsterdam
dem von Witt zu Ehren mehrere Schaumünzen prägte,
und daß der Dichter Ioannes Lydius in ein— lateinischen Gedichte: belgium gloriosum bell— diesen
Sieg besang, dieß alles mußte von den Engländ—n als
Beleidigung ihres Königes angesehen werden, und die

oranische

oranifche Parthey nur um fo viel mehr erbittern und wider den guten Witt defto heftiger aufbringen.

Die für Holland vortheilhafte Folge diefer kühn
ausgeführten ehrenvollen, jedoch koftfpieligen That, war
die Befchleunigung des Friedens, der zu Breda wirklich
fchon am 13. Julii 1667. unterzeichnet wurde, kraft def-
fen beede Theile im Befitz der Schiffe, Länder und Güter blieben, die fie einander vor oder in dem letzten Kriege, bis zum 20. May weggenommen hatten. Diefer
Friede erregte überall große Freude, fo daß auch der
Rathspenfionnair von Witt, für den der Ausgang des
Kriegs vorzüglich ehrenvoll war, deshalben ein großes
Gaftmahl gab, bey dem er felbft tanzte und fich mit
dem Volke vor der Thüre, bis fpat nach Mitternacht lu-
ftig machte.

Nunmehro glaubte von Witt den König von England nicht fürchten zu dürfen, daher verfuchte ers darauf anzutragen, daß der Prinz von Oranien, durch ein
förmliches Gefetz von Erlangung der Würde feiner Vorfahren ausgefchloßen werden möchte; und er drang auch
wirklich mit diefem Vorfchlage durch. Als dem allen
ohngeachtet, die noch lebende verwittibte Prinzeßin, bald
darauf fich zum Beften ihres Enkels, des jungen Prinzen, hie und da auf das thätigfte verwendete, fo daß
auch wirklich die Provinz Seeland eine Stelle in dem
Staatsrath für ihn verlangte; fo fchmeichelte ihr der
Rathspenfionnair damit, daß ihr Enkel gewiß in kurzem
eine Beförderung erhalten folle; fo gab er ihr den Rath,
die Staaten von Seeland zum Vormund des jungen
Prinzen anzunehmen, und veranftaltete für ihn fogar ei-

nen

nen Hofstaat, der jedoch aus lauter Leuten bestand, die zur Wittischen Parthey gehörten.

Schon ein Jahr vorher hatte von Witt die Entdeckung gemacht, daß ein gewißer französischer Edelmann, Heinrich Fleury de Coulon, Herr von Buat, damahliger Rittmeister bey der Leibwache, zum Besten des jungen Prinzen einen geheimen Briefwechsel mit dem englischen Staatssecretair, Grafen von Arlington unterhalte, und brachte es dahin, daß dieser, als Majestätsverbrecher, aller Vorstellung der Provinz Seeland und der allgemeinen Staaten, ja selbst der Fürbitte des Churfürsten von Brandenburg ohngeachtet, am 11. Octobr. 1666. wirklich enthauptet wurde.

Der Prinz war itzt 17. Jahre alt und von Witt sahe wohl ein, daß er bald zum Generalcapitain erhoben werden möchte, welches er nicht ferner verhindern konnte. Doch wollte er es hintertreiben, daß er nicht Statthalter würde. Es kam daher auf sein Anstiften, das sogenannte ewige Edict wider ihn zu Stande, in welchem es unter andern hieß: " es solle die Statthalterschaft in Holland auf immer aufgehoben seyn und bleiben, ja es solle diese Verordnung, von allen Obrigkeiten und Beamten der Provinz Holland, und von dem künftigen Generalcapitain beschworen werden." Er nöthigte sogar außer Holland auch die andern Staaten, daß sie diesem 1667. zu Stande gekommenen ewigen Edicte beystimmten.

Hiedurch glaubte von Witt, seinen großen Endzweck völlig erreichet zu haben, und war stolz darauf, daß ihm sein kühnes Vorhaben gelungen. Er hatte sich auch wirklich hoch genug emporgeschwungen: denn so wie

Hol-

Holland alle übrige Staaten der vereinigten Niederlande regierte; so beherrschte er wieder den Staat von
Holland. Folglich war die Regierung der ganzen Republik beynahe völlig in seinen Händen. Es gieng
aber auch sein Haß gegen den Prinzen von Oranien
itzt so weit, daß auf sein Anstiften sogar das öffentliche
Kirchengebet in Holland geändert wurde, und daß die
Prediger den Befehl bekamen, "zuerst für die Staaten
von Holland und Westfriesland, die nächst Gott die
einzige hohe Obrigkeit dieser Provinz wären, und hernach für die Staaten der andern vereinigten Landschaften, ihre Bundsgenoßen, und für ihre Abgeordneten zur
allgemeinen Versammlung der Staaten und des Staats-
raths", zu bitten.

Damahls gab es gerade unter den Gottesgelehrten
in Holland zwey Partheyen, die Coccejaner und Voe-
tianer. Weil nun diese oranisch gesinnt waren, jene
aber vorzügliche Ehrerbietung und Gehorsam gegen die
Regierung bewiesen und die neue Kirchenformel billigten;
so begünstigte sie von Witt bey allen Gelegenheiten
und durch seine Empfehlung erhielten sie von den Staaten die besten Aemter, die einträglichsten Bedienungen.

Im Jahre 1667. fiengen die Franzosen einen Krieg
in den spanischen Niederlanden an, und machten in kurzer Zeit ziemliche Eroberungen. Dieß setzte den von
Witt in große Verlegenheit, der deswegen nebst dem
Grafen von Estrades allerley Entwürfe zu einem
Vergleiche machte, die jedoch dem Könige von Frankreich keinesweges gefielen. England widersetzte sich
hierauf den glücklichen Waffen der Franzosen in den
spani-

spanischen Niederlanden, und es wurde deßhalben, frey=
lich wider den Willen des von Witt, zwischen England
und den vereinigten Provinzen eine Allianz vorgeschlagen,
die theils ein Schutzbündniß seyn sollte, wenn einer
von beeden Theilen feindlich angegriffen würde, theils
die Endigung des Kriegs zwischen Frankreich und Spa=
nien zur Absicht hatte. Dieß Bündniß ward auch am
23. Januar 1668. unterzeichnet, bey dem der englische
Ritter Temple der vornehmsten Beförderer abgab,
und dem Schweden kurz nachher auch beytrat.

Ob gleich von Witt, der die Zustandebringung
dieses Bündnißes nicht hintertrieb, dabey alles so ein=
zufädeln suchte, daß es für Frankreich nicht nachtheilig
seyn sollte; so verscherzte er doch durch seine Einwilli=
gung dabey, die ihm eine reichliche Belohnung der
Staaten von Holland, durch Erhöhung seiner Besol=
dung über die Hälfte, zuwegen brachte, mit einem mahle
die Gunst des Königes von Frankreich. Er wurde
selbst dieß nur gar zu bald gewahr, und that daher
den Staaten den Vorschlag, dieses Bündnißes ohnge=
achtet, doch auch zugleich eine Allianz mit Frankreich
zu treffen, weil er glaubte, daß dieß der einzige Weg
wäre, die ihm so nöthige Freundschaft des Königes von
Frankreich wieder zu gewinnen. Er fieng daher in
dieser Absicht wirkliche Unterhandlungen mit dem Grafen
von Estrades an, und nahm die scheinbare Veranlas=
sung dazu, von dem Flaggenstreichen vor den Engländern
her, die ja solches nicht blos von den holländischen, son=
dern auch von den französischen Schiffen, stolz begehr=
ten. Doch in Frankreich achtete man auf diese Vor=

stellun=

stellungen nicht, sondern der Unwille des Königes wider die Staaten und vorzüglich wider den von Witt,
nahm im Verborgenen immer mehr zu. Ja er gieng
sogar bereits im Jahre 1670. eine geheime Verbindung
wider die Staaten von Holland, mit dem Könige von
England ein, und der Churfürst von Brandenburg,
den man vergebens zum Beytritt bey dieser geheimen
Allianz einlud, warnte die Staaten freundschäftlich vor
dem ihnen drohenden Sturm und rieth ihnen, den Unwillen des Königes in Frankreich so viel als möglich
zu besänftigen. Doch er bekam die kaltsinnige Antwort darauf, sie vermutheten keinen Krieg auf Seiten
Frankreichs, da sie ja keine Veranlaßung hiezu gegeben hätten. Hiezu kam noch dieß, daß die Herzogin
von Orleans ihren Bruder, König Carl II. in England auf die Seite Frankreichs immer beßer lenkte;
so daß sogar schon 1670. Maaßregeln festgesetzt wurden, wie man die Staaten bekriegen wolle, obgleich
die Feindseligkeiten selbst, erst nach 2. Jahren öffentlich und thätig ausbrachen.

Man war zwar auf Seiten Hollands von diesen
geheimen Anschlägen Englands und Frankreichs, gar
wohl unterrichtet; doch die Parthey des von Witt,
die damahls die herrschende im Staat war, bewieß
nicht die mindeste Sorge oder Furcht und es wurden
daher auch, unverzeiblicher Weise, ganz und gar keine
Anstalten zur Gegenwehr getroffen.

Unterdeßen hatte der Prinz von Oranien, der bereits 1668. volljährig geworden, zu der Würde eines
Edlen von Seeland im nemlichen Jahre gelangt und

O

zum

zum Besitz seiner Güter gekommen war, im Jahre 1670. eine Stelle in dem Staatsrath erhalten. Es konnte von Witt solches nicht hintertreiben, doch that er und seine Parthey alles, um diese Ehrenstelle dem Prinzen so wenig angenehm, als möglich, zu machen. Man gestattete ihm keinen Vorzug vor den übrigen Staatsräthen und selbst sein Jahrgeld, das die allgemeinen Provinzen auf 50000. Gulden gesetzt hatten, wurde von Holland auf Anstiften des von Witts nur auf 25000. Gulden eingeschränkt.

Nach vielen Schwierigkeiten gelangte der Prinz von Oranien, zur Würde eines Generalcapitains. Zwar hatte es von Witt im Jahre 1670. durch einen allgemeinen Schluß der Staaten dahin gebracht, daß er solche Stelle nicht eher erhalten solle, als bis er volle 22. Jahre alt seyn würde; doch bemohngeachtet konnte es von Witt nicht verhindern, daß er endlich nach vielen Weigerungen Hollands, auf das Dringen der übrigen Staaten, am Schluße des Jahrs 1671. zu dieser Würde gelangte. Er suchte daher nur wenigstens dieß zu erreichen, daß seine, mit dieser Stelle verknüpfte Gewalt sehr eingeschränkt werden möchte. In der That gelang es ihm auch, die sämmtlichen Provinzen zu bewegen, daß sie den Prinzen blos auf den bevorstehenden Feldzug, und unter der Einschränkung, daß er zuvor das ewige Edict beschworen haben müße, zum Generalcapitain ernennten, auch ihm nicht den gewöhnlichen Gehalt, sondern nur monathlich 8000. Gulden bewilligten.

Nun fiengen sich 1672. am 13. Merz die ersten Feindseligkeiten Englands gegen Holland an, wozu man die Veranlaßung daher nahm, daß einem kleinen englischen Jachtschiffe, welches nach Holland geschickt worden war, um die Gemahlin des englischen Gesandten herüber zu hohlen, von der ganzen holländischen Flotte, durch die sie gesegelt war, die begehrte Ehrenbezeugung der Flagge vom Admiral, nicht erwiesen worden seye. Die Engländer griffen noch vor der öffentlichen Kriegserklärung, eine Kauffartheyflotte der Staaten im mittelländischen Meere an, und nahmen ihnen auch ostindische Schiffe weg.

Noch ehe am 6. April die eigentliche Kriegserklärung Englands gegen Holland erschien, im Christmonate 1671. nemlich, wendeten sich die Staaten an den damahls so mächtigen Ludwig XIV. und baten ihn demüthig um Hülfe wider England. Doch Frankreich hielt sich zu sehr beleidigt, durch das im Jahre 1668. geschloßene Bündniß mit England sowohl, als durch die im nemlichen Jahre, in Holland auf den Aachner und Bredaischen Frieden geprägte Gedächtnißmünze, welche die zwar wahre, aber doch eitle und stolz klingende Aufschrift führte: "Die Republik wäre Königen beygestanden, habe sie beschützt und versöhnt, die Freyheit des Meeres behauptet und die Ruhe in Europa wieder hergestellt." Daher schlug sich denn diese Macht als öffentlicher Feind Hollands zu England.

Man rüstete itzt in Holland, so eilfertig als möglich, eine Flotte aus, die aus 91. Schiffen bestand. Es mußte sie abermahls der Admiral Ruyter commandi-

ten,

ren, und Cornelius von Witt, war wiederum als Abgeordneter der 7. vereinigten Provinzen am Bord seines Schiffes. Als das große Treffen bey Solbay am 7. Junii 1672. von 8. Uhr Morgens bis in die Nacht, zwischen der vereinigten englischen und französischen und zwischen der Staaten-Flotte, geliefert wurde, so bewieß Cornelius von Witt allerdings große Unerschrockenheit, verrieth jedoch auch den größten Stolz und die auffallendste Eitelkeit dadurch, daß er während dieses Seetreffens, unter einem Thronhimmel mit der Pracht eines Fürsten saß, und von da aus Anordnungen ertheilte. Bey diesem hitzigen Treffen giengen auf beeden Seiten viele Schiffe verlohren, und obgleich die Engländer sich des Siegs rühmen wollten; so gehörte selbiger doch mit mehrerm Rechte den 7. vereinigten Provinzen. Und dieß war immer Ehre genug für sie!

Itzt erfolgte auch von Seiten Frankreichs zu Lande ein heftiger Angriff. Ludwig der XIV. selbst rückte nebst dem Herzoge von Orleans, seinem Bruder und dem so berühmten Marschall Turenne, von dem Heere der beeden Bundesgenoßen, des Churfürsten von Cölln und des Bischofs zu Münster, unterstützt, mit wenigstens 150000. Mann auf allen Seiten in das Gebiet der Staaten ein. Die Waffen dieser Armeen hatten schnell den glücklichsten Fortgang, und es wurden in kurzem viele Städte und wichtige Festungen eingenommen, ja es war sogar darauf angesehen, nachdem Utrecht einmahl erobert war, auch Amsterdam selbst anzugreifen.

Bey

Bey dieser traurigen Lage, in der sich die Republik befand, war Johann von Witt allerdings in der größten Verlegenheit. Es mußte itzt um Frieden gebetten werden. Allein die Forderungen des Königes von Frankreich, so wie des Königes von England, waren viel zu stolz, als daß eingewilliget werden konnte. Daher fuhren denn die Franzosen in ihren Eroberungen fort, ja es wurden sogar drey völlige Provinzen, Geldern, Utrecht und Ober-Yßel eingenommen, besetzt und von den übrigen vier Provinzen dadurch losgerißen.

Die vereinigten Niederlande waren zu der Zeit, mit einemmahle vom Gipfel des Glücks tief herabgesunken. Itzt glengen erst dem Volke die Augen auf. Itzt wurde man erst gegen die bisherige Regierung argwöhnisch und kam auf die Vermuthung, es müßten einige, die am Staatsruder säßen, mit Frankreich im geheimen Einverständniße sich befinden. Diesen Argwohn suchte nicht nur überhaupts die Oranische Parthey zu unterhalten, sondern auch die Prediger, die auf ihren Canzeln für das Haus Oranien redeten, waren Ursache, daß er immer zunahm, und die Gemüther aller in Gährung geriethen. Kurz, es änderte sich alles auf einmahl in Holland. Alles verlangte itzt, daß der Prinz von Oranien, ans Staatsruder sitzen möchte, weil er in der äußersten Verlegenheit des Vaterlandes, da die muthlosen After-Patrioten schon von der Rettung ihrer Personen und Güter nach Batavia redeten, und bereits ausrechneten, daß sie in ihren Häfen Schiffe genug hätten, um 50000. Familien dahin zu schaffen, Herz genug hatte, den Krieg fort-

                    zuführ-

zuführen, und seiner sonstigen Kaltblütigkeit ohngeachtet, doch voll Feuer sagte: "wenn auch die Franzosen mein Vaterland erobern sollten, so will ich doch lieber in dem letzten Graben deßelbigen sterben!"

Dagegen aber fiel der größte Haß des ganzen Volks auf den Rathspensionnair von Witt und seinen Anhang. Diese allgemeine Unzufriedenheit mit ihm, den man nun für die Hauptursache aller gegenwärtigen Bedrängniße des Vaterlandes hielt, war Ursache, daß er wirklich in Lebensgefahr kam. Man wollte ihn ermorden, als er am 21. Junii 1672. Nachts um eilf Uhr in Begleitung eines einzigen Bedienten aus der Versammlung der Staaten von Holland nach Hause gieng. Er ward von vier Personen, nach Auslöschung der Fackel seines Bedienten, angefallen, bekam einen Hieb in den Hals und mehrere Stiche in den Leib, so daß er zu Boden stürzte. Die Thäter, die zuvor beym Trunke auf den schwärmerischen Einfall kamen, dem Vaterlande, durch Ermordung eines Verräthers deßelben, den größten Dienst zu leisten, flohen, als sie diesen Vorsatz ausgeführt zu haben glaubten, zu der Armee, und nur der einzige Jacob van der Graf, ein Sohn des Raths in dem Hofe von Holland, van der Graf, ward am Morgen darauf, als er in einem entlehnten Mantel nach Hause gehen wollte, von einem Goldschmid Verhoef, erkannt und ergriffen. Der Hof von Holland erkannte den Gefangenen des Verbrechens der beleidigten Majestät schuldig, und verurtheilte ihn, mit dem Schwerdte hingerichtet zu werden. Ob man nun gleich dem Rathspensionnair, deßen Wunden nicht tödtlich waren, Vorstellungen machte, er sollte eine

Für-

Fürbitte für den Thäter einlegen, daß ihm vielleicht die verlohrne Liebe des Volks wieder verschaffen könnte; so versetzte er doch: "man müße der Gerechtigkeit freyen Lauf laßen," und nun wurde also Graaf am 29. Junii wirklich enthauptet, der nach erfolgter Bereuung seiner That, freudig und muthig starb. Kurz vor seinem Tode sagte er noch zu dem Geistlichen, der ihn zum Tod zubereitete: "Als ich den Entschluß faßte, den Rathspensionnair von Witt zu ermorden, so bat ich vorher Gott, er möchte mein Unternehmen gelingen laßen, wenn von Witt ein Bösewicht wäre; wäre er aber ein ehrlicher Mann so möchte er es fügen, daß ich ums Leben käme."

Von der Zeit an vergrößerte sich der Haß des Volks gegen den Rathspensionnair immer mehr, ja es traf der Grimm des Pöbels auch seinen ältern Bruder, Cornelius von Witt, mit nicht geringerer Heftigkeit. Ganz Dortrecht empörte sich am 24. Junii wider ihn und man war nicht damit zufrieden, daß sein Bild, als Sieger in der Themse ihn vorstellend, das sich, ihm zu Ehren, außen vor dem Rathhause befand, in Trümmern zerrißen war, sondern man nagelte auch den Kopf deßelbigen an den Galgen, und stürmte sein eigenes Wohnhaus.

Da itzt das Volk auf einmahl des Prinzen von Oranien sich so sehr annahm, so war ganz natürlich die Parthey deßelben die stärkste, und daher gelang es ihr auch gar bald, ihn, der des gegenwärtigen Krieges wegen, ohnedieß bereits der oberste Feldherr war, auch gar zum Statthalter zu machen. Wirklich wurde er am

29. Junii durch einen erzwungenen Schluß des Raths, zum Statthalter von Holland erklärt und zugleich von dem ewigen Edicte, das er beschworen hatte, freygesprochen. Der Bürgermeister Cornelius von Witt wollte zwar diesen Rathschluß nicht genehmigen, den ihm einige Abgeordnete, wegen seiner auf der Flotte sich zugezogenen Unpäßlichkeit, in seine Wohnung zur Unterschrift brachten, und gab ihnen zur Antwort: "Es sind mir in dem letzten Seetreffen so viele Kugeln über mein Haupt geflogen, daß ich mich vor keiner mehr fürchte, und will daher eher von einer solchen Kugel getroffen werden, als mein Wort brechen, und diese Schrift unterzeichnen." Da ihn jedoch seine Gemahlin auf das dringendste bat, die Acte zu unterschreiben, so willigte er endlich ein, fügte aber die beeden Buchstaben V. C. (vi coactus, das ist, durch Gewalt dazu genöthiget) bey. Nun wurde auch das ewige Edict am 3. Julii einmüthig aufgehoben, und als völlig getilgt erklärt. Ja am 30. Junii wehten die Orangefahnen bereits auf mehrern Thürmen, und das Volk schrie: Es lebe der Prinz von Oranien und der T. hohle die Witten!

So sahe denn also der Rathspensionnair Johann von Witt sein so künstliches Gebäude der Staatsregierung, das ihm so viele Zeit, List und Mühe kostete, auf einmahl in wenigen Tagen über den Haufen gestürzt. Der Prinz von Oranien hatte itzt das Ruder des Staats in Händen, und verwarf gemeinschäftlich mit dem Staatsrath, die neuen stolzen Friedensbedingungen Frankreichs und Englands, als solche, die unmöglich bewilliget werden könnten. Er beschloß so gar neue

Ver-

Vertheidigungsanstalten zu treffen, und nach dem Verlust dreyer Provinzen, doch die übrigen und besonders Holland dadurch zu schützen, daß man hinreichende Mannschaft zur Bedeckung der Schleußen anstellte, um im Fall der Noth, durch Ueberschwemmungen die weiter eindringenden Feinde abhalten zu können.

Allenthalben erschienen Schmähschriften wider Johann von Witt und seine Staatsverwaltung, darinnen ihm unter andern Vorwürfen auch die Beschuldigung gemacht wurde, er habe die, zu geheimen Angelegenheiten ihm anvertrauten Gelder, zum Theil für sich angewendet, und die Armee schlecht versorgt. Auch wider seinen Bruder und die ganze Löwensteinische Parthey, kamen dergleichen Pasquille in Menge zum Vorschein, wodurch denn der Haß wider sie, theils allgemeiner, theils heftiger werden mußte.

In einer so äußerst traurigen Lage, wendete sich daher der itzt so sehr gedemüthigte Rathspensionnair, mit einer dringenden Bittschrift an den neuen Statthalter, ihn zu rechtfertigen. Er that es auch, aber ziemlich fein und zweydeutig; und so, daß man leicht merken konnte, der Prinz wolle ihn weder beschuldigen noch entschuldigen.

Unterdeßen war dieser, an seinem Stolz so sehr gekränkte Mann, von seinen Wunden wieder geheilet, die er beym mörderischen Anfall bekommen hatte. Gleich darauf, am 4. August kam er persönlich in die Versammlung der Staaten, rechtfertigte sich selbst gegen die ihm gemachten Vorwürfe so gut als möglich, und bat, weil der Haß des Volks gegen ihn so groß wäre, um seine

Ente

Entlaßung; verlangt jedoch aber auch statt der 19. Jahre bekleideten Raths-Pensionnairswürde, blos eine Stelle in dem hohen Rathe. Man ward bald darüber einig und bewilligte ihm beydes.

Der Bürgermeister von Witt wurde nun weit mehr als ehehin, vom Haße des Volks verfolgt. Man suchte ihn durch Bauern auf dem Lande auf, um ihn zu tödten, und da dieß vergebens war, so trat ein Wundarzt, Wilhelm Tichelaar auf, der ihn beschuldigte, als hätte er ihn verleiten wollen, dem Prinzen das Leben zu nehmen. Der Hof von Holland ließ ihn alsdenn sogleich durch den Procureurfiscal Ruisch in Dortrecht, in seinem eigenen Hause am 24. Julii gefangen nehmen, und von seinem Bette weg nach dem Haag bringen, wo er alsdenn auf der Voorporte, als in dem öffentlichen Gefängniße, sich einkerkern laßen mußte. Zwar schilderte der Rath zu Dortrecht, der es sehr übel nahm, daß man durch Wegführung seines Bürgermeisters in die Gefangenschaft, seine Vorrechte verletzte, den Tichelaar als einen großen Bösewicht, der ehehin schon ein junges Mädchen Janneke Ewouts, genothzüchtiget, und seine eigene Dienstmagd Cornelia Pleunen, um ihren gehörigen Lohn schändlich betrogen habe. Daraus folge denn, daß er itzt höchst wahrscheinlich nur aus Rache, gegen den von Witt, (welcher ihn vor einiger Zeit wegen dieser Verbrechen, so wie auch wegen boshafter Verläumdung seines Herrn und Richters in Piershill am 3. Sept. 1670. zur Abbitte gegen Gott und die Gerechtigkeit auf den Knieen verurtheilet hatte,) eine so falsche Anklage vorzubringen, sich erfreche. Allein dadurch wurde

der

der Bürgermeiſter nicht frey, ſondern nur ſo viel ausge⸗
wirfet, daß auch Tichelaar in das nemliche Gefängniß
geleget wurde.

Bey dem gerichtlichen Verhöre gab dieſer Böſewicht
vor: "er wäre am 8. Julii zu dem Bürgermeiſter von
Witt ins Haus gekommen, wo er ihn auf dem Bette
liegend angetroffen, und von ihm einen Beyſtand in einer
Rechtsſache verlangt habe. Es ſeye ihm zwar ſolcher
von ſelbigem zugeſichert worden, doch unter der Bedin⸗
gung: er ſolle den Prinzen von Oranien umbringen,
weil ſelbiger, wenn er am Leben bliebe, als Statthalter
gewiß das Verderben des Staats verurſachen würde.
Für dieſe That, die 30. angeſehene Perſonen vollzogen
wißen wollten, er möge nun den Prinzen mit Gift,
Dolch, oder Schießgewehr umbringen, ſolle er 30000.
Gulden und die Amtmannsſtelle in Beyerland erhalten.
Er habe freylich dieſen Mord begehen zu wollen, dem
Bürgermeiſter endlich verſprochen, wäre aber durch Ge⸗
wißensangſt nachher ſo beunruhiget worden, daß er dieß
ſein Vorhaben, zuerſt ein paar Freunden des Prinzen
und dann demſelbigen ſelbſt angezeiget habe."

Nun wurde auch Cornelius von Witt, weil der
Prinz ſagte, daß in dieſer Sache eben ſo, wie vorhin in
der Sache des von Graf, der Gerechtigkeit freyer Lauf
gelaßen werden müßte, gerichtlich verhört. Von den
6. Räthen, welche gewöhnlicher Weiſe in dem Hofe von
Holland zu Gericht ſitzen, waren ihrer Zween damahls
abweſend, und der Dritte fand auch eine Ausflucht, ſich
zu entfernen. So ganz ohne Beweis und Wahrſchein⸗
lichkeit

lichkeit auch die Anklage war, so verfuhr man doch sehr
übereilt und gehäßig mit dem Beklagten.

Beym ersten Verhör kam von Witt einigermaß-
sen aus seiner Faßung und wollte gänzlich läugnen, daß
er je den Tichelaar gesehen oder gekannt habe, das er
jedoch nicht lange behaupten konnte, und dieß Läugnen
erbitterte die Richter nur desto mehr wider ihn. Seine
Gattin gab zwar nebst seinen Verwandten eine weitläufige und nachdrückliche Vertheidigungsschrift ein, allein
die einmahl aufgebrachten und durch andere Personen
wider ihn gereizten Richter, nahmen keine Gründe an.
Da von Witt auch in einigen folgenden Verhören immer bey dem Läugnen verblieb; da er feyerlich versicherte, wenn man ihn auch in Stücke zerhauen würde, so
würde man ihn dadurch doch nicht zwingen, eine Sache
einzugestehen, an die sein Herz nie gedacht habe; so
wurde ihm die Folter zuerkannt.

Obgleich nachher einige Freunde des Prinzen vorgaben, man habe ihn nur zum Schein mit der Tortur ge-
schrecket, so verhielt sich's doch ganz anders, denn man
brauchte wirklich zu seiner Marter den Scharfrichter von
Harlem, der nachgehends in einem Schreiben an von
Witts Wittwe, es reuevoll eingestand, daß er noch nie
einen Mißethäter so gepeiniget habe, als ihren Gemahl.
Anstatt aber, daß ihm durch das quaalvolle Einpreßen
seiner beeden Daumen in das Marterinstrument, ein Geständniß des ihm geziehenen Verbrechens, hätte ausge-
preßet werden sollen, so bezeugte er vielmehr unter dem
heftigsten Schmerze beständig seine Unschuld, und ließ
dabey

daben jnm öftern die Worte aus Horazens dritter Ode im III. Buche hören:

Iuftum et tenacem propofiti virum
Non civium ardor praua jubentium,
Nec uultus inftantis tyranni
    Mente quatit folida. *)

Auf diefe feine ausgeftandene Marter, die, nebft dem anerfchrockenen Muthe deßelben, die Richter fo erweichte, daß fie aufftanden und fich bis auf den Fifcal entfernten, erfolgte denn, ohne, daß er des Verbrechens gerichtlich überwiefen worden wäre, Sonnabends am 20. Auguft das Urtheil: "daß er aller feiner Würden und Aemter entfetzt, aus der Provinz Holland und Weft-friesland auf ewig verbannt und gehalten feyn follte, die fämmtlichen Gerichtskoften zu bezahlen, fo wie man ihm felbige taxiren würde. "Diefes Urtheil, das frey-lich im Falle, daß von Witt ganz unfchuldig gewefen, höchft ungerecht war, dünkte jedoch dem Tichelaar, der eben zu der Zeit, da es gefprochen ward, feine Freyheit erhielt und das Gefängniß verließ, viel zu gelinde zu feyn: er fuchte daher den Pöbel, fo viel er nur konnte, aufzubringen." Da es wahrfcheinlich darauf angefehen war, zugleich auch feinen Vater und Bruder der Rache aufzuopfern, fo kam eine Perfon von Diftinction, deren Name aber nicht bekannt wurde, gleich vormittags an

gedach-

---

*) Ein gerechter und ftandhafter Mann, läßt fich, weder durch die Wuth böfes befehlender Bürger, noch durch den Anblick des in ihn dringenden Tyrannen, in feinem felfen-feften Muthe wankend machen.

gedachtem 20. August zum Stockmeister und befahl ihm, durch eine Magd eiligst dem alten Bürgermeister von Witt, und dem gewesenen Rathspensionnair, anzeigen zu laßen: "Ihr Sohn und Bruder wünschte, sie vor seiner itzt gleich erfolgenden Abreise aus dem Haag, noch einmahl zu sprechen." Der alte Vater war noch nicht nach Hause gekommen, und entgieng also glücklich der auch ihm zugedachten Ermordung und Mishandlung. Johann von Witt aber, ohngeachtet ihn seine Tochter und Schwester, nebst einem andern gerade anwesenden Freunde von der Rechenkammer, auf das bringendste und mit vielen Thränen baten, sich ja nicht, wegen des großen Pöbelauflaufs über die Gaße ins Gefängniß zu wagen, es könnte diese Einladung bloß ein Fallstrick seyn, desto beßer seiner Person habhaft zu werden, ließ sich durch nichts abhalten, nahm rührenden Abschied von den Seinigen, gleichsam als wenn es ihn ahndete, daß er sie nicht mehr sehen würde; machte sich dann zu Fuß auf den Weg, und befahl, ihm seinen Wagen nachzuschicken, damit er vielleicht in selbigem, seinen Bruder aus dem Gefängniße wegführen könnte.

Kaum war er ins Zimmer des Gefängnißes getreten, in dem sich Cornelius von Witt befand, als dieser, voll Verwunderung ihn anredete: "Wie? mein Bruder, weswegen bist du denn hieher gekommen?" Johann von Witt erwiederte hierauf: "hast du mich denn nicht herrufen laßen, und zwar auf das bringendste?" Da nun jener behauptete, er wiße nicht das mindeste davon, so vergrößerte sich ihre Bestürzung sehr,

und

und beede sahen deutlich ein, daß man ihren beederseiti-
gen Untergang beschloßen habe.

Der Bürgermeister erzählte hierauf seinem Bruder,
daß er von dem Urtheil appellire, der es ihm aber wi-
derrieth und ihn dagegen freundschäftlich ermunterte, er
solle lieber trachten, wie er, so bald als möglich, aus
dem Gefängniße an einen sichern Ort kommen möchte.
Nach einiger Zeit kam der Schreiber wieder zurück, welchen Johann von Witt an den Fiscal Ruisch geschickt
hatte, um sich die Abschrift des Urtheils auszubitten.
Dieser versicherte ihm, daß sein Bruder Cornelius von
Witt, bereits an den hohen Rath appelliret habe, weil
er sich dem Urtheil des Hofs nicht unterwerfen wolle;
er möchte also noch so lange verziehen, bis er die Appellation in das Buch des hohen Raths eingeschrieben hätte. Dadurch trachtete man jedoch nur, dem Tichelaar
Zeit zu laßen, überall herumzulaufen und durch seine
Lästerungen und lautes Schreyen: "man solle diese beeden Schelme zuerst, und darnach auch die andern strafen,"
desto mehr den Pöbel aufzuwiegeln. Man hörte itzt auf
allen Gaßen: Waffen! Mord! Verrätherey! rufen,
und alles lief zu dem Gefängniße hin.

Als um 11. Uhr der Auflauf immer größer wurde, so
ließ der versammelte Rath der Staaten von Holland
die 3. Compagnien Reuter, die im Haag lagen, aufsitzen
und der Stadtrath beorderte ebenfalls 6. bewafnete Bürgercompagnien zum Gefängniße hin, um dadurch Gewaltthätigkeiten zu verhüten. Der Pöbel hatte schon die
Kutsche des Johann von Witt weggewiesen, und da
er also allein, ohne seinem Bruder aus dem Gefängniße
wegge-

weggehen wollte, ließ man ihn nicht heraus. Er befürchtete nun ein unglückliches Schicksal; denn die zu Vertreibung des Pöbels aufgebottenen Bürger, hatten größtentheils gleiche Gesinnungen mit demselben und der Goldschmid, Heinrich Verhoef, war besonders geschäftig, die Volksmenge aufzuhetzen. Zum Unglück wurden die Reuter auf ein Gerücht, daß ein Haufe Bauern und Fischer von Scheerlingen im Anzuge wären, den Haag auszuplündern, abgerufen, um die Zugänge zu besetzen. Die Bürgercompagnien, die sich itzo recht drängten, welche am nächsten zu der Gefängnißthüre hinrücken könnte, und der übrige Haufe des wütenden Pöbels, hatten dahero freye Hände. Es hieß, daß man die beeden Witten auf das Rathhaus in sichere Verwahrung, bis zur Ankunft des Prinzen, bringen sollte. Hierauf fieng Verhoef nebst andern an, auf die Thüre des Gefängnißes zu schießen, ja man versuchte durch einen Hammer sowohl als durch Brecheisen, aber freylich vergebens, dieselbe aufzusprengen. Endlich öfnete selbige der Stockmeister selbst, es sey nun durch Drohungen oder andere Gründe bewogen, ohngefähr um 4. Uhr nachmittags. Verhoef und andere drangen sogleich ins Zimmer, wo die Brüder waren, ein, und hier fanden sie denn den Raths-Pensionnair von Witt in seinen Sammtmantel eingehüllt, vor dem Bette stehend, den Bürgermeister aber blos im Schlafrocke. Diesem letztern gaben sie, da er eben reden wollte, mit einem zugespitzten Stücke Holz einen Stoß in den Hals, rißen ihn unter dem fürchterlichen Geschrey: Prinzenmörder, Verräther, Schelm, aus dem Bette, worinn er lag,

fließen

stießen und schlugen ihn, warfen ihn die Treppe hinunter und schleppten ihn bis vor das Gefängniß. Johann von Witt ward gleichfalls geläftert und geschimpft, und nach einem barten Schlag auf dem Kopf, den ihm der Notarius von Sönen mit einer halben Pique von bintenzu beybrachte, und wovon sogleich das Blut beraus sprützte, vom Verhoef die Treppe herunter geführt. Als dieser, bereits nach empfangenem Schlag auf dem Kopf, sagte: "Was soll denn dieß seyn, meine Freunde?" so war die Antwort darauf: "Ihr sollt es sogleich seben!" Hierauf fuhr von Witt zu reden fort: "Wir sind unschuldig, wir sind keine Bösewichter, führet uns hin, wohin ihr wollt, und laßet uns gerichtlich verhören." Doch alle diese Reden und Ermunterungen balfen nichts, denn man batte einmahl beschloßen, beyde nach dem ordentlichen Gerichtsplatze zu führen, und sie daselbst binzurichten. Aber die Wuth war zu groß, um so lange zu warten. Daber schlugen denn die beeden Bürger von Ryp und Louw, zuerst auf den Bürgermeister los und als er zu Boden fiel, so wurde er vollends gar mit Flintenkolben todtgeschlagen. Ein Seemann gab ihm mit seinem Säbel noch einen Hieb in den Kopf und außerdem bekam er verschiedene Degenstiche. Johann von Witt bekam durch einen gewißen von Vehlen einen Pistolenschuß durch den Kopf und wurde nachber durch mehrere Stöße und Schläge gar des Lebens beraubet.

Beyde Cörper wurden alsdenn zusammengelegt, und die Bürger, die einen halben Creiß um dieselbigen geschloßen hatten, gaben eine allgemeine Salve auf sie. Hierauf schleppte sie der Pöbel nach dem Gerichtsplatze

P

und

und hängte sie bey den Beinen an den Galgen; wozu die
Bürger, weil keine Stricke da waren, ihre Lunten bergaben, und wobey sich ein gewißer Geistlicher, Lantman,
den der ehemahlige Rathspensionnair wegen einer gehaltenen aufrührischen Predigt abgesetzt hatte, durch sein
lautes Schreyen: "man solle den Johann von Witt
an der Wippe um einen Pflock höher hinauf hängen, "zu
seiner Schande auszeichnete. Die Cörper, welche schon
fast nackend ausgezogen waren, wurden an allen Gliedern und Theilen des Leibes verstümmelt, und besonders
dem gewesenen Rathspensionnair die zween vordersten
Finger abgeschnitten, womit er das ewige Edict unterzeichnet und beschworen hatte. Dieses Mishandeln der
Leichen dauerte von 5. Uhr bis zur Dämmerung, in welcher Zeit sie der Finger, Nasen, Ohren und Schaamglieder beraubet wurden. So wohl die abgeschnittenen
Gliedmaßen, als die abgerißenen Kleidungsstücke, bot man
den Umstehenden zum Verkaufe an, und verkaufte sie
wirklich, jedes für einen gewißen Preiß.

Alsdenn zogen die Bürger in guter Ordnung ab, unter beständigem Geschrey: Es lebe der Prinz! Da der
Zug vor das Haus des Rathes von der Graaf kam,
riefen sie seiner Gemahlin zu: "Wir haben Eures
Sohnes Tod gerächt! Sie hängen schon, die daran
schuld sind!"Gegen 10. Uhr Nachts, hieb Verhoef
den Ermordeten noch mit einem Conteau die Leiber auf,
riß mit beeden Händen die Herzen ihnen aus, unterdeß
er den blutigen Conteau im Munde hielt, legte hierauf
die Herzen in Terpentinöl und zeigte sie als eine Seltenheit. Nach eilf Uhr zeichnete ein geschickter Künstler, die

am

am Galgen hängenden Körper, in ihrer ganz verstümmelten Gestalt, beym Lichte einer Fackel ab, und um 12 Uhr nahmen einige Bedienten des Johann von Witt und seiner Verwandten, die Leichen von dem Galgen herunter und brachten sie in einer Kutsche nach Hause, bis sie darauf in seinem Begräbniße in der neuen Kirche zu Haag beygesetzt wurden. Die Kinder der grausam umgebrachten, retteten sich zu einer Nätherin, die eine Anabaptistin war. In ihrer Wohnung brachten diese Unschuldigen die Nacht in der größten Traurigkeit zu, am darauf folgenden frühen Morgen aber, brachte sie ein treuer Freund, auf einem leichten Wagen nach Amsterdam in Sicherheit. Am Tag nach dieser schrecklichen Begebenheit hielt der Prediger Simon Simonides, der dabey auch eine Zeitlang Zuschauer gewesen war, eine geistliche Rede, worinne er die Ermordung der Brüder eine Rache Gottes nannte und sagte, daß die Thäter nicht gestraft, sondern belohnt zu werden verdienten. Dem damahligen Rentmeister Jacob von Witt, ihrem Vater, auf welchen einige auch sehr erboßt waren, widerfuhr jedoch kein Leid, er überlebte vielmehr den Tod seiner Söhne noch zwey Jahre, und starb am 11. Januar 1674.

Ein so trauriges und fürchterliches Ende hatten diese berühmten Brüder Cornelius und Johann von Witt, welche der Staat der Vereinigten Niederlande lange in den höchsten Würden und Ehrenstellen geseben hat. Jener hatte sich nicht nur in den Staatsversammlungen, sondern auch zur See und in Feldzügen eben so klug als tapfer und muthig bewiesen: doch war er nicht nur eitel und stolz, sondern äußerte auch eine gewiße Härtigkeit und Starrsinn in seinem Betragen gegen die, welche mit ihm zu thun hatten. Im Eifer gegen die Statthalterschaft und im Haß gegen den Prinzen von Oranien, war er seinem Bruder vollkommen ähnlich, oder gieng ihm wohl gar darinnen noch vor. Dieser aber, Johann von Witt, übertraf seinen Bruder an Fähigkeiten und Gaben des Geistes, und besaß unstreitig große natürliche und erworbene Eigenschaften. Sein lebhafter und starker Verstand war durch alle, einem Staatsmanne nöthige und nützliche Wißenschaften, vortreflich ausgebildet, so daß daher der englische Abgesandte im Haag, der bekannte Ritter Temple, in einem Briefe an den Grafen von Arlington von ihm rühmte: qu'il seroit impossible de trouver un homme si droit et plus equitable, quoique fort attaché a ce qu'il croioit avantageux a sa patrie. Pour ce, qui est de son adresse et de sa capacité, jamais homme n'en a plus eu que lui. *) Sein Amt verwaltete er mit solcher Genauigkeit, Ordnung und Arbeitsamkeit, daß er nichts, was heute geschehen sollte, auf morgen verschob. Daher erwarb er sich denn durch seine Verdienste das größte Ansehen, und wurde als ein Orakel des Staats geachtet. Sein Gutachten entschied fast immer in den Berathschlagungen und schrieb die Schlüs-

---

*) Daß es unmöglich wäre, einen rechtschaffenern und billigern Mann, als ihn, zu finden, ob er gleich äußerst eingenommen für alles das war, wovon er glaubte, daß es seinem Vaterlande vortheilhaft seyn möchte. Was aber seine Klugheit und Fähigkeiten anbeträfe, so suchte er hierinnen seines gleichen.

Schlüße vor, die zu machen waren. Allein diese Gewalt, die weit über die gewöhnlichen Gränzen seines Amts gieng, entflammte seine Herrschsucht und stärkte seinen Eigensinn immer mehr. Beleidigungen seiner Person und Würde, und Hindernße seiner Unternehmungen, verzieh er so wenig, daß sie ihn vielmehr zu einer Rachbegierde reizten, die bloß der Untergang des Gegners stillen konnte. Uebrigens hieng beynahe die ganze Staatsregierung allein von ihm ab; denn alle einheimische sowohl, als auswärtige Geschäfte, giengen durch seine Hände. Daher wurden, gleich nach seinem Tode, seine Briefe und Papiere in Verwahrung genommen, und von einigen Abgeordneten der Staaten von Holland untersucht, die nichts als Ehrlichkeit darinnen gefunden haben sollen, wie einer von ihnen bezeugte. Folglich traf ihn zwar keineswegs der Verdacht einer Verrätherey des Vaterlandes, doch waren seine lebenslange Anhänglichkeit an Frankreich; sein beständiges Streben, nicht so wohl den Nutzen des Staats zu befördern, als vielmehr seine Endzwecke zum Nachtheil des Hauses Oranien auszuführen, Beweise genug, daß seine Staatskunst nicht auf wahrer Ehre, Lauterkeit und Treue, sondern auf Eigennutz und andern schlimmen Grundsätzen, beruhete. Er wurde daher wohl allerdings auf äußerst ungerechte Art hingerichtet, doch starb er auch nicht ganz unschuldig.

Die Staaten von Holland meldeten die unmenschliche Ermordung der beeden von Witt noch an demselben Tage dem Prinzen, und baten ihn, eiligst nach dem Haag zu kommen und durch sein Ansehen die gestörte öffentliche Ruhe wieder herzustellen. Er erblaßte über diese Nach-

richt

richt und bezeugte öffentlich seine Achtung gegen den Raths-Pensionnair, und sein Mitleiden über deßen trauriges Schicksal. Als er am folgenden Tage nach dem Haag kam, wollten die Staaten die Mörder, wie ihre Thaten es gar wohl verdient hätten, vor Gericht stellen und zur Strafe ziehen. Allein die Bürger in dem Haag, übergaben, um dieß zu hindern, dem Prinzen eine Bittschrift, worinn sie die Anzahl und den Stand der Schuldigen, als einen Beweggrund, sie nicht zu strafen, anführten. Er hielt deswegen ein gerichtliches Verfahren wider sie, für gefährlich, und also blieben Verbrechen von einer so abscheulichen Art, ungestraft. Ja einige der vornehmsten Thäter wurden so gar belohnt, und Tichelaar besonders, ward Substitut des Amtmanns im Lande Pitten, und bekam, so lang der Prinz lebte, ein Jahrgeld von den Staaten. Aber die meisten derselben nahmen doch ein unglückliches Ende. Theils kamen sie in Elend und Armuth, wie denn selbst Tichelaar zuletzt hätte betteln gehen müßen, wenn er nicht aus der Armencaße im Haag wöchentlich 20. Sols bekommen haben würde; theils geriethen sie wegen neuer Verbrechen auf Lebenslang in Zuchthäuser oder andere Gefängniße; theils aber auch starben sie eines gewaltsamen, oder schimpflichen Todes.

———————

XVIII.

XVIII.

Heinrich v. Taleyrand, Graf v. Chalais, *)
Auffeher über die königliche Kleiderkammer, unter Ludwig dem XIII. wegen Theilnehmung an einer Verschwörung, zu Nantes 1626. enthauptet.

Graf von Chalais, ein junger lebhafter Herr, der mit dem Könige Ludwig XIII. als Edelknabe aufertzogen worden war, und nachher von selbigem sich mit Ehre ganz überhäuft, besonders aber zum Amte eines Auffehers über die königliche Kleiderkammer befördert sahe, war von einer eben so flüchtigen als leichtsinnigen Gemüthsart, die ihm nicht bloß zu großen Unvorsichtigkeiten, sondern selbst auch zu sträflichen Vergehungen Anlaß gab. Einen Beweiß davon kann das Duell abgeben, in das er sich zu Anfang des Jahrs 1626. einließ, und in welchem er den jungen Herrn von Pontgibaut, einen Enkel des Marschalls von Schomberg erstach. Hierüber kam er nicht nur in Arrest, sondern sogar

P 4

gar

*) S. allgem. Welthistorie, 39. B. p. 194. ꝛc. Guthrie und Gray allgem. Weltgesch. X. B. II. Abtheil. p. 448. ꝛc. Lezte Gesinnungen ꝛc. I. B. p. 349 - 360. Franzisci hohen Trauersaal, IV. B. p. 286 - 323. Allgemeines histor. Lexicon, Leipz. 1722. I. B. p. 761. 762.

gar in Gefahr, zum Tode verurtheilt zu werden, aus der ihn jedoch der Herzog von Anjou und deßen natürlicher Bruder, Alexander von Bourbon, Gros-Prior von Frankreich, durch ihre kräftigen Fürbitten befreyeten. Bald nach diesem für ihn so gefährlichen Handel, begieng er eine neue, noch größere Unvorsichtigkeit, die ihm auch wirklich das Leben kostete. Er nahm nemlich aus Leichtsinn an einer Verschwörung Theil, die von mehrern Großen des französischen Hofes wider den, an Herrschsucht und Gewalt immer wachsenden, so berühmten Cardinal Richelieu, unternommen wurde, und mit der es folgende Bewandniß hatte.

In gedachtem Jahre 1626. drang Maria von Medicis, die verwittwete Königin und Mutter Ludwigs XIII. nebst dem Cardinal Richelieu darauf, daß die Vermählung des Herzogs Gasto von Anjou, ihres jüngern Sohnes, mit der Prinzeßin von Montpensier, der einzigen Tochter des Herzogs von Bourbon, der schönsten und reichsten Dame, die damahls in Frankreich lebte, vollzogen werden sollte, weil man dachte, es seye solches wegen der schon eilf Jahre dauernden und bisher immer unfruchtbar gebliebenen Ehe des Königs selbst, mit der berühmten Anne von Oesterreich, nothwendig.

Diese Heyrath mißfiel nun vielen Personen am Hofe, besonders uber dem Herzoge von Soiffons wegen seines Sohnes, der die Herzogin von Montpensier selbst zur Ehe zu bekommen wünschte, und der Herzogin von Conde, die es gern gesehen hätte, wenn ihre bereits heranwachsende Tochter, mit dem Herzoge von Anjou

jou dereinſt vermählt werden könnte, ſo wie auch den Herzogen von Vendome, die dem Prinzen ihre Schweſter zur Gemahlin wünſchten. Selbſt König Ludwigs Gemahlin ſahe dieſe Vermählung nicht gerne, weil ſie den Verluſt ihres Anſehens bey Hofe befürchtete, wenn ſolche Ehe fruchtbarer als die ihrige ſeyn würde. Und durch die, in dieſen Geſinnungen mit der Königin einſtimmende Lieblingsdame derſelben, durch die Herzogin von Chevreuſe, die ihre Gunſtbezeugungen dem Grafen von Chalais ſchenkte, ward dieſer ihr Liebhaber gleichfalls wider eine ſolche Heyrath abgeneigt gemacht.

Als nun der König, vermuthlich von ſeiner Mutter und dem Cardinal Richelieu dazu bewogen, es darauf antrug, daß dieſe Vermählung vollzogen werden ſollte, ſo fand ſich ein unüberwindlich ſcheinendes Hinderniß. Der Hofmeiſter des Prinzen von Anjou, Ornano, der kurz zuvor Marſchall von Frankreich geworden war, und über den Prinzen ſelbſt ungemein viel Gewalt hatte, ſuchte ihn nemlich, theils aus Rachgierde gegen den König und den Cardinal, theils von der jungen Königin angetrieben, abgeneigt gegen dieſe Vermählung zu machen, beſonders aber dadurch, daß er ihm vorſtellte, wenn er einſt König würde, ſo müßte er wegen dieſes Schrittes gewiß ſtets ein Sclav des Cardinals ſeyn. Ja Ornano, und einige wenige mit ihm Verbundene, worunter auch Graf von Chalais war, trachteten außer der Hintertreibung dieſer Heyrath, ſogar den Cardinal ſelbſt zu ſtürzen, der jedoch durch ſeine Kundſchafter, von allen dieſen Ränken bald ſichere Nachrichten erhielt.

Auf

Auf Anstiften des Cardinals wurde daher Ornano am 4. May 1626. nebst Herrn von Chaudebonne, erstem Quartiermeister des Herzogs von Anjou, gefangen genommen und ins Schloß zu Vincennes gebracht. Kurz darauf wurden auch die beeden Brüder des Marschalls, nebst dem Baron von Modene, und Herrn Deageant, in die Bastille gesetzt. Hiedurch wurde nun freylich der Herzog von Anjou und die übrigen Feinde des Cardinals, auf das äußerste wider ihn erbittert, sogar, daß der Herzog nebst acht Vertrauten sich entschloß, unter dem Vorwand einer Jagd, bey dem Cardinal Richelieu zu Fleury, seinem Landgute einzukehren, bey ihm zu speisen, und ihm bey dieser Gelegenheit das Leben zu rauben.

Bey dieser Verschwörung, an der nun auch Graf von Chalais Theil nahm, war Alexander von Bourbon, natürlicher Sohn Heinrichs des IV. von der Gabrielle d' Estrees, einer der allerbitzigsten. Doch der Graf von Chalais war so unvorsichtig, daß er dem Commenthur von Valencay davon sagte. Dieser betrachtete die Folgen eines solchen Unternehmens mit Schrecken, und erklärte daher dem Grafen von Chalais frey heraus, daß dieses Geheimniß viel zu wichtig wäre, als daß es länger verschwiegen werden könne; er wolle daher dem Cardinal sogleich Nachricht davon geben. Nun gieng der Graf von Chalais, der sich für seine Person sicher setzen wollte, sogleich mit dem Commenthur von Valencay nach Fleury, und beede entdeckten alsdenn dem Cardinal den ganzen Handel, der ihnen dafür dankte, und sie bat, unverzüglich dem Könige davon Nachricht zu geben.

Dieß

Dieß geschah, und gleich nachher schickte derselbige 30.
Mann von der Leibwache, und 30. Reuter zur Sicherheit
des Cardinals nach Fleury, so wie auch die Königinn
Mutter mehrere Edelleute, welche sie bey sich hatte, ihm
zur Beschützung gab. Diese Leibwache wurde nach der
Zeit dem Cardinal immer gelaßen, ob er gleich zum Schein
sich dieselbige verbat.

Niemand am Hof konnte es begreifen, woher Richelieu Nachricht von der Verschwörung wider ihn erhalten
haben müße. Nur die Geliebte des Grafen von Chalais, die Herzogin von Chevreuse kam zuerst auf den
Argwohn, ihr Liebhaber, deßen Leichtsinn sie wohl kannte, möchte etwa die Verschwörung entdeckt haben, und
da sie mit allerley Schmeicheleyen in ihn drang, so gab
er nach, und bekannte es ihr in Gegenwart der jungen
Königin, daß er das Geheimniß aus Furcht vor der Anzeige des Commenthurs, verrathen habe. Dadurch erwarb er sich wieder aufs neue das Zutrauen der Verschwornen, und Richelieu war abermahls, seines Lebens
wegen nicht sicher, so daß ihm daher in einer solchen Lage, die ihm zugegebene Wache nicht überflüßig seyn
mochte.

Doch dieser eben so feine und listige, als mächtige
Cardinal, dachte seinen Feinden zuvorzukommen, und sie
seiner Rache aufzuopfern. Zuerst brachte er es dahin,
daß der Herzog von Vendome und sein Bruder Alexander von Bourbon, Gros-Prior von Frankreich, gefangen genommen und ins Schloß Amboise gesetzt wurden. Bald nachher aber gelang es ihm, daß selbst der
Herzog von Anjou (der nach Ornanos Gefangennehmung

mung keinen Rathgeber hatte,) durch die Vorstellungen
der Königinn Mutter und seines Canzlers, des Präsiden-
ten von Coigneur, (der dem Cardinal sehr gewogen war)
gewonnen und zu dem Entschluß bewogen wurde, dem
Willen des Königes gemäß zu leben und sich mit Richelieu selbst auszusöhnen. In einer, am 30. May 1626.
aufgesetzten Schrift bezeugte er, alle Absichten und Unternehmungen, durch die Unfriede im königlichen Hause ent-
stehen könnte, zu verabscheuen, von allen heimlichen
Kunstgriffen der Feinde, den Cardinal zu benachrichtigen,
und dem Könige, seinem Bruder, treu ergeben zu seyn,
welche Schrift dann auch von dem Prinzen, so wie von
dem König und der Königinn Mutter, unterzeichnet
wurde.

Bald darauf, als der Hof von Blois nach Nantes
reisete, wurde der daselbst sich befindende Graf von Chalais in Verhaft genommen, weil er sich durch seine
nächtlichen Besuche bey dem Herzoge von Anjou, wieder
verdächtig gemacht hatte, und man vermuthete, er wolle
diesen Prinzen wieder auf die Seite der Feinde des Königs und Richelieu lenken, das auch wirklich in so fern
Grund hatte, daß Chalais den Herzog bewegen wollte,
den Hof zu verlaßen, und sich bey dem Herzoge la Va-
lette, in Metz aufzuhalten. Dem Grafen von Tresmes
war Nachts vorher der Auftrag gemacht worden, sich
des Grafen von Chalais im Namen des Königs zu bemächtigen, der alsdenn sogleich am Morgen des 8ten
Julii 4. Soldaten in sein Zimmer sendete. Als diese
die Absicht ihres Besuches angezeigt hatten, so antwortete
ihnen der Graf von Chalais auch nicht eine Silbe,

sondern

sondern erbleichte vielmehr, richtete die Augen zum Himmel empor und blieb eine ganze Stunde lang, (er war
noch im Bette,) ganz ohne Bewegung liegen, bis er endlich aufstand, im Zimmer ängstlich auf und ab wandelte,
und dabey stets das tiefste Stillschweigen beobachtete.

Indem alles dieses sich zugetragen hatte, kam die
Prinzeßin von Montpensier zu Nantes an, und folglich mußte sich der Herzog von Anjou ohne Zeitverlust
entschließen, ob er sich mit ihr vermählen wollte, oder
nicht. Da er mit seinem Entschluße anfänglich zauderte,
so versprach man ihm die Herzogthümer Orleans und
Chartres, nebst der Grafschaft Blois, ja bestimmte ihm
überdieß jährliche Appanagegelder aus der Zahl- und
Rentkammer von Orleans, die beynahe 700,000. Livres
betrugen. Schon hiedurch wurde er zu seiner Vermählung geneigt gemacht, und da bald darauf der König, sein
Bruder, im Staatsrathe zu ihm sagte, er wünschte die
Vollziehung seiner Heyrath, zu seinem eigenen Besten
und zum Vortheile des Staats, so willigte der Prinz
darein, und begab sich sogleich zu seiner Mutter, der verwittweten Königin, um ihr zu erklären, er seye fest entschloßen, sich mit der Prinzeßin von Montpensier zu
vermählen. Dieß geschah am 31. Julii und nun wurden
schleunig die Anstalten zur Vermählung gemacht, so daß
bereits am 5. August 1626. Abends, in dem Zimmer
des Königs, die Trauung dieses hohen Paars durch den
Cardinal Richelieu vollzogen werden konnte, von welcher
Zeit an der Prinz von Anjou den Namen eines Herzogs
von Orleans führte.

Unmit-

Unmittelbar nach dieser vollzogenen Heyrath, wurde der Criminal-Prozeß in Absicht des im Gefängniße sitzenden unglücklichen Grafen von Chalais, angefangen. Es ist sehr wahrscheinlich, daß man bloß deswegen mit ihm so streng verfuhr, um andere, die das Vertrauen des nunmehrigen Herzogs von Orleans vielleicht ebenfalls misbrauchen möchten, dadurch in Furcht zu setzen. Man errichtete daher zu Nantes eine Justizkammer, um das Verbrechen des Grafen zu untersuchen, und ihm ein Urtheil zu fällen. So viel man weiß, war es eigentlich Richelieu, der seine Richter wählte, dazu Glieder des Parlaments von Bretagne nahm, und dem Siegelbewahrer des Reichs, Herzog von Marillac, das Präsidium bey diesem Criminalgerichte auftrug.

Die Geschichte des Prozeßes selbst ist äußerst räthselhaft, und es bleibt ungewiß, ob der Angeklagte des Todes schuldig gewesen sey, oder nicht. Der Graf von Chalais war leichtsinnig und unbesonnen, und führte in seinem Gefängniße widersprechende Reden. Man beschuldigte ihn, daß er dem Bruder des Königs, Gaston, gerathen habe, den Hof zu verlaßen, und sich mit den Reformirten zu vereinigen; daß er die Befehlshaber verschiedener wichtiger Plätze zu verleiten gesucht, sie dem Prinzen zu übergeben, um ihn in den Stand zu setzen, dem König zu widerstehen und Unruhen im Reiche anzufangen; ja daß er einer geheimen Versammlung beygewohnet und in selbiger vorgeschlagen habe, den Cardinal zu ermorden, und den Marschall von Ornano in Freyheit zu setzen.

Diese

Diese Anklagen wurden durch Beweise unterstützt, von deren Gültigkeit man nicht urtheilen kann, zumahl da der Beklagte, in Hofnung, seine Losfprechung dadurch zu erlangen, Dinge ausfagte, die er felbft widerrufte, als er jene Hofnungen verfchwinden fah. Er gab nemlich vor, die Verfchwornen hätten befchloßen, weil die Ehe des Königs unfruchtbar feye, fo wollten fie ihm die Krone nehmen, feine Ehe durch den Pabft als ungültig trennen, ihn in ein Clofter ftecken und es dahin bringen, daß alsdenn Anna von Oefterreich den Bruder des Königs heyrathete. Ja er machte fogar eine Anzeige, die Königinn hätte von diefem Vorhaben gewußt, und darein gewilliget." Diefe feine Ausfage foll eine Wirkung des Cardinals von Richelieu gewefen feyn, der den Grafen zu verfchiedenen mahlen in eigener Perfon, jedoch verkleidet, im Gefängniße befucht, und ihm Begnadigung zu verfchaffen, verfprochen haben folle, wenn er die Königinn, (welche ja Richelieu haßte) fo befchuldigen würde. Der König ließ feine Gemahlin wirklich in den Staatsrath kommen, und warf ihr vor, fie habe fich gegen fein Leben verfchworen, um einen andern Gemahl zu bekommen. Doch die Königinn, die fich durch ihre Unfchuld ftark genug fühlte, antwortete ihm ftandhaft und edelmüthig, fie würde bey diefem Taufche viel zu wenig gewonnen haben, als daß es der Mühe werth gewefen wäre, um eines fo kleinen Vortheils willen, ein Verbrechen zu begeben. Sie warf der Königinn, ihrer Schwiegermutter, alle Verfolgungen vor, die von ihr und dem Cardinal herkämen, und bewieß dabey eine Größe des Geiftes, die ihrer Geburt und der reinften Unfchuld würdig war.   Unter

Unterdeßen verwendete sich die Mutter des Grafen von Chalais für ihren unglücklichen Sohn bey dem Könige, mit allem Nachdruck und schrieb einen äußerst rührenden Brief an ihn, der jedoch seinen, oder vielmehr des Cardinals Entschluß, nicht zu ändern vermochte. Man erzählt, sie wäre so gar zu der Königinn Mutter gegangen, hätte sich ihr zu Füßen geworfen und sie bringend angeflehet, ihrem Sohne das Leben zu retten, allein von ihr diese Antwort erhalten: "Ich bin eben so gut Mutter wie Sie, aber Sie sind die Mutter von einem Sohne, der mich um meine Söhne hat bringen wollen. Ihr Sohn hat meine Kinder uneinig zu machen gestrebt, ihm geschieht dahero Recht, und es ist Pflicht für den König, mir und seinem Reiche auf solche Art Recht wiederfahren zu laßen." Worauf die Königinn am Schluß dieser Antwort, ihr den Rücken zugewendet haben soll.

Am 18. August wurde endlich dem unglücklichen Grafen das Todes-Urtheil gesprochen, das ihn für einen Uebelthäter erklärte, der des Verbrechens der beleidigten Majestät schuldig und überwiesen wäre, ohne jedoch eigentlich zu bestimmen, wodurch er sich dieses Verbrechens schuldig gemacht habe. Das Urtheil selbst bestand darinne: "Graf von Chalais sollte enthauptet, sein Kopf auf einer Lanze über dem Thor aufgesteckt, der Cörper geviertheilt, die 4. Stücke an den Straßen von Nantes aufgehängt, seine Nachkommen des adelichen Standes entsetzt, sein sämmtliches Vermögen für den König eingezogen, und er selbst vor seiner Hinrichtung noch gefoltert werden." Doch dieß so fürchterliche Urtheil, das, wie

man

man glaubt, die Richter deswegen so schärften, um sich
dadurch dem rachgierigen Cardinal Richelieu angenehm
zu machen, milderte der König, und verwandelte die
Strafe blos in die gewöhnliche Enthauptung, so daß der
Cörper nach der Vollziehung des Urtheils, seiner Mutter
zur Beerdigung übergeben werden sollte.

Da der Graf von Chalais sahe, daß ihn der Cardinal hintergangen habe, so bereuete er seine falschen Aussagen herzlich, durch die gewiße Personen hätten unglücklich werden können, und ersuchte seinen Beichtvater, dem
Könige die reine Wahrheit anzuzeigen, die Königinn aber
in seinem Namen, um Vergebung wegen deßen dringend
zu bitten, was er aus Liebe zum Leben gesagt hätte.

Am Tage der Execution, am 18. August nemlich,
gieng der König sogleich am frühen Morgen auf die Jagd,
und kam nicht eher als Abends nach Nantes zurück; sein
Bruder der Herzog von Orleans aber, hatte eine Reise
nach Chateau-Briand unternommen, wo er einige Zeit
blieb. Da man nun dem Herzog von Chalais sein Urtheil vorgelesen hatte, stand er auf und fragte: "Wo der
König und sein Herr Bruder, Gaston, wären?" und
als er hierauf erfuhr, daß sie beyde außerhalb der Stadt
sich aufhielten, so bewog ihn diese Nachricht zu dem wehmüthigen Ausrufe: "So ist denn diese Krankheit incu-
rabel!"

Die Freunde des Grafen wendeten alles nur mögliche
an, um die Vollziehung seines Todesurtheils aufzuschie-
ben. Sie kamen sogar auf den Gedanken, den Scharfrichter zu Nantes sowohl, als denjenigen, der sich im
Gefolge des Hofes befand, es sey nun durch Drohun-

Q   gen,

gen, oder welches wahrscheinlicher ist, durch ansehnliche Bestechung zu gewinnen, daß sich beede verborgen hielten. Doch dadurch machten sie nur Uebel ärger. Da es nemlich einmahl fest beschloßen war, daß er noch an diesem Tage hingerichtet werden sollte, so wurden, weil man keinen Scharfrichter finden konnte, zween Mißethäter aus dem Gefängniße gehohlt, und beede begnabigt unter der Bedingung, daß der eine das Amt des Scharfrichters durch Abhauung des Kopfes versehen, der andere aber ihm bey diesem Geschäfte behülflich seyn sollte. Hierüber vergieng nun ein großer Theil des Tages, so daß also die Hinrichtung erst Abends um 6. Uhr geschehen konnte.

Es waren zwey Reihen Soldaten, von der Thüre des Gefängnißes an bis zum Blutgerüste, gestellt und durch diese mußte der Herr von Chalais, nebst seinem ihn begleitenden Beichtvater zu Fuße gehen, das er auch mit der ruhigsten Faßung seines Gemüthes that, und dazwischen immer das in den gebundenen Händen haltende Cruzifix küßte. Nachdem er auf das Blutgerüste gestiegen war, so sahe er die anwesende Volksmenge, ohne ein Wort zu reden, an, kleidete sich selbst aus, und ließ sich sodann von dem Gehülfen deßen, der den Scharfrichter vorstellen sollte, die Haare und den Knebelbart abschneiden, welches ihm um so schmerzlicher fiel, je schöner derselbige war, und je lieber er ihn jederzeit gehabt hatte. Nun knieete Chalais nieder, verband sich selbst die Augen, und redete den losgelaßenen Verbrecher, der ihn enthaupten sollte, also an: "Quäle

mich

mich nicht lange!" Doch dieser elende Kerl, der als Schuhmacher von Jugend auf wohl andere Instrumente, nie aber ein Schwerdt zu lenken, Gelegenheit gehabt hatte, that gerade das Gegentheil. Er hieb nemlich mit einem ziemlich stumpfen Schwerdte auf Chalais los, so daß er gleich auf den ersten Streich umfiel. Nun hieb er ihm noch viermahl in den Hals, ohne jedoch den Kopf herab zu bringen. Als hierauf der Geistliche zu diesem unglücklichen Scharfrichter sagte: "Leg er doch den Kopf auf den Block," so that er solches, und gab sodann, dem ohnedieß schon erbärmlich zermetzelten Grafen mit einem Bandmeßer noch 29. Hiebe in den Hals und in die Schultern, bis er ihm vollends den Kopf herunter hackte.

XIX.

XIX.

Quirinus Kuhlmann, [*]

ein Schwärmer und vorgeblicher Prophet, zu
Moskau nebst Conrad Nordermann 1689.
verbrannt.

***

Kaum wird man in der Geschichte einen Enthusiasten
ausfindig machen können, der diesen Elenden, dessen Lebens-Ende so traurig war, an Hegung und Bekanntmachung unsinniger Meynungen und Weißagungen
noch übertroffen haben sollte. Er war zu Breslau am
25. Februar 1651. gebohren, und sein Vater, Quirinus
Kuhlmann, so wie seine Mutter Rosina Ludovica, eine
gebohrne Hauslöwin, waren beede bürgerlichen Standes und der evangelischlutherischen Religion zugethan.
Seine vorzüglichen Fähigkeiten und Gaben, womit ihn
die gütige Natur bereichert hatte, boten ihm Gelegenheit
dar, sich vor andern auszuzeichnen, und die Besuchung
des Magdalenen Gymnasiums zu Breslau nützte er so
treulich, daß er in kurzem den besten Fortgang in den
Wißen-

***

[*] S. Schröks Abbildungen und Lebensbeschreibungen berühmter Gelehrten, I. B. Nr. 18. p. 173 - 188. Arnolds
Kirchen und Ketzerhistorie, III. Th. p. 192 - 196. Wernsdorf dissertatio de Fanaticis Silesiorum, speciatim Quirino
Kuhlmanno., Vitemb. 1698. Bayle Dictionnaire &c. article
Kuhlmann.

Wißenschaften machte. Nur ist es sehr zu beklagen, daß er schon im frübesten Lebensalter sich durch seine schwärmerische Einbildungskraft irre führen ließ, als wovon das von ihm im dreyzebenden Jahre herausgegebene Buch zeugen kan, das den Titel führte: Himmlischer Liebeskuß, und aus geistlichen Gedichten bestand, wozu er die Materien aus Taulers, Arnds, und andern mystischen Schriften entlebnet batte. Ja der Rector des Gymnasii, Magister Johann Fechner, an den er eben so, wie an seine Mitschüler oft die wunderlichsten Fragen richtete, sagte es ihm frey heraus, wenn er so fortführe, so würde er einst entweder ein großer Theolog oder ein großer Ketzer werden.

Ob er gleich im Jahre 1668. mit den besten Zeugnissen seines Fleißes versehen, die Universität Jena bezog, so geschah doch solches nicht deswegen, um sich auf derselben die Unterweisungen der Lehrer zu Nutz zu machen, denn er gieng in kein einziges Collegium, sondern um durch eigenen Fleiß in den Wißenschaften, besonders aber in der Rechtsgelehrsamkeit sich hervorzuthun. Er hieng auf seinem Zimmer, das gegen Morgen zu gelegen, und mit geglättetem vielfarbigem Papier auf allen Seiten ausgezieret war, einsam den tiefsinnigsten Betrachtungen nach, und wählte einzig und allein seine bereits irrende und verdüsterte Phantasie, bey allem seinem Denken, Reden und Schreiben, zur Führerin. Statt sich des klugen Raths vortreflicher Bücher oder berühmter Männer, bey seinem Studieren zu bedienen, folgte er blindlings den thörichten Gedanken seines einmahl schon verdorbenen Gehirnes, und bielt solche alsdenn für lauter göttliche

Ein

Eingebungen. Da er seinen Kopf durch die wunderlichsten Einbildungen, und durch das anhaltendste Nachsinnen, ungemein stark angriff, so zog er sich dadurch im Jahre 1670. eine Krankheit zu, die so heftig war, daß man ihn am 3ten Tag für todt hielt, und während welcher er wunderliche Gesichte zu haben sich einbildete. Er glaubte sich, und zwar am hellen Mittag vom Teufel und der Hölle, wachend umgeben, und gleich darauf überredete er sich, es erscheine ihm Gott, von allen Heiligen begleitet, und Jesus in ihrer Mitte.

Im Jahre Christi 1673. reisete er von Jena weg und gieng über Leipzig nach Holland. Er kam zu Amsterdam am letzten August, 1673. und also drey Tage vor Einnahme der Stadt Naarden an, wenige Tage nachher aber begab er sich nach Leyden, wo er den Titel eines Doctors in der Rechtsgelehrsamkeit annehmen wolte. Die Ursache hievon, so wie einige besondere Umstände seines Lebens, zeigt er selbst in einer Dedication an, die sich vor seinem, 1674. zu Leyden herausgegebenen mystischen Buche: "Der neubegeisterte Böhme, begreifend 150. Weißagungen, mit der fünften Monarchie oder dem Jesus - Reiche, und mehr als tausend mahl tausend tausend theosophische Fragen ꝛc. " findet. In dieser Dedication sagt er unter andern: "Ich bin ein 23. jähriger Jüngling, im Lutherthum gebohren und auferzogen, durch viele Krankheiten, Zufälle, Trübsale und allerhand Unglück von Kindheit auf ziemlich geschwächt, und doch Gottlob nie abgeschwächt. — Ich habe viel gearbeitet, gelesen, geschrieben, Bibliothecken besucht, die wahre Weisheit in manch tausend Büchern ver=

geblich

geblich gesucht, und mich um das Weltwesen nicht viel
bekümmert. — Ich wollte in Holland mein Studiren
fortsetzen, und gedachte das Justinianeische Rechtscor:
pus, in deßen eigenen Lehrart, welche in vielen hundert
Jahren von allen Juristen nicht verstanden, herauszuge:
ben, um den Juristen ihre Blindheit zu beweisen in ihrem
eigenen Rechtscorpus, ehe ich aus dem ewigen Rechts:
grunde die Rechtsweisheit ausarbeitete. Ein einziges
Jahr hatte ich dieser Arbeit bey mir zugetheilet — aber
je mehr ich meinen Vorsatz fortsetzte, je mehrern Wider:
satz empfand ich — die Haupturfach folcher Abhaltung
war jedoch, weil allbereits der Tag bestimmet, da ich mich
mit dem Antichristlichen Rechts-Doctor Grabu beflecken
wollte, der ich von ihren Hohen-Schul-Teufeleyen sonst
noch unbefleckt. — Ich ergriff die Feder und mit diesem
Vorsatz die ganze Lichtwelt, welche nun stracks begunnte
mich noch fröhlicher anzuspielen. — Unter unzählbaren
Gesichten dieser Woche, die mir eine rechtschaffene große
Wunder-Woche war, begab es sich, daß meinen leibli:
chen Augen meine Studierkammer ganz weggenommen
war, und ich eine geraume Zeit viel tausend mahl tausend
Lichtgeburten um mich anschauete."

Es war wirklich zu beklagen, daß Kuhlmann durch
seine verdorbene Einbildungskraft sich hinreißen ließ, der:
gleichen Thorheiten, die ihm beyfielen, nicht nur zu glau:
ben, sondern sie auch in seinen Schriften hin und wieder
bekannt zu machen. Diese Schwärmereyen abgerechnet,
war er in der That in seinen jüngern Jahren ein grund:
gelehrter Mann, dem nicht allein Morhof in seinem Po:
lyhistor große Lobsprüche ertheilte, sondern mit dem auch

 berühm:

berühmte Gelehrte, unter andern Pater Kircher, im Briefwechsel stunden.

In der Folge nahm die Verwirrung seines Kopfes noch mehr zu, da er die Schriften des phantastischen Schusters in Görlitz, Jacob Böhmens in die Hände bekam; an dem geheimnißvollen Unsinn dieses mit Gesichtern und Erscheinungen so vertrauten Mannes, sich innigst erquickte; die größte Freude empfand, daß Böhme solche Dinge vorhergesagt hätte, die nur er alleine zu wißen vermeynte; und daher den Entschluß faßte, das vorhin angeführte Buch: "der neu begeisterte Böhme," im Druck bekannt zu machen.

So lernte er auch in Holland einen gewißen Johann Rothe kennen, dem die damahligen Kriege und Staatsveränderungen Anlaß gaben, mit Hülfe einiger übel verstandenen Stellen der heiligen Schrift von wichtigen und nahe bevorstehenden Revolutionen, in der Kirche sowohl, als im Staate, manchfaltige Weißagungen vorzutragen, der besonders mit großem Eifer eine fünfte Monarchie prophezeihte, und einen lateinischen Brief drucken ließ, in welchem er alle europäische Könige ermunterte, Jesum als einzigen König zu erkennen und ihm als solchem zu gehorchen. Diesen Schwärmer schätzte Kuhlmann nicht blos als einen Propheten ungemein hoch; schrieb an ihn in den demüthigsten Ausdrücken, von der Welt, und behandelte ihn als einen göttlichen Mann, sondern ahmte ihm auch nach. Gleichermaßen galt auch Nicolaus Drabicius, der sich schon vor Rothen in Holland durch seine abentheuerlichen Prophezeihungen berühmt gemacht hatte, sehr viel bey Kuhl-

mann,

mann, als welcher sich einbildete, dieser Mann habe mit der Weißagung: "Wenn fünf gezählt werden wird, so werden die Kinder der Bosheit ein Ende nehmen," auf niemand als auf ihn gezielt, denn sein Name Quirinus enthalte ja die ersten Buchstaben des Wortes quinque, und damahls, als er diese Prophezeihung las, seyen bereits 5. Jahre verfloßen, seitdem ihm ein himmlisches Licht übernatürlich eingeflößt worden. Kurz er glaubte, Drabicius habe blos ihn bezeichnet, als den "waffenlosen Jüngling, der, was mächtige Kaiser nicht leisten konnten, die Bezwingung des Antichrists nemlich, in der Kraft Jesu Christi streitend, würde zu Stande bringen, und die Jesus- oder fünfte Monarchie der Frommen auf Erden, oder die goldene Rosen und Lilienzeit, würde aufrichten können." Aus diesem Grunde hielt sich denn Kuhlmann für verpflichtet, und gleichsam durch einen göttlichen Ruf bestimmt, seine eigenen Prophezeihungen ähnlichen Inhalts, in den unsinnigsten Worten, überall, wo er nur hinkam, bekannt zu machen.

Als er wegen seiner ganz außerordentlichen Schwärmereyen von Leyden relegirt worden war, so reisete er mit Zurücklaßung seiner Ehegattin, Elisabetha, und der mit ihr erzeugten Kinder, nach England, heyrathete daselbst eine andere Frauens-Person, die er in seinen Schriften als die engländische Maria öfters rühmte und hielt sich einige Zeit daselbst auf. Er begab sich nachher nach Paris, durchzog in der Folge Italien, und kehrte einige Zeit darauf nach Holland zurück. Da er unterdeßen in mehrern herausgegebenen Schriften die tollsten Weißagungen bekannt machte, und die beleidigendsten

Aus-

Ausdrücke gebrauchte, wenn er von seiner aufzurichtenden
fünften Monarchie redete, sich selbst einen Prinzen Gottes
hieß, alle Kaiser, Könige und Fürsten der Erde aufforder-
te, sich ihm zu unterwerfen, und zum öftern von 10000.
Israeliten versicherte, daß sie ihm bey Ausführung seines großen Werks, Unterstützung verschaffen würden; so
machte er sich dadurch nicht blos lächerlich, sondern zog
sich auch wirklich eine Gefangenschaft zu.

Als er wieder in Freyheit kam, setzte er seinen Fuß
weiter, und gelangte im Jahre 1678. bis nach Constantinopel, wie aus seinem so betitelten Kühl-Psalter, das
sein berühmtestes und die allergrößten Ausschweifungen
in sich fassendes, zu Amsterdam 1684. 86. im Druck er-
schienenes, und itzo äußerst selten gewordenes Buch war,
ganz deutlich erhellet. Hierauf streifte er in verschiedenen Gegenden des Morgenlandes herum, und zog in der
Folge nach Schlesien, Preußen, Liefland und Danzig. Von da aus kam er endlich im Jahre 1689. nach
Rusland, das sich damahls noch nicht in dem, an Wissenschaften so blühenden Zustande befand, in welchem es
sich zum Theil in unserm Zeitalter befindet. Es war damahls die Gewalt des Patriarchen zu Moskau in Absicht auf geistliche Dinge, noch sehr groß und seine Inquisition beobachtete die äußerste Strenge. Daher kam
es denn, daß man die thörichten Behauptungen Kuhlmanns, nicht wie man hätte thun sollen, für Wirkungen einer verdorbenen Einbildungskraft hielt, sie blos
verachtete, oder verlachte, und ihn selbst wegen seines
traurigen Gemüthszustandes bemitleidete; sondern vielmehr in der Meynung stund, seine Reden und Schriften

enthiel-

enthielten boshafte Verfälschungen des christlichen Glaubens; sein Vorgeben, daß er ein Sohn des Sohnes
Gottes wäre, seye gotteslästerlich, denn er mache sich
dadurch ja zur vierten Person der Gottheit; seine in
Nordermanns Buche sich findende Weißagung: "Christus müßte noch einmahl als ein großer Prophet mit vielen Wunderwerken auf die Welt kommen, die Bösen bekehren und mit sich in sein Reich ziehen," wäre äußerst
ketzerisch, und dahero verdiene er denn, als ein sehr
schädlicher Mann die schrecklichste Todesstrafe.

Bey seinem Aufenthalt in der damahligen Residenzstadt Moscau, wurde Kuhlmann, mit einem deutschen
Kaufmanne, Conrad Nordermann, bekannt, und zog
zu ihm ins Haus. Er brachte ihm alsdenn gleichfalls
schwärmerische Meynungen bey, welche derselbe durch
ein, in rußischer Sprache geschriebenes Buch, öffentlich in Rußland verbreiten wollte, in welchem gleich
vornen Kuhlmanns Eheweib, mit Sonnenstrahlen und
einer Crone von 12. Sternen, sammt dem Monde unter
ihren Füßen, als eine Königinn des neuen Jerusalems,
abgebildet war. Nordermann hatte dieses Buch im
Manuscript einem Minister am Hofe zu lesen gegeben,
der ihn treulich warnte, es ja nicht heraus zu geben,
denn sonst würde man ihn gewiß als Ketzer verbrennen;
allein er achtete diesen guten Rath nicht, sondern über-
lieferte es in den Druck, da denn der Buchdrucker es sogleich dem Patriarchen zu lesen einhändigte.

Dieser Umstand hatte vorzüglich für Nordermann
und Kuhlmann die traurige Wirkung, daß beede gefangen gesetzt, gemartert und endlich wirklich verbrannt

wur-

wurden. Hiezu trug auch noch eine andere Sache hauptsächlich vieles bey und aus den Briefen einiger Moscowitischen Kaufleute, die damahls nach Amsterdam geschickt wurden, erfuhr man besonders folgende eigentliche Veranlaßung ihres kläglichen Schicksals. Kuhlmann hatte nemlich einen sehr gefährlichen und ganz heimlich gefaßten Anschlag einiger Jesuiten, wider das Leben des Zaars ausgekundschaftet, und selbigen sogleich einem Minister am moscowitischen Hofe entdeckt. Man zog hierauf diese angeklagten Ordensgeistliche gefänglich ein, stellte in Ansehung ihres vorgehabten Verbrechens die schärffste Inquisition an, und bestrafte die vornehmsten und hauptsächlichsten Anführer unter diesen Bösewichtern am Leben.

Es ist leicht zu erachten, daß die übrigen Jesuiten ihre hingerichteten Brüder an dem unglücklichen Kuhlmann, auf das empfindlichste zu rächen gesuchet haben werden. Sie trugen es daher darauf an, ihn unter dem Namen eines höchst schädlichen Ketzers, bey dem Patriarchen anzuschwärzen, und waren fein genug, bey diesem Unternehmen wider Kuhlmann, selbst einige Geistliche von seiner Religion zu Hülfe zu nehmen, besonders aber einen gewißen M. Johann Meinecke, evangelischlutherischen Pastor in der deutschen Slobada vor Moscau, auf ihre Seite zu bringen. Dieser warnte nicht nur seine Zuhörer öffentlich auf der Canzel "sie sollten sich vor Schwärmern hüten, die sich einzuschleichen suchten" und bedrohete Kuhlmann, der sich an ihn gewendet hatte, "er solle seine Pfarrgemeinde nicht turbiren, wofern er ihn nicht zum Feinde haben wollte," sondern versicherte auch

nach-

nachher in einem Briefe an den Superintenden Brever
zu Riga, "es sey durch Gottes Gnade so weit gelungen,
daß die Sache auch vor den Patriarchen, und folgends
auch vor den Zaar gekommen wäre."

Auf die Anzeige und Beschwerde dieser Jesuiten bey
dem Patriarchen, wurde nun Kuhlmann nebst dem Nordermann ins Gefängniß gelegt; und da der Patriarch,
vermuthlich von den Jesuiten dazu angereizt, auch refor-
mirte und lutherische Geistliche wegen Kuhlmanns schwär-
merischer Lehren befragte, so gaben besonders die letztern
"ein solch Zeugniß, wie es ein solcher Fanatikus werth
war," und erklärten die meisten Behauptungen und
Weißagungen in dem Buche Nordermanns, für offen-
bare Gotteslästerungen. In dem Gefängniße selbst
wurde Kuhlmann auf das allergrausamste gepeiniget.
Er führte zwar über diese Behandlung bittere Klagen;
da er jedoch nichts damit ausrichtete, so drohete er, daß
Feuer vom Himmel auf seine Peiniger fallen werde.
Hierüber lachten nun seine Folterer und quälten ihn nur
desto ärger. Unter andern brannte man ihm mit zweyen
großen glühenden Eisen, eine Menge Creuze auf den Rücken, und wenn die Wunden wieder einigermaßen zu hei-
len anfiengen, so wurden selbige mit Salz und Eßig wieder aufgerieben. Dadurch wurde ihm alles Fleisch auf
dem Rücken und an geheimen Theilen seines Cörpers
nach und nach weggebrannt, und er ganz erbärmlich zu-
gerichtet.

Nachdem diese Peinigung ohngefähr drey Wochen
lang immer wiederhohlt worden war, und man ihn zuletzt einiger maßen wieder hatte genesen laßen, so fällte

man

man ihm und seinem Gefährden, Norbermann, das
schreckliche Urtheil, als Ketzer lebendig verbrannt zu werden; und ließ solches auch am 4. October 1689. an beeden wirklich folgendermaßen vollziehen. An gedachtem
Tage vormittags um 11. Uhr, führte man beede, ohne
daß ihnen Geistliche zur Vorbereitung auf den Tod und
zum Trost bey selbigem, zugestanden worden wären, vom
Gefängniße aus, auf einen großen Platz in der Stadt
Moscau. Hier stand ein kleines Hüttchen aus leeren
Pechtonnen und Stroh zubereitet, in welchem sie als falsche Propheten und Ketzer, von der Flamme lebendig ver-
zehret werden sollten. Als sie beede vor dieser kleinen
Hütte standen, und keine weitere Rettung mehr vor sich
sahen, so richteten sie ihre Augen zum Himmel und beteten laut. Kuhlmann bediente sich unter andern hiebey
dieser Ausdrücke: "Großer Gott, du bist gerecht, und
deine Gerichte sind gerecht, du weißt, daß wir heute unschuldig sterben." Hierauf giengen beede getrost in das
Hüttchen, das gleich nachher angezündet wurde, oder wie
andere Nachrichten versichern, man ließ sie von oben herab in selbiges, so daß nachher nichts weiter von ihnen gesehen noch gehöret werden konnte; und dann endigten sie
in selbigen ohne Wehklagen, durch die Wuth der Flammen bald vollends ihr Leben.

XX.

XX.

Nickel List *)
berüchtigter Räuber mehrerer Kirchen zu Zelle im Merz 1699. hingerichtet.

Dieser, durch seine große Verschlagenheit eben so wohl, als durch wiederhohlte höchstbeträchtliche Diebereyen überall bekannt gewordene Bösewicht, war im Jahr 1656. zu Waldenburg, einem, zwey Meilen von Zwickau an der Schneebergischen Mulda liegenden, den Grafen von Schönburg gehörigen Städchen, gebohren, wo sein Vater, Hans List, als Taglöhner wohnte. Schon in seinen ersten Lebensjahren äußerten sich an ihm die deutlichsten Spuren eines scharfsinnigen Verstandes und großer Fähigkeiten, und wenn seine Eltern nicht durch ihre Armuth abgehalten worden wären, diese seine Geisteskräfte durch vorzüglichere Unterweisung ausbilden zu laßen, so hätte sicher aus ihm, ein in jeder Art der Wissenschaft, der er sich nur hätte besonders widmen wollen, großer und berühmter Mann werden können. Allein so

sahe

*) S. Fürtrefliches Denkmahl der göttlichen Regierung, bewiesen an der zu Lüneburg gestandenen güldenen Tafel, ihrer Beraubung ꝛc. aus den sämmtlichen Bänden der Acten bey der großen Inquisition zusammen getragen ꝛc. mit Kupfern. Braunschw. und Hamburg 1700. 4to. ingl. Nachrichten von merkwürdigen Verbrechern in Deutschland, Bornholm, 1786. II. Theil, p. 170 - 176.

sahe er sich genöthigt, gar bald die Schule wieder zu verlaßen, und dagegen in Dienste zu treten, um seinen Unterhalt zu erwerben. Er verhielt sich bey mehrern Herrschaften auf das beste und hatte in der Folge auch das
Glück, an dem gräflich Reußischen Hofe nicht nur
Reutknecht zu werden, sondern auch bey dieser Bedienung
das Reuten nach den besten Regeln zu erlernen, und sich
in dieser Kunst ganz vorzüglich zu üben.

Einige Zeit nachher versuchte ers, in Kriegsdiensten
sein Glück zu machen, und ließ sich unter die Churbran-
denburgischen Truppen werben. In diesem neuen Stande
hatte er Gelegenheit, seine Klugheit sowohl als seine Herzhaftigkeit thätig zu beweisen. Er befand sich bey der
berühmten Schlacht zu Fehrbellin im Jahre 1675.
wohnte im Elsaß verschiedenen Scharmützeln bey, machte
in Ungarn einen Kriegszug wider die Türken mit, und
nahm auch an der blutigen Belagerung der Stadt Ofen
Theil, welche 1686. geschahe.

Des Soldatenlebens müde, verheyrathete er sich, um
zu Ramsdorf eine Bierschenke anzufangen. Die von
seinen Berufsgeschäften ihm übrig bleibenden Stunden
wendete er nun zum Bücherlesen an; nur gerieth er gerade auf solche Schriften, die zu nichts weniger taugten,
als seinen Verstand aufzuklären. Dergleichen waren
Theophrasti Paracelsi Werke und andere chymische Bücher, aus welchen er, weil er eine besondere Neigung zur
Arzneywißenschaft hatte, sich Kenntniß der Krankheiten
und der dagegen dienlichen Heilungsmittel, verschaffen
wollte. Wirklich sammelte er sich aus dergleichen Schriften allerhand Recepte, machte in der Folge auch bey

manchen Patienten, die ihn um Rath fragten, Gebrauch
davon, und curirte manchen glücklich, ohngeachtet ihm
dieses nichts weiter eintrug als den Namen eines Doctors,
mit dem ihn viele ohne sein Begehren öfters beehrten.

Eben die Art von Nahrung, die er angefangen hatte,
gab zufälliger Weise den Grund von seinen nachherigen
Gottlosigkeiten ab. Es kehrten nemlich in seinem Wirthshause zum öftern die ärgsten Bösewichte und Diebe ein,
von denen damahls ganz Deutschland voll war. Diese
zogen ihn nach und nach durch ihre Reden und Vorstellungen so sehr an sich, daß er mit ihnen im Rauben und
Stehlen gemeine Sache zu machen, kein Bedenken trug.
Von dergleichen verruchten Leuten verführt, half er denn
zuerst in Mechelgrün, ohnweit Plauen im Voigtlande
einen Diebstahl begeben, der sehr beträchtlich war.
Es wurden nemlich einer gewißen Frau von Tettau,
durch Aufsprengung eines Gewölbes in ihrer Wohnung
ohngefähr 5000. Thaler geraubt, und hievon bekam Nickel List seinen Antheil mit 1200. Thalern, wovon ihm
jedoch nachher durch die Gehülfen bey diesem begangenen
Raube selbst, auf gewaltsame Weise das meiste wieder
abgenommen wurde.

Da ihn ein solcher Verlust sehr kränkte, so änderte er
seinen Aufenthalt, zog nach Beutha in das Hartenstei-
nische, wo er sich von dem ihm noch übrig gebliebenen
Vermögen das dasige Wirthshaus kaufte, aber durch die
schlechte Wirthschaft seiner Frau, mit der er in unzufried
ner Ehe lebte, und durch unordentliche Haushaltung, immer mehr um das Seinige kam. Wie wohl würde er
gehandelt haben, wenn er nun in sich gegangen wäre,

fein Hauswesen klüglicher eingerichtet, und durch Fleiß und Arbeitsamkeit sich redlich zu nähren, angefangen hätte!

Doch leider, war sein Verhalten gerade gegenseitig, und da er sahe, daß böse Leute, die in seinem Hause immer einkehrten, durch ihre Diebereyen sich sehr bereicherten, so vereinigte er sich mit ihnen, in Hofnung, sein nach und nach eingebüßtes Vermögen dadurch wieder zu gewinnen. Er war diesen Leuten ein sehr willkommener Gehülfe. Theils diente ihm sein Verstand dazu, in Aussinnung der Diebereyen und Ertheilung dazu erforderlicher Rathschläge, sich ganz vorzüglich auszuzeichnen, theils konnte aber auch sein Muth, solche gegebene Vorschläge standhaft auszuführen, durch nichts geschwächet werden. Bald nachher gerieth er in Bekanntschaft mit diebischen Juden, die ihn die sträfliche Kunst lehrten, die Schlößer abzudrücken, und nach der abgedrückten Figur die Schlüssel zu machen, worinn er bald Meister wurde, und seine Lehrer, ja alle übrige große Spitzbuben in ganz Deutschland weit übertraf. Um solche Schlüßel zu verfertigen, war ihm das Löthen unentbehrlich, weil er und seine Gehülfen sich nicht gern den Schlößern anvertrauen wollten. Da sann er sich nun hiebey allerhand Handgriffe aus, und hatte deswegen eine kleine Maschine und Blasebalg immer bey sich, die selbst auf den Zimmern in Wirthshäusern, wo er öfters logirte, gebraucht werden konnten. Doch diese Kunst hielt Nickel List so geheim, daß selbst seine vertrautesten Gehülfen nicht dabey seyn durften, wenn er mit dergleichen Arbeiten sich beschäftigte. Bey den Vorhänge- und Hehle-Schlößern brachte er es dahin,

hin, daß er dieselbigen mit einer solchen Geschwindigkeit aufmachen konnte, über welche man ganz erstaunen mußte. Am Tage vor seiner Hinrichtung mußte er noch, auf Begehren einer obrigkeitlichen Person, von dieser seiner sträflichen Geschicklichkeit eine Probe machen, und sich von seinen Ketten an Händen und Füßen befreyen. Er that solches auch wirklich mit größter Schnelligkeit innerhalb zwey Minuten, und gebrauchte zu dem Schloße der Armsesseln nur einen Bindfaden, zu dem großen Hehleschloße an den Feßeln seiner Füße aber, nur einen kleinen Pflock.

Diese heillose Arbeit trieb er ohngefähr 5. Jahre lang, allein selbst in dieser kurzen Zeit hatten seine Handgriffe dieser Art, die traurigsten Wirkungen, denn von seiner List und Bosheit unterstützt, gelang es mehrern Banden verruchter Räuber, Häuser und Tempel zu erbrechen, und Geld und Kostbarkeiten mancher Art, in großer Menge hie und da zu rauben. Nur hatte er selbst keinen großen Gewinn von solchen Diebereyen, so zahlreich, so groß dieselbigen auch immer waren. Theils mußte er nebst seinen Räubergenoßen, wenn man ihnen nachjagte, manches von dem Gestohlnen im Stiche laßen; theils stahlen ihm andere zum öftern von seinem aus der Maße des Raubes bekommenen Antheil, ziemlich viel weg; theils betrogen ihn Juden, wenn er so manche gestohlne Juwelen, und Kostbarkeiten an sie verhandelte, gar sehr, und gaben ihm äußerst wenig dafür.

Als Mitglied räuberischer Banden, wußte er sich von außen so gut zu verstellen, daß ihn niemand für den Bösewicht hielt, der er wirklich war. Gleich zuerst gab er

 sich

sich für einen Pferdehändler aus, schweifte unter diesem Namen überall im Lande herum, und kehrte während dieser Zeit öfters bey Caspar Starken, zu Oberheinsdorf ein, der in der Folge auch eingezogen, jedoch nach ausgestandener Tortur wieder freygelaßen worden ist.

Im Jahre 1694. am 4. November verübte er in Gesellschaft anderer Bösewichte, den großen Raub in dem Schloße zu Braunsdorf zwischen Gera und Schleitz, das dem Chur-Sächsischen Cammerherrn, Freyherrn von Meusbach gehörte. Er selbst stieg, unterdeß die andern Wache hielten, zum Fenster ein, entwendete aus der offen gefundenen Kammer, nicht nur eine kostbare goldene mit Brillianten besetzte Uhr, sondern auch viel Silbergeräthe an Kannen, Tellern, Löffeln u. dgl. so zusammen einen Werth von 4000. Thalern hatte, und bekam für seinen Theil 8. Pfund Silber, aus dem er nachher 104. Thaler lösete.

Ein Jahr darauf half er den Raub an dem Flosverwalter zu Halle begehen, der ihm für seine Person nach erfolgter Theilung einen Ring, zwey doppelte Thaler, etwas Silbergeschirr, zwey Schnüre von Perlen und ähnliche Braßeletten eintrug, so er in Berlin an einen Juden verhandelte.

Da sich das Gerücht nun immer weiter verbreitete, Nickel List habe an diesen Diebstählen Theil gehabt, ja sein Wirthshaus in Beutha wäre der Ort, wo seine Gehülfen sich versammelten und ihre Räubereyen verabredeten, so wurden von den Gerichten zu Hartenstein im Jahre 1696. um Ostern, der Land-Richter nebst 22. Mann beordert, das Haus zu umringen und die darinn

Böses

Böses außsinnenden Räuber gefangen zu nehmen. Als
Lift diese Leute ankommen sahe und an der Spitze der,
selbigen den Land-Richter, Christopf Kneusler, erblick,
te; dem er ohnedieß gehäßig war, so nahm er die Pistole
von der Wand, um nach ihm zu schießen. Als der Land,
Richter dieß merkte, wollte er ihm die Pistole aus der
Hand schlagen, hatte jedoch das Unglück, hiedurch zu ma,
chen, daß sie losgieng und ihm eine tödtliche Wunde im
Leib beybrachte. Gleich darauf nahm Nickel Lift die
andere Pistole, und schoß damit blindlings zum Hause
hinaus, wodurch er denn den Hartensteinischen Hof,
schlächter, Locandt, durch den Hals traf und tödtlich ver,
wundete; ja hiedurch einen so großen Schrecken erregte,
daß die noch übrigen 20. Mann aufs schnellste davon lie,
fen, folglich auch dem Lift und seinen Consorten, hinrei,
chenden Raum zur Flucht gaben. Nickel Lift, der
übrigens sichs nicht vorgenommen hatte, ein Mörder zu
werden, sondern vielmehr es in der Folge schmerzlich be,
reuete, diese beede Personen ums Leben gebracht zu ha,
ben, und diese That für die allersträflichste hielt, die er
jemahls begangen, wurde nun ein wahrer Vagabunde,
der nach Zurücklaßung seines Hauses, Weibes und Kin,
der nirgends einen festen Sitz hatte, überall herum,
schweifte, besonders in der Gegend um Leipzig sich öf,
ters aufhielt um sich in den berühmten Meßen daselbst
durch Diebstähle zu bereichern, ja von der Zeit an das
Rauben gleichsam als ein Handwerk trieb, wobey er
weder der Armenkästen, noch der Kirchen verschonte.
Doch gab er nie zu, daß jemand bey den Räubereyen, die
er anführte, das Leben verliehren durfte.

Um

Um Michaelis im Jahre 1696. begieng er nebst 7. andern, seinen ersten Kirchenraub zu Hof im Voigtlande, vermittels des Einsteigens durch ein Fenster, und gewaltsamer Erösnung zweyer Kisten. Sie fanden Geld und Kleider darinne, welche sie hernach in einem nahgelegenen Walde vertheilten, und wovon List ohngefähr 40. Thaler am Werthe bekam.

Im nemlichen Jahre an der Michaelis-Messe, unternahm er, nebst dem in der Folge justifizirten Christian Müller, von Stolpe, und einigen andern, den gewaltsamen Raub im Hause des Goldarbeiters Pittmanns zu Altenburg, deßen Gewölb diese Bösewichter nach vorher aufgeschloßenen Vorlegeschlößern, mit einem Brecheisen erösneten. Sie nahmen aus mehrern, im Gewölbe stehenden Kisten, Ringe, mit und ohne edle Steine, Braßeletten, Ohren Ringe, Hembdeknöpfe und andere Kostbarkeiten, die in Summa 3000. Thaler betrugen, steckten diese Sachen in einen Quersack, ritten damit nach Halle und verkauften daselbst alles an einen Juden, der, weil sie gestunden, daß es gestohlen Gut sey, ihnen wenig genug dafür zahlete.

Noch in diesem Herbste traf einen Goldspinner in Zerbst das Unglück, daß List, und der oberwähnte Christian Müller nebst noch 6. andern Räubern, an ihm einen großen Diebstahl verübten. List und noch einer, stiegen, nachdem sie einen eisernen Stab am Fenster losgebrochen hatten, in seine Wohnung ein, unterdeßen die übrigen Wache hielten. Da fanden sie nun in der Stube allerhand gesponnenes Silber, das sie nebst andern Sachen von Werth sich zueigneten. Und als sie

bey

bey ihrem Nachsuchen im Finstern auf ein ziemlich schwe-
res Stück Metall kamen, das sie für pures Silber hielten, so steckten sie solches gleichfalls mit vieler Freude in
ihre bey sich habenden Quersäcke, fanden aber nachher zu
ihrer größten Aergerniß, daß es nur Kupfer war. Auch
dieser Raub wurde nach Halle gebracht und an den vorigen Juden verkauft, wovon List für seine Person 40.
Thaler erhielt.

In der Folge gab List bey vielen beträchtlichen Räubereyen, z. E. zu Arnstadt im Hause eines Crämers, der
mit Seidenstof und silbernen und goldenen Gallonen
handelte; im Pfarrhause zu Schlettau;—in dem Amthause zu Gummern; bey einem Krämer zu Schafstädt,
und bey dem Gastwirthe Pezsch zu Zwochau, einen
sträflichen Gehülfen ab und bekam überall einen beträchtlichen Theil; so wie er auch bey Verübung dieser Diebstähle, durch listige Anschläge und muthige Ausführung
das meiste that.

Im Jahre 1697. wurde Nickel List mit einem Erz-
diebe, Andreas Schwarz, zu Stedten zufälliger
Weise bekannt, und da er an selbigem Verschlagenheit so
wohl, als Muth, zu entdecken glaubte, so nahm er ihn
in seine Dienste, kleidete ihn als einen Jäger, hieß ihn
Moriz Richter, und gab ihm auch den Titel seines Jä-
gers; sich selbst aber legte er, von dieser Zeit an, den
Namen Johann Rudolph von Mosel bey, führte sich
als Cavalier auf, und hielt sich nunmehr in Ansehung
gefährlicher Nachstellungen, desto mehr gesichert. Wirklich begieng er unter diesem Caracter in der Folge noch
mehrere und weit beträchtlichere Diebstähle, die alle ein-

zeln

zeln anzuführen, viel zu weitläuftig seyn würde. Doch seine wiederhohlten Kirchenräubereyen dürfen nicht mit Stillschweigen übergangen werden.

Zu Ende des Octobers 1697. verübte er nemlich, nebst dem oberwähnten Christian Müller und andern Diebsgenoßen, den Raub in der Paulliner-Kirche zu Leipzig, nachdem einer von diesen Leuten vorher versichert hatte, er wiße es zuverläßig, daß vor kurzem erst ein ganzer Karren voll Geld dahin abgeführt worden seye. Sie brachten mit Ausführung dieses Raubes wohl drey Wochen zu, und Nickel List hatte an den dazu benöthigten Schlüßeln genug zu feilen, ehe sie in das rechte Gewölbe zu den beeden großen hölzernen, mit Eisen stark beschlagenen Kisten, gelangen konnten. Die eine davon war auch mit starken Vorhängschlößern verwahrt, die sie mit großer Gewalt wegbrechen mußten, und als sie das mittelste davon mit einer Winde aufsprengen wollten, so zerbrach dieselbe. Daher mußten sie unverrichteter Sachen heimgehen, und folgenden Tags eine neue Winde kaufen, mit der es ihnen wirklich gelang, Schlößer und Kisten zu eröfnen. Sie nahmen sodann das darinn liegende Geld, welches ohngefähr 350. Thaler betrug, und theilten es unter sich. Weil jedoch viele davon zu bekommen hatten, so erhielt jeder nur 20 bis 25. Thaler.

Bald darauf faßte List und seine Consorten, unter denen sich außer seinem sogenannten Jäger auch der verruchte Christian Müller abermahls befand, den Entschluß, die Domkirche in Naumburg zu bestehlen, welchen sie auch am 1. Novemb. 1697. wirklich ausführten, nachdem der vorgebliche Herr von Mosel vorher ber die Schlüßel, nach dem zu Naumburg geschehenen Abdruck in Wachs, gefertiget hatte. Um ihren Endzweck zu erreichen, mußten sie, die in einem Gewölbe unter dem Thurm stehende Kiste mit Gewalt erbrechen, die zwar meist mit Briefschaften angefüllet war, in der sie jedoch auch einige alte Thaler und mehrere Ringe fanden. Einer von diesen Ringen hatte einen kostbaren Türkis, und war mit 12. Diamanten von außen herum besetzt. Diesen behielt List für sich, und verehrte ihn nachher seiner Maitreße, von der sogleich mehr angeführt werden soll.

Da Nickel Lists sonderliche Kunst in Abdrückung und Verfertigung der Schlüßel, ihm unter seinen Diebs-Bekannten den größten Ruhm verschaffte, so wurde von selbigen nicht leicht ein Raub unternommen, zu deßen Vollziehung sie ihn nicht eingeladen haben sollten. Einige diebische Juden hatten es damahls erfahren, daß in dem Gewölbe des Doms zu Hamburg ein Kästchen voll Edelsteine stehen solle, und daß dieser reiche Schmuck wohl eine Tonne Goldes werth seye. Sie wünschten dahero diesen Schatz zu rauben. Da sie jedoch dieß ohne Eröfnung so mancher Schlößer für unmöglich hielten, so bestellten sie Nickel Listen, die vorhabende Unternehmung zu dirigiren; der sich dieser, seiner Meynung nach ehrenvollen Einladung, sogleich folgsam bezeugte, und im Gefolge seines Bedienten, Andreas Schwarzens, der itzt Moriz Richter umgetauft war, unter dem Caracter eines Herrn Johann Rudolph von der Mosel, nach Hamburg auf den Weg machte. Gleich nach seiner Ankunft daselbst, begab er sich zu Christian Schwanke, diesem Erzdieb, der sich bey einer gewißen Anna von

Sien, einer portugiesischen Jüdin aufhielt, die zu Hamburg getauft, und an einen dasigen Kaufmann verheyrathet worden war. Hier kamen auch die übrigen Glieder der verruchten Räuberbande öfters zusammen, und
List wohnte den, in Absicht des vorhabenden Raubes
in diesem Hause anzustellenden Berathschlagungen, gewöhnlich bey.

r Durch diese Gelegenheit lernte der sogenannte Herr
von Mosel auch diese berüchtigte von Sien kennen,
die eine galante Dame vorstellen wollte, und da ihre
Neigungen ziemlich harmonirten, so ward sie bald seine
Maitresse, der er bey den meisten nachherigen Diebereyen einen beträchtlichen Antheil zu verschaffen wußte.
Am dritten Weihnachtsfeyertage wurde der Raub hn
Dom zu Hamburg selbst ausgeführet. Die Diebe, deren in allen 9. an der Zahl waren, mußten, nachdem sie
mit dazu gemachten falschen Schlüßeln die Thür der
Domkirche eröfnet hatten, vor allem im Chore, zur linken
Hand des Altars, eine doppelte Thür öfnen, die zu einem Gewölbe führet. Als dieses geschehen war, hatten
sie die große Thür zu dem zweyten Gewölbe, die mit
zwey großen Schlößern von innen zu, vest zugemacht
war, aufzusprengen. Nun machten sie eine in diesem
Gewölbe stehende Kiste durch Brecheisen auf, in der sie
jedoch nichts als Briefschaften fanden. Hierauf erbrachen sie die Thüre zum dritten Zimmer des Gewölbes, in
dem sie zwar nicht das ihnen beschriebene Kästchen, mit
den Juwelen eine Tonne Goldes werth, aber statt deßen
einen Schrank entdeckten, den sie gewaltsam erbrachen,
und in dem mehrere kostbare silberne Bilder stunden.

Es

Es waren solche, ein maßiv silbernes mit einem kostbaren Sapphir geziertes Cruzifix 12 ein halb Pf. schwer, Johannis silbernes Bild 9. Pfunde am Gewicht, Mariä Bildniß, das ebenfalls fast 9. Pfunde wog, Petri und Paulli Bilder, jedes ohngefähr sechs Pfunde schwer, das Bild Mariä, als eine gekrönte sitzende Königinn, fast 7. Pfunde wiegend, die heilige Catharina mit einem blutigen Schwerdte, und noch fünf andere gekrönte Frauenbilder. Diese, sämmtlich aus maßivem Silber bestehenden Apostel- und Heiligenbilder, die zusammen mehr als 60. Pfunde an Gewicht hatten, raubeten sie ganz, wie auch noch einige andere ganz silberne Bilder, z. E. des Ansgarii, eines Bischofs, einer sitzenden Mariä mit dem Kinde, ingleichen einen silber vergoldeten Kelch; von einigen hölzernen, mit Silberblech überzogenen Bildern aber, darunter sich besonders die 12. Apostel befanden, brachen sie bloß das Silber und einige daran befindliche Steine los, und brachten alle diese gestohlnen Kostbarkeiten wirklich hinweg.

Nachdem dieser verruchte Kirchenraub dem Nickel List und seinen Gehülfen, ihrer aller Wünschen gemäß, völlig gelungen war, so empfieng Lists nunmehrige Geliebte, die Anna von Sien, aus Wunstorf von einem bereits berüchtigten, daselbst wohnhaften Diebe, dem Regimentsquartiermeister Gideon Perrmann nemlich, Nachricht, daß es im Werk seye, die Catharinenkirche in Braunschweig zu berauben, wobey ein gut Stück Geld zu verdienen seyn müßte, wenn sie also Belieben hätte, Theil daran zu nehmen, so sollte sie sich nebst Listen bald bey ihm einfinden.

Dieß

Dieses saubere Paar nahm sogleich in den ersten Tagen des Neuen Jahrs, den Weg nach Hannover, und dann nach Wunstorf, wo die nöthigen Verabredungen im Hause Perrmanns getroffen wurden. Von da aus reisete er, nebst seinem verkleideten Diener, Andreas Schwarz, nach Braunschweig, wo sich bereits Michel Keyser, ein Brauer aus Wunstorf, und Jonas Meyer ein Jude aus Emden, die zuerst auf den Gedanken dieses sträflichen Raubs gekommen waren, nebst noch einigen andern berüchtigten Dieben, z. E. dem Christian Pante, aus Blumenau, Lorenz Schöne, aus Coburg und seinem Weibe, und dergleichen mehr, eingefunden hatten. Bald darauf wurde der Diebstahl selbst ausgeführt. Die Sachen, welche sie entwendeten, waren das hinterlaßene beträchtliche Mobiliarvermögen einer kurz vorher verstorbenen Frau Generalin von Ehmen, welches als Erbgut des Herrn Baron von Rotenburg, in unterschiedlichen Coffern in einem Gewölbe der St. Catharinenkirche, verwahrlich stand. Dieß Gewölbe hatte zwey Fenster mit doppelten eisernen Gittern, hinter welchen sich von innen noch ein eisernes Blech mit zweyen eisernen Riegeln, befand. Man konnte in selbiges bloß durch eine dicke eichene Thür gelangen, an welcher ein großes Schloß hieng, das ein Meisterstück war, und zwey große Schlüßel zum Aufsperren erforderte.

Doch List und seine Gehülfen überwanden alle diese Hindernisse und öfneten Schlößer und Thür und Kisten, ohne daß nachher die mindeste Beschädigung daran ersichtlich gewesen wäre. Dieß war ihnen aber auch um so viel eher möglich, weil Lists Bedienter, Schwarz, in

Gesell

Gesellschaft Michel Reysers, einige Zeit vorher den Abdruck von den Schlüßellöchern genommen hatten, so daß also die dazu erforderlichen Schlüßel leicht von List gemacht und zugefeilet werden konnten. Als die Räuber eine von den Kisten gewaltsam erbrochen hatten, fanden sie in selbiger zufälliger Weise die Schlüßel zu allen übrigen Kisten liegen. Sie brauchten zwey Nächte dazu, um alles herauszunehmen, zusammenzupacken und wegzubringen. In einer Kiste fanden sie allerhand silberne Becher, Schüßeln, Teller, Leuchter, Meßer und Löffel, nebst einem kleinen Kästchen, in welchem eine goldne Kette, ein Braßelette nebst einem Portrait mit Diamanten, ein paar Armbänder mit Diamanten und andere Kostbarkeiten mehr waren. Eine andere Kiste trafen sie mit lauter seidenen Frauen Kleidern, und noch andere Kisten voll leinenen Zeugs an, so wie sich auch in einer andern, unter verschiedenen Sachen ein Türkischer Säbel mit güldenem Beschlage, und einer Damascenerklinge, ihren gierigen Händen darbot. Am ersten Tag brachten sie blos das Silbergeräthe in Säcken weg, und lieferten es auf der Post nach Wunstorf; am andern aber wurde das übrige nachgeholet, ja sie nahmen sogar ein paar Kisten ganz mit sich fort. Dieß alles wurde, der vorhergetroffenen Abrede entgegen — denn es sollte alles nach Wunstorf kommen, — nach Blumenau gebracht. Ob nun gleich Nickel List von diesem beträchtlichen Raube 100. Thaler und seine Maitreße Anna von Sien, 70. Thaler, ja beede überdieß noch von den Kleidern und leinenem Zeuche ihren Theil bekamen, so war doch Nickel List sehr unzufrieden damit, und versicherte nachher

dieser

dieser seiner Geliebten, wenn er gewußt hätte, daß in der Kirche nicht mehr wäre, würde er den Diebstahl nicht begangen, und sich um einer solchen Kleinigkeit willen, nicht in so große Gefahr gesetzt haben.

So groß, so sträflich, so verrucht alle diese bisherigen Kirchenräubereyen waren, die List in Gesellschaft anderer Bösewichte unternahm und ausführte, so übertraf sie doch alle der in der ganzen Welt beynahe bekannt gewordene Kirchenraub zu Lüneburg, die Bestehlung der in der Michaelskirche daselbst befindlich gewesenen goldenen Tafel nemlich, bey welcher gottlosen That Nickel List wieder das meiste ausrichtete.

Eigentlich kamen einige diebische, mit Nickel List bereits bekannte Juden, zuerst auf den Gedanken, dieses Denkmahl des grauen Alterthums, diese mit arabischem Goldblech dicht überzogene Altartafel nemlich, berauben zu wollen., Durch einen gewißen Lorenz Schöne, erfuhr List solch ihr Vorhaben, und machte sich alsdenn sogleich nebst diesem Schöne, und Christian Schwanke, wie auch mit seinem als Jäger gekleideten Bedienten, Schwarz, und der Anna von Sien, von Hannover aus auf den Weg nach Lüneburg, um den Juden zuvor zu kommen. Als List in Lüneburg ankam, führte Schwanke ihn und die von Sien, in seines Vaters Haus, so wie die übrigen in der Haarburger Herberge einkehrten. Da gerade zu selbiger Zeit, wegen des Absterbens des Churfürsten, täglich um Mittag geläutet, folglich die Kirche eröfnet wurde, so bediente sich List nebst seinen Gehülfen dieser Gelegenheit, öfters in selbige zu gehen, sich den Platz der güldenen Tafel im Al-

tar

tar zeigen zu laßen, und als sie selbigen erfuhren, von allen Schlößern und Thüren, die sie eröfnen mußten, die nöthigen Abdrücke in Wachs zu nehmen. Nachdem nun List die erforderlichen Schlüßel gemacht und zugefeilt hatte, auch in einer Schmiede ein besonders angegebenes eisernes Instrument, das forne spitzig zugieng, und hinten eine scharfe Schneide hatte, verfertiget worden war, so wagte er nebst seinen Gesellschaftern, in der Nacht am Sonntage Estomihi die verruchte Frevelthat. Schwanske blieb außen vor der Thüre zur Wache stehen, die übrigen aber giengen in die, durch falsche Schlüßel geöfnete Kirche, machten zuerst mit einem Schlüßel das Gitterwerk am Altare auf, und schoben alsdenn ein zu unterst an der Tafel wahrgenommenes Eisen weg, worauf sogleich die Thüren zu der Tafel auseinander giengen. Nun brachen sie mit ihren Händen die Perlen und Edelsteine ab, und machten mit Hülfe des eisernen Instruments das Goldblech selbst, stückweise los. Diese Edelsteine, diese Trümmer Goldblech, so wie die in den zahlreichen Behältern im innern der Tafel gefundenen Kostbarkeiten an Kelchen, Cruzifixen, Monstranzen, und andere Sachen mehr, die aus maßivem Golde und Silber bestanden, nebst den goldenen und silbernen Einfaßungen mancher Bücher, oder Reliquienkästchen — kurz alle diese Dinge von so großem Werthe, steckten die Bösewichter in einen Sack und trugen solchen in Schwankens Haus, ohne daß man in selbigem auch nur das mindeste merkte. Alsdenn machte sich List nebst seinen Gehülfen sogleich des andern Tags auf den Weg nach Hamburg, wo sie ohne Säumniß an einen Juden, dem sie ohne Rückhalt alles

erzählt

erzählt hatten, den ganzen Raub verhandelten. Sie gaben ihm vom Goldblech, das zusammen 10. Pfunde wog, das Pfund um 170. Thaler, und theilten nachher dieß Geld. Es kamen auf Nickel List, 220. Species Ducaten, und dann 200. Thaler Silbergeld, so wie Anna von Sien, seine Geliebte, 170. Ducaten nebst einigem Geld in Silbermünze, und überdieß noch die Hälfte von den geraubten Perlen erhielt. Dieß alles, nebst noch einigem Reste anderer gestohlner Sachen und Gelder, wurde in ihrem Coffer verwahrlich beygelegt, welchen sie jedoch kurz darauf zu Hamburg im Stiche laßen mußten, als die Gefangennehmung des durch Steckbriefe von Lüneburg verfolgten Christian Schwanke, den Nickel List, seinen Bedienten Schwarz, und die von Sien nöthigte, aufs eiligste sich durch die Flucht zu retten.

List entkam mit diesen beeden Personen glücklich, eilete nach Meuslingen, versahe sich da mit frischen Pferden, und nahm alsdenn, ohne auf dieser schnellen Reise verdächtig erfunden zu werden, den Weg durchs Mecklenburgische nach Obersachsen. Hier begieng er in Gesellschaft einiger Bösewichter auf das neue mehrere Diebstäbe, unter welchen die im Maymonat, zu Heldrungen bey einer Pfarrwittwe, zu Querfurth, bey einem Gastwirthe, und zu Cölln an der Loßa, bey einem Crämer verübten, die beträchtlichsten waren.

Bald darauf bestahl er, nebst einem gewißen Hans Krause, die Kirche zu Budelwitz, wo die Beute 93. Thaler nebst einigen Ducaten betrug. Am 22. Junii erbrach er mit dem nemlichen Bösewicht, Krause, und

andern

andern Cameraden, die Kirche zu Waldenburg, um also auch sogar in seinem Geburtsorte eine sträfliche Frevelthat zu begehen, führte diese seine Gehülfen oben durch den Chor, und raubte das allda befindliche Geld, wovon er für seinen Theil 30. Thaler bekam. Sein letzter Kirchenraub geschahe zu Wonsiedel im Bayreuthischen. Bey dieser ruchlosen Unternehmung mußte der vorhin erwähnte Krause, auf einem alten Thurme die Wache halten, er selbst öfnete mit dem dazu verfertigten Schlüssel die Kirchthüre, gieng mit seiner Diebsrotte hinein, erbrach die Thüre zur Sacristey und raubte daselbst zwey silberne Kannen von verschiedener Größe, eine silberne Oblatenschachtel und ein Buch mit Silber beschlagen, wie auch ein Kästchen mit leinenem Zeuge, welche Sachen jedoch alle in der Folge bey den Dieben wieder gefunden wurden.

Es konnte nemlich Gott so gehäuften Verbrechen Lists und seiner Gehülfen nicht länger nachsehen, und fügte es, daß er über seinen Frevelthaten eratiffen, und von der weltlichen Obrigkeit mit der schon längstverdienten schrecklichen Strafe beleget werden konnte. Dieß geschahe folgender maßen.

Gleich nach vollbrachtem Kirchenraube zu Wonsiedel ritt Nickel List mit seiner Bande auf Rehau zu. Da entdeckte ihm im Wirthshause ein bekannter Bösewicht, wie sie bey Hof durchs Wasser kommen, und den dasigen Umgeldsadjuncten, Schmiede bestehlen könnten. Der Vorschlag wurde gleich genehmigt, und die That selbst in der folgenden Nacht verübt. List und seine Consorten brachen das eiserne Gitter mit Gewalt weg, stiegen ins

S

Gewöl-

Gewölbe, entwendeten daraus nicht nur viele Kleidungsstücke, sondern auch mehrere silberne Becher, Perlen und Ringe, packten den Raub auf ihre Pferde und ritten sodann nach der neuen Schenke zu. Hier stellten sie ihre Pferde in den Stall, theilten den Raub, und legten sich zur Ruhe, die ihnen um so viel erwünschter war, weil sie seit zwey Nächten nicht geschlafen hatten.

Da der begangene Diebstahl zu Hof bald wahrgenommen wurde, so schickte der beraubte Amtsabjunct Schmiedt ohne Säumniß bewafnete Leute aus, um die Räuber aufzusuchen, die durch den Huf von fünf Pferden am frühen Morgen zu dem Wirthshauß geführet wurden, in welchem List und seine vier Gehülfen wirklich logirten. Nach einigem Läugnen gestund es der Wirth, daß fünf reutende Personen Nachts vorher bey ihm angekommen wären, die Päcke hinter sich auf den Pferden gehabt hätten. Nun wurde sogleich der Pferdstall durch eine vorgelegte Kette verschloßen, und geeilet, sich der Bösewichter selbst zu bemächtigen, die sicher im festen Schlafe würden ergriffen worden seyn, wenn nicht der Wirth schnell zum List ins obere Zimmer gesprungen wäre, und ihm und seinen beeden Schlafgesellen die Nachricht gebracht hätte, daß sie von einem Commando aufgesucht würden. Alle drey erwachten, und sprangen erschrocken von ihrem Lager auf. Die beeden Gesellschafter Lists griffen sogleich nach ihren Pistolen, schossen unter die zum Haus heranrückenden bewafneten Leute, verwundeten einen davon gefährlich und weil der Tumult groß wurde, so retteten sie sich unter selbigem, nach zuvor geschwind zu sich genommenen 400. Thalern am

Gelde,

Gelde, glücklich. List aber, der sonst behend und ver-
schlagen genug war, war ganz verblendet, so daß er, ehe
er entwich, noch seinen Rock erst anziehen wollte. Dadurch verweilte er sich und kam also den Bewafneten in
die Hände. Zwar wehrte er sich, muthig genug, und ver-
wundete auch wirklich einen vom Commando durch eine
blind geladene Pistole ins Gesicht, allein ein anderer
schlug ihn mit einem Prügel dreymahl, bis er endlich zu
Boden fiel und nachher ergriffen wurde.

Als sich Nickel List so auf der Erde liegend und von
der Uebermacht überwältigt sahe, gerieth er auf den verzweifelten Entschluß, durch Selbstmord aller ihm bevorstehenden Marter und Schande entgehen zu wollen. Er
führte in der einen Tasche ein starkes und scharfes Brod-
meßer, in der andern aber ein Scheermeßer. Hätte er
jenes ergriffen, so würde er sich wahrscheinlich tödtlich
verwundet haben, so aber griff er aus Uebereilung in die
unrechte Tasche, fuhr mit dem zwar scharfen, sich jedoch
bald biegenden Scheermeßer an die Gurgel, und gab sich
wirklich einen tiefen Schnitt, so daß ihm die Speise nachher immer aus der Wunde wieder heraus drang, von
welchem Schnitt er jedoch nach und nach wieder geheilet
wurde. Er dankte in der Folge, in Gegenwart des ihn
zum Tode vorbereitenden Geistlichen, Gott zum öftern
mit vielen Thränen dafür, daß seine Barmherzigkeit und
Langmuth die Wunde selbst nicht tödtlich seyn und ihn
nicht auf der Stelle das Leben daran einbüßen ließ, weil
er als vorzüglich großer, und ohne Buße sterbender Sünder, seine Seele alsdenn in das gränzenloseste Verderben
gestürzet haben würde.

Zuerst

Zuerst brachte man den nun ergriffenen List, nebst den beeden andern Räubern, Hans Krause und Butelstedt nemlich, die man auf dem Heuboden schlafend ergriffen hatte, nach Gräz, in der Grafschaft Reuß-Plauen gelegen; am 23. August aber wurden diese 3. Bösewichte auf hochfürstlich Brandenburg-Bayreuthische Requisition, nach Hof ins Gefängniß so wohl, als zur gerichtlichen Inquisition abgeholet.

Bey Durchsuchung des Nickel Lists, fand man in seinen Beinkleidern etwas Moos, nebst einem Zettelchen eingenähet, auf welchem das letzte Wort Christi am Creuz, folgendermaßen fehlerhaft geschrieben stand: Domine in manus tui committo Spiritus mei. Einige, denen es unglaublich schien, daß List so viele Verbrechen, unentdeckt, blos von natürlichen Hülfsmitteln unterstützt, auszuführen im Stande gewesen seyn sollte; hielten diese bey ihm gefundenen Sachen für Zaubermittel. Allein er betheuerte, daß er dieß auf Galgen und Rädern von verfaulten Cörpern genommene Moos, nur deswegen bey sich getragen habe, weil es, wie man ihm versichert hätte, ein sicheres Verwahrungsmittel in Absicht des Ungeziefers abgeben solle; von Zauberey hingegen wiße er nichts. Einige abergläubische Leute wollten auch behaupten, List, und seine Gesellen hätten, wenn sie in die Häuser gebrochen wären, gewiße zauberisch zubereitete Lichter angezündet, die, wenn sie brannten, verschiedene Farben hatten, und durch die sie es zu bewerkstelligen vermögend gewesen wären, daß die Einwohner im tiefen Schlafe liegen bleiben mußten: doch List betheurete jedesmahl, daß solches Unwahrheiten seyen, wie es denn

über-

überhaupts bey seinen Diebstählen nie übernatürlich zu-
gegangen seye — List, Kunst, Behendigkeit, herzhafter
Muth, Behutsamkeit und Erfahrung, das wären seine
Zauberlichter gewesen! —

Bey den in Hof mit Nickel List angestellten gerichtlichen Verhören, wollte er zwar im Anfange läugnen,
und besonders in Absicht des Raubes der güldenen Tafel zu Lüneburg, ganz unschuldig seyn: Doch bald darauf bekannte er seine sämmtlichen Diebstähle auf das genaueste, ohne daß die, im Verweigerungsfall ihm gedro-
hete Tortur, angewendet werden durfte. Er erzählte alle
Umstände, die dabey vorgiengen, und nennte größtentheils die Genoßen seiner Frevelthaten ohne Rückhalt.
Und da er aus allerhand Dingen leicht schließen konnte,
daß ihm bald den Gesetzen gemäß, ein schmählicher Tod
werde angethan werden, so gieng er in Absicht seines
Seelenzustandes in sich, bereuete seine schweren Verbrechen aufrichtig, und bereitete sich christlich auf sein nahes
Lebensende. Ja er setzte sogar am 22. October seinen
letzten Willen schriftlich auf, bestimmte genau, daß seine
4. Kinder sein weniges, in ohngefähr 200. Thalern be-
stehendes Vermögen erhalten sollten, ernennte seinen Ge-
vattern, Günthern, als den, der die ausstehenden
Schulden deshalben einzutreiben hätte, und traf Anstalt,
daß solch sein Testament, in welchem er zugleich auch die
Seinigen wegen der ihnen zugefügten Schande um Vergebung bat, dem Amtsverweser zu Hartenstein übergeben werden möchte.

In Zelle hatte man unterdeßen mehrere verruchte
Bösewichte, gefänglich eingezogen, die an so vielen Dieb-

stählen,

ſtählen, beſonders in Niederſachſen, vorzüglich aber an den ſo großen Kirchenräubereyen in Hamburg, Braun‑ſchweig und Lüneburg Theil genommen hatten. Die wichtigſten darunter waren Chriſtian Schwanke, und ſein Weib, Gideon Peermann, und der Jude Jonas Meyer. Dieſe ſagten nun immer auf einen gewißen Herrn von Moſel aus, von dem man erfahren hatte, daß er als Nickel Liſt zu Hof gefangen ſitze. Liſt zu Hof hingegen hatte ſich in ſeinen Ausſagen öfters auf ſie, und noch einige andere, bezogen, die in den Gefängnißen zu Weimar, Halle, und Leipzig, ſaßen. Da man nun in Zelle dieſe ſträflichen Leute alle gerne beyſammen ge‑habt hätte, um ſie perſönlich einander unter die Augen zu ſtellen, und ſie auch da, wo ihre hauptſächlichſten Fre‑velthaten geſchehen waren, wo man ſie folglich am mei‑ſten kannte, zu verurtheilen, und ihnen den ſchrecklichen Lohn ihrer Bosheiten zu geben; da der hannöveriſchen Regierung beſonders an der Perſon Nickel Liſts, des eigentlichen Anführers dieſer ſchädlichen Bande viel gele‑gen war, um durch ihn alles, was man zu Fällung der Urtheilsſprüche genau wißen mußte, deutlich zu erfahren; ſo wurde beſchloßen, ihn und ſeinen in Weimar gefan‑gen ſitzenden, als Jäger gekleideten Diener, Schwarz, nebſt dem zu Leipzig inhaftirten Erzräuber, Chriſtian Müller, ingleichen den zu Halle eingezogenen Chriſtoph Pante, ſich von den Preußiſchen, Sächſiſchen und Bay‑reuthiſchen Regierungen geziemend durch Reſcripte aus‑zubitten.

In Hof hätte man zwar Liſten und ſeine beeden Mitgefangenen, ſelbſt gerne behalten und abgeſtrafet, weil ſie auch da herum ſich durch ihre Diebſtähle berüchtigt ge‑nug

nug gemacht hatten. Allein es wurde doch das Hannö,
verische Gesuch bewilliget, und daher schickte man denn
von Zelle aus einen Lieutenant und 16. wohlbewafnete
Soldaten, nebst 2. sechsspännigen Wägen nach Hof,
um nicht nur den List abzuhohlen, sondern auch unter,
wegs noch mehrere von seinen Gehülfen mitzunehmen.
Am 4. December reiseten sie ab, und kamen am 17. zu
Hof an, wo man ihnen noch am nemlichen Tage die Ge,
fangenen überantwortete.

List bezeigte sich im Anfange ganz freymüthig, als
er aber auf dem Wagen so fest geschloßen, zwischen 2
mit Pistolen und Flinten bewafnete, und entblößte De,
gen in der Hand haltende Soldaten gesetzt wurde, so
fieng er an sich zu entfärben, weinte bitterlich, und wollte
sich aller Speise enthalten; beruhigte sich jedoch auf
ernstliches Zureden nachher wieder. Nun gieng der Zug
ganz langsam auf Leipzig zu. Man machte kurze Tagreisen,
war unterwegs, besonders in den zu paßirenden dicken
Wäldern sehr vorsichtig, weil man nicht ohne Grund
vermuthete, daß mehrere, bis dato noch in Freyheit sich
befindende Glieder der großen Räuberbande, sich vielleicht
alle Mühe geben möchten, ihren nun gefangenen Anfüh,
rer aus den Händen der Obrigkeit zu reißen, und kam
endlich am 24. December zu Leipzig an.

Zwey Tage darauf traf der von Weimar gehohlte
Andreas Schwarz, in Leipzig ein, der, als man ihn
dem List unter die Augen stellte, versicherte, er hätte von
diesem Kerl nie etwas gehört oder gesehen, allein von
Listen angeredet wurde, "ach du guter Kerl, wie wohl
kennest du mich!" Am nemlichen Tag nahm man auch

den

den Christian Müller, und einige andere nach Hildes:
heim bestimmte Gefangene, aus dem Leipziger Gefäng=
niße, um sie dem Hannöverischen Commando auszuliefern,
die alle, als sie Listen erblickten, zwar erschracken, ihn
jedoch nicht kennen wollten.

Am 28sten kam man in Halle an, wo auch der Erz=
räuber, Christoph Pante, ihnen beygesellet wurde, der
seine Mißethaten sogleich eingestand, Nickel Listen zu
kennen versicherte, und den noch immer läugnenden
Schwarz, von seinen Bosheiten zu überführen sich Mühe
gab. Endlich gelangte man, nachdem zu Wolfenbüttel
die 4. nach Hildesheim gehörigen Verbrecher abgeliefert
worden waren, mit den 4. übrigen Mißethätern, List,
Schwarz Müller und Pante, glücklich am 5. Januar
1699. in Zelle an, wo man diese Bösewichter, die so viele
Menschen betrübet, so viele Tempel entheiliget und ge=
plündert, besonders aber ein so berühmtes kostbares
Denkmahl des grauen Alterthums, als die Lüneburgische
goldene Tafel war, zerstöret, und geraubet hatten, mit
Begierde erwartete. Vor allem trug man ein großes
Verlangen, den sogenannten Herrn von der Mosel, der,
als er das letztemahl in Zelle war, sich als einen reichen
und vornehmen Herrn aufführte, einen Jäger zum Be=
dienten, ja kostbare Ringe am Finger hatte, nun an Hän=
den und Füßen mit Ketten und Banden belastet, ja von
Schergen bedienet, zu erblicken. Alles lief den Wagen,
worauf die Gefangenen sich befanden, ziemlich weit ent=
gegen, und als sie Abends anlangten, wurden sie sogleich
nach dem Weißenhause geführt, bey dem Eintritt in den
Eingang, der zu den Gefängnißen etliche Stufen hinab
unter der Erde führet, noch einmahl genau ausgesucht,

ob

ob ſie nichts bey ſich hätten, womit ſie ſich ſelbſt das Leben nehmen könnten, ſodann jeder beſonders in einem feſten Gefängniße an Ketten gelegt, und verſchloßen, von außen aber durch eine hinreichende Wache ganz ſicher verwahret.

Sogleich am 6. Januar, fiengen ſich die gerichtlichen Verhöre dieſer im Gefängniße liegenden verruchten Räuber an, und **Chriſtoph Pante** war der erſte, den man deshalben vorforderte, der alsdenn ſeine eigenen Verbrechen nicht nur aufrichtig und reuevoll geſtand, ſondern auch von allen übrigen Räubern, was er nur wußte, genau und gewißenhaft anzeigte.

Am 7. und 9. Januar wurde **Nickel Liſt** verhört, und daß dieſes mit vieler Weitläufigkeit und Pünctlichkeit geſchehen ſeyn müße, erhellet daraus, weil er über 221. Puncte befragt wurde. **Liſt** wiederhohlte und bekräftigte nun nicht nur alle ſeine zu Hof bereits gemachten Außagen, mit größter Aufrichtigkeit, ſondern führte ſogar noch manche Specialia in Abſicht der begangenen Kirchenraubereyen, von ſich und den Gehülfen ſeiner Mißethaten an, um ſie, die zum Theil hartnäckig läugneten, und erſt durch die Folter zu ihrem Bekenntniße genöthigt werden mußten, zu überzeugen. Wirklich trug das aufrichtige Geſtändniß **Nickel Liſts** und **Chriſtoph Pantens**, vieles dazu bey, daß man bey den gerichtlichen Unterſuchungen in Abſicht der übrigen, größtentheils verſtockten Verbrecher, ſeinen Endzweck deſto eher erreichen, und ſie ihrer abſcheulichen Uebelthaten überführen konnte.

S 5

Unter-

Unterdeßen schickte man zu diesen, auf den Tod gefangen sitzenden Verbrechern, derer in allen Zwölfe waren, mehrere Geistliche, die selbige zur Buße und Bekehrung ermuntern, und auf ihr nahes schmähliches Lebensende vorbereiten mußten. Nickel List nahm besonders dergleichen Belehrungen und Ermunterungen willig an, um so viel mehr, da er ohne dieß in Absicht auf seine Religion, die besten und richtigsten Kenntniße besaß. Er bezeugte unter vielen Thränen die herzlichste Reue, das Gute gewußt und doch nicht gethan zu haben, und bat Gott in Absicht seiner vielen und großen Blutschulden, tiefgebeugt um Gnade und Vergebung.

Nachdem nun die Verbrecher alle überwiesen waren, und die Regierung sie alle als todeswürdige erfunden hatte, wurden ihre Urtheile gefället, und die Tage zu ihrer Hinrichtung selbst, festgesetzt. Man theilte die Execution ein, und beschloß am 21. Merz, das der Dienstag nach Látare war, sechs, und am 23. Merz darauf die noch übrigen sechs, vom Leben zum Tod bringen zu laßen. Zuerst traf die Reihe den Christian Schwanke, und Andreas Schwarz, Lists sogenannten Jäger, die beede mit eisernen Keulen statt des Rads, jener von oben herab, dieser von unten auf zerschmettert und aufs Rad geflochten wurden, welche Strafe dieser letztere äußerst ungerecht fand, und deswegen sich also ausdrückte: "Eiserne Keulen gehören für die Hunde, nicht aber für die Christen." Unmittelbar nachher wurden Christoph Pante, und Jürgen Cramer, enthauptet, ihre Köpfe aber auf Pfähle gesteckt. Sodann mußten Gideon

Peermann, und der Jude Jonas Meyer, *) durch den Strang ihr Leben endigen.

Die Urtheile der übrigen Räuber, die zwey Tage nachher schimpflich sterben mußten, waren dieses Inhalts, daß vor allem Nickel List, "durch Zerschmetterung seiner Glieder, und zwar anstatt des Rades mit eisernen Keulen von unten auf, vom Leben zum Tode gebracht, sein Kopf auf einen hohen Pfahl gestecket, sein Cörper aber zu Asche verbrannt werden solle;" daß ferner der verruchte

*) Dieser verstockte Jude, der, als er bereits unter dem Galgen stand, noch einen bisher verhehlten Diebstahl von 1500. Thalern, zu Salzwedel begangen, bekannte, hatte die Verwegenheit, eben, da man ihn durch die Winde auf den Galgen hinaufzog, noch eine fürchterliche Verwünschung und Lästerung Jesu in den letzten Augenblicken seines Lebens auszustoßen; wobey er, wahrscheinlich durch die allzueifrig ihn bekehren wollenden Geistlichen auf das äußerste gebracht, unter andern sagte: "Verfluchet seyen alle die, in deren Herzen eine Ader ist, die an Jesum Christum glaubet!" Die Regierung zu Zelle beschloß auf diese unerhörte That, "daß sogleich des andern Tages sein verfluchter Cörper vom Galgen herab genommen, und öffentlich vors Gericht gebracht, selbigem hernach die Zunge ausgeschnitten, und öffentlich verbrannt, der Cörper aber wieder zur Gerichtsstätte geschleifet, und aufs neue bey den Füßen, neben ihm aber ein Hund, an den Galgen gehänget werden solle." Ein solch äußerst sonderbares Urtheil, wurde auch aufs genaueste den 22. Merz vollzogen; und das Volk sahe unter lautem Jauchzen bey dieser Execution zu, die ganz sicher die einzige in ihrer Art und bisarr genug war.

ruchte Christian Müller, *) gleichfalls mit eisernen
Keulen von unten auf zerschmettert, und aufs Rad geflochten, sodann Michel Keyser und Andreas Luci,
wie auch die beeden Juden Moses Hoscheneck **) und
Samuel Löbl, mit dem Strange hingerichtet werden
sollten.

Mit Nickel List ward der Anfang der Execution
gemacht. Der neben ihm bey der Ausführung auf dem
Wagen geseßene Geistliche, stieg in seiner Gesellschaft
auf das Schaffot, wo List zur Rührung der ganzen anwesenden Volksmenge, seine Beicht öffentlich ablegte, in
selbiger seine vielen und großen Sünden nochmahl bekannte, sie Gott reuig abbat, und alsdenn auf sein Begehren die Absolution zu guter Letße erhielt. Er rief
den Namen Jesu noch an, als er schon die Schläge auf
beede Arme und Beine bekommen hatte. Hierauf wurde
er umgekehret, auf den Leib geleget, ihm sodann der
Kopf mit einem Beile herab geschlagen, und sammt dem
Cörper

---

*) Dieser Erzbösewicht stand die Tortur über sechsmahl aus,
ohne je zu bekennen. Im Anfange, sagte er, thäte es wehe,
hernach aber achtete man es nicht mehr. Er wußte von
der Tortur zu reden, als ob er das peinliche Recht studirt
hätte.

**) Dieser Jude versuchte durch den, aus dem Saamen der
Datura gepreßten Saft, seine Wächter einzuschläfern; so
wie überhaupts diese sämmtlichen Räuber dergleichen zubereiteten Saft öfters bey sich trugen, um mit Hülfe desselben, zuweilen ganze Gesellschaften in Wirthshäusern, in tiefen Schlaf zu senken.

Cörper auf die Erde geworfen. Nun richtete man Müllern hin, der mehr Frechheit als Muth dabey zu beweisen schien. Alsdenn knüpfte man die 4. übrigen an den Galgen, legte Müllers Cörper aufs Rad, steckte Nickel Lists Kopf auf den Pfahl, und verbrannte zuletzt deßen Cörper zu Asche.

XXI.

XXI.

Pater Julian Lizardi *)
als Mißionnair in Paraguay 1735. mit Pfeilen
todt geschoßen.

Nachdem der Vizekönig in Peru dem spanischen Pater Provincial der Jesuiten, Hieronymo Herran,
in einem Briefe den Auftrag gemacht hatte, einige ge-
schickte Geistliche seines Ordens zu senden, die von neuem
an der Bekehrung der wilden Heiden arbeiten möchten,
so ernennte er den Pater Julian Lizardi, Pater Jo-
seph Pons, und Pater Chomé zu diesem Geschäfte, und
begleitete sie selbst auf dieser Mißion. Sie waren damahls über 800. Meilen von der Stadt Tarija, welche
mit Peru und der Provinz Tucuman grenzet, entfernet.
Im Monat May 1733. schiften sie sich auf dem großen
Fluß Uruguai ein, begaben sich nach Buenos ⸗ Airés,
einer Landschaft im spanischen Südamerica, und gelang-
ten, nach dem sie die hohen tucumanischen Gebürge über-
stiegen hatten, in Tarija an. Von da aus gieng der
Provincial, Herran, nach Cordue, die übrigen aber
reiseten auf Itau zu, welches der erste Flecken der Chi-
rigua-

*) S. die Vorrede zu der 23sten Sammlung der Lettres edi-
fiantes et curieuses, ecrites des Missions etrangeres, par
quelques Missionnaires de la Compagnie de Jesus, des P.
du Halde, und den 4ten Brief in der 24sten Sammlung
dieser lettres edifiantes ꝛc. wie auch Acta histor. ecclef.
IV. B. p. 946. u. VI. B. p. 917-924.

riguanen ist, einer Nation, die an Wildheit und Un-
glauben fast alle americanische Völker übertrift, so daß
bey selbiger vorher immer, auch die eifrigsten Mißionnairs
nur sehr wenig ausrichten konnten. Nach einer beschwerlichen Reise über steile Berge und durch dicke Gehölze,
wo sie sich immer den Weg mit der Art in der Hand bahnen mußten, kamen sie in ein Thal, Vallée de Salines,
oder Salzthal, genannt. An diesem Orte blieb nun
Pater Lizardi mit einem Capitaine der Chiriguaner,
der ein Christ war, zurück, die beyden andern aber setzten ihre Reise bis ins Thal Chikiaca fort, wo sie die
Ruinen der von den Wilden zerstörten Mißion, und die
mit dem Blute ihrer Mißionnairs, die sie geschunden
hatten, befleckte Erde sahen. Nachdem Lizardi, um
den Pater Chomé abzulösen, in die Gegend des Flußes
Parapiti sich auf einige Zeit hinbegeben hatte, wo er
jedoch mit seinen Mißionsgeschäften wenig ausrichten
konnte, so begab er sich auf getroffene Abrede mit seinen
Gehülfen, und mit Einwilligung des Provincials, in
das Vallée des Salines zurück, um in demselbigen und
der umliegenden Gegend, bey der Colonie de la Con-
ception, den catholischen Glauben weiter auszubreiten.

Er hatte seiner Pflicht gemäß, geraume Zeit unter
dieser neubekehrten christlichen Colonie, nicht ohne guten Fortgang gearbeitet, als die benachbarten Wilden zu
Ingré, die schon lange den Vorsatz gefaßt hatten, diese
Colonie zu zerstören, wirklich einen grausamen Angriff
auf selbige wagten, der ihnen nur allzuerwünscht gelang,
ihm selbst aber das Leben kostete. Nachdem sie in zahl-
reicher Menge durch ihre dicke Wälder, auf ihnen bekannten Wegen gedrungen waren, und sich der nichts bö-

ses

ſes abndenden chriſtlichen Colonie, ziemlich genähert
hatten, ſo fielen ſie mit einemmahle am 16. May 1735.
von einem dicken Nebel begünſtigt, unvermerkt in ſelbige ein. Die neubekehrten Glieder dieſer Gemeine, ergriffen nun augenblicklich die Flucht, der eindringende
Haufe der unglaubigen Wilden aber, ſtürmte ſogleich auf
ihr gottesdienſtliches Gebäude los. Sie trafen in demſelbigen den Pater Lizardi eben unter dem Leſen einer
Meße an, den ſie ſogleich ergriffen, vom Altar rißen und
ihn aller ſeiner geiſtlichen Kleider beraubten. Hierauf
plünderten ſie alles, was ſie in der Kirche fanden, ſchlugen dem da vorhandenen Marienbilde, das man für
wunderthätig hielte, den Kopf herunter, ſchloßen alsdenn
die Kirche ſelbſt zu, nachdem ſie vorher einen jungen
Menſchen, der zuvor bey dem Altare aufgewartet, in ſelbige geſperret hatten, und zündeten ſie mit Feuer an, daß
ſo wohl ſie, als der darinne verſchloßene unglückliche
Jüngling, zu Aſche verbrannt wurde.

Eben ſo traurig war bald nachher auch das Schickſal des Pater Lizardi ſelbſt. Sie bunden ihn nemlich,
und führten ihn ſo, unter wildem Getöſe, eine Meile
von der Colonie weg in eine felſigte Gegend. Als ſie
ihn an einem Felſen befeſtigt hatten, ſo ſchoßen ſie mit
ihren Pfeilen nach ihm, um ihn ſo eines langſamen Todes ſterben zu laßen. In der Folge machten ſich die
wilden Cannibalen über ſeinen Leichnam ſelbſt her, und
fraßen ihn mit unmenſchlicher Grauſamkeit auf.

XXII.

XXII.

Gabriel Wolf, *)
als vieljähriger Falfarius zu Nürnberg 1593. enthauptet und verbrannt.

Im Monat August des Jahrs 1593. meldete sich jemand bey dem Magistrate der Stadt Nürnberg,
und überreichte selbigem ein Schreiben, das mit des damahligen Churfürsten von Brandenburg Siegel von
außen gesiegelt, und inwendig, seinem Handzeichen ähnlich,
unterschrieben war. Der Inhalt des Schreibens war:
Churfürst und Markgraf Johann Georg, habe dem
Vorzeiger dieses Briefes, seinem Sekretair nemlich, dessen Name Georg Windholz sey, befohlen, verschiedene
Arbeiten bey Künstlern und Profeßionisten in Nürnberg
anzubringen, wozu er 1500. ungarische Dukaten bedürfe,
mit dem Begehren, Bürgermeister und Rath sollten solche herschließen und versichert seyn, daß ihnen selbige unverzüglich wieder erstattet werden würden. Weil nun
dieses Schreiben, dem äußerlichen Ansehen nach, ohne
Verdacht war, so wurde diesem Begehren ohne Bedenken willfahret. Da aber so viele ungarische Dukaten
damahls gerade nicht vorräthig waren, und der angebliche

Bran-

*) S. Meusels historisch litterarisches Magazin, III. Theil
1786. p. 39 - 42. und Journal v. und f. Deutschland VI.
Jahrgang 1789. IV. Stück p. 333. 334.

T

Brandenburgische Abgeordnete sich erklärte, daß er sich's gefallen ließe, wenn man ihm den Rest in anderer Münze geben würde, indem er sich schon bey Kaufleuten Dukaten dafür einzuwechseln getraue, so wurden ihm, um die Summe vollzumachen, Philippsthaler drauf gezahlet.

Nicht lang nachher erfuhr man, daß dieser Mann, ohne Bestellung einiger Arbeit, sich sogleich aus Nürnberg entfernt, und auf den Weg nach Regensburg gemacht habe. Man zog daher sogleich von denen, bey welchen er, Zeit seines Aufenthalts in Nürnberg, aus und eingegangen war, nähere Kundschaft ein und erfuhr, daß er ein Nürnbergischer Bürgerssohn sey und Gabriel Wolf, sonst Glaser genannt, heiße. Dieß brachte den Rath auf die gegründete Vermuthung, es müße hinter dieser Sache ein sträflicher Betrug stecken und daher wurde denn ohne Zeitverlust ein Bürger, der ihn, aus öfterm Umgang mit ihm, von Gesicht und Person genau kennen gelernt hatte, ihn einzuhohlen und festsetzen zu laßen, nachgeschickt, und deswegen mit Briefen an den Rath zu Regensburg versehen. Dieser Mann richtete seinen Auftrag wirklich so geschickt und eilfertig aus, daß er sogar noch eher, als der Betrüger, Wolf, in Regensburg anlangte.

Gleich nach Wolfs Ankunft daselbst, ließ der Regensburgische Magistrat selbigen sogleich in Verhaft nehmen, und lieferte ihn alsdenn gegen einen Revers an Nürnberg aus, wo er unter sicherer Bedeckung bald darauf eintraf und ins Gefängniß gelegt wurde. Bey den mit ihm angestellten gerichtlichen Untersuchungen fand es sich, daß er mit dem trüglich empfangenen Gelde von

Regens=

Regensburg aus, durch Böhmen nach Pohlen und sobann weiter nach Liefland habe reisen wollen; daß ihm jedoch die Philippsthaler zu schwer geworden wären, und ihn folglich gehindert hätten, seine zu Fuß angestellte Reise geschwinder fortsetzen zu können.

Er legte alle seine Geständniße freywillig ab, und be‐ kannte nicht nur im Allgemeinen, daß er solche Betrüge‐ reyen bereits über 24. Jahre getrieben, und in seinen ehemahligen manchfaltigen Herrendiensten, mit welchen er sich gar wohl und ehrlich hätte ernähren können, durch Verläugnung und Veränderung seines Namens und ver‐ mittelst falscher Handschriften und nachgeschnittener Sie‐ gel, Personen von hohem und niedrigem Stande, sträfli‐ cher Weise betrogen, auch etliche beträchtliche Diebstähle begangen, und zuletzt noch seinem eigenen Vaterlande, durch ein ähnliches Bubenstück schaden zu wollen, sich unterstanden habe; sondern zeigte auch bey den articulir‐ ten Verhören, folgende einzelne Verbrechen besonders und auf das genaueste an.

Er gestand nemlich, auf den Namen des Königs in Schweden, bey dem Magistrat zu Danzig 2000. Duka‐ ten begehrt zu haben, versicherte aber auch zugleich, daß der Betrug gemerkt worden seye, und er also nichts be‐ kommen habe. Ferner bekannte er, daß er dem Grafen zu Oettingen, in deßen Diensten er gestanden, 500. Gulden abgetragen und als derselbe bereits gestorben war, noch 200. Gulden für selbigen trüglich aufgenom‐ men habe. Seinem Geständniße gemäß, veruntreuete er auch einem Herrn zu Costniz, in deßen Diensten er sich befand, 300. Gulden. In Danzig wollte er noch

einmahl

einmahl bey zwey Kaufleuten, die Summen von 600. Thalern und 300. Gulden auf ein Paar vornehme Herren borgen: Doch, da man seinen Betrug merkte, nahm man ihm das bereits in die Hände gegebene Geld wieder. In der Folge nahm ihn ein vornehmer Herr, der sich in den Niederlanden aufhielt, in Dienste. Diesem war der damahlige Herzog von Parma viel schuldig, und als er nun an selbigen nach Italien geschickt wurde, um persönlich dieses Geld für seinen Herrn in Empfang zu nehmen, aber von selbigem für dieses Geschäfte keine außerordentliche Belohnung bekam, so behielt er von der ihm ausgezahlten beträchtlichen Summe 1400. Kronen für sich, und flüchtete mit diesem Gelde in die Türkey. Während seines Aufenthalts in Constantinopel, verstarb daselbst Herr Jacob Fürer, aus der noch jetzt in Nürnberg blühenden altadelichen von Fürerischen Familie, deßen Siegelring, Bücher und Kleider, nebst einigem Gelde, er sich sogleich zueignete, — wahrscheinlich unter dem Vorwande, solche Sachen selbst persönlich ins Vaterland des Verstorbenen zurückzubringen, jedoch sie für sich behielt und nachher vorgab, sie wären ihm bey seiner Rückreise auf dem Meere entwendet worden. Er mißbrauchte eine Aebtißin zur Unzucht, und wollte sie hernach auch entführen — ein Vorhaben, deßen Ausführung ihm in der Folge mißlang. Doch entwendete er ihrer Schwester eine kleine silber vergoldete Schlaguhr, und stahl nachher auch einem Johanniterritter gleichfalls eine silberne Sackuhr und andere Dinge mehr, besonders aber ein Pferd, auf dem er durch die Flucht sich in Sicherheit setzte. In Prag wurde er kaiserlicher Hatschier, und als er daselbst von einer gewißen Frauensperson den Auftrag bekam, zwey ihr gehörige silberne Becher, nebst

einem

einem silbernen Gürtel, für sie in Versatz zu geben, so entwich er mit diesen Pretiosis, und verkaufte sie nachher um 40. Gulden.

Dieß alles bekannte er auf das genaueste und versicherte, daß er durch diese sämmtliche Diebereyen auf 14000. Gulden zusammengebracht, und obwohl vieles davon ihm wieder abgedrungen worden, doch über 6000. Gulden davon zu seinem Nutzen gebraucht, oder vielmehr liederlich verschwendet habe.

Nach geendigter Inquisition wurde ihm das Urtheil gefället, daß ihm bey seiner Hinausführung zur Richtstätte, unterwegs auf der Fleischbrücke, die rechte Hand solle abgehauen, sodann auf dem Rabensteine der Kopf herunter geschlagen, und zuletzt der Cörper auf dem Scheiterhaufen zu Asche verbrannt werden. Da jedoch seine Freunde eine Fürbitte für ihn einlegten, so wurde die ihm bestimmte Strafe gemildert und ihm die Abhauung der Hand erlaßen, wofür er bey Anhörung des Urthells vor Gericht auf die Kniee fiel, und wegen einer solchen Begnadigung mündlich dankte.

Am 11. October war sein Todestag. Er hatte sich nicht nur auf sein Ende christlich vorbereitet, sondern hielt auch auf der Richtstätte mit ziemlichem Anstand eine kurze Rede, in welcher er die Jugend zur Frömmigkeit und Ehrlichkeit nachdrücklich ermunterte, und treulich erinnerte, es möchte sich doch jedermann an seinem Exempel spiegeln. Er wurde hierauf enthauptet und sein Cörper verbrannt.

T 3

Dieser

Dieſer Unglückliche beſaß nicht nur einen vortreflichen cörperlichen Wuchs und anſehnliche Geſichtsbildung, ſondern zeichnete ſich auch durch ſeine Beredſamkeit, Fertigkeit in Geſchäften, und Fähigkeit mehrere Sprachen zu verſtehen und zu reden, vor andern merklich aus, und machte ſich durch dergleichen Vorzüge bey jedermann beliebt. Schade war es, daß er, der ſich auf ſeinen Reiſen beynahe durch alle europäiſche Länder, und bey ſeinem Umgange mit ſo vielerley Menſchen, die beſte Weltkenntniß und die manchfaltigſten Erfahrungen verſchaft hatte, ſich doch ſo tief erniedrigte, Betrüger ſeiner Brüder zu werden, und durch ſeine boshaften Frevelthaten einen ſo ſchimpflichen Tod nur allzuwohl zu verdienen! Er ſtarb in einem Alter von 42. Jahren.

XXIII.

XXIII.

Eppelein von Gailingen *)
wegen seiner vieljährigen Plackereyen im Fränkischen, zu Neumarkt 1381. gerädert.

Dieser berüchtigte Räuber im 14ten Säculo, der vorzüglich in Nürnberg unter dem verdorbenen Namen Eppella von Galla, als vermeyntlicher Luftritter
und Zauberer, selbst noch heut zu Tage bekannt genug ist,
und von dem auch in so vielen Reisebeschreibungen, die
Nürnberg erwähnen, selbst in der Blainvillischen, die
gröbsten Unrichtigkeiten enthalten sind, war weder Zauberer noch Luftritter, sondern vielmehr ein verwegener
fränkischer Ritter aus dem alten ausgestorbenen Geschlechte der Gailingen von Illesheim, einem, eine
Stunde von Windsheim gelegenen Rittergute, welches
heut zu Tag den Herren von Berlichingen gehört.

Sein Stammhaus, von dem die Familie den Namen
hatte, war Gailing, ein festes Schloß, eine Meile von
Rothenburg an der Tauber. Er muß mehrere
ansehnliche Güter besessen haben, weil gesagt wird, daß
er unter andern auch einen Sitz zu Drameysel, im Bambergischen hatte, so nach Muggendorf gepfarret war.
Man erzählt, daß Apel, oder Eppelein von Gailingen,
von diesem Orte aus öfters gen Muggendorf nach St.

T 4

Lorenz

---

*) S. Waldaus vermischte Beyträge zur Geschichte der
Stadt Nürnberg I. Band, 1786. p. 209 - 234.

Lorenz geritten seye, und zwar über einen hohen Felsen und Riß, der sonst mit großer Mühe an Händen und Füßen geklettert werden mußte, und daß er sehr häufig über den Fluß Wiesend, ohne das Waßer zu berühren, einen Sprung gemachet habe.

Die Sitte des damahligen Zeitalters, und eine falsch geleitete Tapferkeit der Edelleute, brachte auch Apeln von Gailingen auf den unglücklichen Gedanken, sich mit mehrern seines gleichen aus dem Stegreif zu nähren, und einen förmlichen Placker und Straßenräuber abzugeben, so wenig er solches, bey seinen mehrern einträglichen Besitzungen, nöthig gehabt zu haben scheint. Er hielt Knechte und hatte noch viele Gesellen und Helfer vom fränkischen Adel, die alle auch ihre Knechte hatten und mit einer kleinen, aber immer fürchterlichen Heeresmacht ausziehen konnten.

Der Gegenstand der Plackereyen dieser feinen Gesellen, waren vornehmlich die fränkischen Reichsstädte, Nürnberg, Rothenburg, Weißenburg und Windsheim. Sie sagten ihnen förmlich ab, oder kündigten Privatkrieg an, huben die Bürger und Unterthanen dieser Städte von den Straßen auf, und schleppten sie als Gefangene mit sich fort, ja sengten und brennten, wo sie nur hinkamen. Daher wurden sie auch von den Städten in die Acht erkläret, und so viel möglich verfolget.

Apel, oder Eppelein von Gailingen, war und blieb von Nürnberg besonders, ein unversöhnlicher Feind. Zwar muß man ihm den Ruhm laßen, daß er Muth und Entschloßenheit genug beseßen habe, und ein ganz vor-

trefli-

treflicher Reuter gewesen seye. Allein sein Muth und seine Reuterey, arteten in eine Verwegenheit und Tollkühnheit aus, die ihres gleichen nicht hatte, und die freylich, wenn sie glückte, Bewunderung und Erstaunen, so wie auf seiner Seite bittern Spott gegen die ihn vergeblich verfolgenden Feinde, erregte. So wurde er einst, in der Gegend von Carlstadt und Würzburg, von Würzburgischen und Nürnbergischen Soldaten angetroffen, und so enge eingeschloßen, daß es ihm unmöglich war, sich durchzuschlagen, oder mit der Flucht zu retten. Er war auf einem hohen steilen Felsen und unter ihm im tiefen Abgrunde der Mayn. Weil er sich ohnedieß für verlobren hielt, so entschloß er sich schnell, vom Felsen mit seinem Pferde hinunter in den Mayn zu sprengen. Er that's, flog in tollkühner Verzweiflung hinunter in den Strom und sein Pferd brachte ihn glücklich durch die Fluten zum entgegen gesetzten Ufer, wo er die ihm nachstaunenden Feinde verspottete.

Nach dieser Beschreibung der allerverwegensten Unternehmung, sollte man glauben, daß Apel von Gailingen auch den Luftsprung über den Stadtgraben zu Nürnberg gewaget habe, und zwar um so viel mehr, weil im vierzehenden Jahrhundert der Stadtgraben in der Gegend der Reichsveste, weder so tief noch so breit war, als er gegenwärtig ist, auch die dermahlige Brustwehre (auf welcher noch Spuren von drey neben einander im Stein eingedrückten Hufeisen bekannter maßen zu sehen sind,) noch nicht vorstand, die freylich den Ritt schlechterdings unthunlich gemacht hätte. Immerhin mag solches Hinübersetzen über den auch seichtern und schmählern Stadtgraben, noch sehr gewagt und tollkühn gewesen seyn; so

daß

daß es eben so wenig jemand nachzumachen Lust hatte, als den Sprung bey Carlstadt, so konnte es Eppelein von Gailingen doch ohne Hülfe des Satans, ohne Hexerey versuchet und glücklich ins Werk gesetzet haben, weil ihm vermuthlich die Nürnberger auf den Nacken kamen, und es das einzige Mittel war, sich und sein Leben zu retten. Die alte Volkssage von diesem fast wunderbaren Ritt, die sich bisher erhalten, kann doch wohl nicht ganz falsch seyn: sie ist harmonisch mit der erst erzählten Begebenheit, mit dem Ritt über den Felsen bey Muggendorf, und mit dem Setzen über den Fluß Wiesend. Auch hat sich Apel von Gailingen öfters nach Nürnberg in die Stadt selbst hineingewagt, um die Einwohner zu äffen und ihnen allerley Poßen zu beweisen. Uebrigens war er der abgesagteste Feind von Nürnberg und zwar vermuthlich deswegen, weil ihm die Nürnberger, bey denen er so wohl in der Stadt selbst, als auch auf dem Lande am meisten bohlen konnte, auch am stärksten nachstrebten, und seines gleichen schon mehrere, vielleicht wohl Freunde und Bekannte von ihm, aufgehoben und hingerichtet hatten, deren Tod er mochte rächen wollen.

Im Jahre 1380. schrieb die Stadt Rothenburg an den Rath zu Nürnberg, sie hätten in Erfahrung gebracht, als wäre Nürnberg Willens, sich mit dem Eppelein von Gailingen in Richtigkeit einzulaßen, welches sie nicht hofften, und bitten wollten, sich ja nicht mit ihm gütlich zu vertragen, worauf der Rath zu Nürnberg den Rothenburgern antwortete: man hätte sie falsch berichtet; Nürnberg laße sich nie mit dem Eppelein ein, nur sollten auch sie sich nie mit ihm vertragen.

So

So waren die fränkischen Reichsstädte auf der einen Seite gesinnet, und auf der andern fuhr Eppelein mit Placken und Rauben unaufhörlich fort, so sehr er auch indeßen zu Jahren gekommen und durch Zerstörung seines, unweit Gunzenhausen gelegenen festen Schloßes, Wald, so wie durch den gänzlichen Verlust seiner Güter daselbst, gewarnet zu seyn schien. In dem ihm so fatalen Jahre 1381. griff er mit seinen raubsüchtigen und gewaltthätigen Helfern, allenthalben gar sehr um sich, insonderheit bey Dachau, wo er etlichen Nürnbergischen Fuhrleuten von 32. Wagen die Pferde ausspannte, und zu Walrode, wo er verschiedenen Nürnbergischen Kaufleuten ihre Waaren raubte, dergleichen er denn auch gegen die Burger und Unterthanen der übrigen fränkischen Reichsstädte, freventlich verübte.

Durch alle diese Uebelthaten verursachte er es denn, daß man ihm auf allen Seiten immer stärker nachstrebte, und ihn endlich auch wirklich ergriff. Dieß geschahe zu Postbauer, einem an der Gränze des fränkischen und bayrischen Craises liegenden Dorfe, wo von Nürnberg aus die zweyte Poststation, auf der Straße nach Regensburg, sich endigt. Daselbst wurde er noch in gedachtem Jahre 1381. sammt Dietrich und Hermann, den Bernheimern und vier Knechten niedergeworfen, gefangen genommen, und nach Thann oder Burgthann, so damals noch Pfälzisch gewesen war, gebracht, von dannen aber nach Neumarkt in der Oberpfalz, abgeführet. Hier machte man ihm auf Anklage der vier Städte Nürnberg, Rothenburg, Weißenburg und Windsheim einen sehr kurzen Prozeß, und er wurde als ein vermehrter Straßenräuber, nebst den beeden Bernheimern mit dem Rade, die vier Knechte aber mit dem Schwerdt vom Leben zum Tode gebracht. Diese glaubwürdige und sichere Nachricht ist aus den Müllnerischen Nürnbergischen Annalen genommen, und widerspricht allen den ältern und neuern Sagen, nach welchen Eppelein zu Farrenbach gefangen genommen, und dann zu Nürnberg selbst, auf dem dasigen Rabensteine, mit dem Schwerdte hingerichtet worden seyn soll.

Eppelein von Gailingen muß bey seiner Hinrichtung schon ein Mann von ohngefähr 70. Jahren gewesen seyn: denn schon im Jahre 1335. empfieng er vom Bischof Otto zu Würzburg, ein Lehen in Uhlstadt, und sein älterer Sohn, Johann Gailing zu Schwebheim, kommt bereits im Jahre 1353. vor. Ist es an dem, was der lateinische Dichter, Johann Lorich, (der in seinem Hodoeporicon, hoc est itinerarium, quo Ratisbonam profectus est Hassorum Princeps Philippus, Marp. 1541. 4to. eine rühmliche poetische Beschreibung seiner kühnen Flucht durch den Maynstrom einschaltet) versichert, daß er bey dem oben erwähnten Sprung vom Felsen in die Fluthen, noch ein junger Mann gewesen, so kann er sein Plackerhandwerk gar leicht 40. bis 50. Jahre getrieben, und sich also schwerlich vorgestellet haben, daß noch ganz spät erst, ein so schmähliches Ende seiner Ritterthaten auf ihn warten würde.

XXIV.

XXIV.

Ulrich Schwarz *)

Senator und Bürgermeister zu Augsburg, wegen vielfältiger Verbrechen daselbst 1478. mit dem Strange hingerichtet.

Dieses ehemalige unwürdige Glied des Augsburgischen Senats, war eines gemeinen Zimmermanns Sohn, lernte als Knabe das nemliche Handwerk, und trieb es auch in erwachsenen Jahren, ja selbst noch einige Zeit nach seiner Verheyrathung. Zwar mangelte es ihm nicht an vorzüglichen Geistesfähigkeiten, die, wenn sie in der Jugend beßer ausgebildet und auf das Gute stets hingelenkt worden wären, ihm allerdings den Weg, ein großer Mann zu werden, hätten bahnen können; allein seine niedrige, gemeine Erziehung verdarb auch seine Gesinnungen, und bey übel geordneter Ehrsucht und unersättlichem Geize, war ihm kein Mittel zu schändlich, seine Begierden zu befriedigen.

Da er durch Verstand und Fleiß sich einiges Vermögen erworben, und durch seine Beredsamkeit, so wie durch seinen guten äußerlichen Anstand, sich unter seiner Zunft in

---

*) S. Paul v. Stettens Lebensbeschreibungen zur Erweckung und Unterhaltung bürgerlicher Tugend, I. B. Augsb. 1778. p. 63 - 86. und Zieglers täglicher Schauplaz der Zeit, 1728. p. 403. 404.

in Ansehen gesetzt hatte, so erwählten ihn seine Genoßen in derselben, im Jahre 1452. zum Zwölfer, und dadurch kam er in den großen Rath, aus welchem er jedoch, eines begangenen Ehebruchs wegen, wieder gestoßen wurde.

Da er demohngeachtet bey seinen Zunftgenoßen viel galt, und durch seine öftern, hie und da mit Einsicht und Freymüthigkeit gemachten Beurtheilungen der damahligen Staatsangelegenheiten, zu erkennen gab, daß er ein Mann seye, der wirklich gute Dienste leisten könne, so wurde er im Jahre 1459. mit Vergeßung seines vorherigen Vergehens, Zunftmeister, und kam hernach in den Rath.

Damahls war die Stadt einigermaßen mit Schulden beladen, auf deren Tilgung Schwarz ernstlich drang. Er verlangte deshalben die Einsicht der Bücher, und als ihm solche gewährt, ja er in der Folge ins Bauamt gesetzt wurde, so machte er die heilsamsten Anschläge zur Verbeßerung der Einkünfte, die, weil sie die Bürgerschaft nicht beschwerten, auch angenommen, befolget und selbst nach seinem Falle noch, beybehalten wurden.

Dadurch vermehrte sich nun die von ihm gefaßte gute Meynung, aber gewiß auch sein Stolz. Daher fieng er denn nur gar zu bald an, durch Mißbrauch seiner Gewalt und seines Ansehens, sich furchtbar zu machen, und durch listige ja selbst niederträchtige Kunstgriffe, reichen und in vorzüglicher Achtung stehenden Bürgern, einen Theil ihres Vermögens abzuzwacken. Dieß erfuhr besonders der damahls sogenannte alte Bürgermeister von der Zunft der Kaufleute, Andreas Frickinger. Er

hatte

hatte mit Schwarzen, der sein Nachbar war, in Geschäften zu sprechen, und gieng deßwegen zu ihm. Da dieser nicht zu Hause war, unterhielt er sich indeßen mit seinem, ihm an Ränken ganz ähnlichen Weibe, und trieb
Scherz mit ihr. Schwarz kam dazu, dachte sogleich
den aufgeräumten Frickinger in die Falle zu locken, und
überredete sein Weib, daß sie selbigen einlud, zu anderer
Zeit sie wieder zu besuchen. Bey dieser zweyten Zusammenkunft harrte Schwarz im Winkel so lange, biß beede
ziemlich vertraulich wurden; drang sodann mit bloßem
Schwerdt ins Zimmer, und forderte dem bereits bejahr-
ten, redlichen Bürgermeister, der gewiß die Schranken
der Ehrbarkeit nicht überschritten haben würde, zur Genugthuung wegen der von ihm erlittenen Beleidigung,
200. Gulden ab. Nachher verdrängte er den guten
Frickinger sogar von seinem Amte. Er klagte ihn nemlich wegen übel geführter Rechnungen an und machte ihm
so bange, daß er in St. Ulrichs Freyung flüchtete, wo
er bald darauf starb. Die dadurch entledigte Stelle aber
wurde ihm selbst von seinem Anhange zuwegen gebracht.

Von den beeden Bürgermeistern, war der eine jederzeit von den alten Geschlechtern, der andere aber von den
Zünften; und jeder besaß diese Würde nur ein Jahr,
konnte jedoch nach 2. Jahren wieder zu dieser Würde ge-
wählt werden. Mit Schwarzen war damahls Bar-
tholme Welser zugleich Bürgermeister; ein Mann von
großem Verstande, Vermögen und Ansehen. Es kann
seyn, daß dieser Schwarzen nicht gerne neben sich sah,
oder doch wenigstens einige Vorzüge vor ihm zu besitzen
suchte. So viel ist jedoch gewiß, daß Schwarz nun in
seinem

feinem unbändigen Haße nicht nur gegen die Geschlechter, sondern überhaupts gegen alle angesehene, reiche
und zugleich rechtschaffene Männer, von Tag zu Tage
weiter gieng. Diese Feindschaft gegen sie, ließ er keinesweges öffentlich ausbrechen, sondern bediente sich vielmehr, um sie seinen Haß desto nachdrücklicher fühlen zu
laßen, der geheimsten Ränke und Arglist. Er wußte sich
nemlich unter den Zunftmeistern einen Anhang zu machen, der bloß nach seinen Winken nickte, und leitete mit
Hülfe des von ihm gedungenen Stadtschreibers, bey allen
Wahlen die Stimmen jederzeit so, daß seine Parthey die
stärkere war. Auf solche Art drang er überall durch und
brachte es insbesondere dahin, daß der Rath um 18.
Glieder aus den Zünften vermehret, und die Zahl der
Patrizier von 15. auf 12. gesetzt wurde.

Nach einem Jahre mußte Schwarz sein Bürgermei-
steramt abtreten, und an seine Stelle kam Hans Vittel,
aus der Zunft der Krämer, ein sehr angesehener, rechtschaffener und kluger Mann, der des vorhin erwähnten
Frickingers Tochter zur Ehe hatte, folglich ihm nicht
geneigt war, so wie dieser auch hinwiederum gegen ihn
Mistrauen hegte. Dieser Vittel und Welser, durch die
seine Absichten so oft vereitelt wurden, waren ihm daher stets ein Dorn in den Augen; deswegen suchte er
dann sie zu entfernen; und brachte es auch wirklich dahin, daß Vittel öfters verschickt wurde, er hingegen nicht
nur zweymahl in der Abwechslung mit andern, sondern
zuletzt sogar viermahl nach einander, der bisherigen Ordnung gerade zuwider, unter einem, seinen Anhängern
listig vorgespiegelten Scheingrunde, zum Bürgermeister
erwählt wurde. Welsern konnte Schwarz zwar nicht

ganz

ganz verdrängen, doch wuſte er es ſo einzulenken, daß allemahl das andere Jahr ein Mann aus dem Patriz
ziat zur Bürgermeiſterwürde gelangte, der ſchwach genug war, ihn, als ſeinen Collegen, jederzeit handeln zu laßen, wie es ihm nur immer gut däuchte.

Da ſein Haß zwar gegen alle rechtſchaffene Bürger, doch beſonders wieder gegen die Patrizier keine Gränzen hatte, ſo ſuchte er ihnen überall zu ſchaden, ia ſo gar in Kleinigkeiten ſie zu necken. Daher öfnete er denn das Tanzhaus, deßen ſich der Adel bisher ausſchließungs, weiſe zu Bällen und andern Feſtlichkeiten bedient hatte, für die ganze Bürgerſchaft und veranlaßte ihn dadurch, andere Gelegenheiten zu ſuchen, daß nicht eine ſolche Vermiſchung mit dem gemeinen, oft ungeſitteten Handwerks, manne, auch zur Verderbniß der Sitten bey der adeli, chen Jugend gereichen möchte.

Man beſchuldigte ihn, er habe durch Meuchelmörder die vornehmſten Rathsherren aus dem Patriciat, hinter, liſtiger Weiſe aus dem Wege räumen wollen, durch eine Fallbrücke, über ein Gewäßer in ſeinem Garten, ſeine Feinde von ohngefähr zu erſäufen geſucht, und mit Hülfe ſeiner Anhänger und des gemeinen Pöbels die Häuſer der Domherren, Patrizier und reichen Kaufleute, auszuplündern, getrachtet. So gewiß aber jene erſte Beſchuldigung war — denn er geſtund nachher in der Tortur dieſes ruchloſe Vorhaben ſelbſt ein, ſo wenig können jedoch die beeden letztern Vorſätze als gewiße be, ſtättiget werden. Dem ſey nun wie ihm wolle, ſo iſt es doch unſtreitig, daß verſchiedene angeſehene Männer und Familien, um ſeinen rachgierigen und hinterliſtigen Nach,

U   ſtellun

ſtellungen zu entgehen, von Augsburg wegzogen, und ſich anderwärts anſetzten. Dieß that beſonders das reiche Haus der Honolde, die damahls zu den wichtigſten Kaufleuten gehörten.

Unter der Zeit heyrathete er eine reiche Wittwe, mit der er noch zu Lebzeiten ihres erſten Mannes und ſeines erſten Weibes, einen ſchändlichen Umgang gepflogen hatte. Er bekannte es nachher im Gefängniße ſelbſt, daß er durch Gift ihren Mann aus dem Weg geräumet habe. Mit ihr, die nicht weniger geizig, ſtolz und wollüſtig als er ſelbſt war, verbunden, trotzte er den Reichen und Vornehmern mit verdoppelter Bosheit, und kränkte ſie durch den übertriebenſten Pracht. Dieſes, ſeiner ganz würdige Weib trieb es ſo weit, daß, als ſie einsmahls eine erbare Frau in einem koſtbaren Pelzmantel, welchen ihr Gatte aus den Niederlanden mitgebracht hatte, in der Kirche ſah, ſie es durch Drohungen dahin brachte, daß der Mann den Mantel ſeiner guten Frau wieder abnahm, und der Frau Bürgermeiſterin verehrte, um der Rache ihres Mannes zu entgehen. Sie war geſchickt, Geſchenke anzunehmen, beſonders da, wo ihr Mann glaubte, ſeine Ehre zu tief herabzuſetzen, wenn er ſie ſelbſt annähme; ob er gleich zum öftern keine Bedenklichkeit hatte, ſich ſo ganz öffentlich beſtechen zu laßen, daß man in der ganzen Stadt davon redete, und das Gerücht davon bis an den kaiſerlichen Hof drang. Er nahm Gelder auf und läugnete ſolches nachher ab, ja wußte ſich durch öftere argliſtige Vergleichung ſtreitender Partheyen, ungemein zu bereichern.

Die Mittel, deren er sich zur Befriedigung seines Stolzes bediente, waren die schändlichsten. Er brachte seine Creaturen bey den besten Aemtern unter, hielt sich überall heimliche Kundschafter, und verschafte besonders seinen beeden Tochtermännern die ansehnlichsten und einträglichsten Stellen. Um sich an Männern, die ihn beleidigt hatten, zu rächen, steckte er sich hinter ihre Gattinnen und hetzte sie wider selbige auf, daß sie ihnen, seinen Vorschriften gemäß, das Leben so sauer als möglich machen mußten. Da seine Habsucht nicht bloß an Bestechungen sich begnügte, so bestahl er wirklich auch das öffentliche Einkommen der Stadt, und der, seiner Verwaltung aufgetragenen Stiftungen, besonders ließ er sich von allen Dienste erhaltenden Personen, ansehnliche Summen zahlen, unter dem Vorwand, sie wären zur Unterhaltung des Hospitals bestimmt, die er jedoch sich diebisch zueignete. Ja er strebte sogar, wegen seiner hochangerechneten Verdienste um die Regierung des Staats, von allen bürgerlichen Abgaben und Steuern freygesprochen zu werden, das jedoch Edeldenkende zu hintertreiben wußten.

Selbst mit Dieben und Räubern ließ er sich ein, wenn es ihm Nutzen brachte, und da er heimlich nachgemachte Schlüßel zu den Stadtthoren hatte, so war ihm solches leicht möglich. So erfuhren es einsmahls einige aus der Metzgerzunft, die im niederländischen Kriege, wo man ohne Scheu raubte und plünderte, gedienet, und dadurch das Rauben und Plündern gewohnt hatten, daß Nürnbergische Kaufleute Güter von Seiden und dergleichen unterwegs hätten, und bekamen Lust, sich derselben zu bemächtigen. Sie ließen daher durch ihren Zunft-

meister,

meiſter, Georg Kurz, Schwarzens Anhänger, ſich
bey dieſem Erlaubniß zu ſolcher Frevelthat auswirken,
und verſprachen beeden ihren ſichern Antheil an der Beu,
te. Als die Einwilligung ſogleich erfolgte, ſo ritten die
Böſewichter aus, raubten die Güter wirklich, theilten
den Raub im Walde, brachten ihn heimlich in die Stadt
und gaben nachher dem Zunftmeiſter und Bürgermeiſter
die verſprochenen Diebs-Portionen. Da jedoch die
Sache in Nürnberg ruchtbar wurde, ſo kamen Abgeordnete nach Augsburg, die perſönlich klagten. Man
machte hierauf bald die Thäter ausfindig und ſetzte nicht
nur ſie, ſondern auch Kurzen, auf den ſie ausgeſagt hatten, ins Gefängniß. Schwarz, der äußerſt hierüber
erſchrak, ſchlich nun ins Gefängniß, tröſtete Kurzen,
bat ihn, ſeiner zu ſchonen, und verſprach ihm feyerlich,
ihn wo nicht eher, doch gewiß bey ſeiner Hinausführung
zum Richt-Platz, durch ſeinen Anhang gewaltſam zu
befreyen. Indeßen wurde das Urtheil geſprochen, Kurz
ſollte ſowohl als die Thäter enthauptet werden. Bey
der Hinausführung ſahe ſich Kurz immer um, ob keine
Befreyung erfolge, und bedauerte es zu ſpät, daß er
Schwarzens Verſprechen getrauet habe, der übrigens
froh war, bey dieſer ſchändlichen Begebenheit noch ſo
gut davon gekommen zu ſeyn.

Noch ſchändlicher war jedoch die That, welche
Schwarz im Jahre 1477. an den Brüdern Hanns und
Leonhard Vittel begieng. So ein verdienſtvoller Mann
jener war, und ſo ſehr man ihn wegen ſeiner Rechtſchaf-
fenheit nicht nur in ſeiner Vaterſtadt, ſondern auch am
kaiſerlichen Hofe ſchätzte und liebte, von welchem er mit
dem Cáracter eines kaiſerlichen Hofraths beehrt worden

war,

war, so unversöhnlich haßte ihn jedoch Schwarz, weil er das Herz hatte, seine Ränke öffentlich zu rügen, und klagte ihn fälschlich an, daß er die Stadt verrathen und auf vierfache Art seinen Eyd gebrochen habe. Er und sein Bruder wurden daher, durch Schwarzens Anhang in möglichster Geschwindigkeit zum Schwerdt verurtheilet. Weder die eingelegten Fürbitten angesehener Personen, noch das Winseln und Flehen der Vittelischen hochschwangern Tochter und ihrer Gefährten, noch das vom Kaiser Friedrich durch die Verwandten dieser Unglücklichen Männer ausgewirkte, aber leider zu spät ankommende Vorschreiben, konnten sie vom Tode erretten, sie verlohren vielmehr am 19. April 1477. auf dem Blutgerüste mit standhaftem Muthe ihr Leben. Bey der Hinausführung soll Leonhard Vittel, Schwarzen, den er ohnfern des Rathhauses an einem Erker erblickte, einen schwarzen Dieb gescholten und ihm zugerufen haben, "er werde ganz gewiß bis übers Jahr gehenket werden." Alle Edlen beweinten das unglückliche Ende dieser Männer, Schwarz hingegen wurde allgemein verabscheuet.

Nun war seine Gewalt, Raubsucht und Rachbegierde so hoch gestiegen, daß jedermann vor ihm zitterte, und sich zu reden oder auch nur zusammen zu kommen, scheuete. Die Patrizier schlichen sich bey Nacht in die Wohnung des alten Bürgermeisters, Welsers, und die Rathsglieder aus den Zünften, die nicht zu seiner Rotte gehörten, kamen, als Bauern verkleidet, in Kirchen zusammen um sich über die Tyranney, unter der die ganze Stadt seufzte, zu beklagen, und Rathschläge zu ihrer Tilgung zu faßen.

Endlich

Endlich wurde der Haß allgemein, und da sich die Misvergnügten, besonders aber die Freunde Vittels, mit Klagen wider Schwarzen an den kaiserlichen Hof wendeten, so machte selbiger in größter Stille dem Reichslandvogt, Georg, Marschalken von Pappenheim, den Auftrag, eine geheime Untersuchung anzustellen, der auch wirklich nach Augsburg kam, und mit dem Stadtvogt, Otten, mit Welsern, und andern Rathsherren deswegen Zusammenkünfte und Ueberlegungen anstellte. Nachdem sie ihrer Sache gewiß waren, so brachen sie wieder Schwarzen los, der, aller Warnungen ohngeachtet, bloß durch sein Ansehen sicher zu seyn glaubte, und sich am 11. April 1478. mit recht bösen Gesinnungen auf das Rathhaus begab. Kaum war er in der Rathsstube, so wurde das Rathhaus von dem Stadtvogt mit seinen Leuten besetzt, der alsdenn gewafnet in die Stube trat, Schwarzen ergriff, und ihn, so wie die Vornehmsten seines Anhangs, ins Gefängniß brachte.

Bey der Tortur die man ihm zuerkannte, bewieß er sich äußerst zaghaft und gestand alles, was man verlangte, ja vielleicht noch mehr, als er gethan hatte. Daher konnte denn sein gerichtlicher Prozeß bald geendigt, und das Urtheil gesprochen werden, vermöge deßen er und der Beckenmeister, Taglang, gehenkt, die Mitschuldigen, aus der Stadt verwiesen, und die nur einigermaßen an seinen schlimmen Sachen theilnehmenden Rathsherren, von ihren Stellen entsetzt werden sollten.

Bey

Bey Schwarzens Gefangennehmung entstund unter den Mitgenoßen seiner Bosheiten ein so großer Schrecken, daß viele aus der Stadt entwichen, andere sich aus Angst versteckten, und selbst sein nächster Amtsgehülfe, Just Onesorge, der gewiß kein Bösewicht, sondern nur ein einfältiger, schwacher Mann war, von bloßem Entsetzen durch den Schlag getroffen, zwischen der Stadtmauer und dem Carmeliterkloster, todt zu Boden fiel. *)

Schwarz wurde in seinen letzten Lebenstagen sehr fromm, das um so vielmehr auffallen mußte, weil er seit geraumer Zeit selbst die äußerlichen Uebungen des Gottesdienstes sehr vernachläßiget und besonders in den letzten Jahren seiner Größe, nicht mehr gebeichtet hatte. Er gab bieben zwar den politischen Grund trüglich vor, daß solches deswegen unterbleibe, damit er dadurch nicht etwa einige Geheimniße des Staats mit unter bekannt machen möge, in der That aber wollte er dadurch seine Schandthaten und Laster auch vor dem Beichtvater verborgen halten. Ob die nunmehrige, sehr andächtige Vorbereitung auf sein Ende, aus wahrer Reue, oder bloß aus Todesfurcht und Heucheley entsprang, ist ungewiß. Er und sein Mitgefangener, Tagelang, warfen sich jetzt erst die abscheulichsten Streiche vor, die sie miteinander gespielet hatten, und ihr letziger gegenseitiger Haß war weit größer, als ihre vorherige Freundschaft.

U 4

End-

---

*) Einige wollen jedoch behaupten, er habe Gift eingenommen.

Endlich brach der Tag seiner Hinrichtung, der 18. April nemlich, an, und der Volkszulauf dabey mußte ganz natürlich um so viel größer seyn, je berüchtigter Schwarz, durch sein Ansehen sowohl, als durch seine Bosheit geworden war. Ueberdieß geschah, aus vielleicht zu weit getriebener Freude seiner über ihn nun siegenden Feinde, die Bekanntmachung seines Urtheils so wie seine Hinausführung selbst, mit mehrerer Feyerlichkeit, als gewöhnlich. Er mußte sich nemlich in seinen besten Kleidern von Sammt und in seiner mit Perlen besetzten Haube, die er den Patriziern zum Trotze trug, auf einen Spitalwagen setzen, und nach verlesenem Todesurtheile unter sehr großer Begleitung, zu dem Galgen führen laßen, der erst im vorigen Jahr auf seinen Befehl erneuert worden war. Bey seiner Ankunft daselbst, bat er das umher versammelte fast unzählische Volk um Verzeibung, that noch einen wehmüthigen Blick auf seine vorige Größe, und endigte sodann neben Tagelang durch den Strang sein Leben.

Bey seiner Gefangennehmung, hatte man sich, von Seiten des Raths seines ganzen Vermögens bemächtigt, das sehr beträchtlich war, und außer vielem Gelde und liegenden Gütern, auch aus zahlreichem Hausrathe, besonders aus sehr schönem, meist als Geschenke erhaltenem Silbergeschirre, bestand. Alles dieses wurde zur Ersetzung des von ihm verursachten Schadens auf das Rathhaus gebracht, und nachher der Stadt zugeeignet.

Außer einigen Töchtern hatte Schwarz auch verschiedene Söhne, die rechtschaffener als ihr Vater waren, und sich ein ansehnliches Vermögen erwarben. Die Söhne derselben, seine Enkel, standen in ziemlicher Achtung, wurden geadelt, und befreundeten sich mit angesehenen Familien. Mit seinen Urenkeln, unter denen sich besonders zween sehr hervorthaten, starb seine Familie gänzlich aus.

XXV.

XXV.

Horjah und Klotschka *)
Anführer der Rebellen in Siebenbürgen, 1785.
zu Carlsburg hingerichtet.

Der eigentliche Name des so berüchtigten Wallachen Hora, oder Horjah, war eigentlich Nikolas Urß und sein Geburtsort hieß Nagy Oranyos im Szalathner Comitate gelegen, wo er jedoch kein Eigenthum hatte, und sich noch im Jahre 1784. nur bey nahen Anverwandten aufhielt. Hora oder Horjah, bedeutet im Wallachischen einen Vorsänger, und mit Verrichtung dieses Amts bey dem Gottesdienste der griechischen Wallachen, war dieses Rebellenoberhaupt auch wirklich in seinem Wohnorte beschäftigt. Bey dem Anfang seiner Rebellion zählte er ohngefähr 50. Jahre, war von mittlerer Statur, mehr schlanken als dicken Leibes, und trug die in seiner Gegend gewöhnliche Landeskleidung, einen langen bis auf die Kniee reichenden, auf beyden Seiten blau ausgeschlagenen Kittel nemlich, mehr enge als weite ungarische Beinkleider, Zischmen an den Füßen und eine schwarze Pelzmütze auf dem Kopfe. Er schien gewißermaßen

maßen

---

*) S. Kurze Geschichte der Rebellion in Siebenbürgen, Strasburg 1785. Hamburgisches politisches Journal, 1784. II. Band p. 1263 - 1273. 1785. I. Band p. 32 - 43. 184 - 186. 358 - 361.

maßen zum Herrschen gebohren und verrieth allerdings während der Zeit, da er seine Rolle spielte, daß er derselben gewachsen sey. Der natürliche Abscheu gegen die Gewaltthätigkeiten der Edelleute, und die Sucht nach Freyheit und Eigenthum, für sich und seine unterdrückte Landesleute und Glaubensgenoßen *), waren die Triebfedern seiner eben so kühnen als strafwürdigen Unternehmung, die bey ihm um so wirksamer seyn mußten, da er ein nicht unwißender sondern vielmehr gut unterrichteter Kopf war. Er konnte fertig Deutsch sprechen, las mehrere gute deutsche Schriftsteller und beklagte sich während seines Aufenthalts in Wien gegen jemand, daß Klopstock ihm etwas schwer zu verstehen sey.

Dieser

*) Horjahs Landesleute, die Wallachen in Siebenbürgen, sind Nachkommen der römischen Colonien von Dacien, die sich meistens zur griechischen Religion bekennen, und machen bey weitem den größten Theil der Einwohner des Grosfürstenthums aus, ja bey einer 1772. vorgenommenen genäuern Zählung, fand man 677,306. Seelen. Alle diese Menschen von einer besonders schönen, starken und fruchtbarn Race, die ihr römisches Geblüt nicht verbergen können, schmachteten schon lang unter dem härtesten Druck des von ihren Ueberwindern, den Ungarn, eingeführten Feudalsystems, (das in Siebenbürgen noch nicht wie in Ungarn durch ein menschenfreundliches Urbarium gemäßiget und erträglich gemachet worden ist) und waren nichts anders als wahre, an Grund und Boden haftende Sclaven, (Jobbagyok, oder Leibeigene) ohne Eigenthum und Rechte, die größtentheils von ihren Grundobrigkeiten mit so wenig Schonung behandelt wurden, daß ihnen fast nie die nöthige Zeit blieb, ihr Feld zu bestellen, welches die Weiber bearbeiten mußten, um die Familie kümmerlich zu ernähren.

Dieser sein fähiger Kopf, seine ihn so auszeichnende Beredsamkeit und seine sonstigen, hie und da gesammelten practischen Erfahrungen, brachten ihm den Vorzug zuwegen, sich zum Bauernrichter in seinem Dorfe erhoben zu sehen. Wahrscheinlich ward ihm wegen dieses ihm eignen Amtes auch der Auftrag gemacht, im Sommer des Jahrs 1784. nach Wien zu reisen, um bey Hofe, für Brad, einen Ort im Zarander Kreise, die Marktgerechtigkeit zu erbitten. Sein äußeres einnehmendes Wesen, verschaffte ihm Audienz bey dem Kaiser, dem er bey dieser Gelegenheit die Beschwerden seiner Landesleute vorlegte, welchen der Monarch abzuhelfen, ihm gnädigst versprach. Bis dahin aber wollte Horjah nicht warten. Er beschloß, sich und die Seinigen selbst zu rächen und zu befreyen, und benützte dazu alle Umstände.

Kaum war er von Wien zurückgekommen, so erschien er am 28sten October 1784. zu Brad, und beredete die allda auf dem Wochenmarkte häufig versammelten Wallachen, daß sie sich in dreyen Tagen auf den Feldern bey dem Dorfe Meßtacken einfinden sollten, weil er ihnen auf Befehl und im Namen Sr. Majestät des Kaisers, mit dem er selbst gesprochen, wichtige Dinge vorzutragen habe. Am 1. November kamen wirklich ohngefähr 500. eben so nach Freyheit gierige, als leichtgläubige Wallachen, auf den zwischen Körös-banya und Brad liegenden Feldern zusammen. Nun machte ihnen Horjah die in ihren Ohren so süß tönende Vorstellung: "er seye vom Kaiser an sie abgesendet, sie nicht nur von der Tyranney der Edelleute, ihrer Grundherren, zu erlösen, sondern auch sogar durch Unterjochung dieser strengen Gebieter, sie zu freyen Leuten zu machen; Sie

sollten

ſollten ihm nur folgen; er wolle ſie nach der Feſtung Carlsburg führen, wo ſie vom Hofe aus mit den nöthigen Waffen verſehen werden würden, um gegen ihre bisherigen Dränger auszieben, und muthvoll ſelbige bändigen zu können.” Indem er dieß zu ihnen ſagte, zeigte er ihnen ſein vorgeblich vom Kaiſer ſelbſt erhaltenes Beglaubigungsſchreiben, das jedoch nichts anders war, als das zu Wien ihm ausgefertigte Marktgerechtigkeitsdiplom, welches er zu dem Ende bey ſich behalten hatte. Da ſelbiges, wie gewöhnlich, auf Pergament mit goldenen Buchſtaben geſchrieben, und mit großen Siegeln verſehen war, und die Wallachen nicht leſen konnten, ſo zweifelte keiner mehr an der Wahrheit ſeines Vorgebens und der Gewißheit ſeiner Sendung, die er auch mit einem für Gold ausgegebenen, im Grunde aber nur meßingenen an ſeiner Bruſt hangenden Creuze, beſtättigte, worauf ſie ihm alle ſchwören mußten.

Es ergab ſich nachher aus der Außage der Gefangenen, daß die Abſicht ihrer Verſchwörung dahin gegangen ſey, alle Wallachen nach und nach insgeheim den Winter über in ihr Complott zu ziehen, und erſt in dem folgenden Frühjahre im Maymonate, allenthalben zugleich auszubrechen, und an einem verabredeten Tage, alle Grundherren auf einmahl zu erſchlagen. Jedoch der aufmerkſame Vicegeſpann des Zarander Comitats, Stephan Hollaki, bekam Nachricht von ihrer Verſammlung und vielleicht ſelbſt von ihrer Verſchwörung, und ſchickte einige Stuhlrichter und Comitatsſoldaten aus, um ſich des Horjah zu bemächtigen. Dieſe kamen noch am 1ſten November, Nachts nach Kureti, und ſuchten den Horjah auf, der unter einem Dachſtuhle ſich

verkroch,

verkroch, jedoch entdeckt und hinweggeführt wurde; aber
unterwegs erhub er ein unmäßiges Geschrey, das seine
Mitbrüder erweckte, die alsbald zusammenliefen, die 3.
Stuhlrichter nebst ihrer Bedeckung wütend angriffen,
und tödteten, folglich ihren Horjah wieder befreyeten.

Nun war das Signal zum Aufruhr gegeben! Die
tobenden Wallachen, weit entfernt, mit Vertilgung des
siebenbürgischen Adels bis auf den künftigen Maymonat
zu warten, ließen sich jetzt nicht einmahl so viel Zeit, um
nach Carlsburg zu gehen, und Waffen zu hohlen, sie
fiengen vielmehr ihre Verwüstungen sogleich in Kureti
an, wo sie alles Eigenthum der Edelleute zu Grunde
richteten, und die Einwohner mit sich gehen hießen. Am
2. 3. und 4. November setzten sie ihre Verheerungen in
den Ortschaften Michaljest, Kristier, Brad, Ribicze,
Lunka, Stramiczka, Solymos, Haro, Illye, und
10. bis 12. andern Dörfern und Flecken unmenschlich
fort. Allenthalben schlugen sich mehrere zu ihnen, und
stündlich wurden ihre Unternehmungen furchtbarer. Sie
suchten nur die Edelleute und ihre Angehörige auf, die
sie sogleich erschlugen. Sie begnügten sich nicht blos
die Edelleute und ihre Angehörige zu ermorden, sondern
ersannen sogar die grausamsten Todesarten, und warfen
viele derselbigen von den Stockwerken aus den Fenstern
herab, fiengen die also herabgestürzten Unglücklichen mit
Heugabeln und Spießen auf, brieten sie am Feuer, oder
verstümmelten ihre Hände und Füße, oder zogen ihnen
lebendig die Haut ab, oder spießten selbige lebendig.
Die Ermordeten ließen sie auf den Straßen unbegraben
liegen, ja einige begruben sie sogar lebendig. Sie
schonten weder Geschlecht, noch Alter, und weder Kirchen

noch

noch Priefter, noch Leichen in den Grüften waren ihnen
heilig. Sie beraubten die Tempel der Reformirten wie
der Catholiken, nahmen die heiligen Gefäße, Decken
und Meßgewänder weg, traten die geweiheten Hoſtien
mit Füßen, und riefen dabey aus: Das iſt der Ungarn
Gott, er befreye ſie! Sie übten ihre Wuth an Häuſern
wie an Menſchen aus, ſteckten Schlößer und Scheunen
der Adelichen in Brand, zerſchlugen alles Geräthe, ſo
koſtbar es auch war, warfen allen Getraid-Vorrath der
den Flammen entgieng, in den Maroſchfluß, und ließen
die köſtlichſten Weine aus den zertrümmerten Fäßern
gleichfalls in ſelbigen ſtromweiß laufen. In Brad erſchlugen ſie den Edelmann Niklas Brady, den daſigen
reformirten Prediger und deßen Ehefrau, die ſich in die
Kirche geflüchtet hatte, den Schulmeiſter, weil er die
Sturmglocke läutete, und eine Edelfrau, nachdem ſie
vorher ſechs Kinder derſelbigen vor ihren Augen auf
eine grauſame Weiſe ermordet hatten. In Ribicze
wurde Sigmund von Balog das Opfer ihrer Wuth,
auch ſtekten ſie alle zum Edelhof gehörige Häuſer und
Wirthſchaftsgebäude, 24. an der Zahl in Brand, nur
ſchonten ſie das Haus, wo ſich die königliche Caßa befand. In Lunka raubten ſie den Palaſt des Grafen
Franz Giulay ganz aus, ſteckten verſchiedene ſeiner
Häuſer an, und ſchenkten den Einwohnern, was ſie im
Schloße geraubet hatten. In Stramicza zündeten ſie
das ſchöne Caſtell des Baron Anton Joſika, und ſeine
Mühlen nicht nur an, ſondern ſchütteten auch bey 1000.
Eimer Wein und Brandtwein in den Maroſchfluß.
An einem andern Orte bemächtigten ſich die Barbaren
der 16 jährigen, ſchönen Tochter des daſelbſt wohnenden

Edelmanns und stürzten sie in die Flammen des von ih‑
nen angezündeten Schloßes, worinnen sie elendiglich
umkam. Die Familie Csißzar wurde ganz vertilgt, so
wie auch die beyden jungen Kibiczey, zwey liebenswür‑
dige Leute, die eben von Göttingen, wo sie studirt
hatten, zu ihrem größten Unglück zurückgekommen wa‑
ren, das traurige Schicksal hatten, in die Hände dieser
Unmenschen zu fallen, und von ihrer Wuth des Lebens
beraubet zu werden. Mehrere Frauen und Mädchen
mußten zur Befriedigung ihrer Lüste dienen, und dann
nöthigten sie sie, ihre Religion anzunehmen: thaten sie
dieß nicht, so wartete der schändlichste und qualvolleste
Tod auf sie. Waren ein und andere Edelfrauen, de‑
nen sie das Leben geschenkt hatten, von ihnen gewaltsam
umgetauft, so mußten sie sich an die Wallachen verhey‑
rathen; ein gleiches thaten sie mit einigen Mönchen,
die sie umtauften, und denen sie alsdenn, meist zum
Spaß, alte Zigeunerinnen antraueten.

Auf diese Art hauseten sie überall, wo sie hinkamen,
breiteten sich immer weiter aus, vermehrten sich vom 1sten
bis zum 4ten November bis in die 4000. Köpfe, und
wurden von Tag zu Tag kühner, unternehmender und
grausamer. Die Edelleute, um ihrem Verderben zu
entgehen, flüchteten von allen Seiten mit Weib und Kin‑
dern nach Dewa, Hermannstadt, Clausenburg, Arad,
Lugosch, und Temeswar. Horjah hatte jedoch Muth
genug, mit den Rebellen sie bis nach Dewa zu verfol‑
gen, und sie an diesem vesten Orte zu belagern. Schon
am 4. Nov. erschien ihr Vortrab allda, der so viel
Schrecken verbreitete, daß die Edelleute größtentheils
auch hier ausrißen. Man sandte ein Paar Compagnien

Gränz‑

Gränzsoldaten und einiger Truppen von den Szekler Husaren unter Anführung des Obristlieutenant Schulz, an den Maroschfluß, um ihnen das Uebersetzen zu verwehren, aber sie kamen am 6. November Abends doch über den Fluß, und nun wurde in Dewa, mit allen Glocken Sturm geläutet; die Einwohner, Edelleute und Bürger ergriffen die Waffen, und vereinigten sich mit den Truppen, welche auf die Rebellen feuerten, bey 40. erlegten, einige gefangen nahmen, die übrigen aber in die Flucht schlugen. Da sie demohngeachtet am 7. Nov. sich abermahls 400. Mann stark über den Fluß wagten, so eilte alles was Waffen tragen konnte, ihnen entgegen. Man umringte die Aufrührer, und da sie sich wehrten, so wurden 140. getödtet, oder verstümmelt, die übrigen aber in die Flucht getrieben, von denen jedoch viele in der Marosch ersaufen mußten. Da auch mehrere gefangen genommen wurden, so machte man kurzen Prozeß mit selbigen, und richtete zu Dewa 34. aus ihnen hin, das jedoch die Wuth der Rebellen nur noch mehr entflammte, denn sie unternahmen nun längst der Marosch sogar einen Streifzug nach Ungarn in das zunächst gelegene Krazner und Arader Comitat. Am 8. und 9. Nov. drangen sie bis Ottvosch, nahe bey Radna ein, und hauseten in den Ortschaften Zam, Petriß, Top, Szaborsin, Torvarad, und andern, eben so grausam, als in Siebenbürgen, bis endlich die Truppen gegen sie ausrückten, und sie wieder nach diesem Fürstenthume zurückwiesen, wo sie ihre Gewaltthätigkeiten nun immer weiter verbreiteten. Vom Bannate aus sah man die ganze benachbarte Gränze in Flammen stehen; die Edelleute, Weiber und Kinder flohen von allen Seiten herbey, um nur ihr Leben zu retten, nachdem schon in den

X

ersten

erſten 8 bis 9. Tagen, bey 120. Perſonen umkamen, unter denen viele Vornehme von Abel waren.

Während dem dieſes vorgieng und die Gefahr ſo ſehr überhand nahm, machte das Siebenbürgiſche Landes-Gubernium noch immer nicht die nöthigen Gegenanſtalten. Es wäre vielleicht Anfangs, da die Zahl der mit Horjah verbundenen Wallachen gering war, ein leichtes geweſen, mit einem gegen ſie abgeſendeten etwas ſtärkern Detaſchement der Truppen, das Ernſt gezeigt hätte, ſie alle zu unterdrücken, allein man ließ es anfänglich blos bey ſchriftlichen Berathſchlagungen bewenden, die der Gouverneur von Bruckenthal mit dem commandirenden General Preiß anſtellte, ſchickte Commiſſarien, und den griechiſchen Biſchof an die Aufrührer, ſuchte ihnen durch verſchiedene Kundmachungen ihren Irrthum zu benehmen, und erſt, nachdem vier volle Tage verfloßen waren, ſchickte man einige wenige Truppen unter dem Obriſtlieutenant Schulz, wie bereits erinnert wurde, wider die Rebellen aus, die jedoch den Auftrag hatten, nur im Falle ſie angegriffen würden, ſich zur Wehre zu ſetzen.

Eben dieſe Gelindigkeit der Landesregierung, die beſonders auch die Inſurrection der Edelleute äußerſt misbilligte; mit der Strenge derſelben, (da ſie nemlich, ohne weitere Anfrage, und blos auf das Naturrecht ſich beziehend, Bandenweiß gegen die Aufrührer auszogen, und wo ſie dieſelben antrafen, ſie erſchlugen, oder gefangen nahmen, und hernach ohne vielen Prozeß ſie hängen, rädern oder ſpießen ließen) unzufrieden ſich bezeigte; und dagegen ihnen ſogar Schonung und Nachgiebig-

keit

keit gegen die Rebellen anrieth; erzeugte bey den Wala=
chen den absurden Verdacht, daß Horjahs Vorgeben
wahr sey, und die Regierung selbst ihn begünstige. Hiezu
kam noch der, in diesem Vertrauen auf Horjahs Ver=
sicherung sie aufs neue bestärkende Umstand, daß ein, am
26. November zu Hermannstadt eingetroffener Courier
aus Wien, die Nachricht brachte, daß der Kaiser den
Rebellen einen Generalpardon anzubieten befehle, die
Insurrection äußerst verwerfe und ernstlich verbiete, und
alle fernere Vollziehung der Todesstrafen so lange unter=
sage, bis die kaiserlichen Commißarien, Graf Janko=
vich und General Papilla, nebst dem zum Generalcom=
mendanten an die Stelle des General Preiß, ernannten
General Fabris, angekommen seyn würden. So weise
auch in den Augen der ganzen Welt diese Anstalten wa=
ren, um so mehr, da zugleich bekannt wurde, der Kaiser
habe das Anfangs nicht genug lebhafte Benehmen des
Guberniums eingesehen, solches durch die Absetzung des
Generals Preiß und derbe Verweise gemisbilliget, die
ernannten Commißarien mit unumschränkter Vollmacht
versehen, und verschiedene in Siebenbürgen und Un=
garn liegende Regimenter befehligt, von allen Seiten
zusammenzurücken, und die Rebellen rings umher einzu=
schließen, und so, wo möglich, ohne Gewalt zum Ge=
horsam zu bringen, wenn es aber nicht möglich, auch
Gewalt anzuwenden, so gefiel doch diese Gelindigkeit
den, von Rache gegen ihre rebellirenden walachischen
Unterthanen entflammten Edelleuten, im Anfange ganz
und gar nicht.

Nachdem die Rebellen, die nach und nach bis auf
15000. Mann angewachsen seyn sollen, ihre Gewalttä=

tigkei=

tigkeiten schon im Szarander, im Hunyader, wie auch im Albenser Comitate, innerhalb dem nördlichen und östlichen Ufer der Marosch, (über die sie nur einmahl bey Dewa gekommen, aber wieder zurückgetrieben worden sind,) ausgebreitet hatten, so brachten es eines Theils die verschiedenen Kundmachungen und das Zureden der Bischöfe und Protopopen, andern Theils aber die aus den benachbarten Orten gegen sie ausgerückten Truppen, durch ihre Beunruhigungen bey einem großen Haufen dieser aufgewiegelten Walachen dahin, daß er von Horjah wieder abfiel, und sodann still heimkehrte. Sie nahmen zu tausenden den ihnen angebottenen General-pardon an, giengen nach und nach wieder in ihre Ortschaften heim, und gaben das Geraubte willig wieder her. Daher kam es denn, daß die noch übrigbleibenden Aufrührer, die sich geschwächt, und dagegen ihre Feinde verstärkt sahen, nach und nach in das Gebürge bey Tepansalva im nördlichen Theile des Albenser Comitats, sich zurückzogen. Vorher noch, bereits zwischen dem 8 und 10. November, da die Rebellen noch im Hunyader Comitate am meisten hauseten, schloß der Obristlieutenant Schulz, einen Waffenstillstand mit ihnen, begab sich mitten unter sie, redete mit Horjah und seinem Gehülfen Klotschka *) selbst, fragte sie, was ihr Verlangen und die Ursache des Aufstandes sey, und versprach ihren Beschwerden abzuhelfen, wenn sie sich ruhig verhalten

*) Ivan Klotschka, oder Gloczka, ein walachischer Priester, von Kerpernies, zum Zalathner Gebiete gehörig, damahls ohngefähr 40. Jahr alt, von kleinerer Gestalt als Horjah, doch beynahe eben so gekleidet.

halten wollten. Sie übergaben hierauf einige schriftliche Capitulationspuncte, wovon die wichtigsten waren: Daß forthin kein Adel mehr seyn, die Adelichen sogleich aus allen ihren Besitzungen weichen, die ihnen bisher eigen gewesenen Grundstücke unter das Bauernvolk vertheilet werden, und die Edelleute, wie das gemeine Volk, die Contribution entrichten sollten, worauf jedoch keine Antwort erfolgte, an deren Statt vielmehr die Truppen in und um Dewa vermehrt wurden, die ohngefähr 900. Mann stark, theils Husaren, theils Infanterie von den Gränztruppen, die Rebellen zwangen, sich in die Gebürge zurückzuziehen.

Bisher hatte Horjah durch allerley Versprechungen, Kundmachungen und ausgesprengte Gerüchte, von seiner angeblichen Correspondenz mit dem Kaiser, noch immer einen guten, bey nahe 2000. Mann ausmachenden Haufen der leichtgläubigen Walachen, sich treu zu erhalten, und gegen alle Vorstellungen des Guberniums taub zu machen, gewußt. Mit Hülfe eines reformirten Predigers, den Horjah und Klotschka zu Abrudbanya erhaschte, den diese Rebellenoberhäupter immer mit sich herumführten, und sich seiner als eines Sekretairs bedienten, wurden den Walachen verschiedene Cirkulare ertheilet, unter denen eines, das für die sämmtlichen walachischen Dörfer bestimmt war, also lautete: "Der Kaiser würde schon bey ihnen seyn, wenn ihn nicht die Ungarn mit einer im Lande graßirenden Pest belogen hätten, er würde aber nach 3. Wochen gewiß kommen, und ihnen befehlen, was sie zur gänzlichen Vertilgung der Ungarn weiters vorzunehmen hätten." Anfangs kam dem Horjah auch die Unthätigkeit des Militaire zu statten, aus

der

der er den Beweiß seiner Behauptungen zog. Als aber das Militaire endlich eindrang und Gewalt zu brauchen anfieng, und dieses den Walachen bedenklich vorkam, so mußte er sie noch zu bereden, daß es keineswegs ächte Soldaten des Kaisers, sondern nur in kaiserliche Uniform verkleidete Ungarn wären, die ihnen ein Leid zufügen wollten.

Unterdeßen zog sich Horjah mit seinen Anhängern doch immer weiter in die Gebürge zurück, in welche sie die wenige Mannschaft nicht verfolgen konnte, weil die Gebürge theils unzugänglich sind, theils von Waldungen gedeckt werden, und die Walachen immer von einem Orte zum andern entgiengen, wenn sie irgendwo verfolget wurden. Auch wußten sie die Zugänge so künstlich zu verhauen und ihre Vorposten, wie Kriegsleute auszustellen, daß es um so viel schwerer wurde, sie anzugreifen. Von diesen Umständen begünstigt, breiteten sich die Rebellen mit Drohungen, Gewaltthätigkeiten und Versprechungen, neuerdings im Szarander und zum Theil im Hunyader Comitate weiter aus, und nahmen dieselbigen fast gänzlich in Besitz. Da alle Edelleute jenes Comitats theils erschlagen waren, theils sich durch die Flucht gerettet hatten, und also keine Magistratsperson mehr vorhanden war, so machten sie sich ganz zu Herren davon. Sie nannten die Gegend umher ihr Reich, vertheilten die Ländereyen unter sich, fiengen an, die dasigen Bergwerke für sich zu bearbeiten, und machten allerley Einrichtungen. Horjah, ihr Anführer, gab sich das Ansehen eines Königs, vertheilte Geschenkbriefe über die von den seinigen in Besitz genommenen Güter, und legte sich nach und nach immer höhere Titel bey. Anfangs

nann-

nannte er sich nur Capitain, nachmahls Obergespann des Hunyader Comitats, einige Zeit darauf Dux Chrysalis, vom Chrisius oder Koräsfluß, der durch den Szarander Comitat strömet, wo er sich Herr dünkte, und zuletzt legte er sich sogar die stolzen Titel Rex Daciae, (König von Dacien) und Iosephus III. Terror Hungarorum (der Schrecken der Ungarn), und dergleichen mehr bey.

Während dem fielen mit den kaiserlichen Truppen verschiedene Angriffe und Scharmützel vor. Am 29. November wurde ein Lieutenant von Groß, Namens Meszterhazi, welcher einigen, zu Offenbanye geängstigten Truppen zu Hülfe eilen wollte, auf dem Weg von den Rebellen angefallen, und mit 8. Mann todtgeschoßen. Am 30. Novemb. griffen einige Truppen von Toscana und 70. Szeckler Husaren, unter dem Obristlieutenant Schulz, die Aufrührer bey Remette an, und schlugen einen großen Theil derselbigen zurück, wurden aber am folgenden Tage angegriffen, und zum Weichen gebracht. Um die nehmliche Zeit griff der Obristwachtmeister Staonits, mit einer Anzahl Szeckler Husaren bey Brad, einige Haufen der Rebellen an, die sich aber sogleich ohne Widersetzlichkeit auf Gnade ergaben. Am 8. Dezember stieß der Obristlieutenant Kray, mit 400. Szecklern, zwischen Michele und Bleßeny im Szarander Comitate auf einen ziemlich großen Haufen Rebellen, und forderte sie unter Anbietung eines Generalpardons auf, sie sollten sich gutwillig unterwerfen; allein sie traueten seinen Anerbietungen nicht, bestanden vielmehr auf ihren vormahls schon überreichten Capitulationspuncten, und gestatteten sich gegen die kaiserlichen Truppen beleidigende

 Gewalt-

Gewaltthätigkeiten. Hierüber kam es zum Streite, in dem mehr als 90. Rebellen auf dem Platze blieben, 150. verwundet und 30. gefangen wurden. Zur nemlichen Zeit bot der nicht unirte Bischof Nikititsch bey Brad den Walachen den Generalpardon an, die ihm jedoch eben so wenig traueten, sondern ihn vielmehr einen Betrüger und Bischof der Ungarn schalten. Der Obrist-lieutenant Schulz zog die ganze Zeit über in den Gebürgen umher, und verfolgte die Rebellen, die nach und nach Haufenweise sich ergaben.

Unter solchen Umständen wurden die Aussichten des Horjah und seiner immer mehr abnehmenden Anhänger, von Tag zu Tag mislicher. Sie waren schon auf einen kleinen District eingeschloßen, wo sie anfiengen, an allen Lebensmitteln Mangel zu leiden, weil ihnen die Zufuhr abgeschnitten, und in ihrer Gegend alles verwüstet war. Zudem riß auch nun allgemeines Mistrauen ein; man erkannte die Nichtigkeit der vom Horjah gemachten Versprechungen und drang sehr in ihn, seine Beglaubigungs-briefe vorzuweisen. Er wurde zuletzt selbst von den Seinigen bewacht, weil man besorgte, daß er entwischen und sie im Stich laßen möchte. Dem Horjah mußte bleiben um so mehr bange seyn, da das Gubernium auf seinen Kopf einen Preiß von 300. Ducaten gesetzt hatte, wogegen jedoch Horjah seinerseits 600. Ducaten demjenigen versprach, der ihm den entdecken würde, welcher ihn fangen wollte.

Unter diesen verzweifelten Umständen, da er nun schon nicht mehr so sehr gegen die Edelleute, als vielmehr gegen die kaiserlichen Soldaten selbst zu fechten hatte,

hatte, für die er den Aufruhr mit unternommen zu haben, vorgab, kam er auf den Anschlag, mit den misvergnügten Edelleuten gegen den Kaiser sich zu verbinden.
Der Graf Csaky, Obergespann des Albenser-Comitats
stand mit einem Theile der insurgirten Edelleute bey
Ola-Hemes nicht weit von Klausenburg, um von
dieser Seite zu verhindern, daß die Walachen nicht aus
dem Gebürge hervorbrechen könnten. Die Walachen
machten einen Versuch am 8. Dezember, wurden aber
zurückgeschlagen; hierauf sandte Horjah Deputirte an
den Grafen Csaky und ließ ihm sagen, er wolle mit den
Edelleuten Friede machen, und wenn sie wollten, mit einem großen Anhange sich mit ihnen verbinden, und zu
allen ihren Absichten sich gebrauchen laßen. Er wußte,
daß die Edelleute misvergnügt wären, und hofte nun
durch eine Verbindung mit ihnen und durch Begünstigung ihres Widerwillens, sich zu retten und seine großen
Plane auszuführen.

Allein, nichts wollte ihm mehr gelingen. Der neue
commandirende General Fabris war am 13. Dezember
zu Hermannstadt angekommen, und die beyden bevollmächtigten Commißäre, nachdem sie einige Zeit vorher zu
Arad verblieben waren und allda mehrere gefangene Wallachen verhört hatten, trafen hierauf am 15. December zu
Dewa ein. Auf ihre ersten Berichte hatte schon der
Kaiser die geschärftesten Befehle ertheilet, mit allem Ern-
ste gegen die Rebellen zu Werke zu gehen, und im Noth-
falle auch Gewalt zu brauchen. Zu dem Ende wurden
von allen Seiten der benachbarten Gegenden in Ungarn
und Siebenbürgen, die allda befindlichen Regimenter
zum zusammenrücken beordert.

X 5

Bevor

Bevor man jedoch vernahm, daß diese Truppen zusammen eingetroffen waren, erhielt man schon die zuverläßige Nachricht von der gänzlichen, ohne Gewalt und Blutvergießen erfolgten Stillung des Aufruhrs. Die Rebellen ergaben sich nach und nach freywillig, und baten um Gnade. Horjah rieth es sogar den wenigen ihm treu gebliebenen, in deren Mitte er stand, sie sollten sich die Begünstigung des, ihrer freywilligen Ergebung angebottenen Generalpardons, zu Nuß machen, und nur ihm erlauben, daß er sein Heil in der Flucht suche. Wirklich folgten auch nachher alle seinem Rath, ergaben sich, und waren verschmißt genug, sich sehr demüthig, reuevoll und gehorsam zu beweisen. Einige boten sich sogar an, den Horjah und seinen Gehülfen Klotschka, aufzusuchen und gefangen einzubringen.

Diese beeden Oberhäupter der Rebellen hatten zuvor bereits am 22. Dezemb. wirklich die Flucht ergriffen, und Horjah, der seine Rolle bis ans Ende auszuhalten, verwegen genug war, gab vorher noch seinen wenigen treugebliebenen Anhängern die Versicherung, er gehe gerades Weges nach Wien, um mit dem Kaiser sich beßer einzuverstehen. Kaum waren diese beeden Bösewichter in der That entwischet, als man sie schon überall durch Steckbriefe verfolgte, in denen ihre Person, Gestalt und Kleidung aufs genaueste geschildert war und die von Halmagy am 24. Dezember datirt wurden. Doch Horjah und Klotschka giengen weder nach Wien, wie seine abgefallnen Anhänger aussagten, noch in die Türkey, wie man allgemein dafür hielt, sondern glaubten bis auf

beßere

beßere Gelegenheit, in den Dickichten der Radacker Wal-
dung ganz sicher verborgen zu seyn, und mit den Brüdern
Walachen, die wohl nicht durchaus aus innerer Ueberzeugung sich dem Gehorsam unterworfen haben mögen, in
Verbindung bleiben zu können, vielleicht um neue Plane
zu entwerfen, die einst bey gelegenerer Zeit, mit glückli-
cherm Erfolge ausgeführt werden könnten.

Aber gerade unter diesen heimlichen Freunden fand
Horjah seine Verräther. Der Obristlieutenant Gray
wußte durch seinen Jäger, einen Walachen, sechs derselben zu gewinnen, denen der verborgene Ort, an welchem
sich Horjah heimlich aufhielt, bekannt war, und die sich
erboten, ihn zu fangen. Sie giengen mit gedachtem Jäger zum Schein auf die Jagd, und indeßen die übrigen
in einiger Entfernung blieben, kamen zwey zu den Re-
bellenoberhäuptern hin, die ein wenig mismuthig am
Feuer saßen und sich wärmten. Sie machten sie treu-
herzig, und überfielen sie auf ein gegebenes Zeichen,
worauf sogleich die übrigen 4. Walachen nebst dem Jäger herbeyeilten, jene unterstützten, sich dadurch des Horjah und Klotschka bemächtigten, und selbige dem nicht
weit entfernten ihrer wartenden Militäre überantworte-
ten. Dieß geschahe am 27. Dezember. Die sechs Wallachen bekamen nachher auf Befehl des Kaisers 600. Dukaten zu gleichen Theilen, und wurden sammt ihren Familien zu freyen Leuten ernannt. Der Jäger erhielt besonders wieder eine ansehnliche Belohnung, und dem
Obristlieutenant Gray wurde versprochen, daß er bey

der

der nächsten Beförderung ganz gewiß bedacht werden solle.

Hiemit hatte denn also eine der fürchterlichsten Rebellionen ihre Endschaft glücklich erreicht, die ob sie gleich nur wenige Wochen gedauert hatte, doch allgemeine Verheerung in etlichen Comitaten verursachte, unersetzlichen Schaden stiftete, und vielen Menschen das Leben kostete. Die Anzahl der eingeäscherten Dörfer beläuft sich blos in der Hunyader Gespannschaft auf 62. und die der verwüsteten Edelhöfe auf 132. Der von den Rebellen beraubten Kirchen sind in allem 35. worunter sich eine socinianische und 2. catholische befanden, die übrigen alle gehörten den Reformirten. Die Anzahl der umgebrachten beläuft sich überhaupt auf 139. mit den verstümmelten aber auf 245. Außer den beeden Anführern wurden auch noch verschiedene andere rebellische Walachen, namentlich aber diejenigen eingezogen, welche den Koch des Grafen von Bethlem lebendig mit Speck gespickt hatten.

Nachdem man sich des Horjah und Klotschka wirklich bemächtigt hatte, so wurden beede am 3. Januar 1785. nach der Vestung Carlsburg gebracht, daselbst gefangen gesetzt und auf das sorgfältigste bewacht. Man gestattete es jedermann, blos den Walachen nicht, sie im Gefängniße zu sehen. General Fabri hatte bey dem Criminalprozeße, der in Absicht dieser strafwürdigen Verbrecher angestellt wurde, den Vorsitz. Horjah war listig genug, bey dem Verhöre zu verschiedenen mahlen

allerhand

allerhand Reden fallen zu laßen, durch die er alles in
Verdacht ziehen, und sich dahinter in Sicherheit stellen
zu können, glaubte. Uebrigens behauptete er auch,
daß er ganz unschuldig an dem vergoßenen Blute seye,
da er selbst niemand ermordet habe, und was die begangenen übrigen Verheerungen und verübten Ausschweifungen anbeträfe, so wären sie keinesweges von
ihm befohlen worden, er habe vielmehr an ihnen jederzeit Mißfallen gehabt.

Nachdem der Prozeß dieser Rebellenhäupter geendigt, und ihnen das Urtheil gesprochen worden war,
so wurde selbiges auch am 28. Februar 1785. an ihnen vollzogen, und ihnen der verdiente Lohn ihrer Uebelthaten ertheilt. Es wurden jedem die Arme und
Beine mit dem Rade viermahl zerschmettert, und ihnen alsdenn noch lebend die Leiber aufgeschnitten und
die Eingeweide herausgenommen. Diese unbeschreib-
lich qualvolle Martern preßeten ihnen zwar die fürchterlichsten Verwünschungen aus, doch hinderten es die
dazu befehligten Tambours durch ein ununterbrochenes
Rühren der Trommel, daß man sie verstehen konnte.
Zweytausend Walachen, die ebehin an der Rebellion
Theil genommen hatten, wurde es zur Strafe auf-
geleget, in dem großen geschloßenen Craise stehen, und
Augenzeugen von der eben so schmachvollen, als mar-
terreichen Hinrichtung ihrer ehemahligen Oberhäupter, abgeben zu müßen. Hundert und funfzig unter
ihnen, die zwar geringere Verbrecher, dennoch aber

die

die erſten Theilnehmer an dem Aufruhr geweſen
waren, wurden ſobann den Geſpannſchaftsgerichten
überliefert, damit ſie nachher den Landesgeſetzen gemäß auf verſchiedene Weiſe beſtrafet werden
könnten.

XXVI.

XXVI.

Johann Barré, genannt Armand *) zu Grafenhaag 1734. enthauptet.

Er war aus Burgund gebürtig, und bekleidete die Stelle eines Salzeinnehmers zu Vezelay in gedachter Provinz. Nachdem er mit seiner Ehegattin bereits 4. Kinder erzeugt hatte, tödtete er seinen Schwager durch einen Flintenschuß, und ergriff alsdenn mit Zurücklaßung seines Weibes und seiner vier Kinder schleunigst die Flucht, worauf er in Frankreich verurtheilt wurde, so bald man sich seiner bemächtigen würde, gehangen zu werden. Dieß geschahe im Jahre 1720.

So verfolgt von den Gerichten, so verbannt aus seinem Vaterlande, so getrennt von seinen Freunden kam er, ganz von Gelde entblößt, in Amsterdam an. Er änderte seinen Namen, hieß sich Armand, und gab vor, er habe, um den übeln Folgen eines Zweykampfs auszuweichen, in welchem er seinen Gegner tödtete, Frankreich verlaßen müßen. Er stand damahls in der besten Blüthe seines Alters, schien eine gute Erziehung genoßen zu haben, war wohlgebildet, dreist und voller Ränke und besaß nicht nur eine sehr geläufige Zunge, sondern wußte

---

*) Diese Biographie ist ganz aus Archenholzens neuer Litteratur und Völkerkunde I. Jahrgangs Nr. V. 1787. p. 447 - 460. gezogen.

wußte auch seinen Reden ungemeinen Eindruck zuwege zu bringen. Ueberdieß war er auch Dichter, oder doch wenigstens ein sehr rüstiger Versemacher, und Reimschmied. Mit diesen Eigenschaften begabt, gelang es ihm sehr bald, sich bekannt zu machen. Auch schrieb er noch ausserdem eine schöne Hand, und zog in kurzer Zeit vortreffliche Schüler.

Alles dieses zusammen wäre hinreichend genug gewesen, ihm ein unabhängiges, ruhiges Leben zu verschaffen; aber seine heftige, aufbrausende Gemüthsart, und sein nicht zu bändigender Hang zur Satyre, raubten ihm bald seine Beschützer und besten Freunde. Außer diesen Fehlern war er auch noch argwöhnisch, hochmüthig, hartnäckig und eigensinnig, ein wahrer Sonderling in seinem ganzen Betragen und der übertriebenste Bewunderer seiner eigenen Geistesproducte. Wer ihm nicht in allem Beyfall gab, konnte versichert seyn, daß er sich ihn auf ewig zum unversöhnlichsten Feinde machen würde. Um ihn in Wuth zu setzen, war es schon hinlänglich, wenn man von seinen Versen weniger Aufhebens machte, als er selbst. Zwey oder drey Züge aus seinem Leben sind hinlänglich, ihn so zu schildern, wie er wirklich war.

Er wohnte in Amsterdam bey einem Bürger, der zu sehr für ihn eingenommen, sich glücklich schätzte, die Gesellschaft eines Mannes zu genießen, der ihn sowohl durch seinen Verstand, als durch sein Betragen ganz bezaubert hatte. Sie pflegten oft abwechselnd bey einander zu speisen. Eines Tages lud Armand seinen Hauswirth, nebst dessen Familie und einige seiner Anverwandten, zum

Abendeßen bey sich ein. Er hatte seiner Gewohnheit gemäß, den Tisch sehr reichlich serviren laßen. Schon hatte man sich an der Tafel niedergelaßen, als es einem Frauenzimmer aus der Gesellschaft einfiel, eine gewiße Art von Brod, welches sie zu eßen gewohnt war und hier vermißte, zu fordern. Der Hausherr schickte sogleich einen Bedienten ab, das verlangte Brod herbeyzuschaffen. Armand ward es gewahr, und weil er sich einbildete, daß man vielleicht glaube, er habe nicht genug Brod hohlen laßen, verließ er plötzlich das Zimmer, und kam einen Augenblick nachher mit einem ganzen Korb voll Brod zurück, welchen er über den Tisch ausschüttete. Nach dieser so beleidigenden Ausgelaßenheit, gieng er, wie ein Rasender zum Hause heraus, und spazierte den ganzen übrigen Abend, mit langen Schritten vor der Hausthüre herum.

Einst hatte er gehört, daß Herr P ** *, Agent des französischen Seewesens zu Rotterdam, ganz hübsche Verse machen solle. Er begab sich zu ihm, machte ihm ein Compliment über seine dichterischen Talente und überreichte ihm alsdenn einige Verse, mit Bitte, seine Meynung über selbige ihm zu sagen. Der Agent, der weniger als Armand nach Lob geizte, erwiederte: er müße übel berichtet worden seyn, denn er wäre nichts weniger, als ein guter Richter in Ansehung poetischer Werke, und daher verbäte er sich denn diese Ehre. Armand nahm diese Antwort für eine Beleidigung auf, gieng trotzig fort, und stieß gegen den ehrlichen Agenten die ärgsten Schimpfworte aus.

Nicht

Nicht beßer betrug er sich gegen Herrn C * * * r, bey welchem er in gleicher Absicht einen Besuch ablegte. Er rächte sich auch noch überdieß an diesen beeden Männern durch ein sehr beißendes Sinngedicht, das er eines Sonntags frühe an die Thür der französischen Kirche heftete.

Voll Aergerniß über den schlechten Beyfall, den die schönen Geister zu Rotterdam seinem poetischen Talente erwiesen, wendete er sich an die dortige Kaufmannschaft. In der Absicht, seine Verse zu zeigen oder sich auch als Schreibmeister anzubieten, besuchte er Herrn C * * *t, einen Mann von allgemein bekannter Rechtschaffenheit. Der Kaufmann, welcher etwas harthörig war, glaubte dem Dichter Nachricht davon geben zu müßen. Armand hingegen, der dieses nur für einen Vorwand hielt, seiner los zu werden, kehrte ihm den Rücken zu und gieng fort, voll Wuth über die Beschimpfung, die ihm, seiner Meynung nach, wiederfahren. Er hatte sogar die Kühnheit, einige Tage nachher eine sehr beleidigende Schrift an die Börse zu heften, worinn er den guten Ruf dieses sonst unbescholtenen Mannes zu beflecken suchte. Dieser Zettel wurde bald von einigen Freunden des Kaufmanns abgerißen; aber kaum erfuhr es Armand, als er ihn gleich wieder durch einen andern ersetzte, der noch weit beleidigender als der erste war. Um diesen Beschimpfungen nicht länger ausgesetzt zu seyn, trug Herr C * * *t seine Klagen dem Rath zu Rotterdam vor, der den Verfaßer des angeschlagenen Zettels vorladen ließ. Armand gehorchte, und sagte zu seiner Rechtfertigung, daß er, als ein Fremder nicht geglaubt hätte, etwas zu unternehmen, welches durch die Landesgesetze verboten wäre;

nun aber, vom Gegentheil überführt, sey er bereit, dem Beleidigten alle erforderliche Genugthuung zu geben, wobey er denn noch über dem sich verpflichtete, die Stadt Rotterdam unverzüglich zu verlaßen. Der Rath war mit diesem Anerbieten zufrieden und verlangte weiter nichts, als die Erfüllung seines letzten Versprechens. Armand verließ also diese Stadt, und gieng wieder nach Amsterdam, seinem ersten Aufenthalt, zurück.

So schlecht man auch seine Gedichte aufnahm, so benahm ihm solches doch keineswegs die Lust, die Anzahl derselben durch neue zu vermehren; es schien vielmehr, als ob seine Leidenschaft für die Dichtkunst, dadurch sogar noch zugenommen hätte. Kaum war er wieder in Amsterdam; als er sich sogleich hinsetzte und Satyren auf seine Feinde in Rotterdam verfertigte, welchen er alle Schuld beymaß, daß seine Entwürfe daselbst gescheitert wären. Nachher beschrieb er in burlesken Versen die Liebesgeschichte des unglücklichen Abailard und der zärtlichen Heloise. Dieses Gedicht, voll von Schlüpfrigkeiten und satyrischen Anspielungen auf seine vermeynte Feinde, circulirte schon als Manuscript, auf allen Caffeehäusern. So bald er die letzte Hand daran gelegt zu haben glaubte, fand er ohne viele Mühe eine Buchhandlung, die sich bereitwillig bewieß, es drucken zu laßen; ob es gleich von dem edlern Theile des Publikums beynahe durchgehends verachtet wurde.

Während dem man noch an diesem Gedichte druckte, machte Armand Freundschaft mit dem Grafen von Busquoy, der durch seine Abentheuer und Ausgelaßenheiten bekannt genug geworden ist. Der Graf pfuschte eben-

falls

falls in der Versemacherey, war aber doch dabey ein geringerer Schwätzer, als Armand. Durch die Gleich-
heit ihrer Gemüthsart, schien Anfangs das Band ihrer
Freundschaft fest genug geknüpft zu seyn; aber eine zu
große Freyheit, die sich der Graf herausnahm, entzweyete
sie mit einander auf immer und gab Gelegenheit zu einer
Scene, die tragisch genug hätte werden können, wenn
der Graf mit größerer Herzhaftigkeit begabt gewesen wäre. Dem Grafen, der seinen Freund noch nicht ganz
von seiner schwachen Seite kannte, fiel es nemlich einsmahls auf Armands Zimmer ein, eine strenge Critik
über seine Verse zu machen. Armand, mit dem niemand noch jemahls in einem solchen Tone gesprochen
hatte, gerieth darüber so sehr in Wuth, daß er seinen
Censor einen Unverschämten, einen Narren und elenden
Glücksritter betitelte. Endlich kam es gar von Worten
zum Handgemenge, und weil Armand der stärkste war,
so nöthigte er den muthlosen Grafen mit Fußstößen, das
Zimmer zu verlaßen, und verfolgte ihn auf eben diese
Weise bis auf die Straße.

Der fatalste Zufall seines Lebens, der die Grundur-
sache seines nachberigen vieljährigen Elends abgab, und
ihn zuletzt gar auf das Blutgerüste brachte, war folgender. Er hatte sich nemlich schon seit langer Zeit mit einem gewißen Herrn v. B . . . aus Bajonne in einen
freundschäftlichen Umgang eingelaßen. Dieß war ein
junger Mensch ohne Vermögen, der aber das Glück
hatte, eine sehr reiche Erbin zu heyrathen. Mitten in
einem Zeitpuncte, da noch jedermann sie für die besten
Freunde hielt, vernahm man zu allgemeinem Erstaunen,
daß la B . . . . seinen Freund wegen einer entsetzlichen
ihm

ihm zugefügten Beleidigung verklagt hätte, und daß Armand deshalben bereits verhaftet und ins Gefängniß gesetzet sey. La B. . . . gab vor, daß Armand, da er eines Tages bey ihm gewesen wäre, das Zimmer abgeschloßen, und mit einem an die Gurgel gesetzten Dolch ihn gezwungen habe, eine Obligation von 1000. Dukaten zu unterzeichnen. Die üble Vorstellung, die man sich bereits von Armands Gemüthsart machte, verursachte allgemein ein sehr ungünstiges Vorurtheil wieder ihn; la B. . . . hingegen wurde für einen jungen Mann von untadelicher Aufführung gehalten. Zum größten Unglück für ihn, war jedoch der Handel so beschaffen, daß er nicht gut bewiesen werden konnte. Statt um Hülfe zu rufen, welches er doch wenigstens, als er einmahl zum Zimmer hinaus war, hätte thun können, war er ganz still fortgegangen und brachte seine Klage sogar erst zwey Tage nachher an. In Ermangelung directer Beweise gegen den Gefangenen, stellte la B . . . . indeß Nachforschungen in Ansehung seines bisherigen Lebenswandels und seiner Sitten an. Er entdeckte auch wirklich gar bald, theils die nähern Verhältniße Armands, als er sich noch in Frankreich aufhielt, theils die wahre Ursache seiner Flucht aus dem Vaterlande, theils die Veränderung seines wahren Namens Johann Barré in den selbst erfundenen, Armand, und brachte alle diese eingezogenen Nachrichten, als Beschuldigungen wider ihn, vor Gerichte an.

Als Armand vor seinen Richtern erschien und ihm alle diese Beschuldigungen gemacht wurden, so gestund er sie alle ein; nur den Meuchelmord läugnete er standhaft, ob er gleich bekannte, seinen Schwager, bey der wider

ihn

ihn vorgenommenen Vertheidigung, getödtet zu haben. Da hier aber eigentlich nicht von seinen Uebelthaten in Frankreich, sondern nur von denenjenigen Verbrechen die Rede war, die er in Holland begangen haben sollte, so hielten sich die Richter auch nur bey diesen letztern auf. Armand sagte, la B . . . . hätte ihm aus eigener Bewegung die Verschreibung auf 1000. Ducaten angeboten, als eine Belohnung für den guten Rath, durch dessen Befolgung die Heyrath zwischen ihm und der obengedachten reichen Erbin glücklich zu Stande gekommen wäre. Er vertheidigte seine Sache vor Gericht, immer selbst in eigener Person mit vieler Standhaftigkeit, und war dabey jederzeit so behutsam, daß er sich auch nicht ein einzigsmahl widersprach. Sein Gegner hingegen, schien in seinem Vortrage sehr ungewiß zu seyn, wodurch einige auf den Argwohn geriethen, er könnte den Armand vielleicht gar nur in der Absicht angeklagt haben, um ihm die versprochene Summe nicht bezahlen zu dürfen. Andere hingegen schrieben die wenige Standhaftigkeit des Klägers, mit größerer Wahrscheinlichkeit seiner natürlichen Blödigkeit und der Verlegenheit zu, in welcher er sich befand, eine Klage fortzusetzen, die er ohne hinlängliche Beweise unternommen hatte.

Da Armand auf ein Endurtheil in dieser Sache drang und la B . . . . . keine gründliche und rechtskräftige Beweise zur Behauptung seines Vorgebens anführen konnte, so thaten die Richter endlich den Ausspruch: daß letzterer die 1000. Ducaten auszahlen, und der Angeklagte gegen Caution für diese Summe, im Fall noch eine Appellation an den Hof von Holland statt fände, in Freyheit gesetzt und ihm erlaubt seyn sollte, seinen

Gegner

Gegner wegen Erstattung der Unkosten, Entschädigung für seitdem angelaufene Intereßen des Capitals, und öffentlicher Ehrenerklärung gerichtlich belangen zu können. La B . . . . unterließ nicht, gegen dieses Rechtsurtheil an den Hof von Holland zu appelliren. Armand that das nemliche, und da er so glücklich war, einen Freund zu finden, der sich für ihn verbürgte, und die 1000. Ducaten empfangen hatte, erschien er überall in Amsterdam mit einem langen Barte, den er sich im Gefängniße hatte wachsen laßen, wobey er schwur, diesen Bart so lang zu tragen, bis er seinen Prozeß völlig gewonnen haben würde.

Um diese Angelegenheit desto ernstlicher betreiben zu können, verfügte er sich nach Grafenhaag selbst, und war so glücklich, daß der Hof von Holland das für ihn so vortheilhafte Amsterdamer Urtheil bestättigte. Armand belangte hierauf seinen Gegner, wegen Ehrenerklärung, Gerichtskosten und Intereßen. La B . . . . der durch dieses entscheidende Urtheil alle seine Ansprüche aufzugeben gezwungen war, und noch außerdem fernere üble Folgen dieses Prozeßes fürchtete, hielt es für die höchste Zeit, seine häuslichen Angelegenheiten in Ordnung zu bringen, und entfloh hierauf heimlich nach Frankreich. Anfänglich ließ der Hof seine hinterlaßenen Güter versiegeln; er wurde wirklich förmlich vor Gericht zu erscheinen, geladen, und schon glaubte man, daß er, als ein widerrechtlich ausgetretener, behandelt werden würde; als Armands schlechtes Betragen der Sache mit einemmahl ein ganz anderes Ansehen gab, und ihm selbst die traurigste Catastrophe bereitete.

Armand, voll Ungedult, seine Rechtssache je eher, je lieber gänzlich beendiget zu sehen, überlief täglich seine Richter, die manchmahl nicht Muße genug übrig hatten, ihn vor sich zu laßen. Eines Tages gieng er zu dem Obersachwalter, wurde aber an der Thüre von einem Bedienten mit dem Bescheid abgewiesen, sein Herr wäre nicht zu Hause. Armand erwiederte, er wiße das Gegentheil, und müße ihn durchaus sprechen. Nach einigem Wortwechsel kam es zwischen ihnen bis zu Schimpfwörtern. Armand verlohr die Gedult, mishandelte den Bedienten mit Schlägen, und brachte bald das ganze Haus in Aufruhr. Er wurde hierauf ins Gefängniß geführt, aus welchem er doch bald herausgekommen seyn würde, woferne er sich nur hätte schuldig erkennen und dem Obersachwalter eine angemeßene Genugthuung leisten wollen. Doch weit entfernt, dieses zu thun, ließ er vielmehr seinen Unwillen gegen diese Gerichts-Person, in den zügellosesten Ausdrücken losbrechen, und drohete noch überdieß, sich auf die eclatanteste Art an ihm zu rächen. Dieser Troß kam ihm theuer genug zu stehen, denn er veranlaßte, daß er zu einer zwölfjährigen Gefängnißstrafe verurtheilt wurde. Er blieb also bis 1734. sißen, da es dann der Hof von Holland für gut fand, ihn nach einem andern Ort bringen zu laßen, wo er so lange bleiben sollte, bis seine Verhaftszeit gänzlich verstrichen seyn würde.

Der von diesem Entschluß unterrichtete Armand gerieth vermuthlich auf den Argwohn, daß man ihn vielleicht noch weit härter, als bisher zu behandeln, oder wohl gar insgeheim aus dem Weg zu räumen, gesonnen wäre. Von diesem Augenblicke an, verlohr er alle Faßung.

fung. Er entschloß sich daher, alle Gerichtsdiener, die sich wagen würden, ihm zu nahe zu kommen, zu tödten, oder doch wenigstens außer Stand zu setzen, sich seiner bemächtigen zu können. In dieser Absicht brach er eine Stange von seinem Bettgestelle ab, beschlug sie mit eisernen Nägeln, und befestigte an der Spitze derselben eine Federmesserklinge. An dem zu seiner Abhohlung und Transportirung bestimmten Tage, erschienen zwey Gerichtsdiener und wollten ihn fortführen. Aber der Gefangene setzte sich zur Wehr, schlitzte dem einen den Bauch auf und schlug dem andern zwey Rippen im Leibe entzwey. Keiner von allen übrigen Gerichtsdienern war zu überreden, sich einer ähnlichen Gefahr auszusetzen. Indeß ersann man doch ein Mittel, sich dieses Rasenden zu bemächtigen, und führte es auch auf folgende listige Art glücklich aus. Zwey Häscher erhielten nemlich den Befehl, ein jeder ein Loch in die Mauer seines Gefängnißes zu machen, und in dem nemlichen Augenblicke, da Armand beschäftiget war, diese Oefnungen zu untersuchen, schoß man ihm mit einer mit Salz geladenen Pistole ins Gesicht. Der heftige Schmerz, den ihm dieser Schuß in den Augen, der Zunge und dem ganzen Gesicht verursachte, setzte ihn zugleich auch außer allen Vertheidigungsstand; er ergab sich daher ohne fernere Gewalt, und bat um Gnade, worauf er sogleich in Feßeln geleget wurde. Er gestand, daß er Willens gewesen sey, alle diejenigen zu ermorden, die es wagen würden, ihn fortbringen zu wollen, und daß er, woferne es nur in seiner Gewalt stünde, das nemliche noch jetzt zu thun, immer bereit wäre. Dieses freche Geständniß erschwerte sein Verbrechen nur noch mehr, und endlich wurde ihm das Urtheil gefället, den Kopf zu verlieren.

Die

Die Vorstellung eines nahen Todes hatte nichts schreckliches für ihn. Er schien vielmehr diesem letzten entscheidenden Augenblick, mit vieler Gleichgültigkeit entgegen zu sehen. Am auffallendsten aber war bey diesem außerordentlichen Menschen der Umstand, daß der gräßliche Gedanke an eine öffentliche, rechtlich verwirkte Todesart, der ihn doch ganz hätte beschäftigen sollen, seinen leidenschaftlichen Hang zur Versemacherey im geringsten nicht verminderte. In der nemlichen Minute, da ihn ein Geistlicher mit Aussichten in die Ewigkeit unterhielt, unterbrach er die andächtigen Ermahnungen dieses Mannes mit folgenden Worten: "Mein Herr, sehen sie doch diese Verse, die ich eben gemacht habe, und erlauben sie mir, ihnen solche vorlesen zu dürfen: denn mein größestes Vergnügen bestand von jeher in Beschäftigungen dieser Art." — Ein Procurator, der zugegen war, und zu gleicher Zeit auch den Tröster machte, bezeigte ihm sein Misfallen über eine Lectüre, die sich für seine gegenwärtigen Umstände so wenig schickte. Armand warf einen Blick voll Verachtung auf ihn, hieß ihn einen Esel, und sagte frey heraus, "daß es ihn sehr befremde, wie ein Mensch von seiner Art, ein Procurator, der auf immer mit dem Himmel entzweyet, und in alle Ewigkeit vermaledeyet wäre, sich erfrechen könnte, den Tröster zu spielen, und Menschen mit Gott wieder aussöhnen zu wollen."

Im Julio des Jahrs 1734. wurde zu seiner Execution ein Tag festgesetzet und am Morgen deßelbigen, Armand aus dem Gefängniße abgeholet, um ihm vor Gerichte sein Endurtheil vorzulesen. Aber kaum hatte man mit Vorlesung deßelbigen angefangen, als er auf eine

sehr

sehr befremdende Weise seinen Unwillen darüber zu erkennen gab, und es höchst ungerecht nannte, daß man ihm seine Verurtheilung in einer ihm unbekannten Sprache herzusagen, sich unterfienge. Umsonst wurde ihm vorgestellt, daß es ihm in französischer Sprache verdollmetschet werden sollte; er fuhr immer in dem nemlichen Tone fort, bis man endlich auf den Einfall gerieth, ihm den Mund mit einem Schnupftuch zuzubinden. Weil er aber doch durch Minen zu erkennen gab, wie beschwerlich es ihm wäre, so wurde ihm das Tuch wieder abgenommen, worauf er denn versprach, keine Sylbe mehr zu sagen.

Er wurde von einem Geistlichen zum Richt-Platz begleitet und grüßte alle Zuschauer, die er kannte, mit lächelnder Mine. Als er das Schaffot bestieg und einen bey demselben aufgerichteten Galgen erblickte, wurde er ganz bleich im Gesicht; er sagte daher, daß man ihm etwas ganz anders versprochen, und er nicht geglaubt hätte, sein Leben auf eine so schimpfliche Art endigen zu müßen. Indeß beruhigte man ihn doch wieder durch die Versicherung, daß er nur den Kopf verlieren sollte, im Fall, daß er sich ruhig verhielte; bey der geringsten Widersetzung hingegen, würde man ihn mit Gewalt an diesen Galgen hinaufwinden, und ohne Gnade hängen; worauf er blos dieß antwortete: er habe nicht Lust, durch den Strang zu sterben. Alsdenn fragte er den Scharfrichter: ob er sein Handwerk auch gut verstünde? Dieser bejahete nicht nur diese Frage, sondern setzte auch noch hinzu, daß er schon sechzehn Köpfe von eben so viel Rümpfen glücklich getrennet habe, und daß er den seinigen als den siebenzehnden ansehe, der

ihm

ihm nicht weniger Ehre, als die vorigen, bringen würde.
Er fragte nun noch, wo das Richtschwerd wäre? Der
Scharfrichter aber erwiederte darauf, daß es zu rechter
Zeit schon da seyn würde. Endlich erschien der fatale
Augenblick; Armand knieete nieder, und so bald man
ihm nur die Augen zugebunden hatte, wurde ihm der
Kopf mit einem einzigen Streiche vom Cörper ge-
trennt.

F.

XXVII.

XXVII.

Johann Funk *)

ober Funccius, Preußischer Hofprediger, Beichtvater und nachheriger Hofrath, zu Königsberg im Jahr 1566. enthauptet.

Dieser zwar sehr gelehrte, aber in Absicht seines Le-
bensendes unglückliche Mann, wurde in der
Nürnbergischen Vorstadt Wöhrd gebohren, und zwar
im Jahre 1518. den 5. Februar. Es ist unbekannt, wo
er studirte, und wer seine Lehrer waren, so viel ist jedoch gewiß, daß er Magister wurde, schon im Jahre
1545. seine Chronologie, als das berühmteste unter seinen Werken zum erstenmahl edirte, im darauf folgenden
Jahre Melanchthons Rede auf D. Luthers Tod, ins
Deutsche übersetzte, dem letzten Abte des berühmten
Schotten Closters zu Nürnberg, Pistorius, dedicirte,
und bey dieser Gelegenheit viele Wohlthaten von selbigem
genoßen zu haben, rühmte, sodann im Jahre 1547. zum
Pastorate in seinem Geburtsorte Wöhrd gelangte.

Dieses

*) S. Würfels Dypticha ecclesiar. Norimberg. bey den
Pfarrern zu Wöhrd, p. 205 - 207. Wills Nürnberg. Gelehrten Lexicon, I. Band 503 - 506. Fabricii bibl. Fabric.
T. II. p. 511 ꝛc. Arnolds Preußische Kirchengeschichte, p.
459 - 466. Arnolds Kirchen und Ketzerhistorie, II. Band,
p. 180. Allgem. histor. Lexikon, Leipz. 1722. II. Band,
p. 351.

Dieses geistliche Amt verwaltete er jedoch nicht lange. Er verheyrathete sich nemlich mit einer Tochter des berühmten Andreas Osianders, dieses eben so großen Gelehrten, als heftigen Feindes des Interims, und hatte folglich dadurch Gelegenheit, einerley Gesinnungen sich in dem Puncte eigen zu machen. Wirklich nahm er auch an den damahls über das Interim entstandenen heftigen Streitigkeiten Antheil, und da sein Schwiegervater, wider den man in Nürnberg äußerst erbittert war, am 22. Novemb. 1548. heimlich entwich, und sich nach Preußen, zum Marggrafen Albrecht begab, der ihn während seiner Anwesenheit auf dem Reichstag zu Nürnberg 1523. kennen gelernt hatte, ja so gar durch ihn bewogen worden war, die evangelische Lehre anzunehmen — so verließ er wenige Wochen nachher seine Pfarrstelle, und reisete gedachtem Osiander, in Gesellschaft der zurückgebliebenen Gattin deßelben, seiner Schwiegermutter, nach, wiewohl auch einige versichern, Funk seye vor seinem Schwiegervatter von Nürnberg heimlich weggegangen und nach Königsberg gezogen.

Er hatte das Glück, gleich bey seiner Ankunft in Preußen, mit ganz besonderer Liebe und Gunst des Marggrafen Albrechts sich beehret zu sehen. Ein Beweiß davon war dieß, daß er ihn bald darauf nach Litthauen sendete, um durch ihn, in Absicht kirchlicher Angelegenheiten, gewiße Einrichtungen treffen zu laßen. Als er etliche Wochen darauf, von dieser Reise zurückkam, erhielt er die Stelle eines Pastors in der Altstadt zu Königsberg, in welcher er beynahe 15. Monate lang stand, sie jedoch wieder niederlegte, um nicht nur in der Gesellschaft des Herzogs, als Reiseprediger, zur

Leiche

Leiche des Königes, in Pohlen Siegmunds, zu gehen, sondern auch bey der Zurückkunft, in Königsberg das Amt eines Hof-Predigers und herzoglichen Beichtvaters, zu übernehmen. Andreas Osiander bekam statt seiner das Pastorat in der Altstadt zu Königsberg, das er 4. Jahre lange verwaltete, bis zu seinem 1552. erfolgten Tode nemlich.

Es ist ungegründet, daß Johann Funk alsdenn nach dieses seines Schwiegervaters Tode zum zweyten-mahle Pastor geworden, und solches bis an seinen Tod geblieben sey, wie einige vorgeben wollen. Dagegen ist es ausgemacht gewiß, daß er den geistlichen Stand völ-lig verlaßen habe, und sich als großer Staatsmann Ruhm und Ehre erwerben wollte; statt deßen aber sich leider Tod und Schande zuwegenbrachte. Sein ihm ganz vorzüglich gewogner Herzog, machte ihn zu seinem Hofrath, und überhäufte ihn mit Gunstbezeugungen. Er sahe sich zum Schatzmeister der Fürstin erhoben, und durfte zum Zeichen seines hohen Standes eine goldene Kette tragen; kurz es schien seinem Glück nichts zu man-geln. Doch wenige Jahre nur dauerte diese seine Hoheit.

Zwar hatte er sich bereits vom Jahre 1556. an ganz losgemacht von allen heftigen Streitigkeiten, die das Interim erregte, und seine Gesinnungen deshalben gänz-lich geändert. Allein er verwickelte sich dagegen in welt-liche Händel, die ihn, als Theologen von Jugend auf, nichts angiengen, und es sey nun, daß ihn bloß der Preußische Adel, als Fremden, um seine Gunst beneide-te, die er vom Fürsten genoß, oder daß man wirklich von seinen

seinen Rathschlägen, die er dem Herzog ertheilte, (unter denen besonders derjenige wichtig war, der Herzog möchte sich, weil er in Preußen keine treuen Diener habe, lieber nach Deutschland, zu seinen Landesleuten begeben,) schlimme Folgen für den Staat und das Land besorgen mußte — kurz er wurde als untreuer Diener angeklagt, im Jahre 1566. ins Gefängniß gelegt, und ihm das Urtheil gesprochen, mit dem Schwerdt vom Leben zum Tode gebracht zu werden. Seine Hinrichtung geschahe auf dem öffentlichen Markte zu Königsberg am 25. October gedachten Jahres, zugleich mit der Enthauptung des Horstius und Schnells, und daß er sich in Sachen gemischet habe, die er billig hätte bleiben laßen sollen, das bezeugte er selbst, mit dem bekannten Distichon, welches er auf der Richtstätte, unmittelbar vor seiner Enthauptung hören ließ:

Disce meo exemplo mandato numere fungi,

Et fuge ceu pestem τὴν πολυπραγμοσυνὴν. *)

Unter den vielen Schriften dieses gelehrten aber unglücklichen Mannes verdienen besonders erwähnt zu werden, seine bereits oben angeführte Chronologia, die zuerst 1545. in Nürnberg herauskam, nachher aber zum öftern edirt und bis aufs Jahr 1560. continuirt wurde; seine Lebensbeschreibung des bekannten Nürnbergischen Predigers, Veit Dietrichs, welche sich ziemlich selten gemacht hat, und seine Erklärung der Offenbarung Johannis, die zu Frankfurth am Mayn im Drucke erschien.

---

*) Lerne an meinem Beyspiele, daß man das überkommene Amt treulich verwalten müße, und fliehe den Hang, dich mit vielerley Sachen zu beschäftigen, die dich nichts angehen, wie die Pest.

Ergän

Ergänzung und Berichtigung.

Es war die oben Num. III. befindliche Biographie Doctor Gülchens bereits abgedruckt, als mir, zu spät, das XXX. Heft der Beyträge zur Geschichte der Stadt Nürnberg, October 1789. zu Gesichte kam, in welchem sich eine, aus dem eigenhändigen Auffatz Georg Müllers, Diac. Sebald. Senior. (der ihn nebst Luedern zum Tod bereitete) gezogene Nachricht, von den letzten Stunden des 1605. hingerichteten Nic. v. Gülchen, befindet. Das wichtigste davon, das vorzüglich zu den Umständen seines Lebens gehört, die er gedachtem Geistlichen im Gefängniße, wenige Tage vor seiner Hinrichtung selbst erzählte, soll kürzlich erwähnt werden.

Seine Eltern schickten ihn in seiner Jugend nach Trier, wo er im 20sten Jahr seines Alters magistrirte. Da sein Vater es erfuhr, daß die im Jahr 1560. dahingekommenen Jesuiten ihm nachstellten, und ihn zum Eintritt in ihren Orden zu überreden suchten, so ließ er ihn Jura studiren, rief ihn deswegen nach Hause, und bediente sich so gar des besondern Mittels, um ihm Lust zum weltlichen Stand einzuflößen, daß er zum öftern junge Frauenzimmer in seine Wohnung lud, und seinen Sohn in diese muntern Gesellschaften einführte. Gülchen kam hierauf nach Speyer, und versahe bey einem Aßessor daselbst, D. Reichardt, drey Jahre lang, die Geschäfte eines Protocollisten. Von dem hiedurch erübrigten Gelde, setzte er seine Studien zu Orleans fort, war 1572. bey der Pariser Bluthochzeit der zu Orleans studierenden Deutschen, Consiliarius, und wirkte für sich und sie, bey dem Parlamente zu Paris Freypäße

aus.

aus. Als er von Frankreich nach Trier zurückgekommen war, wurde er mit einigen jungen Edelleuten nach Italien geschickt, wo er vier Jahre verblieb. Da er abermahls nach Trier zurückgekehret war, so wurde er der Stadt daselbst Advocat, und obgleich damahls, der Religion wegen viele von Trier vertrieben wurden, so durfte doch er da bleiben, und gelangte sogar zum Caracter eines Raths des Churfürsten. Nachdem er hierauf eine Zeitlang Pfälzischer Rath gewesen, so ließ er sich von der Reichsstadt Worms bedingen, und blieb daselbst 5. Jahre, bis er zuletzt in Nürnbergische Dienste kam.

In den letzten Lebenstagen bekehrte er sich auf die Ermahnungen der beeden Geistlichen, die keineswegs einen Atheisten an ihm fanden, wie man ihn vorher fälschlich beschuldigt hatte; bereute unter Vergießung vieler Thränen seine Vergehungen, und empfieng am 22. December aus Herrn Lueders Händen nochmahls das heil. Abendmahl. Er hoffte immer noch, daß er Begnadigung erlangen werde, weil man ihn fälschlich berichtet hatte, daß mehrere Reichsstädte, ja selbst einige Fürsten und Churfürsten sich schriftlich zu seinem Besten verwendet hätten, betrog sich aber in seiner Erwartung sehr.

Seine gedoppelte Bitte, daß man ihn nicht auf der gewöhnlichen Richtstätte umbringen, und daß man ihn auf einem Kammerwagen, ungebunden nach dem Ort der Hinrichtung führen möchte, wurde ihm abgeschlagen. Doch wurde es gestattet, daß der Löwe (d. i. der Gehülfe des Henkers) einen Feldmantel aus der Kriegs-

stube

ſtube herbeybringen, ſelbigen ihm anlegen, und ihm auch einen Trauerhut auffeßen durfte.

Bey Vorleſung des Urtheils war er ſtill und gelaßen. Im Hinausführen betete er öfters mit Herrn Lueder, und rief insbeſondere, als er nicht weit mehr vom Rabenſteine entfernet war, aus: ”O du heilige Dreyfaltigkeit ſey mir armen Sünder gnädig! Ich befehle dir meine Seele!” Auf dem Rabenſteine ſelbſt aber, bat er die Umſtehenden um Verzeihung, ſo wie ihm ſolches Herr Senior Müller, auf ſeine im Gefängniß bereits gethane Bitte, vorſagte; betete ſodann das Vater Unſer laut mit, ſeßte ſich hierauf in den mit ſchwarzem Tuch bedeckten Seßel, und hielt zuleßt dem Nachrichter, Franz, ſeinen Hals zur Empfangung des tödtlichen Streiches redlich dar.

Errata.

Seite 71. Zeile 18. statt Granadiere lies Grenadiere
— 122. Z. 1. st. IX. l. XI.
— 151. Z. 28. st. Gericht l. Gerücht
— 158. Z. 7. st. ganze l. ganz
— 164. Z. 6. st. Nāchdem l. Nachdem
— 171. Z. 21. st. Calvius l. Calvins
— — Z. 25. st. Cavinisten l. Calvinisten.
— 194. Z. 12. st. mußeen l. mußten.
— 198. Z. 26. st. einem l. einen
— — Z. 30. st. möge l. möchte
— 210. Z. 15. st. solle l. sollte
— 228. Z. 10. st. einem l. einem
— 230. Z. 14. st. Sustitut l. Substitut.
— 287. Z. 6. st. ber l. der
— 321. Z. 1. st. einiger l. einige